Friedrich Christian Laukhard

Leben und Schicksal von ihm selbst beschrieben, und zur Warnung

für Eltern und studierende Jünglinge

Ein Beitrag zur Charakteristik der Universitäten in Deutschland

Friedrich Christian Laukhard

Leben und Schicksal von ihm selbst beschrieben, und zur Warnung für Eltern und studierende Jünglinge
Ein Beitrag zur Charakteristik der Universitäten in Deutschland

ISBN/EAN: 9783743602977

Hergestellt in Europa, USA, Kanada, Australien, Japan

Cover: Foto ©Raphael Reischuk / pixelio.de

Weitere Bücher finden Sie auf **www.hansebooks.com**

F. C. Laukhards,

vorzeiten Magisters der Philosophie, und jetzt Musketiers
unter dem von Thaddenschen Regiment
zu Halle,

Leben und Schicksale,

von ihm selbst beschrieben,

und zur Warnung

für Eltern und studierende Jünglinge

herausgegeben.

Ein Beitrag zur Charakteristik der Universitäten in Deutschland.

Erster Theil.

Mit einem Titelkupfer.

Halle,
bei Michaelis und Bispink.
1792.

Dem

Durchlauchtigsten Fürsten und Herrn,

Herrn

Friedrich August,

Herzogen zu Braunschweig und Lüneburg,
General der Infanterie der Preußischen Heere
und Ritter des Preußischen Schwarzen=
Adler = Ordens.

Meinem Gnädigsten Fürsten und
Herrn.

Durchlauchtigſter Herzog,
Gnädigſter Fürſt und Herr,

Als ich vor zwei Jahren das unſchäzbare Glück hatte, Ew. Hochfürſtl. Durchlaucht perſönlich bekannt zu werden, hatten Höchſtdieſelben die Gnade, mir einen Auffſatz von meinen Begebenheiten zu befehlen: und als ich nach dieſem mir ſo theuren Befehl, Höchſtdenſelben einen franzöſiſchen Auffſatz dieſes Inhalts unterthänigſt überreichte, bezeugten Ew. Hochfürſtl. Durchlaucht Dero Höchſte Billigung meiner kleinen Schrift.

Dieſe erhabene mir bewieſene Höchſte Huld Ew. Hochfürſtl. Durchlaucht machten den Gedanken bei mir rege, daß Höchſtdieſelben meiner Lebensgeſchichte eine gnädige Aufnahme nicht verweigern würden: und daher nehme ich die unterthänigſte Kühnheit, Ew. Durchlaucht dieſe Schrift zuzueignen.

Die Vorsicht lohne die erhabenen Tugenden, welche die Welt an dem großen Helden, an dem Menschenfreunde, an dem ruhmvollen Kenner und Beförderer der Wissenschaften — an Friedrich August bewundert und verehrt. Dies ist der höchste Wunsch

Ew. Hochfürstlichen Durchlaucht

unterthänigsten Knechts
Friedrich Christian Laukhard,
Soldaten bei dem Königl. Preuß. Regiment
von Thadden.

An den Leser.

Ich übergebe dem Publikum den ersten
Theil meiner Lebensgeschichte, wobei ich
einiges zum voraus sagen muß, damit man
meinen Zwek kennen lerne, und über das
ganze Buch richtig urtheilen könne.

Der verstorbene Doktor Semler, des=
sen Asche ich nie genug verehren kann, gab
mir im Jahr 1784 den Rath, meine Bege=
benheiten in lateinischer Sprache heraus zu
geben. Ich hatte dem vortreflichen Mann
mehrere davon erzählt, und da glaubte er,
die Bekanntmachung derselben würde in man=
cher Hinsicht nützlich werden. Ich fing wirk=
lich an zu arbeiten, und schrieb ohngefähr acht
Bogen, welche ich ihm vorwies. Er billigte
sie, und rieth mir, den Herrn Professor
Eberhard um die Censur zu bitten. Ich
that dies schriftlich: denn damals scheute ich
mich, weil ich kurz vorher Soldat geworden
war, es mündlich zu thun. Auch Eber=
hard lobte mein Unternehmen; nur rieth er
mir, um der mehrern Leser Willen, deutsch
zu schreiben. Ich folgte ihm, und zeigte

mein Vorhaben öffentlich an. Aber weil da=
mals mein Vater noch lebte, so mußte ich,
um ihn nicht zu beleidigen, oder ihm gar
durch meine Nachrichten in der hyperortho=
doren Pfalz und bei den dasigen Bonzen und
Talapoinen nicht zu schaden, vieles weglaffen,
was doch zum Faden meiner Geschichte ge=
hörte. Daher war jener Auffaz mangelhaft
und unvollständig. Mein Vater erfuhr in=
deffen durch die Briefe des Herrn Majors
von Müffling, daß ich mein Leben schrie=
be, und befürchtete, ich möchte Dinge erzäh=
len, die ihm Verdruß bringen könnten. Er
schrieb mir daher und befahl mir, von mei=
nen Lebensumständen ja nichts eher, als nach
seinem Tode drucken zu laffen. Der Brief
meines guten Vaters war voll derber Aus=
drücke: er stellte mir das Uebel, das für ihn
daraus folgen könnte, so lebhaft vor, daß
ich mein Manuskript ins Feuer warf.

Einige Jahre hernach starb mein Vater,
und ich konnte nun freimüthig zu Werke ge=
hen: aber der Feldzug im Jahr 1790 und
andre Geschäfte, welche ich ums liebe Brod
übernehmen mußte, hinderten mich, meinen
längst gefaßten Vorsatz eher ins Werk zu rich=
ten: nachdem ich aber mehr Muße und thä=
tige Unterstützung redlich gesinnter Männer,
die ich zu seiner Zeit nennen will, erhielt, so
ging ich neuerdings ans Geschäft, und so
entstand die gegenwärtige Schrift.

Jeder Leſer wird ohne mein Erinnern
gleich ſchließen, daß das, was der Dichter
von ſeinen Verſen ſagt:

— — — paupertas impulit audax,
Ut verſus facerem;

auch von meinem Buche gelte; und ich wür=
de ſehr zur unrechten Zeit wollen diſkret ſeyn,
wenn ichs nicht bekennte. Ich bin ein Mann,
welcher keine Hülfe hat, kein Vermögen be=
ſitzt, und keinen Speichellecker machen kann:
folglich würde ich ſehr kümmerlich leben müſ=
ſen, wenn ich mir keinen Nebenverdienſt ſu=
chen wollte. Und wer kann mir das ver=
denken?

Allein ob gleich der erſte Grund der Er=
ſcheinung gegenwärtiges Buches im Magen
liegt; ſo iſt er doch nicht der einzige.

Ich war ein junger Menſch von guten
Fähigkeiten, und von gutem Herzen. Falſch=
heit war nie mein Laſter; und Verſtellung
habe ich erſt ſpäterhin gelernt, und geübt,
nachdem ich vieles ſchon gethan und getrieben
hatte, deſſen ich mich ſchämen mußte. Mein
Vater hatte mir guten Unterricht verſchaft,
und ich erlangte verſchiedene recht gute Kennt=
niſſe, welche ich meiner immer fortwährenden
Neigung zu den Wiſſenſchaften verdanke.
Meine Figur war auch nicht häßlich. Da
war es denn doch Schade, daß ich verdorben
und unglücklich ward. Aber ich wurde es,
und fiel aus einem dummen Streich in den

andern, trieb Dinge, worunter auch wirkli=
che gröbere Vergehungen sind, bis ich endlich
aus Noth und Verzweiflung an allem Er=
denglück die blaue Uniform anzog. —

Wenn nun ein Erzieher, ein Vater, oder
auch ein Jüngling meine Begebenheiten liest;
muß er da nicht manche Regel für sich und
für seinen Zögling abstrahiren? Muß er
nicht oft stutzen und sich selbst auf unrechtem
Wege finden? Wird er dann nicht, wenn
er klug ist, einen andern und bessern Weg
einschlagen? Muß er nicht aufmerksamer
auf die Folgen seines Denkens und Handelns
werden, und folglich mehr Harmonie und Kon=
sequenz in sein Leben zu bringen suchen? —
Meine Unglücksfälle sind nicht aus der Luft
gerissen, wie man sie in Romanen liest: sie
haben sich in der wirklichen Welt zugetragen,
haben alle ihre wirklichen Ursachen gehabt,
und lehren, daß es jedem eben so gehen kann,
der es so treibt, — wie ich.

Ich glaube daher mit Recht, daß mein
Buch einen nicht unebnen Beitrag zur prak=
tischen Pädagogik darbietet, und daß niemand
ohne reellen Nutzen dasselbe durchlesen wird:
und das ist doch nach meiner Meinung sehr
viel. Auf diese Art werde ich, der ich durch
meine Handlungen mein ganzes Glück verdor=
ben habe, doch durch Erzählung derselben ge=
meinnützig, und das sey denn eine Art von
Entschädigung für mich.

Außerdem hoffe ich auch, daß die Erzäh=
lungen selbst niemanden lange Weile machen
werden; daß also meine Schrift auch zu de=
nen gehören wird, welche eine angenehme
Lektüre darbieten. Und so hätte ich, wenn
ich mich nicht überall irre, einen dreifachen
recht guten Zweck erreicht.

Aber einigen Vorwürfen muß ich hier im
voraus begegnen, welche man ohne allen
Zweifel meinem Werkchen machen wird.

Ich habe viele angesehene Männer eben
nicht im vortheilhaftesten Lichte aufgestellt —
von unwürdigen Menschenkindern, einem
Kammerrath Schad, einem Brandenburger,
und andern dergleichen, ist hier die Rede
nicht: die haben die Brandmarkung ver=
dient! — warum hab' ich das gethan? —
Deswegen meine lieben Leser, weil ich glaube
und für unumstößlich gewiß halte, daß die Be=
kanntmachung der Fehler angesehener Män=
ner sehr nützlich ist. Die Herren müssen
nicht denken, daß ihr Ansehen, ihr Reich=
thum, ihre Titel, selbst ihre Gelehrsamkeit
und Verdienste ihre Mängel bedecken, oder
gar rechtfertigen könnte. Diese Männer,
von welchen ich erzähle, haben theils mit mir
im Verhältniß gestanden, und haben mir
nach ihrem Vermögen zu schaden gesucht,
und wirklich geschadet: theils aber schadeten
sie der guten Sache, den Rechten der Mensch=
heit, besonders jenem unumstößlichen ewigen

Recht, über alle intellectuelle Dinge völlig
frei zu urtheilen, und seine Gedanken darüber zu entdecken. Wenn ich also die Professoren zu Mainz, Heidelberg und sonstige
Meister als intolerante Leute beschreibe, welche gern Inquisitoren werden, und den heiligen Bonifacius, oder jenen abscheulichen
Menschen, den Abschaum aller Bösewichter,
den Erfinder der Inquisition und Hexenpro-
zesse, ich meine den Pabst Innocentius III.
nachmachen möchten: thu ich dann Unrecht,
da die Sache sich durch Thaten bestätiget?
Vielleicht schämen sich andre, und werden
toleranter, und wäre das nicht herrlich?
Hätte ich da nicht mehr Gutes gestiftet, als
mancher Verfasser dicker Bände von Predigten und andern theologischen, philosophischen
oder juristischen Unsinn?

Ferner, sagen Sie sichs selbst, lieber
Leser, ob ich recht habe: darf ich den nicht
beschreiben, der mir wehe that? Rache schreien
zwar die Moralisten (in ihren Theorien) sey
überhaupt ein schändliches Laster, dem
kein Weiser nachgeben müsse: ja, ich sage
irgendwo selbst, daß sie größtentheils unter
der Würde der Menschheit sey. Allein ich
gestehe es, daß ich ihr Gebot nicht ganz ein-
sehe; ich bin ein Mensch, so gut wie der
Pabst und der Fürst: ich hab' auch meine
Galle, und es kränkt mich auch, wenn man
mir unrecht thut, und mich armen ohnmäch-

tigen Menschen drückt, und seine Freude
dran hat.. Ich suche mich nun zu rächen,
wie ich kann, und das kann ich auf keine andre erlaubte Art, als daß ich die Leute von
der Art nenne, und ihren Karakter bekannt
mache. Ich werde das auch in der Zukunft
so halten, und Anekdoten von der Art mehr
sammeln, um einmal Gebrauch davon zu
machen. Urtheilen Sie ferner, meine Leser,
ob Sie es nicht auch so machen würden,
wenn Sie in meinen Schuhen stånden? Ich
brenne mich nirgends weis, und erdenke an
mir keine Gesinnungen, die ich nicht habe.
Daher gestehe ichs, daß die Großmuth, welche alle Neckereien übersieht, und sich ohnge-
ahndet hudeln läßt, meine Tugend nicht ist.
Wer besser in diesem Stück ist; nicht der,
welcher blos besser spricht, verdamme mich:
ich habe nichts dawider. Und wer übeln
Nachreden entgehen will, der thue nichts
übles. Schwachheiten abgerechnet, ist Pub-
licität für Thorheit und Laster ein weit zuträg-
licheres Heilmittel, als das Måntelchen der
christlichen Liebe — das freilich gerade von denen
am fleisigsten empfohlen wird, die es am meisten bedürfen. Ich zweifle nicht, daß meine
Biographie, so wie die des verstorbenen D.
Bahrdt, mehrere andre Büchleins von Bei-
trågen, Berichtigungen und vielleicht gar
von Schimpfereien im Gefolge haben wird.
Das soll mir auch wegen des bekannten

Sprüchelchens: contraria contrariis magis elucescunt recht lieb seyn. Aber die Herren Beiträgeschreiber werdens auch nicht für Uebel nehmen, wenn ich ihnen nach Befinden antworte. Mir soll jeder Ton, der sanfte und grobe, gleichviel gelten: denn ich bin dergleichen schon etwas gewohnt. Wo ich aber vielleicht aus Gedächtnißfehler wirklich geirrt habe, will ich mich herzlich gern belehren lassen, und wie billig, widerrufen. Aber ich hoffe, daß dergleichen Fehler nicht sollen untergelaufen seyn.

Im zweiten Theile, der auch schon unter der Presse ist, erzähle ich meine Geschichte bis auf die jetzige Zeit. Er hat einige wichtigere Nachrichten als der erste, und wird hoffentlich die Neugierde der Leser befriedigen, und ihnen mancherlei Genugthuung leisten.

Und so viel habe ich Ihnen, meine Leser, zum voraus sagen wollen. Ich wünsche, daß Sie alle, das Glück genießen, welches mir das Schicksal wegen meiner eignen Verirrungen versagt hat. Geschrieben zu Halle den 5ten Mai 1792.

Erstes Kapitel.

Nicht alle Prediger sind, was mein Vater war!

Um meine Lebensgeschichte etwas methodisch ein-
zuleiten, muß meine Erzählung doch wol von
der Zeit und dem Orte anfangen, wo ich geboren bin.
Das ist geschehen im Jahre 1758 zu Wendelsheim,
einem Orte in der Unterpfalz, der zur Grafschaft
Grehweiler gehört. Mein Vater war Prediger dieses Orts, und genoß einer ganz guten Besoldung bei
einem sehr ruhigen Dienste. Das ist nun freilich in
der Pfalz eine seltene Sache, indem die lutherischen
Pfarrer durchaus schlecht besoldet und dabei mit Arbeit überladen sind. Dies ist aber nur von den eigentlichen Pfälzer Pfarreien zu verstehen: denn die
gräflichen und ritterschaftlichen befinden sich besser.
Leider aber werden diese bessern Stellen auch jedesmal, wenn eine erledigt wird, an den meistbietenden
verkauft oder ordentlich versteigert. Mein Vater war
jedoch so glücklich gewesen, seine Stelle ohne einen

Kreuzer Ausgabe dafür, zu erhalten, und dies von dem Kurfürſten zu Mainz, der daſelbſt Patron iſt, und der, als Erzbiſchof einer heiligen Kirche, eine ketzeriſche Pfarrſtelle wol nicht ohne Geld hingegeben hätte, wenn nicht andere Gründe da geweſen wären. Mein Vater hat mir dieſe Gründe zwar niemals ent: deckt; daß ſie aber da geweſen ſeyn müſſen, erhellet daraus, daß alle und jede gute proteſtantiſche Pfarren, welche der Kurfürſt zu Mainz vergiebt, von alten Zeiten her bis auf den heutigen Tag, ver: kauft werden ᵃ).

Meine Leſer werden es nicht ungern ſehen, wenn ich eine kurze Beſchreibung von meinem Vater lie: fere, der ſich ohne Ruhm zu melden, von den übri: gen proteſtantiſchen Herren Pfarrern in der Pfalz merklich unterſchieden hat.

Er hatte in ſeiner Jugend ſehr fleißig ſtudirt, und hatte beſonders die Wolffiſche Philoſophie zu ſeinem Lieblingsſtudium gemacht. Er bekannte mir oft, daß ihn die Grundſätze der Wolffiſchen Meta: phyſik ᵇ) dahin gebracht hätten, daß er an den Haupt: dogmen der lutheriſchen Lehre gezweifelt hätte. In

---

a) Der jetzige Inhaber der Pfarrei zu Wendelsheim hat, wie ich aus Briefen weis, 1000 Gulden rheiniſch da: für bezahlen müſſen.

b) Beſonders den ontologiſchen Satz: quaecunque ſunt in ente, vel eſſentialia ſunt, vel attributa, vel modi, vel modi analogici.

der Folge, da er sein Studium nicht nach Art so vieler geistlichen Herren, an den Nagel henkte, untersuchte er alle Dogmen seines Kompendiums, und verwarf sie alle, da er sie mit den Satzen seiner lieben Metaphysik unvereinbar fand. Endlich fiel er gar auf die Bücher des berüchtigten Spinoja, wodurch er ein vollkommner Pantheist ward.

Ich kann dieses meinem Vater jetzt getrost nachsagen, da er todt ist, und wol nicht zu vermuthen steht, daß ihn die hyperorthodoxen Herren in der Pfalz werden ausgraben lassen, wie dies vor ohngefähr vierzig Jahren dem redlichen Bergmeister Schittehelm von Mörsfeld geschehen ist. Es ließen nämlich die protestantischen Geistlichen zu Kreuznach diesen hellsehenden Kopf als einen Edelmannianer herausgraben, und so nahe an den Nahfluß einscharren, daß ihn der Strom beim ersten Anschwellen heraus und mit sich fort riß. Dergleichen Barbarei wird man doch, hoffe ich, am Ende dieses Jahrhunderts nicht mehr begehen!

Sonst war mein Vater sehr behutsam in seinen Reden über die Religion: nur seinen besten Freunden vertraute er dann und wann etwas von seinen Privatmeinungen, und bekannte mir oft in traulichen Gesprächen, daß er gar nicht wünschte, daß sein System Leuten bekannt würde, welche einen moralischen Misbrauch davon machen könnten. Vielleicht gebe

ich einmal eine Handschrift heraus, die er unter dem
Titel: Geschichte meiner Zweifel und
Ueberzeugungen, hinterlassen hat: da wird man
recht würdige Gedanken über diesen Punkt finden!

Mein Vater hatte in den Sprachen und Wiss=
senschaften viel geleistet. Er verstand recht gut Latein,
und war in den morgenländischen Sprachen, wie auch
in der griechischen, gar nicht unerfahren. Ich erinne=
re mich noch lebhaft, wie er den Propheten Ma=
lachias mit mir las, und in Herrn D. Bahrdts
Kommentar über diesen Propheten, die Schnitzer
rügte, welche dieser artige Meister in der orienta=
lischen Litteratur da wider die gemeinsten Regeln der
hebräischen und arabischen Grammatik gemacht hat,
oder wenn er Herrn D. Bahrdts lateinische Barba=
rismen und Solöcismen herzlich lachend durchging.

Die Predigten meines Vaters waren nicht aus=
geschrieben; und das heißt in der Pfalz viel, sehr viel!
Denn da reiten die Herren, was das Zeug hält, die
alten Postillen zusammen: ja, das ist schon ein rechter
Mann, welcher aus Martin Jockisch sel. expe=
ditem Prediger, aus Pastor Gözens Dispositionen,
aus Dunkels Skiagraphie oder aus einem andern
Tröster von der Art, eine Predigt zu fabriciren im
Stande ist. Den meisten Herren muß alles von
Wort zu Wort vor der Nase stehen; sonst verlieren
sie gleich den Zusammenhang. So war aber mein

Vater nicht: er arbeitete seine Dispositionen und Predigten selbst aus, und trug weit mehr Moral als
Dogmatik vor. Niemals konnte er sich entschliessen,
die Sabellianer, Arianer, Eutychianer, Pelagianer,
Apollinaristen, Deisten, und andere alte und neue
Ketzer auf der Kanzel zu befehden, nach Art seiner
Herren Amtsbrüder: und dieses wollte man eben
von Seiten dieser Herren nicht sehr loben. Sogar
begieng er den Fehler, daß er die Katholiken und Reformirten ihr Kirchenwesen ruhig für sich treiben ließ:
ein Benehmen, welches ihn bei den dortigen contro-
verssüchtigen Herren vollends in Miskredit brachte.
Aber er bekümmerte sich um die Herren nichts, und
wandelte seinen Pfad getrost für sich fort.

Ausserdem war mein Vater ein unerschütterli-
cher Freund jeder bürgerlichen und gesellschaftlichen
Tugend. Seine Ehrlichkeit kannte eben so wenig
Gränzen, als sein Bestreben, gegen jederman gefäl-
lig zu seyn und jedem Nothleidenden zu helfen.

Bei diesem Karakter mußte mein Vater nothwendig bei jederman beliebt seyn: niemand haßte
ihn, als vielleicht die, welchen er dann und wann
die Wahrheit sagte, wovon ich unten ein mehreres
berichten werde. Von allen andern, welche ihn kannten, wurde er geliebt und geschäzt als ein biederer,
ehrlicher Mann, auf den man sich in allen Stücken
verlassen konnte.

Herr D. Bahrdt meldet irgendwo in seiner
Lebensbeschreibung, daß er viele freundschaftliche Brie=
fe von der verstorbenen Frau Landgräfin von Hessen=
Darmstadt aufbewahre. Dieses ist, wie man ihm
öffentlich vorgeworfen hat, erdichtet: er kann keine
Zeile von der Hand dieser vortrefflichen Fürstin vor=
zeigen. Allein unter den Papieren meines Vaters
finden sich noch Briefe, welche die verewigte Hen= [Karoline Heur.]
riette an ihn geschrieben hat: Briefe, in welchen
der Geist und die Herzensgüte der großen Mutter
der Königin von Preussen recht sichtbar hervorglänzt.
Ich führe dieses nicht aus Ruhmredigkeit oder aus
der Absicht an, mir einige Vortheile durch Erwäh=
nungen von der Art zu erschleichen: es geschieht blos,
um meinem Vater die Gerechtigkeit widerfahren zu
lassen, welche das Andenken eines ehrlichen Mannes
verdient. — Der Fürst Moriz von Salm Kyr=
burg, und die vortreffliche Luise, seine Gemahlin,
schätzten meinen Vater nicht weniger: sie beehrten
ihn mit einem recht freundschaftlichen traulichen Um=
gange bis in seinen Tod. Seht, Ihr Herren
Prediger! auch Große schätzen euren Stand, wenn
Einsicht und Verdienst Euch selbst nur ehrwürdig
machen!

Dabei hatte mein Vater indeß auch seine großen
Schwachheiten; aber doch auch nur Schwachheiten
und keine Laster. Er war — daß ich nur etwas

davon anführe — ein großer Kenner der Alchymie, und wollte durchaus Gold machen. Ein gewisser Musjeh Fuchs, welcher um das Jahr 1760 wegen Geldmünzerei und anderer Hallunkenstreiche in Schwaben gehangen worden, hatte ihn mit den Geheimnissen dieser edlen Kunst bekannt gemacht. Er fieng an zu laboriren, und las dabei die herrlichen Bücher des Basilius Valentinus, Baptist Helmontius, und seines noch tollern Sohns, Meister Merkurius Helmontius, Paracelsus, Becher, Sendivogius — den er besonders hoch hielt — und anderer theosophischer als chymistischer Narren und Spitzbuben. Die Lektüre dieser Skarteken verwirrte ihm den Kopf, und machte, daß er Jahr aus Jahr ein den Stein der Weisen suchte, und beträchtliche Summen bei dieser unseligen Bemühung verschwendete.

Meine Mutter machte dem verblendeten Mann die triftigsten Vorstellungen, welche nicht selten in Zank und Spectakel ausarteten; aber alles umsonst! Er laborirte frisch weg, und versicherte mehr als einmal, daß er das große Magisterium nunmehr gefunden hätte, und nächstens Proben davon geben würde. Der Apotheker Eschenbach in Flonheim war meines Vaters treuer Gehülfe. Dieser war bankrott geworden, zwar nicht durch Alchymie, sondern durch sein Saufen, und durch die Spitzbübereien eines Abschaums aller Spitzbuben, des verstorbenen Raths Stutz in Flonheim. Eschenbach, welcher arm war, und keinen Unterhalt wußte, war froh, daß ihn mein Vater zu seinem Kalefaktor, oder wie sie es nannten, Kollaboranten und Symphilosophen aufnahm. Er half nicht nur treulich laboriren, sondern schafte noch alle alte vermoderte Bücher herbei, welche die Kunst, Gold zu machen, lehren sollten. Hätte mein ehrlicher Vater statt der Wolffischen Metaphysik die physischen Werke dieses Philosophen studirt; so würde viel Geld erspahrt und manches Nachgerede unterblieben seyn. Er hat einige Jahre vor seinem Tode aufgehört zu laboriren: aber noch 1787, als ich ihn zum lezten= mal besuchte, behauptete er, daß die Goldkocherei allerdings eine ausführbare Kunst sey. „Es ist nur Schade, fügte er hinzu, daß man so viel Lehr= geld geben muß, und doch keinen erfahrnen Lehrmei= ster haben kann."

Meine Mutter, welche noch lebt, ist eine ganz brave Frau, und so habe ich sie immer gekannt. Sie ist eine Enkelin des ehemals berühmten Rechtsgelehr= ten Johann Schilter von Strasburg. Mein Vater hatte sie aus Liebe geheurathet, und sie schien immer eingedenk zu seyn, daß sie ihm nichts zuge= bracht hatte. Sonst hat sie, wie alle Weiber, ihre kleinen und großen Mängel, die ich eben hier nicht angeben mag!

Zweites Kapitel.

Soviel vermögen Tanten und Gesinde!

Von meinen ersten Jahren und frühern Erziehung kann ich nur wenig anführen. — Mein Vater hatte eine Schwester bei sich im Hause, welche niemals — wer weis, warum? — verheurathet gewesen ist. Diese führte die besondere Aufsicht über uns Kinder; war aber dabei so nachgiebig, daß sie alle unsre klei nen Teufeleien nicht nur vor den Augen unsrer El tern fein tantisch verbarg, sondern selbigen nicht selten noch gar Vorschub that. Und so ward ich früh un ter den Bauern als ein Bube [e]) bekannt, der es, mit den Pfälzern zu reden, faustdick hinter den Oh ren hätte, und ein schlimmer Kunde werden würde. Noch jezt erinnere ich mich mit Unwillen oder manch mal mit Wohlgefallen, je nachdem meine Seele ge stimmt ist, an die Possen und Streiche, welche ich in meiner ersten Jugend gespielt habe. Ich muß ei nige erzählen.

---

e) Nach der Pfälzer Sprache heißen alle Jungen B u b e n; die Bauern nennen ihre Söhne so, bis sie heurathen. „Hanes Henrich,‟ sagte der alte Gerheim zu seinem 25jährigen Sohne, „Hans Henrich, wann dau Vatter „werrscht un eich werre Bub, dann bestellscht dau „die Mäuse. Hoscht d'es gehört, Hanes Henrich?‟

Der alte Eschenbach hatte sich einmal ent-
setzlich besoffen, und saß schlafend auf einem Stroh-
stuhl in unsrer Scheune. Ich war allein zugegen,
und bemerkte, daß Wasser von dem Stuhle herab-
lief: husch! nahm' ich ihm die Perüke vom Kopfe,
hielt sie darunter, ließ sie volllaufen, stürzte sie ihm
wieder auf den Kopf, doch so, daß der Haarbeutel
über das Gesicht zu hängen kam, und entfernte mich.
Der alte Säufer erwachte darüber, lief, wie ich ihn
gemustert hatte, auf den Hof, und schrie einmal übers
andere : wer thut mich mit Wasser schütten! —
Mein Vater erfuhr den Vorgang, und, statt mich
zu züchtigen, sagte er nichts als: 's ist ein Blitzbu-
be! hat er den alten Saufaus nicht bezahlt! habeat
sibi! Noch eins von dieser Art!

Meister Trippenschneider handelte mit Es-
sig, Zwiebeln und Salz, welches alles er auf einem
Esel herumführte. Einst kam er in unsern Flecken,
und ging in meines Vaters Haus, um da seine Waa-
ren anzubieten. Flucks steckte ich dem Thier ange-
zündeten Schwamm hinters Ohr. Der Esel ward
wild, warf seine Ladung ab, wobei das Salz ver-
schüttet und die Essigfäßchen zerbrochen wurden.
Man untersuchte genau, woher das Thier so wild
geworden war; aber man fand auch keine Spur von
Ursache. Meister Trippenschneider erklärte endlich
den Zufall aus der Feindschaft der Schlampin,

einer alten Frau, welche bei uns für eine Hexe galt.
Diese sollte den Esel durch ihre Hexereien so in Harnisch gejagt haben. — Ich für mein Theil freute
mich; konnte aber nicht schweigen: und so erfuhr
mein Vater den Urheber des Spektakels. Ich erhielt Ohrfeigen zur Belohnung, und Meister Trippenschneider — Ersatz seines Schadens. Meine
Tante pflegte hernach dieses Stückchen als einen Beweis meiner Fähigkeiten anzuführen, wenn sie für
gut fand, ihre Affenliebe gegen mich durch Lob zu
äussern.

Meine Tante war eine große Freundin vom
Trunk, und diese Neigung ging so weit, daß sie sich
nicht nur oft schnurrig machte, sondern auch dann
und wann recht derb besoff. Mein Vater schloß
also, wenn er mit meiner Mutter über Feld ging,
den Keller zu, und ließ der Tante blos ihr Bestimmtes.

Meine Tante machte die Entdeckung, daß eins
von den Kellerfenstern ohne eiserne Barren und blos
mit einem hölzernen Gitter verwahrt war. Das
Gitter konte leicht weggenommen werden: ich mußte
mich also an einem oben befestigten Seile hinablassen.
Inwendig öffnete ich sodann die Kellerthür, und
Mamsell Tante konnte sich nach Herzenslust Wein
holen. Für sie selbst hätte es hingehen mögen: denn

sie war einmal ans Trinken gewöhnt [d]); daß sie aber auch mich, — mich einen Knaben von sechs Jahren zum Weintrinken anführte, war im höchsten Grade unrecht: ich würde sagen, daß es schändlich war, weil sie dadurch den Grund zu vielen meiner folgenden Unfälle gelegt hat. Aber ihre Affenliebe zu mir, ließ sie blos auf Mittel sinnen, wie sie mir Vergnügen machen könnte. An nachtheilige Folgen dachte sie nicht.

Auf diese Art wurde ich also in der zartesten Jugend ein — Säuffer. Oft war ich durch den Trunk meiner Sinnen beraubt; und dann entschuldigte mich meine Tante, wenn ja die Eltern nach mir fragten, durch Vorgeben: daß mir der Kopf wehe thäte, daß ich schon schliefe u. s. w. Mein Vater erfuhr demnach von meinen Saufereien nichts.

Ich führe diese Umstände deswegen an, damit ich einen Erfahrungs-Grund zu der Vorschrift gebe: „daß Eltern ihre Kinder auch ihren nächsten Ver-„wandten nicht anvertrauen sollen, so lange sie an

---

d) Zur Schande des Frauenzimmers in der Pfalz muß ich anmerken, daß sehr viele unter ihnen sich dem Saufen recht unziemlich ergeben. Alle Frauenzimmer trinken Wein, und viele dergestalt, daß sie die Manns-personen darin übertreffen. — Meine schöne Lands-männinnen werden freilich über mich zürnen: denn bei solchen Nachrichten möchten Ausländer eben nicht son-derliche Lust spüren, ein Pfälzer-Mädel zu beurathen; aber ich kann leider nicht gegen die Wahrheit.

„deren regelmäßigem Leben auch nur im geringſten
„zweifeln können." Eben dies gilt von Freunden
und Freundinnen, und vorzüglich vom Geſinde.
Man wird gleich ſehen, warum.

Zu den ſchönen Tugenden, womit meine Ju=
gend ausgerüſtet war, gehört auch das Fluchen und
Zotenreißen. Unſer Knecht, Johann Ludwig
Spangenberger unterrichtete mich in dieſen ſau=
bern Künſten zu früh und zu viel. Er erklärte mir
zuerſt die Geheimniſſe der Frauenzimmer, und brach=
te mir leider ſo viel Theorie davon bei, daß ich in
Stand geſetzt wurde, zu den ſchaamloſen Neckereien
und Geſprächen des Geſindes *) mein Kontingent
allemal richtig und mit Beifall zu liefern. Und ſeit=
dem der Knecht mich ſo unterrichtete, ſuchte ich ſeine
Geſellſchaft mit aller Emſigkeit, und verſah ihn mit
Taback aus meines Vaters Büchſe: es war natür=
lich, daß ſein Unterricht hierdurch zunahm. Da auch
Meiſter Hans Ludwig wie ein Landsknecht fluchen
konnte; ſo ahmte ich ihm auch hierin ſo treulich
nach, daß jedesmal, wenn ich redete, das zweite
Wort eine Zote und das dritte ein Fluch war. In
meiner Eltern Gegenwart entfuhren mir anfänglich

*) In der Pfalz ſcheinen die Zoten wie zu Hauſe zu ſeyn:
beſonders herrſcht unter den gemeinen Leuten eine ſol=
che Schaamloſigkeit im Reden, daß auch ein Preußiſcher
Musketier über die unlautern Schäckereien der Pfälzer
Hänſels und Greteis erröthen würde.

auch dergleichen Unflätereien; da ich aber bald merk=
te, daß sie das nicht leiden konnten, ward ich vor=
sichtiger, und sprach bescheiden; aber nur in ihrer
Gegenwart.

Es läßt sich denken, daß es nicht blos bei Lud=
wigs Theorie geblieben ist: ich bekam bald Lust, auch
das zu sehen und das zu erfahren, wovon ich so viel
gehört hatte. Dazu fand ich Gelegenheit bei einer
unsrer Mägde, welche gern zugab, daß ich bei ihr
alles das untersuchte, was mir Hans Lundwig als
das non plus ultra der höhern Kenntnisse angewie=
sen hatte. —

So war meine erste Erziehung beschaffen, oder
vielmehr, so wurde das wenige Gute, welches mein
Vater durch Unterricht und Ermahnen in mich zu
bringen suchte, durch Verführung und böses Beispiel
Anderer verhunzt und vernichtet!

Drittes Kapitel.

Auch Väter versehens oft.

Ich muß es meinem guten Vater zwar nachrühmen,
daß er mich oft und mit aller Herablassung und
Sanftmuth unterrichtet hat: ja, er hielt mir an=
fangs keinen Lehrer, weil er glaubte, daß der Un=

terricht eines Vaters jenem eines Lehrers weit vorzu=
ziehen sey: und darin hatte er nun freilich Recht!
Allein er hätte mehr auf meinen Verstand und mein
Betragen, als auf mein Gedächtniß Rücksicht neh=
men, und das letztere nicht blos mit einseitigen Kent=
nissen ausfüllen sollen. Denn da unsre Lehrstunden
nicht lange dauerten, und ich das, was ich außer
denselben auswendig zu lernen hatte, mit meinem
ziemlich glücklichen Gedächtniß bald faßte; so entzog
ich mich seiner Aufsicht, und benutzte meine übrige
Zeit, da mein Vater in seiner Studierstube oder im
alten Hause mit Gold=Laboriren beschäftigt war, zu
allerhand kleinen Teufeleien. Meine Mutter gab
vollends noch weniger auf die Aufführung ihrer Kin=
der acht: und so waren wir größtentheils uns selbst
überlassen.

Mein Vater setzte ferner, wie viele Väter, die
Erziehung in den Unterricht: lernen hieß bei ihm er=
zogen werden, und ein junger wohlgezogener Mensch
bedeutete ihm blos einen Jüngling, der seinen Ci=
cero und Virgil lesen, die Städte, Flüsse und
dergleichen, auf der Landkarte anzeigen, die Namen
der großen Herren, die Schlachten bei Marathon,
Cannä u. a. auf dem Nagel herzählen, und dann
endlich französisch plappern konnte. „Dies, sagte er,
ist für einen Knaben genug: das Uebrige gehört für
die höhern Schulen!“ Wie sehr er hierin geirrt habe,

darf ich nicht erst sagen: das haben unsre Herren
Pädagogen schon bis zum Eckel gesagt. Aber diese
Herren haben wieder auf der andern Seite darin geirrt, daß sie die Geschichte und alles Studium der
ältern Sprachen, besonders der lateinischen, die ihnen Jalappenharz zu seyn scheint *f*), versäumen.

Vom Schönschreiben war mein Vater kein
Freund: docti male pingunt, sagte er: und so
war es hinlänglich, wenn ich nur ~~ich war~~ schreiben,
d. i. Kratzfüße machen konnte. Er gieng hierbei
in seiner Pedanterie so weit, daß er den Verfasser eines von Seiten der Schriftzüge schön geschriebenen Briefes, jedesmal für einen Ignoranten erklärte.

Diesem Vorurtheile meines Vaters verdanke ich
es, daß ich immer elend und unleserlich geschrieben,
und dadurch schon mehrere Flüche und Verwünschungen der Drucksetzer verdient habe. Ich habe mich
zwar selbst geübt, nach Vorschriften zu schreiben;
aber was ich dadurch gewann, ging hernach durch
das Nachschreiben in den Kollegien auf den Universitäten wiederum verloren.

---

f) Man sehe die Edukationsschriften hin und wieder,
und vergleiche damit des trefflichen Dresdner Krebs
Vannus Critica in inanes paleas Basedowii: desgl.
den zweiten Theil des herrlichen Romans — Hillen-
brand.

In die deutsche Schule zum Katechismus oder zum Religionsunterricht, wollte mich mein Vater aus guten Gründen nicht schicken. Er war, wie meine Leser schon wissen, ein Pantheist, mußte folglich die Art, wie man Kindern in den Schulen von der Religion vorschwazt, von Herzen verabscheuen: ich durfte also den Katechismus nicht lernen, und habe ihn auch nie gelernt. Erst in Gießen, als ich D. Benners Vorlesungen über die Symbolik hörte, las ich den Katechismus Lutheri mit allem Ernst.

Dagegen wurde schon in meinen frühern Jahren das Latein mit mir angefangen, und zwar aus Amos Comenius bekanntem Buche, dem Orbis pictus 8). Ich muß gestehen, daß ich diesem Buche vieles verdanke: es ist das beste Buch, welches ich kenne, um Kindern eine Menge Vokabeln und lateinische Redensarten spielend und ohne allen Eckel beizubringen. Ein Knabe, der den Orbis pictus

8) Herr Adelung hat das Leben des braven Commenius seiner Geschichte der menschlichen Narrheit einverleibt. Das hätte er nicht thun sollen: Commenius hatte Verdienste, und war wenigstens kein Narr. Aber Herr Adelung hat auch andere Männer in die Klasse der Narren gebracht, die es nicht verdienten, z.B. den Jordan Brunus, wobei ihm das Baillsche Wörterbuch hätte aushelfen können.

treibt, kommt in drei Monaten im Latein weiter, als er durch den Gebrauch der so genannten
Chrestomathien und Lesebücher der Herren Stroth,
Gedike, Wolfram und anderer, in einem Jahre kommen kann. Neben dem Orbis pictus, wurden die Trichter des Muzelius getrieben, und
dadurch ward ich nach dem gewöhnlichen Schlage in
der Grammatik fest. Mein Vater hatte den guten
Grundsatz, daß die Grammatik das Fundament der
Sprachlehre ausmachen müsse.

Als ich ohngefähr acht Jahre alt war, wurde
mein Vater in einen Handel verwickelt, der ihn ganz
niederschlug: es war folgender.

Viertes Kapitel.
So machens Priester und Grafen!

Der Rheingraf zu Grehweiler, meines Vaters
hochgebietender Herr, hatte einen Hofprediger, Jo-
hannes Herrenschneider, von Strasburg,
ehemaligen Konrektor der Schule zu Grünstadt, einen Mann, der französisch parlirte, sich täglich mit
Lavendelwasser einbalsamirte, und immer durch die
Fistel sprach. Dieser Mann hatte in Strasburg
studirt, einem Orte, wo die krasseste Orthodoxie von

Zeiten der Reformation an, fürchterlich geherrscht hat und noch herrscht. Daher war er denn auch übertrieben orthodox, und roch, wie D. Bahrdt sagt, die Ketzer von weitem. Uebrigens wußte er gar nichts, und war ein trübseliger unwissender Schüler. Und dennoch ließ sich dieser saubere Herr beigehen, ein Buch zum Unterrichte der Kinder in der Rheingrafschaft herauszugeben. Er sudelte zu dem Ende ein Ding aus seinen dogmatischen Heften zusammen, welches das non plus ultra alles Unsinns und aller Grillenfängerei war: ein Ding, worin sogar von Mittheilung der Eigenschaften, von der Höllenfahrt Christi [h]), vom Antichrist und von allen Raritäten des Systems weitläuftig gefaselt wird. Am Ende des Wisches steht obendrein ein Anhang von der Verschiedenheit der Religionen, oder eine Nachricht für Bauerkinder, — von den Gnostikern, Arianern, Nestorianern, Eutychianern, Monotheleten, Schwenkfeldern, Majoristen, Atheisten, Deisten, u. dgl.

Das Buch wurde ganz in der Stille zu Strasburg abgedruckt, und sollte auf Befehl des Herrn

---

[h]) Auf die Frage: warum Christus zur Hölle gefahren sey? heißt die Antwort: daß er predigte ewige Verdammniß den verdammten Geistern, und sich seines Sieges an ihrer Quaal und Marter erfreute. — Pfui der Schadenfreude!

Grafen in alle Schulen der Grafschaft eingeführt werden. Mein Vater widersetzte sich der Einführung dieses elenden Wisches mit aller Gewalt, und schrieb deswegen an den verstorbenen Herrn D. Töllner nach Frankfurth an der Oder, der immer sein Freund gewesen ist, wie auch an Herrn D. Walch nach Göttingen. Diese Männer erklärten den Wisch für das, was er war, für die Geburt eines elenden Grützkopfs, die sich zum Schulunterricht durchaus nicht schicke. Mein Vater übergab dem Grafen die Briefe seiner Freunde, legte ihm die Mängel des Buches, dem der Verfasser den Namen Heilsordnung gegeben hatte — — deutlich vor Augen; aber was halfs? Das Ding wurde eingeführt, und von den Schulkindern auswendig gelernt. — Daß der Hofprediger von nun an meines Vaters erklärter Feind wurde, versteht sich von selbst.

Ich bin zwar nicht gewohnt, die Geistlichen als Männer anzusehen, welche die menschlichen Schwachheiten abgelegt haben, ja, wenn ich etwas Skandalöses von einem Schwarzrok höre; so bin ich allemal geneigt, es zu glauben: die Erfahrung hat mich so weit gebracht. Doch bin ich überzeugt, daß man meinem Vater Unrecht gethan hat, als man ihn in puncto sexti beschuldigte. Man urtheile selbst!

Mein Vater hatte sich einen benachbarten Geistlichen zum Feinde gemacht, den nahen Anverwandten eines Einwohners unsers Ortes. Einige Unvorsichtigkeiten meines Vaters gaben hierauf seinen Feinden Gelegenheit, dem Meister Branden burger — so hieß der Vetter des benachbarten Geistlichen, der meines Vaters Feind war — alles zuzutragen, einen schmutzigen Umgang zwischen ihm und einem Frauenzimmer des Ortes, welches eben nicht im besten Rufe stand, zu supponiren, und ihn, nachdem sie vorher alles fein eingefädelt hatten, förmlich anzuklagen. Die Beweise fehlten gänzlich, und ob man gleich viele Eide schwören ließ; so konnte man doch nicht das geringste herausbringen, das meinen Vater auch nur aus der Ferne wirklich gravirt hätte. Dennoch wurde er suspendirt: denn der Graf selbst war sein Feind. Ich muß den Grund dieser Feindschaft anführen.

Der Graf von Grehweiler hatte ohngefähr nur 49000 Thaler Einkünfte, und führte doch einen fürstlichen Hofstaat, hielt sogar Heyducken und Husaren, eine Bande Hofmusikanten, einen Stallmeister, Bereuter und noch viel anderes unnöthiges Gesinde. Dazu gehörte nun Geld, und seine Einkünfte reichten nicht zu. Die Unterthanen durfte er aus Furcht vor dem Lehnsherrn, dem Kurfürsten von der Pfalz, nicht mit neuen Auflagen belästigen; daher blieb

blos der einzige Weg übrig, Schulden zu machen.
Dieser modus acquirendi ging Anfangs recht gut;
aber bald wollte niemand mehr dem Hrn. Grafen
auf sein hochgräfliches Wort borgen: was war zu
thun! Man nahm Geld auf die Dorfschaften auf;
und die Unterthanen mußten sich unterschreiben. Auf
diese Art wurde nach und nach eine Summe von
900000 rheinischer Gulden geborgt.

Die Procedur bei diesem Anleihen war oft mit
den größten Spitzbübereien verbunden. So wurde
zum Beispiel an den Grafen von Lamberg in
Mainz, ein Wald zwischen Bokkenheim und Wonsheim versezt, von 500 Acker; und doch ist in der
ganzen Gegend keine Staude zu sehen. — Die Bedienten des Grafen ließen sich alle zu den Absichten
ihres Herrn willig finden: sie sahen ihren Vortheil
dabei. Ich muß doch diese ehrlichen Leute nennen,
ob sie gleich schon in öffentlichen Schriften als Erz-
betrüger gebrandmarkt dastehen. So etwas warnet!
Es waren folgende! Herr Kammerrath Schad *),
Kammersekretär Arnoldi, Renntmeister Brekens-
feld, den die Bauern hernach den Verreck-im-Feld

---

*) Kammerrath Schad ist erst vor einigen Jahren als
ein Bettler gestorben, nachdem er über zehn Jahre im
Gefängniß zugebracht hatte. Folgendes Epigram auf
den alten Schind Hannes, welchen der Kammerrath um Haab und Gut gebracht hatte, charakterisirt
ihn nicht übel. Es heißt:

nannten, Oberschulz Häfner, nebst Gemahlin, der Mätresse des Grafen, Kammerdiener Rohard, Baumeister Biel, Gastwirth Braun, eine Menge Juden und andrer Helfershelfer, welche sammt und sonders sich auf des Grafen Unkosten, oder vielmehr auf Unkosten der Gläubiger zu bereichern suchten.

Mein Vater sah das Unwesen, und sprach davon so deutlich, wie er es seiner Pflicht angemessen hielt. Er ermahnte seine Pfarrkinder, sich nicht ferner zu unterschreiben, weil sie einmal doch würden bezahlen müßen. Dies wirkte: die Leute widersetzten sich: die Schuld davon fiel auf meinen Vater. Das entflammte den Grafen zur Rache: was konnte ihm daher erwünschter seyn, als eine Gelegenheit, sich an ihm zu rächen? Diese both ihm die erzählte Beschuldigung dar. Mein Vater wurde also suspendirt. Aber da dieser den Proceß am Kammergericht zu Wetzlar anhängig machte; so wurde er nach neun Monaten für unschuldig erklärt, und erhielt einen Ehrenersatz. Wie sehr aber der Proceß seine ökonomischen Umstände in Unordnung gebracht habe, kann man denken.

_____

Ich war ein alter armer Schinder,
Jedoch im Schinden viel gelinder
Als der Herr Kamm'rrath Schad,
Der mich, den Schinder selbst geschunden hat.
Ich schund nur todtes Vieh, und meist krepirte Hunde,
Indeß Herr Kamm'rrath Schad lebend'ge Menschen schunde.

Während der Zeit dieser Suspension war ich zu Dolgesheim in dem Institut des Inspektors Kratz, der nachher Leiningischer Superintendent geworden ist.

Wenn meine Leser die Nachrichten von dem Rheingrafen zu Grehweiler nicht mit Langerweile gelesen haben; so werde ich ihnen keinen üblen Dienst leisten, wenn ich die Tragikomödie auserzähle.

Nachdem sich also die Schulden des Grafen zu sehr gehäuft hatten; so forderten die ältern Gläubiger ihr geliehenes Geld zurück. Man hatte auch die vielen Bubenstücke entdeckt, welche bei den Borgereien waren begangen worden. Man hatte nämlich Schulknaben die Namen ihrer Väter unter die Obligationen schreiben lassen oder Namen hingeschrieben, die nicht existirten, u. s. w. Alles das bewog die Gläubiger, ihre Zahlung mit Ungestüm zu fordern. Unter diesen befand sich auch der Mainzische Staatsminister, Graf von Lamberg. Dieser ließ durch den Mainzischen Amtsverwalter Heimbach, einige gräfliche Unterthanen und drei Juden nach Neubamberg locken, anhalten und nach Mainz ins Gefängniß bringen, wo sie über fünf Jahre geblieben sind. Der Graf hielt sich bei diesem Vorfall ganz ruhig; doch unterstand er sich nicht, seine Grafschaft zu verlassen.

Endlich kam eine kaiserliche Kommiſſion, welche die ganze Wirthſchaft unterſuchte, und zuvörderſt den Herrn Grafen mit ſeinen Bedienden feſt= ſetzte. Die meiſten dieſer ſaubern Finanziers hatten ſich aus dem Staube gemacht. Oberſchulz Häfner war nach Holland und von da nach Amerika gegangen. Eben ſo waren Brekenfeld und Arnoldi ent= wiſcht; aber die Frau des Oberſchulzen, der Kam= merrath Schad und mehrere wurden feſtgeſetzt, und erſt lange hernach losgelaſſen. Der Fürſt von Naſſau Weilburg war Kommiſſarius.

Nach mehrern Jahren kam das Endurtheil von Joſeph II. Die Unterthanen, welche ſich unter= ſchrieben hatten, wurden von der Bezahlung losge= ſprochen. Der Graf ſollte wegen ſeiner Betrügereien auf zehn Jahre nach der Feſtung Königsſtein bei Frankfurt gebracht, und der Regierung unfähig er= klärt werden. Die Succeſſion ſollte nicht auf den noch lebenden Bruder des Grafen, den Ludwig, ſondern auf eine Seitenlinie von Gumbach fal= len. Die Kommiſſion ſollte ſo lange bleiben, bis die Schuldener bezahlt wären, welche aber keine Inte= reſſen zu fordern hätten. Alle andere, welche an der Sache mala fide Antheil gehabt hätten, ſollten nach Befinden von dem Kommiſſar zur Strafe gezogen werden. —

Dies war das Urtheil, welches den Einsichten, und der Denkungsart des vortreflichsten Kaisers wahre Ehre gemacht hat! — und so — endigte sich die Grehweilerische Komödie mit Schrecken!

Der Graf hat seine vollen zehn Jahre ausgesessen. Seine Tochter, die Gemahlin des Grafen von Ortenburg, reisete zwar selbst zum Kaiser, und bath fußfällig um die Loslassung ihres Vaters; aber der gerechte Fürst antwortete: „der Graf hätte sich „einer weit schärfern Ahndung schuldig gemacht. „Danken Sie Gott, Madame, setzte er hinzu, daß „ich mir, wie ich anfangs willens war, in dieser „Sache nicht das Gutachten der Kurfürsten und der „Reichsstände ausbath: wäre dieses geschehen, Ihr „Vater würde so nicht weggekommen seyn.“ Mit diesem Troste muste sich die gute Gräfin abführen.

Jetzt ist die Sache dahin gebracht, daß der Graf Karl von Grumbach die Regierung der Grafschaft führt, und die Schulden bezahlen muß. Er hat sich mit der jüngsten Tochter des Rheingrafen vermählet. Der Bruder des Grafen hat ein Fräulein in der Lausitz geheurathet, und ist da gestorben.

Fünftes Kapitel.

An dem Schulwesen in der Pfalz giebt es noch viel zu
verbessern!

Der Inspektor Kratz in Dolgesheim hatte schon
vor mehrern Jahren eine Art Erziehungsinstitut angelegt, und manche junge Leute so weit gebracht, daß
sie die Universität beziehen konnten. Unter andern
war auch der Nachfolger des theuren Herrn Sigis-
mundus, weiland Professors der Theologie und
Moral auf dem Bahrdtischen Philanthropin zu Hei-
desheim ^k), der ehrwürdige Herr Schufmann,
Alumnus des Kratzischen Instituts, bis er die hohe
Schule in Giessen bezogen hat. Kratz war wirklich
ein geschickter Mann im Latein und im Griechischen:
er wußte viele Vocabeln, war stark in der Grammatik, und konnte ganze Reden des Cicero wörtlich
hersagen: sonst war er steif orthodox. Als daher
Hr. D. Bahrdt in der Pfalz 1777 seine Komödie spielte, predigte er tapfer wieder ihn los. Im
Unterricht war er ein rechter Orbilius, der immer
cum baculo et annulo dastund, und seinen Schü-

---

k) Von diesem herrlichen Manne handeln die Beiträge zu Doktor Bahrdts Lebensgeschichte in
Briefen eines Pfälzers. S. 97. ff.

lern das Zeug eingeerbte. Ich kann mich vorzüglich rühmen, die schwere Hand des Hrn. Kratz oft und derb empfunden zu haben.

Seine Eleven waren meistentheils übelgezogene Jungen; und wie vorbereitet ich in diese Gesellschaft gekommen bin, wissen meine Leser. Die Schüler, an der Zahl vierzehn, behandelten mich als einen kleinen Buben, der ihren Komment (Kommang) nicht verstünde, und den sie also in die Lehre nehmen müßten. Aber sie wurden bald inne, daß sie sich geirrt hatten. Ich fing an, das praktisch zu zeigen, was ich in Wendelsheim von meinem Mentor, dem Ludwig Spangenberger, theoretisch gelernt hatte: und da sahen die Dolgesheimer Jungen, daß ich in manchen Stücken noch hätte ihr Lehrmeister seyn könnnen. Ich ward jetzt der Theilnehmer an allen ihren Vergnügungen, und bald die Seele der Gesellschaft. Kein Lumpenstreich wurde ausgeführt — Mosjeh Fritz war dabei, und nicht selten der Anführer. Unsern Lehrmeister, oder wie wir ihn nannten, Lehrprinzen (Principalen) schonten wir nicht, und schabernakten ihn, wo wir nur konnten. Ich muß doch so einen Streich erzählen!

Der Inspektor Kratz hatte einen Knecht, Namens Hans. Diesen Kerl wollte der Inspektor zwingen, ein Privet im Garten auszuräumen. Der Knecht, welcher diese Arbeit unter seiner Würde

hielt, wollte durchaus nicht, und als der Herr Jn=
spektor ihm mit Schlägen drohte, versetzte er dem=
selben einen solchen Stoß, daß er rücklings ins Pri=
vet fiel, und sich schrecklich besudelte. — Von diesem
schmutzigen Handel machten wir eine Komödie, und
führten sie mehrmalen auf: da kamen noch andre
Personen dazu: eine Here, ein Jude, sogar der
Teufel. Hr. Kratz erfuhr endlich, daß er den Stoff
zu einer Komödie seiner Schüler hergab, und da
regnete es nun Prügel mehr als zu viel. Drei Tage
währte die Exekution, bis wir alle, wie man sagt,
unser Fett reichlich bekommen hatten.

Die Bauern in Dolgesheim fürchteten sich or=
dentlich vor uns: denn es vergieng kein Tag, daß
wir die Leute nicht geneckt oder sonst gehudelt hätten.

Ich wohnte bei dem Bruder meines Vaters,
der sich in Dolgesheim aufhielt, und Kammersekre=
tär bei dem Grafen von Leuningen Gundersblum
Emmerich war. Dieser Graf hat sich nachher selbst
erschossen. Mein Onkel hatte einen Sohn, Jakob,
welcher eben so lustig lebte als ich, und es trotz mir,
in der Schelmerei weit genug gebracht hatte. Meine
Leser werden nun schon für sich selbst einsehen, daß
meine Sitten in Dolgesheim eher verschlimmert, als
verbessert wurden.

Im Latein kam ich freilich weiter. Ich lernte
den Cellarius auswendig, und fieng an, den Cor=

nelius zu exponiren. Auch fing ich an, griechisch
zu käuen. Aber der ganze Unterricht wollte mir nicht
recht behagen: ich fühlte den Unterschied zwischen der
Lehr- und Behandlungsart meines Vaters und der
des Herrn Kratz. Jener war immer liebreich,
fluchte und schalt nie; Hr. Kratz war ganz anders.
Der fluchte, wenn er tückisch war, wie ein Boots-
knecht, und gab uns immer die garstigsten Zunah-
men: Flegel, Esel, Schlingel, Büffel, Ofenloch-
gabel, Hache — waren die gewöhnlichen Titel, womit er uns begrüßte; und darauf pflegte eine derbe
Prügelsuppe zu folgen. Selten war Herr Kratz
freundlich. Konnte ein Schüler seine Vocabeln ohne
Anstoß hersagen; so bestand der ganze Beifall in
einem mürrischen hm, hm! fehlten aber einige Wör-
ter, dann klang die Musik anders. Kurz, die Schul-
stunden waren allemal, wie ein Fegefeuer, und doch
durften wir sie bei schwerer Strafe nicht versäumen.

Herr Kratz hatte keine Kinder, und seine liebe
Hälfte war ein wahres Konterfait von der Hexe zu
Endor. Es ist schwer, sich etwas abscheulichers vorzustellen: ihr Schmutz ging über alle Beschreibung.
Sie soll sogar einmal eine Reissuppe von einer Jüdin
für einige Kreuzer gekauft haben, weil sie Trefe, d. i.
unrein, und folglich ungenießbar für Juden geworden
war. Der Inspektor liebte seine Frau nicht: wen
befremdet es, daß der Mangel an ehelicher Liebe die

Liebe gegen Andere, nicht verfeinerte, nicht erhöh=
te. — Er lebte für sich, er war für sich auf seiner
Stube, wo er seine Buben — so nannte er die
Schüler — unterrichtete, seine Tauben fütterte, und
in seinen Büchern herumblätterte: übrigens ließ ers
gehen, wie es ging, und die ganze Wirthschaft hing
von der Frau Inspektorin ab.

Ich hatte ohngefähr anderthalb Jahr in Dol=
gesheim zugebracht, als mich mein Vater zurück hohl=
te. Ein Baugefangner, der nach zehn Jahren saurer
Festungsarbeit, wieder frei wird, kann nicht froher
seyn, als ich es war, da es hieß — es ginge nach
Hause! Beinahe hätte ich vor lauter Jubel vergessen,
bei meinem Lehrprinzen, dem Hrn. Kratz, Abschied
zu nehmen, und ihm für seinen Unterricht, wie auch
für die vielen Schläge, u. dergl. aufs verbindlichste zu
danken. —

Ich war also wieder im Schooß meiner Fami=
lie, erneuerte meine alten Bekanntschaften, und
fings wieder da an, wo ich es gelassen hatte.

— Mein Vater würde mich jetzt auf eine öffentliche
Schule geschickt haben, wenn ihn nicht die elende
Beschaffenheit der Pfälzischen Schulen daran gehin=
dert hätte. Da die drei Hauptpartheien der Chri=
sten in der Pfalz beinahe gleiche Rechte prätendiren —
obgleich die Katholiken, als die herrschende Kirche
alle Arten der gröbsten Intoleranz, mit aller mögli=

chen Insolenz gegen die andern Religionsverwandten
ausüben — so haben auch Lutheraner, Reformirten
und Katholiken in jeder Pfälzischen Stadt ihre Schu=
len; aber die sehen auch aus, daß es ein Greuel ist!
Zur Zeit der Jesuiten gab es noch einige bessere ka=
tholische Schulen; jedoch nur wenige. Die andern
sind von jeher das rechte Gegentheil eines vernünfti=
gen Unterrichts gewesen.

Für die katholische Jugend ist Meisters Cani=
sius Katechismus mit Pater Matthäus Vogels
Erläuterungen das Orakel der Religion. Das Latein
lernt man aus Emauel Alvari's trefflichem Ru=
dimente, und aus einigen verstümmelten Autoren.
Die Geschichte wird aus einem Lehrbuche vorgetragen,
wo auf der einen Seite im abgeschmacktesten Latein
und auf der andern im fürchterlichsten Deutsch die
Begebenheiten nach wahren jesuitischen Grundsätzen,
mit einer Menge Fabeln und Verdrehungen erzählt
sind. Ganz früh sucht man den zarten Gemüthern
allen nur möglichen Haß gegen Ketzer, und recht re=
gen Abscheu gegen Neuerungen, profane Litteratur,
Lesung Protestantischer Bücher, u. s. w. einzutrich=
tern. Kommt daher so ein Mensch aus einer Pfäl=
zischen katholischen Schule; so ist er kraß, wie ein
Hornochse, und unwissend in allen nöthigen Kennt=
nissen; spricht aber doch Latein. Aber was für La=
tein? Solches: Ex mandato Domini Ballivii ve.

ſtra dominatio hodie vel cras tenetur, extradere pecuniam, quam apud illam depoſuit Dominus N. Ex poſt videbimus u. ſ. w. das iſt pfälziſch⸗katholiſches Latein!

Die Pfälziſchen lutheriſchen und reformirten Schulen ſind noch zehnmal elender! Da Dociren nicht einmal Leute, die ein Biſſel Latein verſtünden: und daher kommt es, daß die Schüler, wenn ſie die Univerſität beziehen ſollen, weder den Cornelius überſetzen, noch ein griechiſches Verbum analyſiren können. Ein mir bekannter Schaffner Namens Job, gab einmal dem Rektor Paniel in Kreuznach folgende deutſche Redensart, ins Latein zu überſetzen auf, wozu er ihm die Vocabeln dictirte: „ich zweifle nicht, du werdeſt deiner Pflicht „Genüge thun." Herr Paniel, ohne ſich lange zu beſinnen, überſetzte friſch weg non dubito, quin ſat acturus ſis officio tuo. Wenn ein Rector ſo ein Schächer in der Grammatik iſt, was kann aus den Schülern werden? — Die einzige gute Schule in der Pfalz iſt die zu Grünſtadt, welche der Graf von Leiningen Weſterburg anlegen ließ, und die bisher immer brave Männer zu Lehrern gehabt hat. Ich will nur die Herren Seybold, Heyler und Balz davon nennen. Wer in der Pfalz auf Schulen etwas gelernt hat, hat es gewiß in Grünſtadt

gelernt: auf den andern Schulen ist das unmöglich.
Doch hier ist der Ort nicht, von den Pfälzer Schulen
weiter zu schreiben: wolt' ich das thun; so müßt' ich
ein ganzes Buch füllen, und könnte doch nur Jere=
miaden anstimmen. —

Mein Vater hatte also wohl Ursach, mich nicht
auf eine vaterländische Schule zu schicken: weit ent=
fernen wollte er mich auch nicht. Da er nun wirk=
lich Gaben und Geschick zum Unterrichten hatte; so
entschloß er sich, mich noch eine Zeitlang bei sich zu
behalten. Auch nach Grünstadt sollte ich nicht, und
zwar deswegen nicht, weil ein Bruder seines ärgsten
Feindes, des Pastors Rodrian, damals an dieser
Schule Unterlehrer war. Ich blieb also in Wendels=
heim, und der Unterricht wurde wieder angefangen.

So brachte ich noch einige Jahre zu Hause zu,
und da wir sehr fleißig anhielten; so las ich unter der
Anführung meines Vaters mehrere lateinische und
griechische Autoren. Zugleich kam ich in der Erdbe=
schreibung und Geschichte, welche zu allen Zeiten mei=
ne liebsten Wissenschaften gewesen sind, so ziemlich
weit. Ich erinnere mich noch, mit welcher Freude
ich mit den Herren Pastoren in unsrer Gegend über
Stellen aus diesem und jenem Schriftsteller dispu=
tirt, und sie in gewaltige Verlegenheit gesetzt habe,
wenn sie die besprochenen Stellen nicht recht verstun=

den: denn sehr bald merkte ich, daß ich ihnen überlegen war.

Sechstes Kapitel.

Merkt's euch, ihr Volks- und Kinderlehrer!

Ich habe mir nicht vorgesetzt, ein curriculum vitae
aus meiner Lebensgeschichte zu machen, wie ihn die
Studenten auf einigen Universitäten einreichen müss-
sen, wenn sie ein Testimonium von der Fakultät haben wollen: denn in einem solchen Curriculum ist es
hinlänglich, daß die gehörten oder nicht gehörten
Collegien, wenn sie nur bezahlt sind, angeführt
werden. Ich will aber das nicht thun: ich erzähle
nicht, wie ich studirt, und was ich etwa gelernt
habe: denn einmal bin ich kein Gelehrter, und fühle
nur zu sehr, wie manches ich versäumt habe — und
dann soll mein Büchlein Nutzen stiften im Publikum.
Ich werde daher nur das angeben, was dem Pädä-
gogen, dem Schulmanne, dem Beobachter und vorzüglich dem unverdorbenen und verdorbenen Jünglinge Stoff zum Nachdenken geben kann. Und aus
dieser Absicht muß alles, was ich hier schreibe, be-
urtheilt werden.

Meine Tante nahm mich nun noch mehr, als vorhin in Schutz: ihre Neigung zu mir hatte durch meine lange Abwesenheit viel leiden müssen. / Sie bewies mir ihre Affenliebe bei jeder Gelegenheit jezt dergestalt, daß ich weiter keine Rücksicht auf sie nahm, wenn ich einen Streich vorhatte: vielmehr muste sie oft die Hände dazu bieten. So muste sie z. B. die Jüdin Brendel unterhalten, indeß ich in deren Stube schlich, und Schweinsgedärme um die Scha= bes=Ampel oder Sabbatslampe wand, worüber ein entsetzlicher Spektakel ausbrach. Sie war es auch, die mich lehrte, auf dem Eise glandern, und Schritt= schuhe laufen. Diese Kunst hatte sie als Mädchen getrieben, und suchte sie wieder hervor, um ihren lieben Neffen darin zu unterrichten. Mein Vater sah wohl, daß die Tante mir zu gut war; aber da er nichts Böses, oder doch nicht viel Böses, von mir hörte; so schwieg er, und ließ es gut seyn. Die Mutter war vollends froh, daß ich nicht viel um sie war, und ihre Geschäfte nicht stöhrte.

Die gute Tante war abscheulich abergläubig. Ueberhaupt ist das Volk in der Pfalz diesem Fehler ausserordentlich ergeben. Es giebt zwar aller Orten Spuren von dieser Seuche; aber nirgends auffallen= der, als in der Pfalz. Daß es dort viele tausend Schock Teufel, Hexen, Gespenster, feurige Män= ner — u. s. f. giebt; daß es sich anzeigt, daß das

Maar — wie man den Alp in der Pfalz nennt —
auf Anstiften böser Leute drückt, und tausend dergleichen Herrlichkeiten, sind bei meinen lieben Landesleute ganz ausgemachte Wahrheiten: wer eine davon
leugnen wollte, würde gewiß für einen Ketzer, oder
für einen Dummkopf angesehen werden. Jede Stadt,
jedes Dorf hat seine öffentlichen Dorfgespenster, ohne
die Hausgespenster. So geht z. B. in meinem Ge-
burtsorte das Muhkalb und der Schlappohr im Dör-
fe: im Felde spuckt der alte Schulz Hahn: Item in
der Adventszeit läßt sich ein feuriger Mann im Felde
sehen. Beinahe alle Wendelsheimer schwören, diese
Ungeheuer gesehen zu haben. Die Häuser sind auch
nicht frei von Uhuhus: selbst im Pfarrhaus — im
Hinterhaus — geht ein Mönch mit einem schrecklich
langen Bart; in der Pfarrscheune, wie die Drescher
oft versichert haben, läßt sich der Sanktornus sehen,
u. s. w.

Daß der Pöbel an dergleichen Schnurren glaubt,
ist ihm zu verzeihen; aber in der Pfalz glauben auch
angesehene Leute oder so genannte Honoratiores alles
das eben so einfältig, wie der Pöbel. Ich bin mehrmals in Gesellschaften gewesen, wo Geistliche, Be-
amte und Officire sich in vollem Ernst mit Gespen-
sterhistörchen unterhielten, und einander ihre Erfahrungen mittheilten. Keine Seele unterstand sich zu
widersprechen; und wenn ich manchmal widersprach,

nachdem ich diesen und noch mehr andern Unsinn hatte
einsehen lernen; so erschrak man über meinen Unglauben, und versicherte mich, ich würde schon einmal mit Schaden klug werden. Ja, dieser Aber-
glaube sitzt den dortigen Einwohnern so praktisch fest
in den Köpfen, daß der herrschaftliche Hofmann in
Wendelsheim, dem Gesinde weit mehr Lohn geben
muß, als man gewöhnlich giebt, blos darum, weil
der Schlappohr in seinem Revier stark spuckt, wie
man vorgiebt, und weil sich immer eine weiße Frau
im Kuhstalle sehen läßt. —

Das abscheulichste ist, daß die dortigen Geistlichen selbst den Aberglauben zu unterhalten und zu
vermehren suchen. Mein Vater predigte zwar stark
gegen diese Fratzen; aber er war auch der einzige [)],
der dergleichen Ungereimtheiten öffentlich hernahm.
Doch dafür rächen sich nun auch die von ihm verwor-
fenen Gespenster, indem ihn die Hausleute des jetzigen Pfarrers Schönfeld selbst haben spuken sehen,
wie mir ein guter Freund schon vor einem Jahre geschrieben hat.

[)] Herr Chelius in Ilbesheim, Fresenius in Niederwiesen, Wehsarg in Eichloch, Simon zu Jors-
weiler und noch einige wenige andre, wohin auch der
katholische Pastor in Erbesbüdesheim, Herr Hofmann,
gehört, sind Männer, welche Balthasar Beckers
Geist haben. Gott lohne sie dafür!—

Herr Schönfeld hätte billig dergleichen üble Nachreden wider seinen würdigen Vorfahr ernstlich zu nichte machen sollen; aber er ist vielleicht selbst zu sehr von der Existenz der Gespenster überzeugt, als daß er dergleichen zu widerlegen wagen dürfte. Indessen fordere ich ihn hiermit auf, wenn ihm anders diese Geschichte in die Hände kommen sollte, den guten Namen meines Vaters in dieser Hinsicht zu rechtfertigen, oder zu erwarten, daß ich ihn noch bei lebendigem Leibe auch spuken lasse. Herr Schönfeld versteht ohne Zweifel meinen Wink: und damit mags für diesmal gut seyn!

Ich wurde von meiner Tante mit allen Arten des Aberglaubens bekannt gemacht. Jeden Abend erzählte sie mir und dem Gesinde Histörchen von Hexen und Gespenstern — alles in einem so krassen, herzlichen Tone, daß es uns gar nicht einfiel, ihre Erzählungen im mindesten zu bezweifeln. Unvermerkt ward ich dadurch so furchtsam, das ich mich nicht getrauete, des Abends allein zur Thür hinaus zu gehen. Mein Vater merkte endlich das Unwesen, und fing an, wider die Gespenster loszuziehen, so oft er in dem Zirkel seiner Familie erschien. Er nahm mich des Abends, auch spät in der Nacht, mit auf den Kirchhof, und erzählte mir bei seiner Pfeife Tabak, allerhand Anekdoten, wie der und der durch Betrug der Pfaffen — mein Vater kleidete seine skandalösen

Hiſtörchen allemal ſo ein, daß ein Pfaffe dabei ver=
wickelt war; daher mein unbezwinglicher Haß gegen
alles, was Pfaffe heißt — mit Geſpenſtern wären ge=
neckt worden. Sofort vertröſtete er mich auf die
Zukunft, wo ich würde einſehen lernen, daß alles,
was man ſo hinſchwatzte, und was er zum Theil
ſelbſt hinſchwatzen müßte, erdichtet und erlogen wäre:
daß die Leute, welche von abgeſchiedenen Seelen, von
Geſpenſtern, Geiſtern und Erſcheinungen u. dergl.
viel Weſens machten, nicht wüßten, was ſie trie=
ben. — Auf dieſe Art legte damals mein Vater den
Grund zu der Irreligion, welcher in der Folge mei=
nen Kirchen=Glauben glücklich vernichtet hat.

Meine orthodoxen Leſer werden doch nicht böſe,
daß ich ſo geradezu mich zu denen bekenne, die von
Prieſter=Grillen nichts glauben? Die Gründe lege
ich ihnen noch zum Theil in meiner Biographie hiſto=
riſch vor; und zwar ganz andre Gründe, als jene,
welche Hr. D. Bahrdt aufgetiſchet hat. Jeder hat
indeß ſo ſeinen eignen Gott, ſeine eigne Welt, ſeinen
eignen Himmel, Hölle, Glauben, ſeine Meinungen,
ſeine Narrheit, ſeine Philoſophie, ſeine — und wer
ihn darin irre macht, ohne ihm etwas Brauchbares
dafür an die Hand zu geben, hat Unrecht — er
ſey, wer er wolle.

In der Pfalz iſt zwar keine Inquiſition; aber
die Herren Geiſtlichen wiſſen es doch ſo hübſch zu

fatten, daß der, welcher sich wider ihre Afanzereien auflehnt, zwar nicht widerlegt, aber doch gedrückt und verfolgt wird. So nahm ich es mir einmal heraus, nachdem ich meine sogenannten Studien geendigt und Erlaubniß zu predigen erhalten hatte, eine Predigt gegen den Aberglauben zu halten; aber da stach ich in ein fürchterliches Wespennest: ich hätte eher sollen Vorsehung und Fortdauer des Seelenwesens leugnen, als die leiblichen Besitzungen des Satans, die Hexereien und die Existenz der Gespenster: das würde mir nicht so vielen Verdruß erregt haben. Doch genug hiervon!

Ich hatte nun ohngefähr das dreizehnte Jahr erreicht, als mich mein Vater endlich nach Grünstadt schickte. Hier genoß ich bis ins sechszehnte Jahr den Unterricht verschiedener braver und gelehrter Männer, insbesondere des Hrn. Professors Seybold. Ich nahm wirklich in den Schulwissenschaften sichtbar zu, wenigstens wuste ich so viel latein, griechisch und französisch, als man in der Pfalz zu wissen pflegt, und wohl noch etwas mehr. Auch war ich in der Geschichte, Erdbeschreibung und Mathematik nicht ganz fremde, wie meine lieben Landesleute gemeiniglich zu seyn pflegen.

Ich blieb nicht in einem fort in Grünstadt: denn da mein rechter Fuß, welchen ich vorher zerbrochen hatte, um diese Zeit wieder aufbrach, so

nahm mich mein Vater nach Hause, um mich da
unter seinen Augen heilen zu lassen. Das geschah
im Herbst, wenn ich nicht irre, des Jahres 1771.
Und gerade zu der Zeit hatte der nunmehrige Superintendent K r a tz meinem Vater einen sehr geschickten Hauslehrer, wofür er ihn hielt, empfohlen, der
denn auch zu uns zog, und seine Lectionen mit mir
und meinem zwei Jahre jüngern Bruder anfing.

Der Mensch hieß W e i ch s e l f e l d e r, und hatte ehemals in J e n a studirt: hernach war er Pfarrer geworden in einem Dorfe des Grafen von Solms
Rödelheim; aber sein unbändiges Saufen und andere Ausschweifungen hatten ihn vom Dienst gebracht. Darauf hatte er sich nach Gießen begeben
mit einem Sohn von vier Jahren, und dort angefangen, medicinische Kollegia zu hören. Nachdem
er so weit gekommen war, ein Recept zu schreiben,
und kein Geld mehr hatte, um in Gießen weiter
auszudauern; so ging er auf gut Glück in alle Welt,
salbaderte und quacksalberte in den kleinen Herrschaften am Rhein und Main herum **), und kam so

_____

**) In den unzähligen kleinen Herrschaften und Territo-
rien in jenen Gegenden, sieht es mit der medicinischen
Einrichtung schrecklich aus. Jeder Quacksalber und
Marktschreier, jedes alte Weib hat daselbst das Privi-
legium zu mediciniren, und die Leute nach Wohlgefal-
len in die andere Welt zu schicken. Der Kuhdoctor
Herr T h o m a s zu Schwabenheim, der meistens mit
Sympathie kurirt, und ein andrer Charlatan, M a s

auch ins Leiningische zum Superintendenten Kratz, welcher damals einen Schaden am Fuß hatte. Kratz ließ sich von ihm behandeln, und der Schaden heilte. Nun nahm ihn Kratz in seinen Schutz, und empfahl ihn meinem Vater, als einen sehr gelehrten Linguisten, zum Lehrmeister für seine Söhne, auch als einen sehr geschickten Arzt. Mein Vater, welcher vor kurzem den Apotheker Eschenbach, seinen Calefactor, oder Symphilosophen verlohren hatte, war froh, jemanden ins Haus zu bekommen, der Eschenbachs Stelle in seinem Laboratorium ersezen könnte. Er versuchte also zuförderst seine chemischen Fähigkeiten, fand aber zu seinem Aerger, daß Hr. Weichselfelder ein Erzignorant in der edlen Kunst der Goldmacherei war, daß er nicht einmal wußte, die Grade des Feuers nach dem Thermometer zu bestimmen, und was des Dinges mehr ist.

In den Schulwissenschaften, wenn man ein wenig französisch ausnimmt, war Weichselfelder gerade so weit gekommen, als die ehemaligen Professoren auf dem Heidesheimer Philanthropin. Daher mußte mein Vater den Unterricht mit mir wieder

---

gnus Kaspar Köhler, Bauer in Wendelsheim, sind durch ihre Wunderkuren und Spizbübereien berühmt und reich geworden. Indessen mundus vult decipi! — Aber je eingeschränkter das Reich scharfsichtiger Aerzte ist, desto ausgedehnter ist das Reich des Aberglaubens und der — Pfaffen. Mein Vaterland beweiset es.

selbst übernehmen; nur mein Bruder blieb unter der Disciplin des theuren Pädagogen.

Bald bemerkten wir die größten Fehler des Lehrmeisters: beinahe täglich war er berauscht, und machte auf den benachbarten Dörfern in den Schenken allerhand Excesse: er prügelte sich mit den Bauern, und lief den Menschern in den Kuhställen u. s. w. nach. Da Signor Weichselfelder viel Neigung zu dergleichen bei mir wahrnahm; so machte er mich zu seinem Vertrauten. Seine und meine Streiche blieben durch die Vermittelung meiner Tante, welcher er doch den Unnamen Kobold gegeben hatte, eine Zeitlang verborgen. Allein in der Länge wollte es doch nicht gehen: mein Vater erfuhr alles, filzte ihn derb aus, und da dies bei dem im Grunde verderbten Menschen nicht fruchten wollte; so gab er ihm den Laufzettel, und schickte mich von neuem zur Schule.

Weichselfelder ist hernach Schullehrer in Gladenbach ohnweit Gießen geworden. Ob er noch lebe, und wo er sich jetzt herumtreibe, weiß ich nicht. Er hat zu Frankfurt am Main einen elenden Wisch gegen den berühmten Abt Schubert über die Wirksamkeit der heil. Schrift herausgegeben, der aber gleich nach seiner Erscheinung auf die heimlichen Gemächer wandern mußte.

Siebentes Kapitel.

Auch die Liebe ist ein Krypto-Jesuit, und im Proselyten
machen oft ein mächtiger Apostel.

———

In den Ferien war ich gewöhnlich zu Hause, und
suchte mich durch lustige ausgelaffene Streiche für die
ausgestandenen Mühseligkeiten und Arbeiten auf der
Schule, in vollem Maaße zu entschädigen. Noch
hatte ich, so sehr ich ein theoretischer Zotologe war,
in Praxi nichts gethan, einige Handgriffe abgerechnet, welche ich bei den Dorfmenschen, und auch
wohl bei einigen sogenannten Mamsellen — an-
brachte. Aber nun kommt die Periode, wo ich anfing, das förmlich auszuüben, wozu mir unser Knecht
schon frühe Anleitung gegeben hatte.

Ich war einst im Herbst zu Hause, gerade da
meine Mutter ihre große Wäsche besorgen ließ. Das
Zeug mußte über Nacht auf der Bleiche liegen bleiben, und wurde von den Waschweibern nebst einigen Knechten bewacht. Ich stieg in der Nacht aus
meinem Fenster, weil die Hausthür verschlossen war,
und begab mich zu den Bleichern. Ich fand eine
recht lustige Gesellschaft, welche mir damals baß behagte. So lüstern, safts und wortreich ich war,
schäkerte ich mit, und übertraf an Ungezogenheit die

Knechte und die Menscher, so sehr sie sich auch be-
mühten, kräftig zu sprechen. Endlich kettete sich
eine Dirne, welche schon ein Kind von einem Mühl-
burschen gehabt hatte, an mich, ließ mich neben sich
liegen, fragte sodann nach diesem und jenem, woraus ich ihre Absicht leicht merken konnte, und führte
mich hinter eine Hecke von Bandweiden, wo wir
uns hinlagerten und —

Ich bin nicht im Stande, die Angst zu beschreiben, worin ich mich nach dieser Ausschweifung
befunden habe: ich zündete meine Pfeife an, trank
Wein; aber nichts wollte mir schmecken: ich wollte
Spaß machen; aber es hatte keine Art: endlich lief
ich nach Hause; konnte aber auch nicht schlafen.

Den folgenden Tag sah ich die nämliche Dirne:
ich schämte mich; aber sie wußte so gut zu schäkern,
daß ich alle Schaam hintansetzte, und sie selbst er-
suchte, mit Gelegenheit zur Fortsetzung unsers Umgangs zu verschaffen. Dies geschah, und zwar so,
daß meine Eltern nicht das geringste davon erfuhren. — Alle Begierden waren nun in mir rege und
geschärft; und von dem Augenblick des ersten Ge-
nusses an, betrachtete ich die Frauenzimmer mit ganz
andern Augen, als vorher. Jede reizte meine Sinnen; aber sehr wenige, oder, wenn ich eine einzige
ausnehme, gar keine, machte ferner bleibenden Eindruck auf mich. Die Anmerkungen, welche sich hier

anbieten, mögen die Leser selbst machen: ich will in
meiner Geschichte fortfahren.

Der Amtmann zu . . . . — man verzeihe
mir, daß ich hier die Namen verschweige, so sehr
ich es mir zum Gesetz gemacht habe, die Leute mit
Namen zu nennen. Ich habe für den Amtmann
und seine Familie viel Ehrfurcht, besonders für seine
Tochter: und diese Ehrfurcht verbietet mir, diese
guten Menschen zu beleidigen. — Also der Amtmann
zu . . . . hatte eine Tochter, welche ohngefähr ein
Jahr jünger war, als ich. Das Mädchen hieß
Therese, war ziemlich hübsch, aber katholisch,
und zwar streng jesuitisch-katholisch, wie ihre ganze
Familie. Ich lernte sie auf einem Jahrmarkte kennen, und suchte von der Zeit an, mit ihr näher bekannt zu werden. Es war im Herbst, als ich sie
zum erstenmal sahe. Ich sollte auf die nächsten
Ostern die Universität beziehen. Ich hatte daher,
als angehender Student, schon mehr Freiheit, und
mein Gesuch, Thereschen näher kennen zu lernen,
war sehr leicht auszuführen. Ich besuchte sie hernach öfters. Der alte Amtmann konnte mich wohl
leiden: denn ich suchte mich nach seinen Grillen zu
bequemen und widersprach ihm niemals. Therese
war auch allemal froh, und sehr merklich froh, wenn
sie mich kommen sah. Ich muß gestehen, daß jene
drei oder vier Monate, welche ich in diesem Umgang

zubrachte, die seligste Zeit meines Lebens gewesen
ist. Immer, wenn ich mich allein untersuchte, fand
ich, daß ich dem Mädchen sehr viel zu sagen hatte;
aber sobald ich bei ihr war, hatte ich nicht Muth
genug, das zu offenbaren, was mir die Brust drückte, so oft ich mich auch entschlossen hatte, alles gerade heraus zu bekennen, es möchte auch werden,
wie es wollte.

Endlich machte ich's, wie alle unerfahrnen Liebhaber: ich schrieb ihr einen Brief, und gab ihrer
Magd einen Gulden, damit sie das Geschäfte einer
Unterhändlerin übernehmen möchte. Einige Tage
schwebte ich zwischen Furcht und Hoffnung, und war
wie im Fegefeuer! endlich brachte mir ein Bauer einen Brief von Thereschen, worin sie sich über meine
lange Abwesenheit — ich war drei Tage weggeblie-
ben! — beklagte, und mir alle Ursache gab, das
Beste zu hoffen. Nun flog ich nach . . . . . traf
mein Mädchen allein in ihrer Stube, und hatte
das erstemal Herz genug, sie mein Mädchen, meinen Engel zu nennen, und ihre Wangen zu küssen.
Das war ein Tag, lieben Leser, wie ich Ihnen recht
viele gönnen möchte! Größere Seligkeit läßt sich
nicht denken, als ich an diesem schönsten Tage meines Lebens genoß!

Von diesem Tage an wuchs unsre Vertraulichkeit immer mehr, und wir wechselten beständig Briefe,

welche, wenn sie mein Vater nicht verbrannt hat,
sich noch unter dessen hinterlassenen Papieren befinden werden. Ich machte auch Verse; und so wenig Geschick ich auch immer zur Poeterei gehabt
habe, gefielen sie meiner Geliebten doch besser, als
die besten unsrer Dichter. Das ist so in der Natur
der Liebenden gegründet, und daher erklärt sich auch
zum Theil die Verschiedenheit des Geschmacks.

Der alte Amtmann entdeckte auf irgend eine
Art — auf welche gerade, weiß ich nicht — unser
Verständniß, und hielt mir deshalb eine derbe Strafpredigt. So ein Umgang, meinte er, schikte sich
für junge Leute, als wir wären, nicht: ich hätte
keine Aussichten, kein Vermögen, u. d. gl. Besonders stieß er sich an meiner Religion: ich wäre lutherisch, und er würde nimmermehr zugeben, daß sich
seine Tochter mit einem Menschen behinge, der nicht
ihres Glaubens wäre. In diesem Gespräch gedachte er auch, daß die Lutheraner den Satz vertheidigten, daß der Pabst der Antichrist, und die katholische Kirche die babylonische Hure sei. — Nun
möchte ich selbst bedenken, ob er, auch von allem
andern abgesehn, sich nur könnte einfallen lassen,
sein liebes Kind einem Menschen anzuvertrauen,
der dergleichen Grundsätzen beipflichte? — Er
bath mich darauf, sein Haus sparsamer zu besu-

Erster Theil.   D

chen, um seine Tochter nicht ins Gerede zu
bringen.

Das war ein Donnerschlag für mich! Ich
wußte nicht, was ich dem Manne antworten sollte:
ich stammelte einiges Unverständliches, faßte mich
kurz, und führte mich ab, ohne diesen Tag meine
Therese gesehen zu haben.

Ich machte mir allerhand Grillen: bald wollte
ich an den Herrn Amtmann schreiben; aber da war
die Frage, was ich schreiben sollte? Bald wollte
ich zu Theresens Base laufen, welche einige Meilen
davon wohnte, und ihr meine Noth klagen: bald
wollte ich sonst was thun. Aber von allen meinen
Anschlägen wurde auch kein einziger ausgeführt, ich
wußte nämlich nicht, wozu ich mich entschließen sollte. — Zwei Tage nach diesem harten Stand erhielt
ich ein kleines französisches Zettelchen von meiner
Therese, worin sie mir meldete, daß sie zu ihrer
Base nach . . . . . reisen würde: daß sie mich das
selbst auf den Sonntag unfehlbar erwartete. Ich
hatte Mühe, von meinem Vater die Erlaubniß zu
erhalten, nach Kreuznach zu gehen, als wohin ich
gehen zu wollen vorgab. Vielleicht hat ihm so was
von einem quid pro quo geahnet; indessen erhielt
ich die gesuchte Erlaubniß, und flog mehr als ich
ging, nach dem Orte hin, wo mein Thereschen
sich aufhielt.

Die Base empfing mich sehr höflich, doch mit einer Zurückhaltung, die mich schmerzte. Von der Sache selbst wurde kein Wort gesprochen. Endlich kam Therese aus der Kirche, und that sehr zurückhaltend gegen mich in Beiseyn der Base. Sie that gleichsam, als wäre ich ihr ein unerwarteter Besuch. Und so saßen wir beinahe eine halbe Stunde, bis endlich die Base mich fragte: ob ich ihnen die Ehre thun wollte, zum Mittagsessen bei ihnen zu bleiben? Ich konnte nicht anders, als mich entschuldigen, und gab vor, daß ich nur hätte sehen wollen, wie sie sich befänden: daß mein Weg eigentlich nach Kreuznach ginge, daß ich dort zu Mittag mit Hrn. Licentiaten M a c h e r essen würde, und was des Geschwäzzes mehr war. „Sie haben nach Tische noch Zeit, nach Kreuznach zu gehen, wo Sie doch über Nacht bleiben werden," fing nun Therese an: „bleiben Sie immer noch, und wenn es die Frau Base erlaubt; so begleite ich Sie eine Strecke: ich will die Mamsellen auf der Saline diesen Nachmittag besuchen." — Das war nun Wasser auf meiner Mühle: ich blieb, und nach Tische ging ich mit meinem Mädchen auf die Saline zu.

Kaum waren wir allein, als Thereschen mir der Länge nach erzählte, daß ihr Vater unsers Umgangs wegen böse wäre: daß er sich hauptsächlich an meiner Religion stieße, und daß, nach Wegräumung dieses Steins des Anstoßes, ihr Vater keinen Anstand nehmen würde, unsre Liebe ferner nicht zu stöhren: daß er mich für einen braven Menschen hielte, aus welchem noch was werden könnte, u. s. w. Ich fing wieder an, Athem zu schöpfen. „Wenns weiter keinen Anstand hat, erwiederte ich, so wollen wir schon Rath schaffen. Die Religion liegt mir nicht sehr am Herzen; und um Dich zu erhalten, Engel Gottes! wollt ich wol einen Glauben annehmen, bei welchem ich ewig verdammt werden könnte." — Ich beredete mich sofort mit meinem Mädchen, und versprach ihr, die katholische Religion näher zu prüfen, und mich ganz von ihr und ihrem Vater leiten zu lassen.

Manche Leser werden hier gewiß recht auf mich zürnen; aber wer einmal würklich verliebt ist, würde gewiß alles thun, was ich that; wenn er auch viel weniger Leichtsinn besitzen sollte, als Mutter Natur mir mitgetheilt hat: — Kurz! recht seelenvergnügt schieden wir von einander, und Therese versprach, mich in ihr Gebet einzuschließen, damit der liebe Gott meine Augen öffnen, und mir die Wahrheit recht sichtbar machen möchte.

Sobald ich nach Hause kam, besuchte ich den katholischen Pfarrer Neuner, in Erbesbudesheim, den ich schon lange kannte, und der in ziemlich vertrautem Umgange mit meinem Vater stand. Ich

fing recht' gefliffentlich an, von der Religion zu fpre=
chen, und erinnere mich: daß unfer Gespräch die
Rechtmäßigkeit der lutherischen und überhaupt der
proteftantischen Geiftlichen betraf. Herr Neuner
fetzte mir ftarke Gründe entgegen, daß ich bald felbft
geftehen mußte — und gern geftand ich? ja! — daß
unfre lutherischen Geiftlichen nicht gefetzlich geweiht
und berufen wären; daß fie folglich nicht ordentlich
und gültig konfekriren könnten. Daher leitete er
mehrere Folgen, und bewies mir augenscheinlich,
daß die katholische Kirche einen unendlichen Vorzug
vor allen andern Kirchen hätte. Das Ding gefiel
mir unendlich, obs mir gleich nicht wenig auffiel:
denn dergleichen hatte ich in meinem Leben noch nicht
gehört. Ich erfuchte fogar den Hrn. Neuner, fich
die Mühe nicht verdrießen zu laffen, mir mehrere
Auskunft über das eine und andre Stück der Reli=
gion zu geben: denn mir fei es wirklich darum zu
thun, die Wahrheit zu erkennen, und hernach auch
zu bekennen, wenn ich fie nur einfähe.

Herr Neuner borgte mir beim Abschied ein
Buch, das den Titel hatte: Religio prudentum,
feu fola fides catholica fides prudens, von einem
gewiffen Augspurger Jefuiten, Namens Neumeyer.
Er verficherte mich, daß ich in diefem Buche die Haupt=
beweife der katholischen und die Hauptwiderlegungen
der unkatholischen kirchlichen Lehrfätze finden würde.

Herr Neuner hätte mir kein ungemesseneres
Buch geben können. Neumeyer hat schön latein
und so verführerisch geschrieben, daß auch ein Mensch
ohne Interesse hätte irre dabei werden können. Ich
hatte niemals viel von theologischen Kontroversien
gehört, und verstand die Lehren meiner eignen Seite
nur so obenhin. Da überdies mein Vater sehr tolerant war; so hatte er mir auch keinen Haß gegen andre Kirchensysteme eingeflößt. Auf diese Art war
also meine Seele des Eindrucks recht empfänglich,
welchen die Vorstellung von der Güte des Glaubens
meiner Geliebten auf sie erregte. Kaum hatte ich
demnach die Religio prudentum durchgelesen; so
bekannte ich mir selbst, daß das katholische Kirchensystem besser, als das Meinige wäre, und wurde
recht ernstlich böse auf die Reformatoren, welche den
unseligen Kirchenspalt bewirkt hatten, der mir jetzt
mein ganzes Glück zu rauben drohte.

Mit aller Freude besuchte ich nun meinen lieben
Neuner — denn damals schien er mir mein bester
Freund zu seyn — und entdeckte ihm ohne Umschweife, daß die Religio prudentum mich auf ganz andere Gedanken gebracht hätte: daß ich gestehen müßte, die katholische Kirche habe recht, unsre hingegen
unrecht. — Neuner lächelte mit proselytensüchti-
ger Zufriedenheit; aber da er ein Jesuiterschüler war,
so konnte er mit einem so raschen Bekenntniß nicht

zufrieden seyn. Er muthmaßete ein Nebeninteresse
von meiner Seite, und fragte mich geradezu: ob
ich reine Absichten bei meiner vorhabenden Bekehrung hätte? — Ich stutzte: doch antwortete ich
ihm: daß mir nichts näher am Herzen läge, als die
Wahrheit. Darauf erklärte er mir den Ausspruch
Christi: wer Vater oder Mutter mehr liebt, als
mich, der ist mein nicht werth. Er stellte mir bei
der Auslegung dieser Stelle vor, daß ich bei dem Bekenntniß der Wahrheit auf meine Eltern keine Rücksicht nehmen dürfte: daß der liebe Gott ein solches
Opfer für sehr verdienstlich ansähe, und folglich gewiß auch für mich sorgen würde, u. d. gl. Diese
Rede des Hrn. Pastors erbaute mich gar sehr, und
ich schied zufrieden von dannen.

Inzwischen besuchte ich wieder einmal den alten
Amtmann, und fand seine Gesinnungen gegen mich
besser, als das letztemal. Ich erzählte ihm, daß ich
jetzt die Religio prudentum studierte, und beinahe
von der Wahrheit der katholischen Religion überzeugt
wäre. Er fiel mir ins Wort, und sagte, daß er
um mein gutes Geschäfte schon wüßte, und zwar
durch den Capuziner, Pater Hermenegild von
Alzey, der es vom Pfarrer Neuner gehört hätte.
Uebrigens dürfte ich nicht fürchten, verrathen zu
werden, indem niemanden die Sache bekannt wäre,
der Vortheil davon haben könnte, sie auszuschwa-

zen. Er versicherte mich endlich, wenn ich der
Wahrheit getreu bleiben, und dieselbe öffentlich bekennen würde, daß man bereit wäre, mich auf der
Universität zu Heidelberg etwas rechts lernen zu lassen und mir mit der Zeit auch eine Versorgung zu
verschaffen: und so würde schon alles gut werden.

Dieses zündete wieder neue Hoffnung in meiner
Seele an, und der Himmel hing mir voll Geigen,
wie man in der Pfalz zu sprechen pflegt. — Ich
durfte seit dieser Zeit mit meinem Mädchen unter den
Augen des Vaters vertraut umgehen, durfte sie herzen und küssen, ohne daß er uns je etwas anders gesagt hätte, als: Leutchen, macht, daß ihr nicht in
wüste (schändliche) Mäuler kommt! — Noch dank'
ich es dem guten Schicksal — denn meinen Grundsätzen habe ich es wahrlich nicht zu danken — daß
unser Umgang nicht in eine allzu große und schädliche
Vertraulichkeit ausgeartet ist. Gelegenheit war überflüßig da; aber so ausschweifend ich auch sonst schon
bei andern gefälligen Mädchen gewesen war, so fiel
mir doch niemals der Gedanke ein, etwas mit meiner
lieben Therese vorzunehmen, das wider die Ehr-
barkeit gestritten hätte. So viel vermag ein be-
stimmter, ehrbarer Gegenstand der Liebe, auch bei
verwöhnten feurigen Jünglingen! —

Dem Pastor Neuner und hernach dem Pater
Hermenegild versprach ich, nicht auf eine prote-

ſtantiſche Univerſität zu gehen, ſondern katholiſch zu
werden, und ohne weitere Rückſicht auf meinen Vater, mit Unterſtützung einiger angeſehener, reicher
und eifriger Katholiken in Heidelberg die Rechtsge-
lehrſamkeit zu ſtudieren. Ob das Ding ſo hätte können ausgeführt werden, überlegte ich damals nicht
hinlänglich: mir ſchien es möglich, und wenn ich es
noch jetzt überlege; ſo finde ich keinen Widerſpruch.
Mein Vater, dem im Herzen alle Kirchenſyſteme,
als ſolche, gleich waren, würde ſich wieder, wenn
der Schritt einmal geſchehen wäre, mit mir ausge-
ſöhnt haben: eine Verſorgung hätte mir auch nicht
entgehen können, da ich ein Neubekehrter geweſen
wäre, welches in der Pfalz von jeher eine große Em-
pfehlung geweſen iſt, und es leider noch iſt. Thereschen wäre mir am wenigſten entgangen. — Doch
es hat nicht ſeyn ſollen: mein Schickſal hatte es anders mit mir beſchloſſen.

Achtes Kapitel.

Schon wieder ein Pfaffenſtreich! — und dann ein Strich
durch meine Rechnung.

Mein Vater merkte bald, daß ein Liebesverſtändniß zwiſchen mir und der Mamſel Thereſe .... auf

dem Tapete war; aber er hielt das Ding für eine
Kinderei, die ihn nichts anginge, und die er also
nicht zu stören nöthig hätte. Es würde sich schon
alles von-selbst geben, dachte er, wenn ich auf Ostern
die Akademie bezöge.

Zu dieser toleranten Gesinnung meines Vaters
trug das regelmäßige und ordentliche Betragen nicht
wenig bei, welches ich seit dem Anfange meiner neuern Liebschaft annahm. Ich ließ alle meine ehemaligen schlechtern Bekanntschaften fahren, war, wenn
ich nicht in . . . . oder zu Büdesheim war, beständ-
dig zu Hause, und studirte besonders fleißig den
Quintilian und den Plutarch, meines Vaters erste
Lieblinge. Ausserdem hatte ich mich bei ihm durch
eine lateinische Elegie in starken Kredit gesetzt, welche
ich auf den tragischen Tod der Tochter des Hofpre-
digers, Herrenschneider, gemacht hatte, und
die man als ein Meisterstück — so schlecht sie sonst
wohl seyn mochte — bewunderte. — Meine Leser
mögen es nicht übel nehmen, wenn ich ihnen die
Veranlassung zu dieser Elegie erzähle: sie ist einzig in
ihrer Art, und giebt zu manchen Anmerkungen Stoff
an die Hand.

Der Hofprediger Herrenschneider, dessen
ich oben schon gedacht habe, hatte den Grehweileri-
schen Pfarrer Valentin zu Münster bei Kreuznach

beleidiget, und dieser ihm aus Rachsucht einen tödt-
lichen Haß geschworen. Der Hofprediger wohnte so,
daß man aus dem Schloßgarten gerade durch ein
Fenster in seine Wohnstube sehen konnte. Das wußte
Meister Valentin, welcher ehemals in Grehweiler
Hofkaplan gewesen war. Um nun seine Sache auszuführen, begab er sich an einem Winterabend in den
Schloßgarten, und schoß eine Flinte mit gehacktem
Blei durch das gedachte Fenster ab, als der Hofprediger mit seinen Kindern zu Tische saß. Seine zweite
Tochter, ein Mädchen von eilf oder zwölf Jahren
wurde von einem Stück Blei ins Herz getroffen,
und starb auf der Stelle: der Hofprediger selbst
wurde nur an der Schulter beschädiget.

Diese Begebenheit erregte in der dortigen wei-
ten Gegend fürchterliches Lärmen; aber den wahren
Thäter errieth niemand. Das ganze Publikum fiel
auf den Rheingrafen, welcher den Hofprediger damals schlangenartig verfolgte. Valentin verrieth
sich aber selbst: auf dem Nachhauseweg ging er zu
Kalkofen in eine Schenke. Es war um Mitternacht,
und also schon verdächtig. Hiezu kam, daß er einige
Tage vor der grausamen That Blei und Pulver in
Kreuznach hatte holen lassen, und mehrmalen dem
Hofprediger den Tod geschworen hatte. Auf diese
und mehr andere Anzeigen ließ ihn die Obrigkeit
einziehen; allein er kam dem Richter dadurch zuvor,

daß er selbst sein Leben mit Gift unterbrach, welches
er zu diesem Gebrauch vielleicht schon lange bei sich
geführt hatte. Er starb in schrecklichen Konvulsionen,
und gestand demohngeachtet, daß er sich freuete, daß
ihm seine Rache an dem Schurken, dem Hofprediger
Herrenschneider, gelungen wäre. So italiänisch-
unversöhnlich haßte dieser Mann Gottes in Deutschland! — Er mußte über vier Wochen über der Erde
liegen bleiben, weil die pfälzische Justiz ihren gewöhnlichen Schneckengang auch hierbei ging: endlich verdammte ihn die Kammer zu Wezlar, nebst zwei
Universitäten, zu einem Begräbniß unter — dem
Galgen!! ") — Jezt wieder zu meiner eignen Geschichte!

Also, wie gesagt, mein Vater hinderte meine
Liebschaft nicht: er ging sogar so weit, daß er mir
von Landau, wohin er wegen seiner Alchymie gereiset
war, ein Paar seidene Pariser Frauenzimmer-Hand-
schuh mitbrachte, und sie mir mit den Worten überreichte: „da haste was vor (für) dein Mensch!"°).

---

n) Der Hofprediger verließ bald darauf Grehweiler, ward
Pfarrer zu Rappoltsweiler im Elsaß, und hernach zu
Strasburg.

o) Die Sprache in der Pfalz ist, wie meine Leser hier
sehen, eben nicht delikat: eine Geliebte heißt da, auch
unter den Honoratioren — Mensch; der Liebhaber —
Borsch (Bursche).

Aber die Freude dauerte nicht lange: mein Vater entdeckte meinen Briefwechsel, und sahe da zu seinem Erstaunen, daß meine Liebschaft die Veränderung der Religion zum Mittelzweck hatte. Ich war nämlich unvorsichtig genug gewesen, den ersten Aufsatz meiner Briefe an Herr Neuner nnd Pater Hermenegild nicht zu zernichten. Einer derselben fiel meinem Vater in die Hände, und bewog ihn, mein Schränkchen näher zu durchsuchen. Er fand also die ganze Geschichte mit allen ihren Urkunden und Belegen. Daß er jetzt nicht ganz gleichgültig geblieben sey, errathen meine Leser ohne mein Erinnern: er verbarg aber seinen Unwillen, und ließ alle Briefe, wie er sie gefunden hatte.

Ich war am selbigem Tage in Flonheim bei dem Vikarius Grim p), und kam erst spät nach Hause. Meine Tante nahm mich gleich auf die Seite, und steckte mir, daß der Vater meine Schreibereien untersucht hätte. Ich erschrack nicht wenig, lief an mein Schränkchen, fand aber alles in der gewöhnlichen Lage, und war zufrieden. Nach dem Abendessen warf mein Vater die Frage auf: ob der Churfürst von Sachsen recht gethan hätte, daß er um die

p) Es ist eben der Grim, der hernach Rektor zu Alzen ward, und sich zum Professor bei D. Bahrdt angeboten hat. Man lese die Beiträge zu D. Bahrdts Lebensgeschichte. S. 120.

Polnische Krone zu erhalten, katholisch geworden
wäre? — Es wurde über diese Frage viel hin und
her gesprochen; doch ohne sich etwas merken zu lassen, was eigentlich zur Sache gehört hätte.

Den andern Tag nahm er mich mit nach Stein-
bockenheim zum Pfarrer Dietsch. Erst auf dem
Rückwege nach Hause machte er mich auf mein Vorhaben aufmerksam, und zeigte mir das Vernunftwi-
drige, worein ich verfallen würde, wenn ich die ge-
ringere Thorheit des Lutherthums gegen die größere
des Pabstthums vertauschen wollte. Ueberdem gab
er mir nicht undeutlich zu verstehen: daß ich meine Absicht ohnehin nicht erreichen würde, wenn ich auch meinen Sectennamen oder meine Confeßion veränderte.

Die Leser können sich schon einbilden, was mein
Vater als Vater, als lutherischer Prediger und als
Pantheist hier weiter sagen konnte und mußte: ich
übergehe also das Ausführliche seines Gesprächs.
Schimpfen und Schelten fiel indeß nicht vor. Ich
mußte ihm nur versprechen, mein Vorhaben aufzugeben: und dabei schien er sich zu beruhigen. — Zu
Hause wurde weiter nichts davon erwähnt, und selbst
meine Mutter war wenig von der Sache unterrichtet,
weil er sie nicht kränken wollte.

Nach Verlauf von drei Wochen kündigte mir
endlich mein Vater an, daß ich mich anschicken sollte,
in einigen Tagen eine Universität zu beziehen: „hier,

sagte er, „wird aus dir nichts, hier verdirbst du an
Leib und Seele, und ärgerst mich noch zu Tode!" —
Ich stellte ihm vor, daß noch lange nicht Ostern wären, daß es Aufsehn erregen würde, ausser der An-
trittszeit sich zur Universität zu begeben, u. s. w.
Aber alle meine Vorstellungen waren vergebens: es
blieb bei seinem Entschluß: kaum konnte ich noch acht
Tage Aufschub erhalten, um von meinen nächsten
Bekannten Abschied zu nehmen; — meine Therese
sollt' ich durchaus nicht weiter besuchen. — Das
that mir freilich sehr wehe; aber die Erwartung der
Dinge, welche ich nun bald auf der Universität erleben sollte, milderte meinen Schmerz, erheiterte
meine Mine.

Mein Vater wollte mich selbst nach Gießen —
denn dahin sollte ich — begleiten, damit ich unterwegs keine dummen Händel vornehmen möchte.
Trotz aller dieser Strenge schrieb ich aber doch einige
Tage vor meinem Abzug noch an meine Therese, und
erhielt eine recht zärtliche Antwort. Von Frankfurt
am Main hab ich noch einmal an sie geschrieben.

Unterwegs gab mir mein Vater viele vortreffliche Lehren; und ich würde gut gefahren seyn, wenn
ich sie befolgt hätte: aber leider schon in Frankfurt
vernachlässigte ich eine seiner Hauptvorschriften. In
dieser Stadt diente ein Barbiergeselle aus meiner
Gegend, den ich aufsuchte, weil mir seine Anver-

wanten einen Auftrag an ihn gegeben hatten. Der
Mensch war froh, daß er mich sah, und both sich
an, mich auf den Abend in die Komödie zu führen.
Mein Vater erlaubte es. Da ich dergleichen schon
mehr gesehen hatte, und ohnedies ein sehr bekanntes
Stück gegeben wurde; so bath ich meinen Führer,
mir lieber sonst etwas Merkwürdiges in dieser schönen
Stadt zu zeigen. Um meinen Vater hernach zu beruhigen, verabredeten wir, ihm zu sagen, daß wir
in der Komödie gewesen wären. Gesagt, gethan!
Mein Landsmann nahm mich mit, und führte mich —
ins Bordell, zur Madame Agricola. In meinem Leben war ich noch in keinem Hause gewesen,
welches der Venus geweiht war: ich erstaunte also
nicht wenig, als ich die zügelloseste Wollust sich hier
in ihrer abscheulichsten Reizbarkeit entwickeln sah.
Mein Kamerad machte sich mit den Mädchen viel zu
schaffen; mich aber hinderte meine Blödigkeit, zu
machen, wie man vielleicht erwartet.

Ohngefähr um eilf Uhr verließen wir dieses lüsterne Haus [9]). Ich machte meinem Vater eine

---

[9]) Zu Frankfurt am Main sind viele Bordelle; aber
keins ist öffentlich privilegirt. Der Magistrat schickt
eben darum zuweilen die Häscher hin, welche visitiren,
und die Mädchen wegbringen müssen: die Visitationen
bleiben aber ohne Folgen, die zweibeinigen ausgenommen: denn wie Juvenal sagt:
— — Quis custodiet ipsos
Custodes? —

Beschreibung von dem Schauspiel, das ich wollte
gesehen haben, und er war zufrieden. Des andern
Tages besuchte er einen Freund, der ihn zum Abendessen dabehielt. Nun konnte ich wieder ausgehen,
und meine Leser errathen schon, daß mein Gang zur
Madam Agricola gegangen ist. Ich war jetzt drei-
ster: mein Begleiter war nicht bei mir. Ich blieb
bis nach Mitternacht, und verzehrte über eine Karoline von dem Gelde, das mir meine Mutter und
einer meiner Verwandten zur Universität geschenkt
hatten. Ich Thor wuste noch nicht, wie sauer Geld
erworben wird! Die Mädchen waren fürchterlich
aufgeräumt, und kirrten mich so zuckersüß heran,
daß ich ihnen Wein, Chokelade, Gebacknes u. d. gl.
bringen ließ. Cetera non curat praetor. Mein
Vater war ungehalten auf mich, daß ich so lange
ausblieb; aber ich wuste ihm so viel vorzunebeln, daß
er sich endlich zufrieden gab.

Neuntes Kapitel.

So elend fand ich die Gießer Universität.

In einem Tage reiseten wir von Frankfurt nach
Gießen, welches ohngefähr zwölf starke Stunden da-

von liegt. — Mein Vater überließ es unterwegs meiner Wahl, ob ich Jura oder Theologie studiren wollte; er stellte mir aber auch vor, daß ich in der Pfalz als Jurist keine Versorgung, oder doch nur fehr schwerlich zu erwarten hätte. Er fügte hinzu, daß Protestanten wegen ihrer Religion wenig Ansprüche auf kurfürstliche Bedienungen machen dürften. Er rieth mir also zur Theologie, ob er gleich im Herzen die meisten Sätze des Kompendiums für Erdichtungen oder erzwungene Lehrvorschriften hielt. Ich versprach demnach, Theologie zu studiren; aber im Ernst hatte ich das nicht im Sinne. Ich wollte nämlich noch sehen, wie es mit meinem Mädchen und ihrem Anhang werden würde. In Beiseyn meines Vaters versprach ich zwar hoch und theuer, an Theresen nicht mehr zu denken, und noch weniger an sie zu schreiben; aber mein Herz hing noch fest an ihr, so fest nämlich, als es für das Herz eines äuserst leichtsinnigen und unerfahrnen jungen Menschen möglich ist: — und noch hatte ich keine andre Vorstellung von Glück, als von dem in ihrem Besitz. Ich wollte also, wie schon gesagt ist, zusehen, wie es noch werden würde.

In Gießen ließ ich mich inmatrikuliren, und meinen Hut nach der neuesten Mode zustutzen. Sodann suchte ich mir auf dem Lektions-Katalog einige Collegien aus, pränumerirte sie, kaufte die Kompen-

bten, ſtattete meinen Beſuch auf den Dörfern ab,
und verſchafte mir einen neuen blauen Flauſch mit
rothen Kragen und Auffchlägen. Mein Vater blieb
nicht lange: er gab mir noch gute Lehren in Menge,
und reiſete zu Hauſe.

Hier muß ich dem Leſer eine Beſchreibung von
der Gießer Univerſität liefern, wie dieſe damals war,
als ich dahin kam. Ich wünſchte, daß dieſe Beſchreibung weder langweilig noch läppiſch ſcheinen
möchte. Aber bei der Beſchreibung einer Univerſität
muß doch nothwendig manches Läppiſche mit vorkom-
men, wenn ſie anders die nöthige Vollſtändigkeit haben ſoll. —

Gießen ſelbſt iſt ein elendes Neſt, worin
auch nicht eine ſchöne Straße, beinahe kein einziges
ſchönes Gebäude hervorragt, wenn man das Zeug-
haus und das Univerſitäts-Gebäude ausnimmt. Es
führt den Namen einer Feſtung; die aber unter allen
Feſtungen, welche ich je geſehen habe, die elendeſte
iſt. Zudem wird ſie von einem Berge kommandirt,
von woher man ſie recht gut beſchießen kann. Es
ſteht ein Regiment Soldaten darin, das aber gar
nicht ſtark iſt, und nur, wenn ich nicht ſehr irre,
ſechs Kompagnien zählt. Das Regiment iſt das
Darmſtädtiſche Kreisregiment, und muß zu der
Reichsarmee ſtoßen, wenn dieſes Heldenkorps zu
Felde zieht. Bei Roßbach ſind die Darmſtädter recht

exemplarisch gelaufen! Die Officiere des Regiments
haben meistens von der Muskete an gedient, und
sind endlich zu Chargen gelangt, aus keinem andern
Grunde, als weil sie lange gedient hatten. Ihre
Lebensart ist eben nicht die beste. Außer Dienst sitzen
sie auf den Dorfschenken, auf dem Schießhaus, bei
Eberhard Busch oder sonst in einer Kneipe, machen
mit Gnoten oder Philistern *) und mit Studenten
Brüderschaft, und spielen Tarock, sechs Marken zu
einem Pfennig. Sehr wenige dieser Herren sind von
Adel. Unter den Soldaten giebt es sehr viel alte
Invaliden: sonst sind sie lauter Landeskinder.

Unter den Bürgern giebt es mehrere wohlha-
bende; überhaupt aber ist Gießen kein Ort, wo es
viel Reiche giebt. Die Ursache liegt wohl darin, daß
die Stadt wenig Verkehr, und gar keine Manufak-
turen hat. Ob sie dergleichen nicht haben könnte, ist
eine andre Frage; aber daran denkt man vielleicht
nicht. Die Stadt liegt wenigstens auf einem guten
Boden, und an einem ziemlich schiffbaren Fluß —
doch das geht mich nichts an!

Die Universität hatte zu meiner Zeit sechszehn
besoldete und etwa drei unbesoldete oder außerordent-
dentliche Lehrer. Herr D. Bahrdt hat einige dieser

---

*) So werden die Bürger auf den Universitäten von den
Studenten genannt.

Herren in seiner Lebensbeschreibung die Revüe passi=
ren lassen: ich habe in meinen Beiträgen und
Berichtungen zu dieser Schrift einiges hinzuge=
fügt: darüber hat Herr Schmid ein klägliches Ge=
schrei erhoben, und für gut befunden, mich in der
153ten N. des Intelligenzblatts der Litteratur=
zeitung von 1791, zu befehden. Ich kann nun
nicht umhin, die Gießer Herren abermals zu beschrei=
ben, gerade so, wie ich sie gefunden habe. Viel=
leicht sehen unpartheiische Leser, daß Herr Schmid=
mit seiner Apologie mein Vorgeben noch nicht ganz
vernichtet hat. — Herr Koch mag den Anfang
machen.

Koch ist ein Jurist von Ansehen und nicht ge=
meinen Kenntnissen, wenn man ihm nämlich und
seinen Schülern glauben will. Ich habe wohl wenig
Männer gesehen, die die Kunst verstanden, ihre
Kenntnisse so geltend zu machen, als dieser Herr
Kanzler. Sein Ton ist im Kollegium und im ge=
meinen Gespräch so diktatorisch, so zuversichtlich,
daß es scheint, er habe, gleich dem Vicegott zu Rom,
alle Weisheit allein, und befinde sich im Besitz, im
ausschließenden Besitz der ganzen juristischen Gelehr=
samkeit. (Es giebt aber andre Gelehrte, die ihm die=
sen Vorzug nicht lassen wollen. Herr Schott in
Leipzig will in den Kochischen Schriften nichts als
oberflächliche Kenntnisse, und schales Räsonnement

gefunden haben. Kochs Latein soll vollends gar
nichts taugen: man soll sogar in seinem Jus criminale grammatikalische Schnitzer finden. Dieses
Buch hat, wie ein großer Jurist urtheilt, ich meyne
den Herrn Professor Woltär in Halle, mehr Glück
gehabt, als es verdient. Dafür ist es aber jetzt aller
Orten abgeschafft, und wird nur noch in Gießen von
Herrn Koch zum Leitfaden seiner eignen Vorlesungen
gebraucht, vielleicht auch noch auf jenen Universitäten,
wo man noch an Hexen glaubt, oder Ketzereien für
ein Hauptverbrechen ausgiebt: denn dieses lustige
Buch enthält einen Artikel de Magia, und einen —
de Haeresi.

Wenn es wahr wäre, was Herr Schmid in
seiner Apologie gegen mich anführt, daß Koch ein
großer Verehrer des großen Leysers sey; so müßte
er gewiß auch von diesem sehr vernünftigen Juristen
gelernt haben, über K. Carl V. Halsgerichts-
ordnung vernünftig zu urtheilen: aber aus dem
criminale des Herrn Koch erhellet gerade das Gegentheil. Leyser urtheilte von dieser Compilation
sehr unvortheilhaft; Koch aber, Duce Krefs,
macht sie zum Repertorium aller kriminalischen Einsicht. Indessen mag ich doch nicht leugnen, daß
Herr Koch den Leyser gelesen hat: Leyser ist ein
herrliches Hülfsmittel zu Vorlesungen über die Pandekten des seel. Böhmers: auch zu Hellfelds

Pandekten giebt er Stoff genug her, so reichlich, daß man eben nicht nöthig hat, die alten ohnehin so schwerfällig geschriebenen Schmöcher nachzuschlagen, und sich bei ihnen den Kopf zu zerbrechen.

Wie stolz übrigens Herr Koch auf seine Kanzlerwürde halte, erhellet daraus, daß er auch im Französischen den Titel Excellence fordert. Herr Chastel, französischer Sprachmeister zu Gießen, dedicirte ihm im Jahr 1778. eine Sammlung prosaischer Aufsätze zum Gebrauch der Anfänger. In der Dedikation hieß es: dedié très humblement à Monsieur Koch u. s. w. Herr Koch nahm diesen Titel schröcklich übel, und Herr Chastel mußte, um ihn zu befriedigen, hinzusetzen: à son Excellence, Monsieur Koch. Jeder Kenner der französischen Sprache, der den Gebrauch des Wortes Excellence im Französischen wußte — in Deutschland kann ihn niemand führen, nach Richelet und de la Laine, als wer auch den Titel Monseigneur führen kann — lachte freilich über die läppische Titulatur; aber der Herr Kanzler Koch hieß doch einmal son Excellence Monsieur Koch, und damit war es gut.

In Gießen fürchtet sich jederman vor dem Herrn Koch: was Er auf dem akademischen Senate spricht, muß gelten, und wenn Rector und alle Professoren andrer Meinung wären. Wer da;

her den Herrn Koch zum Freunde hat, darf thun,
was er will: kein Haar darf ihm gekrümmt werden.
Er ist eben darum fürchterlich stolz, gebietherisch nnd
grob gegen die Studenten, welche er, wenigstens zu
meiner Zeit, wie Schulknaben behandelte. Dabei
macht er ein Gesicht — wie ein fürstlicher Befehl.
Eben so despotisch verfährt er in seinem Hause. Zu
meiner Zeit bewohnte es sein Schwager, ein alter
Kandidat der Rechte, Herr Rolle, dem es aber stark
an der secunda Petri *) fehlte. Dieser Mann
durfte nicht mit an seinem Tische essen, obgleich Herr
Koch sein ganzes Vermögen in Händen hatte.
Freund Rolle hat nicht selten über die Härte
und den übertriebnen Stolz seines Herrn Schwa-
gers geflagt.

Mit den übrigen Professoren hat Herr Koch
wenig Umgang. Die Juristen sind ihm besonders
ein Dorn im Auge, so bald sie etwas mehr verstehen,
als Heineccii Institutionen. Der Regierungsrath
Höpfner lehrte zu meiner Zeit mit vielem Beifall
die Rechte in Gießen. Er war ein Mann, der
nicht nur den Leyser, sondern auch jene ältern Re-
stauratoren der Juristerei, einen Alciatus, Au-
gustinus und Cujacius fleißig studirt hatte —

---

*) An der Beurtheilungskraft. Dies Sprichwort
kommt daher, daß Petrus Ramus im zweiten Theil
seiner Logik De Iudicio handelt.

der in der alten Litteratur zu Hause war, und ächtes
Latein schrieb. Das war hinlänglich, daß Herr Koch
den guten Herrn Höpfner fürchterlich haßte und
neckte. Herr Höpfner nahm hernach eine Stelle in
Darmstadt an, blos um aus Kochs Collegenschaft zu
kommen.

Ich habe in meinen Beiträgen S. 49. gesagt,
Herr Kanzler Koch sey zu Bahrdts Zeiten ein
großer Zotenreißer gewesen: und Herr Schmid
hat sich darüber sehr aufgehalten. Allein jeder Gießer
weis ja, wie Herr Koch sogar in Gegenwart der
Frauenzimmer losziehr. Auf der Doktorpromotion
des Herrn Lobsteins, der jetzt Professor in Straßburg ist, riß Freund Koch vor der Frau Doktorin
solche Zoten, daß diese aufstand und fortgieng. Herr
Koch entschuldigte sich ganz kurz mit dem bekannten
Weidspruch: naturalia non sunt turpia! Uebrigens habe ich nicht selten gefunden, daß viele sonst
angesehene große Gelehrte auch große Zotenreißer
waren — welches doch wol Herr Schmid nicht
leugnen wird?

Ich komme nun auf einen Punkt von mehrerer
Wichtigkeit. In den erwähnten Beiträgen steht
S. 20. Herr Koch habe in Jena eine Tochter gehabt, welche Hannchen geheißen, und im Jahr
1775 nach Gießen gekommen sey. Da habe ihr Vater sie schlecht aufgenommen, und ihr gedroht, er

wolle sie durch den Rathsdiener, sonst Häscher, Neeb ᵉ), zum Thor hinaus bringen lassen. Herr Schmid widerlegt meine Angabe mit ermüdender Weitschweifigkeit; läßt sich aber auf die Hauptsache gar nicht ein, wie ich sogleich beweisen will.

Zum voraus muß ich erinnern, daß ich von der Jenaischen Historie des Hrn. Kochs nichts aus eigner Erfahrung sagen kann. Ich habe das alles vom Hörensagen: denn vor dem Herbst 1776 habe ich Jena nicht besucht; aber 1775 habe ich wirklich ein Mädchen in Gießen gesehen, auch in Lellar bei dem Wirth Menges, linker Hand, wenn man ins Dorf kommt, das sich für Herrn Kochs Tochter aus Jena ausgab, und ihre Entstehungsgeschichte so erzählte, wie ich sie erzählt habe. Ich habe auch gleich damals den ganzen Hergang dem noch in Gießen lebenden Hrn. Prof. Köster entdeckt, der mir aber rieth, ihn als eine skandalöse Geschichte zu unterdrücken. Allein diesen Rath befolgte ich aus natürlichem Leichtsinn und auch deswegen nicht, weil ich damals der Meinung war: Hobbesische Inquisitoren verdienten keine Schonung. — Auch sprach man schon vorher merklich laut von Kochs Hannchen aus Jena. Das Ding war also gar kein Geheimniß.

ᵉ) Ich hatte Nepp geschrieben, weil ich die Orthographie der Häschernamen nicht so gut studirt habe, als Herr Schmid.

Soll ich mich auch noch auf Andere berufen? Allerdings! aber auf welche? Auf Leute, welche damals in Gießen studirt, und jetzt in Darmstädtischen Aemter haben? — Die werden mir den Henker thun, und Zeugniß ablegen in einer Sache, wie diese ist! Aber es sind doch noch Leute in der Welt, welche Jungfer Hannchen gekannt haben, und zur Steuer der Wahrheit meine Behauptung unterstützen können. Diese Leute sind Herr Henrici von Kusel, Herr Hahn von Stutgard, Herr Luk aus dem Erbachischen, Herr Schmid, Doktor der Medicin in Saarbrück, und Herr Müller von Zweybrück: — alle diese sind Ausländer, alle haben damals in Gießen studirt, haben das hübsche Hannchen so gut gekannt als ich — und können, wenns seyn muß, meine Aussage durch ihr Zeugniß bestätigen. Kann Herr Schmid mehr verlangen?

Aber der Häscher Neeb weis von Hannchen nichts, spricht Herr Schmid. Wie elend dies Argument sey, fällt in die Augen. Ich habe ja auch nicht gesagt, Meister Neeb habe sie wirklich zum Thor hinaus geschmissen, sondern nur: daß Herr Koch dem armen Hannchen gedroht habe: er wolle sie, wenn sie sich nicht selbst gutwillig abführte, durch Meister Neeb hinaus schmeißen laßen!

Uebrigens hat Herr Schmid in seiner Apologie nicht geleugnet, daß Herr Koch so ein Hannchen in

Jena gehabt habe. Ich will also auch diesen Punkt
nicht weiter beweisen, so leicht es mir sonst, seyn
würde.

Die andere Anekdote, welche Herr Schmid
angreift, betrift die Absetzung des Rectors Ouvrier.
Diese soll nicht Koch, sondern der damalige Präsi=
dent von Moser bewirkt haben. Gesetzt, das
wäre so; warum versprach denn Herr Koch den Stu=
denten Genugthuung? warum sagte er zu Koch aus
dem Usingischen, und zu Boly von Münipelgard,
sie sollten Genugthuung haben, und
wenn auch der höllische Satan Rektor
wäre? Warum sagte er öffentlich: „ohne mich kann
„der Rektor nichts thun! thut ers doch; so solls
„ihm kläglich gehen: er pfeift so schon auf dem letz=
„ten Loche?“ — Sonst soll, nach Herr Schmids
Angabe, der Schwiegervater des Rektors, Herr
Miltenberg in Darmstadt, Kochs großer Freund und
was weis ich noch mehr gewesen seyn; das ist aber,
mit Herr Schmids gnädiger Erlaubniß — nicht
wahr: die waren wie canis et anguis!

Aber ich befürchte, meine Leser zu ermüden:
sonst würde ich meine Bemerkungen über Herrn Koch
und sein Wesen fortsetzen können. Indessen werde
ich des Herrn Kanzlers im Verlauf dieser Geschichte
noch öfter gedenken.

Zehntes Kapitel.

Schlechtere Profefforen gab es wohl nirgends!

Herr Schmid mag nun vorrücken! Er war vor=
her Profeffor in Leipzig, und wurde nach Gießen
berufen — durch welchen Canal? weiß ich nicht.
Er ist eigentlich von Profeffion ein Jurift; hat aber
auch die schönen Wiffenfchaften begrüßt, und daher
ein fehr feines Weibchen geheirathet — die Schwefter
des Profeffors Schulz.

(Herr Schmid hat das mit Herrn Koch gemein,
daß er sich für einen Matador unter den deutschen
Gelehrten hält. Was Wunder, daß er sich in alle
Wiffenfchaften gemischt; aber auch von den Recenfen=
ten derbe Hiebe bekommen hat — nach dem Sprich=
wort: lafcivienti ferula puero! (Er ist auch der
Redacteur des Leipziger Mufenalmanachs, des fade=
sten Zeugs der ganzen poetischen Leferei, gewefen,
welcher eben seinem Geschmack wenig Ehre gemacht
hat.) Ich erinnere mich, daß Herr Deinet in
Frahkfurt der dortigen gelehrten Zeitung einst ein
Epigram einverleibte, aus welchem ich einige Verfe
zur Curiofität behalten habe. Hier sind sie;

Herr Schmid in Gießen bestach die Diener der
trefflichsten Dichter:

Gebt mir, so sprach unser Schmid zu Leuten von
diesem Gelichter,

Was eure Herren insgesammt
Zur Straf auf heimliche Gemächer verdammt!
Die Schurken ließen sich bestechen — — — *)
Und so entstund denn nach und nach
Der Leipziger Musenalmanach.

(In Gießen hieß man ihn, als ich mich da aufhielt, den Reimenschmid, nach Aehnlichkeit des Hef-
tenschmids in Jena. Würklich war auch nichts trauriger, als Herrn Schmids Gedichte. Seine Trink-
lieder klangen, wie seine Trauergedichte, erbärmlich, — alles nach der Melodie: ich liebte nur Is-
menen. Er verfertigte einmal ein Gedicht auf die
Vermählung des Erbprinzen von Darmstadt für die
Handwerker in Gießen: das Ding war so tiefsinnig
gelehrt, daß es kein Mensch verstehen konnte.

Zu meiner Zeit las Herr Schmid folgende Collegia, und zwar alle publice, damit er nur Zuhörer bekam: über Heineccii fundamenta stili —
über Peter Müllers Bücherkenntniß — über Ovidii
fastos *), über Gatterers Universalhistorie — über

---

*) Hier sind mir einige Zeilen entfallen.

*) Bei diesem Buche hat sich Herr Schmid oft geschnitten.
Glücklicher hat wohl noch kein Docent einen alten
Schriftsteller erklärt.

Sulzers Encyklopädie. Nicht selten verließen ihn
seine Gratis-Zuhörer mitten im halben Jahr: und
er hatte sodann Muße genug, Leipziger Musenalma=
nache zusammen zu tragen.

Wenn ich gern skandalöse Histörchen auftischte;
so sollte es mir leicht seyn, eine dergleichen von Herrn
Schmids Frau Gemahlin anzubringen. Aber die
Gießer verstehen mich so schon.

Herr Schulz war zu meiner Zeit Professor
der orientalischen Sprachen, und Extraordinarius
bei der theologischen Fakultät. Das ist so ein Mann
Kelebh Adonai, wie David *). Er wollte (zu
D. Bahrdts Zeiten auch) sein Schärflein zur Auf=
klärung beitragen, und fing an, etwas freier über
das System zu räsonniren. Nachdem er aber inne
ward, daß dergleichen Heterodoxien dem Landgrafen
nicht lieb wären; so lenkte er ein, und betete die
Kontordienformel eben so wieder nach, wie sein
Schwiegervater, der alte Doktor Benner. Der
verstorbene Ritter Michaelis hat von Schul=

Tempora cum caufis Latium digefta per annum.
Caufae bedeuteten hier, — wie Schmid erklärte —
die Urfachen, weshalb der Consul das Jahr in ge=
wisse Abtheilungen brachte. — Sehr gelehrt!

*) Nach dem Herzen Gottes, d. i. wie es schon
ein alter Rabbiner erklärt hat, der sich in die Zeit zu
schicken weis, auf deutsch, ein Mantelträger.

zens Gelehrsamkeit eben nicht sehr vortheilhaft geurtheilt, ob er gleich sein Schüler gewesen war.

Sonst ist Herr Schulz ein reicher Mann, dabei aber auch so geitzig, daß er auf Pfänder geliehen hat. Ich weiß es noch, daß der Tambour Hofmann — ich muß doch die Leute nennen, die man sogleich in Gießen fragen kann — oft Kleider, Schnallen, Uhren, Pfeiffenköpfe u. d. gl. hintrug, und bei dem Herrn Professor versetzte. Einst geschah eine wahre Schnurre. Die Studenten hatten eine maskirte Schlittenfahrt, die sonst in Gießen sehr gemein waren, und es vielleicht noch sind. Einer davon war als Jude maskirt, saß zu Pferde, und hatte alte Kleider, Hosen, Hembden u. d. gl. bei sich. Herr Schulz war am Fenster: der verkappte Jude ritt hin zu ihm, und fragte, ob er nichts zu schachern hätte? Der Herr Professor antwortete, nein. Der Jude both ihm darauf seinen ganzen Trödel zum Versatz an, und versprach ihm dreissig Procent. Herr Schulz schmiß das Fenster zu, und die Zuschauer lachten. Weiter ward nichts daraus.

Seine Frau Gemahlin ist die Tochter des verstorbenen D. Benners — ein Frauenzimmer von seltener Fleischigkeit, wie Herr Bahrdt sagt. Aber nicht der Fleischigkeit, sondern des Geldes wegen hat Herr Schulz sie geehliget. Schon vorher war ihr Ruf sehr zweideutig, und so ist er auch geblieben.

Einigemal hat sie ihren Mann verlaſſen, und mit
Studenten communem cauſſam gemacht. Aber
Herr Schulz ließ ſich alles gefallen, weil ſie Erbin
eines beträchtlichen Vermögens war.

Nun dann Herr Bechtold! — Ich weiß
nicht, ob ich von dieſem Ehrenmann etwas noch ſagen ſoll, da man ſchon aus Bahrdts Lebensbe-
ſchreibung und meinen Anmerkungen zu derſelben ſich
einen nicht unrechten Begriff von dieſem großen Kir-
chenlicht machen kann. Aber die Leſer dieſer gegen-
wärtigen Schrift, leſen jene vielleicht nicht, und dieſen zu Gefallen muß ich doch wenigſtens eins und
das andre von Herrn Bechtold anführen.

Als Gelehrter, ſagt Herr Bahrdt im Kezzer-
almanach, iſt Bechtold unter aller Kritik. Dieſes
Urtheil iſt ſo wahr, daß ſelbſt die Gießer Füchſe *)
ſich über ihn luſtig gemacht haben. Das Epigram
auf den Herrn Stax y): die Beinamen, die er in
Gießen hatte, Quodammodarius, Grundſuppen-
ſchwabe, und mehrere dergleichen, ſind hiervon Beweis genug. Wegen des letzten Namens dient folgendes zur Erläuterung. Er las ein Collegium über

---

*) So nennt man die Neulinge auf der Univerſtädt.
y) Siehe die Beiträge zu Bahrdts Leben, S. 2).
Erſter Theil.   F

die dogmatischen Beweisstellen: dieses Collegium
nannte er fundamentale biblicum; die Studenten
aber hießen es, seines seltenen elenden Lateins wegen,
fundamentalitium biblicanum, die dictas classi-
cas, das Grundfundament, und endlich gar die
Grundsuppe. Daher der Grundsuppenschwabe. Wäre
Bechtold nicht Ephorus der Stipendiaten gewesen,
er hätte nie einen Zuhörer bekommen: niemand besuchte seine über allen Glauben erbärmlichen Vorlesungen als Stipendiaten, oder solche, die es werden
wollten. Die Bedaurungswürdigen! — Seine Orthodoxie war ehedem so stark, daß er in dem Ton eines Philipp Nicolai z), einige Wische wider
die Reformirten hinsudelte, unter dem allerliebsten
Titel: Calvinianorum Deus, scripturae ignotus
et a sana ratione abhorrens. Seine Beweise waren, wie die des Philipps Nicolai. — Aber jetzt ist

z) War ein lutherischer Theolog aus dem 16ten Jahrhundert. Er hat einen Aufsatz geschrieben: Der Cal-
vinisten Gott, der Teufel, worin er unter
andern sagt: „Der calvinische Herrgott ist ein leicht-
„fertiger, geiler, unkeuscher, blutdürstiger Moloch:
„ein Brüllochse, ein Ochsengott, der höllische Brülloch-
„se, der alte böse Feind, und verfluchte Leviathan."
Siehe G. Arnolds Kirchen- und Ketzerhistorie B. 16.
Kap. 21. §. 10. — Schade, daß zu der Zeit weder
ein Hume, noch ein Pastor Schulz in Gielsdorf,
noch ein Kant etwas über den lieben Gott geschrieben
hatten!

Freund Bechtold von seiner theologischen Düsterheit zurückgekommen, und wundert sich, daß er sonst so einen vernebelten Kopf hat haben können. Er räsonnirt, wie ich vor einigen Jahren bei meiner Durchreise zu Gießen gehört habe, über die heiligen Dogmen sehr hörbar, und lacht über das alte System — das klügste, was er auch thun kann, wenigstens zehnmal klüger, als über das neue System rosenkreuzerisch zu lamentiren.

Sonst ist Bechtold ein schlauer Politikus, und ein Schadenfroh, der seines Gleichen sucht. Er und Koch waren besonders Ursache, daß Lobstein von Gießen weg muste. Unter seinem Rectorate waren die Eulerkappereien im Flor, ja sie nahmen zu, weil er ihnen nicht steuerte, oder vielmehr es gern sah, daß der arme Eulerkapper recht gepeinigt wurde. — Bechtolds Töchter sind brevi manu weggegangen: — sie hatten — Geld!

Von Herrn D. Bahrdt, den ich auch in Gießen gekannt habe, sage ich hier nichts: ich habe in meinen Beiträgen von ihm genug gesagt.

Den alten Dogmaticus, den D. Benner, will ich ebenfalls in Ruhe lassen.

Aber von Herrn Ouvrier einige Worte! Er war vorher Hofmeister oder Informator bei den fürstlichen Kindern in Darmstadt gewesen, und zur Dankbarkeit, aus Gnade nach Gießen als Professor

der Theologie gesetzt worden *). Er ist, als Gelehrter, gar keiner Rücksicht werth, hat auch nicht das
geringste geschrieben, woraus man auch nur einen
Schein von gelehrter Einsicht erzwingen könnte. Er
las, als ich in Gießen war, über des Jenaischen
D. Danovs Dogmatik: weil ihm das Latein dieses
Buches zu hoch war — machte er manches quid
pro quo. In der Frankfurter gelehrten Zeitung ist
ihm einmal ein lateinisches Exercitium, dem er den
Titel Programm gegeben hatte, häßlich korrigirt
worden. Da gab es mehr als vierzig derbe Gram-
matikalien! Er ist überhaupt ein Mann, der sich
zum Professor durchaus nicht schickt. Auf der Kan-

---

*) Wie ein gewisser P—r vor einiger Zeit nach H— —.
     Möchten doch die Großen nicht auf Kosten des Publi-
     kums ihre Dankbarkeit äußern wollen! Die Schande
     fällt doch zuletzt auf ihr eignes Haupt; aber der Nach-
     theil — aufs Publikum. Doch. Mancher steht selbst
     auf einem zu sehr verfehlten Posten, um den ange-
     meßnen für Andere nicht wieder zu verfehlen! — Und
     daraus pflege ich so nach meiner Art zu folgern: daß
     entweder die Götter sich um das Irdische nicht beküm-
     mern, oder daß noch ein Zeitpunkt seyn müsse, wo das
     alles (der allgemeinen Gerechtigkeit wegen) wieder ins
     Gerade gebracht werden wird. — Es ist freilich hierbei
     das Seltsame, daß man erst manchen dummen Streich
     erleben muß, um — zur Schadloshaltung — dereinst
     einen klugen zu erleben. — So zirkulös denkt vielleicht
     kein Otaheiter! Indeß die Schulen lehren es so — und
     was die Schulen lehren, muß doch wohl wahr seyn! —

so ist sein Vortrag elend, wie im Kollegium; daher
ist seine Kirche und sein Auditorium gleich leer.

Von seinem Karakter weiß ich nichts zu sagen:
wer ihn zwar so sieht und hört, sollte ihn für einen
schleichenden Jesuiten halten; aber davon muß ich
ihn frei sprechen: denn zum Jesuiten fehlt ihm alles.
Sonst hört er gern Stadtmährchen, und erzählt dergleichen gern, wie alle Müßiggänger oder Kleingeister und Schadenfrohe. Er ist aber von daher in
manche Klatscherei verwickelt worden, die ihm manche trübe Stunde gemacht hat.

Zu den Juristischen Professoren gehörten ausser
Koch und Höpfner noch die Herren Gatzert und
Jaup. Herr Gatzert ist jetzt in Darmstadt, und
Herr Jaup spielt gern l'Hombre. Seine Schwestern
zählte man zu meiner Zeit in die Zahl der Gießer
Schönheiten.

In der Medicinischen Facultät kannte ich nur
den Bergrath Baumer, und den Professor Nebel. Letzterer war ein rechtschaffener Mann, der
an keinen Kabalen der Universität Theil nahm, und
ein guter Geburtshelfer. Baumer war ehemals
Geistlicher gewesen; hatte aber aus guten Gründen
die liebe Theologie mit der Medicin vertauscht, und
in der letztern viel geleistet. Sonst war er ein Mann,
der einen massiven Ton für deutsche Freimüthigkeit
hielt.

Unter den Philosophen muß ich hier einen Mann nennen, der so viel und wohl noch mehr wehrt war, als die übrige ganze Universität, sowohl in Absicht der Gelehrsamkeit, als auch der Rechtschaffenheit und des Bidersinns. Dieser Mann war der verstorbene Professor Boehm. Wenig Männer habe ich gekannt, die mit diesem trefflichen Manne zu vergleichen wären. Ob er orthodor war, kann ich nicht sagen, wenigstens zog er in seinen Vorlesungen nicht selten auf die Theologen und Pfaffen los, ließ sich aber weiter nichts merken, wahrscheinlich aus Furcht vor den — Juden. Daß Böhm eine gründliche Kenntniß, besonders in der Mathematik gehabt hat, beweisen seine Schriften: daß er der redlichste Mann gewesen sey, müssen alle gestehen, die ihn gekannt haben.

Der Professor Köster war vor Zeiten Pastor zu Wallertheim in der Pfalz, und hernach Prorector zu Weilburg. Ich muß gestehen, daß er viel historische Kenntnisse besitzt, welches seine Schriften auch bezeugen. Um nicht partheiisch zu scheinen, enthalte ich mich alles weitern Urtheils über ihn: er ist mein Vetter.

Die übrigen Herren Professoren der Philosophie, als Herr Klevesahl, Herr Link, Herr Piehl, wie auch Herr Doctor Snell, waren sammt und sonders trübselige Ignoranten, die sehr selten ein Kollegium zu Stande brachten, und gänz-

lich in Dunkeln vegetirten. Herr Link hatte arabisch
buchstabiren gelernt, und fing an, über des Erpe=
nius Grammatik ein Arabicum zu lesen. Da kam
ein Student, welcher den Ritter Michaelis in Göt=
tingen übers Arabische gehört hatte, und widersprach
ihm öffentlich im Kollegium — und die Arabische
Lektion hatte ein Ende. Link ist hernach Dorfpastor
geworden.

Das wäre nun eine kurze Nachricht von jenen
Professoren, welche ich in Gießen kennen gelernt ha=
be. Nimmt man alles zusammen; so ergiebt sich,
daß (auch die luscos reges inter coecos mitge=
zählt) in der theologischen Fakultät nur Ein Mann
war, der etwas leisten konnte, und dieser Mann
war — ich muß es gestehen — Herr D. Bahrdt.
Der alte Benner konnte vor hohem Alter beinahe
nicht mehr lesen, und was er las, war so alt=mön=
chisch=orthodox, daß es sich auch für unsre ortho=
doxern Zeiten nicht so recht mehr schicken würde.
D. Bechtold und Ouvrier waren theologische
Krüppel, immer einer trübseliger, als der andre.
Herr Schulz fing erst nach Bahrdts Abschied an,
eigentliche Theologie vorzutragen, ja man konnte
recht merken, daß er erst damals anfing, Theologie
zu studiren. Er schrieb ganze Stellen aus Gru=
ners deutscher Dogmatik und andern dergleichen

Büchern wörtlich ab, und trug sie seinen Zuhörern hübsch wieder vor.

In der philosophischen Fakultät wüßte ich aus jener Zeit niemanden vorzüglich zu nennen, als die Herren Böhm und Koester, obgleich diese auch von sehr beträchtlicher Verschiedenheit waren. Noch zu meiner Zeit kam Herr Schlettwein in diese Fakultät, und ward ihre Zierde.

Von den Medicinern will ich noch anmerken, daß innerhalb den drei Jahren, und drüber, die ich in Gießen verlebt habe, nur ein einziger Kadaver auf dem anatomischen Theater ist secirt worden. Dergleichen herrliche Anstalten sind da getroffen, die Wissenschaften in Flor zu bringen!

Der Grund von der äusserst elenden Besetzung der Profeſſorſtellen — ich rede noch immer von der Zeit, als ich nach Gießen kam — ist nicht schwer zu entdecken. Die Profeſſoren sind meistens Landeskinder, welche außer Gießen nicht studirt haben. Sie kennen also nur den hergebrachten Schlendrian der Gießer Universität: und da wird denn das Ding fortgeſetzt, wies von alten Zeiten her gewöhnlich war. Selten wird ein Ausländer dahin berufen, oder wird es ja einer; so hat er seine liebe Noth. Die ehrlichen Männer Bahrdt, Kartheuser, Köster, selbst Koch und mein Panegyriſt, Signor Schmid, haben erfahren, was es heißt, in Gießen Profeſſor zu seyn, ohne seinen Stammbaum von denen herzleiten zu können, welche unter **P h i l i p p**, dem **G.r o ß= m ü t h i g e n**, der Reformation beigetreten sind. Zu Heidelberg ist das noch ärger, wie auch zu Mainz; doch davon zu seiner Zeit.

Daß auch Auswärtige, um diese Zeit, die Gies= ser Universität nicht hoch geachtet haben, zeigt eine Anekdote, welche mir der jetzige Professor zu Gießen, Herr Roos, erzählt hat, als ich vor einigen Jah= ren da war. Ich will sie hier anbringen.

Nach dem Absterben des Professors Wolff wur= de der Lehrstuhl der orientalischen Sprachen erledigt. Das Kuratorium glaubte, daß der Professor **K l o ß** zu Halle auch in diesem Fache gelehrt sey, und both ihm die Stelle an. Kloß dankte für die Ehre aus guten Gründen. Er verstünde, schrieb er in seiner Antwort, zwar kein Hebräisch, noch sonst etwas Orientalisches; doch ceteris paribus sollte ihn das nicht abhalten, die Professur anzunehmen, indem er, binnen vier Wochen, soviel von dergleichen zu ler= nen gedächte, als die Gießer Studenten nimmermehr brauchen würden. —

Wenn es übrigens wahr ist — wie es nur ein Strohkopf, ein wahrer Quodammodarius leugnen kann — daß ächtes Studium der Philologie, der Philosophie und der Geschichte die Grundfeste aller wahren Gelehrsamkeit ausmachen; so muß jeder ohne mein Erinnern einsehen, daß in Gießen zu der Zeit, als ich mich daselbst aufhielt, blutwenig Gelehrsamkeit zu holen war. Der alte Böhm las zwar philosophische Kollegien; aber das war weiter nichts, als Wolffische Logik und Wolffische Metaphysik: über die übrigen Theile der Weltweisheit las kein Mensch, das Jus naturae ausgenommen, welches Herr Höpfner für Juristen erklärte nach Achenwall: die Geschichte der Philosophie, die Aesthetik und die zu diesen Wissenschaften gehörige Litteratur waren ganz unbekannte Dinge.

In der Philologie sah es noch scheußlicher aus. Herr Schmid docirte zwar einmal gratis, oder wie man sagt, publice, die fundamenta Styli; verstand aber selbst den lateinischen Styl so wenig, daß er alle Augenblicke wider die Grammatik verstieß, wenn er als Professor der Eloquenz eine lateinische Rede — vorm lateinisch Schreiben nahm er sich in Acht: — halten mußte. So hielt er einst eine Rede auf die Vermählung des Erbprinzen, woraus ich mir einige Floskeln bemerkt, und mich hernach mit meinen Bekannten darüber lustig gemacht habe. Dergleichen waren: benedicat Deus principi juventutis (Gott segne den Erbprinzen!) Et nostram olim curam geres, o Princeps. Quis est, qui vocem nostram jubeat obmutescendam? — Neque est operae pretium, commemorandi. Freilich sind

diese Schnitzer nicht so grell, als die, welche Herr
Deinet in dem Ouvrierschen Exercitium korrigirt
hat; aber für einen Professor der heiligen Eloquenz
sind sie doch immer grell genug.

Eben dieser Herr Schmid erklärte auch dann
und wann einen lateinischen Classiker; da war aber
nichts von dem Geist, der in den Vorlesungen eines
Heyne zu Göttingen oder eines Wolfs zu Halle
sichtbar ist: da wurden die Anmerkungen Anderer
z. B. die des Baxters und Geßners über den Horaz,
und Lubini notae zum Juvenal — geritten, daß
es eine Art hatte. Wer den Baxter hatte, konnte
Herr Schmids Lectionen gar wohl entbehren.

Ueber griechische Skribenten wurde vollends gar
nicht gelesen, auch nicht über einen einzigen. Da
hieß es, und es heißt vielleicht noch so in Gießen:
graeca sunt: non leguntur. Der jetzige Professor Roos las damals, als Student, für sich den
Homer und andre Griechen: und die Studenten
sahen ihn als ein Monstrum der Gelehrsamkeit an.
Eben so ging es mir, weil ich Xenophons Kyropädie
und den Anakreon las. — Aber wer hätte auch damals Griechische Autoren erklären sollen! Benner
verstand wohl Griechisch, wie man aus seinen recht
guten Anmerkungen zu Lucians somnium de lon-
gaevis sieht; aber der war zu alt und zu stolz dazu:
alle andre waren nicht weiter gekommen, als ans

neue Testament: und da ließt sichs nicht so leicht über
griechische Skribenten.

In der Geschichte gings nicht viel besser. Herr
Köster erbot sich zwar immer, über alle Theile der
Geschichte zu lesen; aber selten konnte er einige Kol‌
legia zu Stande bringen. Der Geschmack war ein‌
mal verdorben; wer seine Brodlectionen gehört hatte,
fragte viel nach derlei Nebensachen. Köster mußte
sogar die Kirchengeschichte in einem halben Jahre
endigen, wenn er Zuhörer haben wollte.

Das mag hinlänglich seyn, um meine Leser in
den Stand zu setzen, ein richtiges Urtheil über die
damalige zweckwidrige Einrichtung der ganzen Gießer
Universität zu fällen. Daß sie auch noch zu jetziger
Zeit nicht viel besser ist, habe ich erst 1787 er‌
fahren.

Manche Eltern glauben noch immer, man könne
auf jeder Universität das Seine lernen, — welches
freilich in Ansehung einiger guter Köpfe wahr ist —
man müsse daher den wohlfeilsten Ort aussuchen, und
den Herrn Sohn da studiren lassen. Aber diese gu‌
ten Eltern verrechnen sich häßlich: vielmehr sollten
sie eine Universität wählen, auf welcher die größte
Anzahl der berühmtesten Männer das Fach lehren,
für dessen Erlernung ihr Sohn entschieden ist, es
sey nun Medicin, Jurisprudenz, Theologie oder ein
anderes — und wo bei angemessenen Besoldungen,

Bibliotheken und Curatoren die ausgedehnteste Schreib-
Lehr- und Preßfreiheit herrschet. Freilich wird auch
da aus Manchem nichts; aber an einem Orte, wie
Gießen, Heidelberg, Rinteln, Mainz, Strasburg
und auf mehr dergleichen Universitäten, wo Sub-
jekte lehren, die kaum auf einer Trivialschule lehren
sollten, oder wo ein Landesherr oder ein Curator
ohne Kopf den Vorsitz führt, und alles so engbrüstig
schematisirt, daß man den Verstand darüber verlieren könnte — wird es vollends gar nichts. Die
Anmerkung ist freilich bitter, sie ist aber wahr, und
deswegen sage ich sie gerade hin, wenn sich auch
Herr Schmid in Gießen, nebst Konsorten weit und
breit, noch so sehr darob ärgern sollte.

Eilftes Kapitel.

So commersirten damals die Gießer Bursche!

Zu meiner Zeit waren ohngefähr 250 Studenten in
Gießen, obgleich in allen Zeitungen herumstand, es
wären über 500 da. Aber man darf von dergleichen
nur die Hälfte glauben. Im Durchschnitt trifft das
so bei allen Universitäten ein, z. B. gegenwärtig sollen in Halle 1600, in Jena 1000, in Göttingen
1200 Studenten seyn — wenigstens sagens die so,

welche von so einer Universität herkommen. — Untersucht man aber das Ding genauer; so muß man die Summe merklich vermindern. — Wem das Blut noch hoch hüpft, der macht es nicht anders: er erhöht und dehnt objectivisch aus, um selbst subjectivisch dabei zu gewinnen. Machten es die ältern Herren Geschichtschreiber nicht besser!

Die Gießer Studenten waren meistens Landeskinder; doch befanden sich auch viele Pfälzer, Zweibrücker und andre daselbst. Der Ton der Studenten oder der Bursche war ganz nach dem Jenaischen eingerichtet: die vielen relegirten Jenenser, welche dahin kamen, um auszustudiren, machten damals das fidele Leben der Brüder Studio von Jena in Gießen zur Mode. Zudem ist Gießen auch so recht der Ort, wo man auf gut Mosellanisch haustren kann. Das Maaß Bier, ein volles Rheinisches, kostet zwei Kreuzer, oder sechs Pfennige Sächsisch. Freilich ist es jämmerliches Bier; aber es füllt doch den Bauch, und macht endlich — übermäßig gesoffen — den Kopf heroisch. — Wer leugnen wollte, daß der Hauptkomment zu Jena im Biersaufen bestehe, wenigstens noch vor Kurzem darin bestanden habe, ist in Jena nicht gewesen.

Zu Gießen borgen die Hauswirthe nicht, oder sie geben, studentisch gesprochen, keinen Pump; höchstens bekommt auf die Art der Student nur

Milch zum Kaffee. Alles andre muß er sich selbst
holen laſſen, auch ſelbſt für ſein Bier ſich im Wirths=
hauſe Pump verſchaffen. Auf den Stuben wird das.
her ſelten gejubelt; vielmehr ſetzt man ſich zuſammen
ins Bierhaus, und zecht auf Rechnung. Das iſt
auch die Urſache, warum alle Kncipen oder Bier=
ſchenken, wo ſonſt Burſche hingehen, zu allen Zeiten,
voll Studenten ſind. In meinen Tagen beſuchte
man beſonders den Rappen, den Stern, die Reis
berei, die beiden Buſchercien, das Schießhaus den
Stangenwirth Balthaſar, und einige andre. Wein=
häuſer beſuchte man ſeltener. Wer nun ein honoriger
Burſch heißen wollte, ging des Abends wenigſtens
in eine dieſer Bierkneipen, ſoff bis zehn oder eiff
Uhr, und ſchob hernach ab. Und daß es noch jetzt
ſo iſt, hab ich erſt vor einigen Jahren ſelbſt wieder
geſehen.

Da man es für Pedanterie hielt, von gelehr=
ten Sachen zu ſprechen; ſo wurde von Burſchen Af=
fairen diskurirt, und größtentheils wurden Zoten ge=
riſſen. Ja, ich weis noch recht gut, daß man in
Eberhards = Buſch = Kneipe ordentliche Vorleſungen
über die Zotologie hielt, worüber ein Kompendium
in Manuſcript da war. Herr Schmid erwähnt in
ſeinem Pamphlet, ich ſelbſt habe in Gießen Profeſſor
Zotarum geheißen: davon werde ich zum Jahr 1777
mehr ſagen.

In Gießen sind die Kommerse erlaubt: wir haben mehrmals auf der Straße kommersirt, und das Ecce quam bonum zur großen Freude der Gießer Nymphen hingebrüllt. Herr Schmid muß das recht gut wissen: er bewohnte damals des Schusters Best Haus auf dem Kirchenplatz. — Man stellt sich also leicht vor, daß die Kommerse bei den täglichen Saufgelagen der Studenten sehr frequent werden gewesen seyn: und so war es auch wirklich. Ich habe oft vierzehn Tage nach einander alle Tage einem Hospitz oder einem kommersirenden Saufgelage bei gewohnt.

Die Hauptbestandtheile eines damaligen Gießer Burschen oder Renommisten findet man in einer Beschreibung, welche man der poetischen Laune des Herrn Hilb von Saarbrücken zu danken hat. Ich will sie meinen Lesern mittheilen. Die Verse sind zwar elend; aber man kann doch hinlänglich daraus ersehen, was für Eigenschaften man an einem honorigen Gießer Burschen gefordert hat. Man höre nur!

Wer ist ein rechter Bursch? — Der, so am Tage schmauset,
Des Nachts herum schwärmt, wetzt b) — —

---

b) D. i. Mit dem Degen ins Pflaster haut, daß die Funken heraus sprühen.

Der die Philister schwänzt c), die Professores prellt,
Und nur zu Burschen sich von seinem Schlag gesellt:
Der stäts im Carcer sitzt, einher tritt wie ein
               Schwein,
Der überall besaut, nur von Blamagen rein,
Und den man mit der Zeit, wenn er gnug renom=
               miret,
Zu seiner höchsten Ehr' aus Gießen relegiret.
Das ist ein firmer Bursch: und wers nicht also
               macht,
Nicht in den Tag 'nein lebt, nur seinen Zweck
               betracht,
Ins Saufhaus niemals kommt, nur ins Collegium,
Was ist das für ein Kerl? — das ist ein Drasti=
               kum! d)

Was meynen meine Leser zu diesem Ideal? Ich
kann sie aber auf Ehre versichern, daß alle unsre so
genannten honorigen Bursche demselben so ähnlich
waren, wie ein Ey dem andern: nur das Philister=
schwänzen und Professoresprellen wollte nicht immer
so recht gelingen: die meisten Studenten waren sehr
nahe zu Hause, und folglich hielt es nicht schwer, sie
nach ihrem Abzuge zum Bezahlen gerichtlich anzu=
halten.

---

c) Nicht bezahlt, anführt.

d) Ein damals bekannter Schimpfnamen, womit man
    Bursche belegte, die anderwärts Thekessel genannt

Wer den Gießer Studenten Petimäterei schuld giebt, thut ihnen wahrlich Unrecht. Die meisten traten einher — nach dem Liedchen — wie die Schweine. Ein gewisser Möllner aus dem Elsaß hatte keine Lust, das Burschikose mitzumachen; er kam also selten in die Gelage, und ließ sich auch ein gutes Kleid machen. Dies war Losung genug, ihn nicht schlecht zu verfolgen: In allen Kollegien wurde ihm Musik gemacht, und auf der Straße nachgeschrieen. Das wurde so lange getrieben, bis er endlich abzog, und nach Göttingen gieng: hier konnte er nun freilich ohne Gefahr, ausgepfiffen zu werden, in seinem rothen Kleide mit dem seidnen Futter spanisch einhertreten.

In Kleidern verthut der Bursche in Gießen daher blutwenig: ein Flausch ist sein Kleid am Sonntag und am Werktag: selten hat einer neben dem Flausch noch einen Rock. Dann trägt er lederne Beinkleider und Stiefeln: weil aber die ledernen Beinkleider selten gewaschen werden; so sehen sie gemeiniglich aus, wie die der Fleischer.

Nur wenig Studenten in Gießen machen Knöpfe[e]: das wird überhaupt daselbst für petimä-

_____

[e] Knopfmachen heißt dem Frauenzimmer aufwarten: daher Knopfmacher. Diese Phrasis ist auch in Wezlar bekannt, und schon in einem Stück des deutschen Museums erklärt worden.

trisch und unburschikos gehalten. Vielmehr giebt es,
oder gabs doch zu meiner Zeit einige, welche das
gute Frauenzimmer bei jeder Gelegenheit prostituir-
ten. So zogen sie z. B. auf dem Walle, wenn sie
spatzieren giengen, hinter ihnen her, und wiederhol-
ten laut ein Kapitel aus der Zotologie. Herr Handwerk, Oekonom der Universität, hatte eine ganz
hübsche Tochter, Minchen, welche was ehrliches geneckt wurde. Die Studenten kamen des Abends vor
ihr Haus, und schrien: Minchá as de ham gießt,
as de die Schwernuth krießt ƒ). Mit diesen Worten
hatte sie ihr Vater einmal nach Hause geholt.

Noch eins! Die Tochter des R.Raths Reuß
hatte sich mit einem Musensohn zuweit eingelassen.
Zum Unglück erfuhren die Studenten, daß die Heb-
amme zu ihr gerufen sey: Fluchs zogen sie vor das
Haus, und machten eine Katzenmusik, wobei die
schändlichsten Lieder gesungen wurden. Der R.R.
beschwerte sich bei dem Rektor; aber der freute sich
selbst über den schnurrigen Einfall seiner Bursche, und
ließ es gut seyn.

Schlägereien sind in Gießen gar nicht selten.
So klein die Universität ist, so viel Balgereien fallen
vor: manchmal haben sie einen gefährlichen Aus-

ƒ) Minchen, willst du nach Hause gehen, oder du sollst
die Schwerenoth kriegen.

gang. Zu meiner Zeit war es gewöhnlich, sich auf
der öffentlichen Straße zu schlagen, und dies alsdann, wenn man zum voraus gewiß war, daß es
würde verrathen werden. In diesem Falle gieng der
Herausforderer vor das Fenster seines Gegners,
nahm seinen Hieber ^{8}), hieb damit einigemal ins
Pflaster, und schrie: pereat N. N. der Hundsfott,
der Schweinekerl! tief! pereat! pereat! Nun
erschien der Herausgeforderte: die Schlägerei gieng
vor sich, endlich kam der Pedel, gab Inhibition,
und die Raufer kamen aufs Carcer: und so hatte der
Spaß ein Ende.

Bordelle giebt es in Gießen nicht; aber doch
unzüchtige Menscher, und folglich auch — wie jetzt
leider auf jeder Universität — venerische Krankheiten. Was für fürchterliche Folgen hieraus entstehen,
lehrt die tägliche Erfahrung. Der lüsterne Jüngling läßt sich hinreißen, zumal der, den der kurz-
sichtige Vater oder Lehrer von allem Umgang mit
Mädchen entfernt gehalten hat. Er wird inficirt.
Sein irriges Ehrgefühl hält ihn zurück, sich einem
geschickten Arzte zu entdecken. Dieser ist ihm zu berühmt, zu ansehnlich. Um sich weniger schämen zu
müßen, vertraut er sich einem noch studierenden Mediciner, oder einem Feldscheerer an — und wird —

g) Der Stößer diente zu geheimen Schlägereien.

verpfuschert. Denn wenn je in einer Krankheit ge-
pfuschert wird; so geschieht es in der venerischen nach
allen ihren Aesten und schönen Abstufungen. Und
doch ist in keiner Krankheit das Pfuschern gefährlicher, als eben in dieser. Jeder Bartkratzer, jeder
Junge, der kaum zur Ader lassen kann, giebt sich
hier für einen erfahrnen Doktor aus. Einige Inficirte sind gar so kühn, ihre Kur nach Büchern oder
auspofaunten Zeitungs-Arkanen selbst zu übernehmen.
Wer kann hier genug warnen! Mehr als fünfhun-
dertmal habe ich es erlebt, daß unwissende Quacksalber oder voreilige Blödlinge aus einem kleinen Uebel
von der Art, ein rechtfürchterliches, ja unheilbares
gemacht haben. [h]

---

[h] Sonderbar ist es, daß der größte Theil der inficirten
Studenten gerade Theologen — Schullehrer- und
Prediger-Söhne — gewesene Wapsenhäusler oder —
überhaupt solche seyn sollen, die man zu Hause oder
auf Pädagogien, und andern eingeschränkten
Schulanstalten zur Universität vorbereitet hat. — Noch
sonderbarer ist es, inficirte Stipendiaten — man
merke dies für Halle! — so bald sie entdeckt werden,
des Stipendiums verlustig zu erklären. Zur Schaam,
sich einem geschickten Arzte zu entdecken, kommt hier
ja noch Furcht vor Verlust hinzu! und das erschwert
die Kur noch mehr. Er mag nun wollen oder nicht —
er fällt Pfuschern in die Hände, und verpflanzt, als
halbgeheilter, über kurz oder lang, sein Gift weiter:
ja, er bringt es nach Gegenden, wo es vorhin vielleicht noch unbekannt war, und macht auf diese Art
seine würkliche Sünde zur Erbsünde, wider die weder

Die fieberhafte Hitze, brav Hefte nachzuschmie-
ren, plagt die Gießer Studenten nicht, wenigstens
zu meiner Zeit nicht, wenn man die Pandecten-
Schüler des Kanzlers Koch ausnimmt. Dieser hielt
keinen Studenten für fleißig, welcher die vorgetra-
gne Weisheit nicht schriftlich eintrug, oder doch wenigstens einige Bemerkungen darüber nachschrieb.
Auf andern Universitäten hab ich immer rüstige Hef-
tenschreiber gefunden; nirgends aber ärger als in
Halle. Hier füllen die Studenten viele Quartbände
mit akademischer Kollegien-Weisheit an, und schreiben oft Dinge nach, welche in dem Kompendium
weit besser stehen, als in ihren Heften, oder gar
nicht zur Sache gehören. Das macht aber in Gieß-
sen, daß die Professoren alle über gedruckte Bücher
lesen, und durchaus nicht dictiren, und dadurch das
Heftesudeln verhindern. Einige Zuhörer mögen
wohl auch den Vortrag ihrer Lehrer keiner schriftlichen Bemerkung werth finden, — und andern mag
es an Vorkenntnissen fehlen, um Spreu von Korn
zu unterscheiden.

In Göttingen wird freilich auch nachgeschrieben,
aber doch nicht so, wie in Halle. Dies Unwesen

<hr />

Taufe noch Exorcismus etwas vermögen. — Hierauf
mit Ernst Rücksicht zu nehmen, ist wahrlich mehr Verdienst, als mit spanischer Inquisitionswuth auf theologischen Unsinn zu dringen!

hat auch die vorige Herbſtmeſſe eine ſehr üble Folge
für einen Halliſchen Profeſſor gehabt. Ein Student
hatte nämlich die jüdiſche Geſchichte, ſo wie ſie Hr.
D. Knapp vortrug, nachgeſchmiert, und ſie hernach in Leipzig drucken laſſen. Und das wird, wie
ich befürchte, noch öfter geſchehen. Mit den exege-
tiſchen Heften des Hn. D. Möſſelt, und der Therapie des ſeel. Oberbergraths Goldhagen *) iſt es
nicht beſſer gegangen. — Außerdem rechnet der Nach-
ſchmierer auf das Bleibende ſeiner Hefte, und verſchiebt
eben darum das Durchdenken und Wiederholen —
oft bis zur Ewigkeit. Einige ſchreiben auch zu ſchnell
nach, um ihr Gekratztes dereinſt nicht ſelbſt eckelhaft
oder unleſerlich zu finden. In Gießen möchte der
Abbruck der Hefte freilich nicht zu befürchten ſeyn,
wenn auch alles nachgeſchrieben würde: denn welcher Verleger würde wohl die Vorleſungen eines Hrn.
Bechtolds, Schmids u. a. in Verlag nehmen?

---

*) Herr Böhm, ein Arzt, und Herr Hecker, jetzt Pro-
feſſor der Medicin zu Erfurt, haben ſich hieran zu Rit-
tern geſchlagen; doch der letztere mit mehr Verdienſt,
als der erſtere.

Zwölftes Kapitel.

Selber auch ich ward burschlos!

Ich fand zu Gießen einige Landsleute, welche mich zustutzten und mit dem Kommang, so wie ich ihn hier beschrieben habe, vertraut machten. Ich sah die Bursche, ich bewunderte sie und machte so recht affenartig alles nach, was mir an ihnen als heroisch auffiel. Da ich bemerkte, daß die meisten den Hut queer trugen; so trug ich meinen auch so, und gefiel. Zum Unglück war gleich nach der Abreise meines Väters in Wiesek ein Kommers: ich wohnte demselben bei, mußte über zehn Maaß Bier zur Strafe auslegen, weil ich die Kommerslieder nicht auswendig wußte, und erwarb über dreißig Dutzbrüder! Wer war froher als ich! Dreißig honorige Bursche, die ich von dem Augenblick an Du heißen durfte! Calvin mag sich kaum so gefreut haben, über die Quaalen des braven Servets in den Flammen, als ich mich freuete, da ich den Degen am Balken betrachtete, woran die Hüte und mit ihnen die Brüderschaften angespießt waren! Ich sahe mich nun mit ganz andern Augen an, als zuvor, und ward um so eifriger in dem edlen Vorsatz, ein recht honoriger Bursch zu werden.

Hierzu zeigte sich auch bald Gelegenheit. Es
stüdirte ein gewisser von Avemann in Gießen, ein
Erzrenommist und Schläger, vor dem man gewissen
Respekt äußerte, ob er gleich an Liederlichkeit seines
gleichen nicht mehr hatte. Es schien ihm sogar
der gesunde Menschenverstand zu fehlen. Dieser
Avemann nannte oder schalt mich einst auf dem
Schießhaus — Fuchs. Ich nahm das Wort
häßlich auf: denn meine Kameraden hatten mir auf-
gebunden, mich durchaus nicht Fuchs, krassen
Kerl u. s. w. nennen zu lassen. Also trat ich zu
ihm, und verbath mir den Ehrentitel. Avemann
lachte mir ins Gesicht, worüber ich so erboßte, daß
ich ihn einen dummen Jungen nannte. Hierauf
hob er die Hand auf, um mich zu maulschelliren.
Meine Freunde hielten ihn zurück, und erklärten dem
Großsprecher, daß er Desavantage sey, und daher
von mir Satisfaktion fordern müßte. Avemann
ergrimmte schrecklich: denn nichts konnte ihm em-
pfindlicher seyn, als daß er, ein Erzrenommist, von
einem Fuchs Genugthuung fordern sollte. Aber es
mußte einmal so seyn! Der übermorgige Tag wurde
also zur Balgerei festgesetzt. Ich hatte mich zwar
schon vorhin etwas im Fechten geübt; jetzt aber gaben sich meine Freunde alle Mühe, mich ein wenig
mehr einzuschustern in diese edle Kunst, um doch
nicht ganz als Naturalist aufzutreten.

Wir ſchlugen uns nun wirklich! Avemann verſetzte mir ein klein wenig den Arm; ich ihm aber derber ſein Collet — und der Skandal hatte ein Eude. Nachdem wir Frieden gemacht hatten, ſahen alle Anweſende mich mit Augen an, die vor Freude und Beifall funkelten: da war Bruder Laukhard hinten und Bruder Laukhard vorn! jeder würdigte mich ſeiner beſondern Freundſchaft — und ich Thor war über den Ausgang dieſes Handels ſo begeiſtert, als kein General es ſeyn kann, wenn er eine Menſchen-Schlacht gewonnen hat!

Ich weiß nicht, ob der Rektor den Vorfall klagbar erfahren hat: ich wenigſtens bin deshalb nicht zur Verantwortung oder Strafe gezogen worden. Daß aber doch etwas davon entdeckt worden ſey, folgere ich aus den Vorwürfen darüber, die der Kanzler Koch mir kurz darauf vor dem akademiſchen Gerichte gemacht hat. Genug, man hat wahrſcheinlich von der Sache gerichtlich nichts wiſſen wollen, und das vielleicht wegen der Mutter meines Gegners, der Frau Geheime-Räthin von Avemann, die damals ſich zu Gießen aufhielt. Wäre auch eben dieſe Dame hernach nur nicht in des Herrn Prof. Höpfners Haus gezogen, ihr Sohn wäre wahrlich nicht relegirt worden, ſo ſehr tolle Streiche er auch weiterhin getrieben hätte. Allein kaum war ſie eingezogen; ſo fiel auch gleich ein Theil des Grolls,

womit Herr Kanzler Koch den Herrn Prof. Höpfner
verfolgte, auf sie, und Avemann wurde relegirt. —
So gerecht verfuhr dieser Inhaber der Gerechtigkeit
zu Gießen! Herr Schmid mag das nun leugnen,
wenn er kann: die Leute in Gießen wissen aber das
alles recht gut, und die Frau von Avemann kann be=
zeugen, wie diskret der Kanzler Koch in Rücksicht
auf sie verfahren ist. Doch was kümmern uns die,
die draußen sind!

Nach meiner ritterlichen That wurde ich in eine
geheime Gießer Studenten=Gesellschaft aufgenom=
men, die nun glaubte, ein sehr respektables Mitglied
in meiner Person zu acquiriren. Die Geschichte da=
von ist lang: ich will sie aufsparen.

Ich hatte in meinem Vaterlande zwar derb fei=
nen Wein trinken, wie meine Leser aus dem vorher=
gehenden wissen können; aber Schnapps war nie in
meinen Mund gekommen. Das Brandtweintrinken
wird überhaupt in der Pfalz gleichsam für schändlich
gehalten *). Die Trunkenheit hält man nicht für
schändlich; nur das Vehikel, wodurch sie entsteht!
Ich hatte zwar einen ganz artigen Wechsel; aber der
würde nicht zugereicht haben, wenn ich hätte täglich

---

*) Ein günstiges Vorurtheil! Es fördert den Absatz und
Anbau des Weins, und beuget dort dem Kornmangel
vor, der aus stark betriebner Brandtweinbrennerei ent=
stehen würde. Und dann ein Pfaffenland! !

Wein trinken wollen. Also da doch manchmal eine Schnurre paſſiren ſollte; ſo ahmte ich meinen honorigen Brüdern nach, und trank — Schnapps.

Der Gießer Schnapps iſt, wie das Bier, ſehr elend: er hat einen Geſchmack, wie wenn er mit Rauch von Nußlaub geräuchert wäre. Dabei iſt er ſehr wohlfeil: wer für ſechs Kreuzer oder achtzehn Pfennige trinkt, ohne ganz berauſcht zu werden, muß ein kapitaler Säufer ſeyn [t]).

Eines Tages kommerſirten wir in Schnapps auf dem Schießhaus bei Balzer. Mein vieles pro poena trinken brachte mich von Sinnen. Eben dies widerfuhr noch vier andern von der Geſellſchaft. In der Beſoffenheit trieben wir allerhand Muthwillen. Endlich taumelten wir in die Stadt herein — es war noch heller Tag — und ſetzten unſer bacchantiſches Weſen fort. Auf der Straße fiel ich hin nebſt noch einem, und man mußte uns zu Hauſe tragen.

Am folgenden Tag wurden wir auf den Senat vorgefordert zur Unterſuchung der Sache. Das war

―――――――

[t]) Zu Gießen iſt das Brandtweintrinken mehr als vielleicht an einem Ort in Deutſchland Mode: daher giebt es dort auch die größten Säufer. Ein gewiſſer Huſaren Korporal, Faſian, konnte drei Schoppen (etwas über anderthalb Kannen) einſchieben, ohne zu taumeln. Habeat ſibi!

schon recht: denn solchen Ercessen sollte billig jedes=
mal gesteuert werden. Der damalige Rektor der
Universität, Herr Schulz, hielt es für hinlänglich,
uns unsere Ausschweifung zu verweisen, und unter
der Androhung einer schärfern Ahndung im Wieder=
holungsfall zu entlassen. Allein der Kanzler Koch
war andrer Meinung. Man vernehme — warum?
Einer von uns vieren, Namens S ch a ch t aus Dil=
leburg — ich muß die Leute recht genau beschreiben,
blos um des Herrn S ch m i d s willen, damit der
Mann doch wisse, wo er die Belege zu meinen Be=
hauptungen finden kann — also Schacht aus Dille=
burg, Student der Medicin, hatte kurz vor unserm
Tumulte den ältesten Sohn des Kanzlers, einen
ausgelassenen Jungen, der Schachten geneckt hatte,
derb maulschellirt, und einen dummen Buben ge=
scholten. Das war in den Augen des Kanzlers ein
crimen laesae majestatis, welches er gewiß mit
Carcer und Arrest gerächt hätte, wenn die größte
Schuld nicht selbst auf seinen Sohn ᵐ) gefallen wäre.
Er muste also die Beleidigung für dasmal einstecken.
Aber hier nun zeigte sich eine Gelegenheit, seine Rach=
sucht scheinrechtlich zu befriedigen. Er sagte also
dem Rektor vor Gericht gerade heraus: „Ein Ver=

---

m) Ich spreche noch mehr von dem guten Menschen: er
   hat seinem Vater tausend Verdruß gemacht, ist endlich
   französischer Soldat geworden u. s. w.

weis wäre nicht hinlänglich, wir müßten exemplari=
scher bestraft werden — Schacht insbesondere." —
Der Rektor, der sich vor Kochs Allmachtswort fürch=
tete, gab nun nach, und so kamen wir jeder zwei
Tage, Schacht aber vier Tage ins Carcer. Ausser=
dem mußten wir noch die Relegation unterschreiben,
das heißt, versprechen schriftlich, daß wir uns gern
wollten relegiren lassen, wenn wir uns wieder gegen
die Gesetze vergehen würden. — So exemplarisch
rächte sich Herr Koch! —

Ich stellte mir diese Unterschrift als etwas vor,
das wichtige Folgen haben könnte; aber meine Be=
kannten erklärten mir das Ding anders: sie nannten
es eine akademische Spiegelfechterei, und so vergieng
mir die Furcht.

Nicht lange nach meiner Ankunft zu Gießen
wohnte ich auch einem Kreuzzuge bei. Das Ding
war so: Sechs derbe Bursche bewaffneten sich mit
Flinten und dem Zugehör, und marschirten gegen
Abend auf ein Dorf, etwa zwei Stunden von der
Stadt. In diesem Dorfe wurde derb gezecht, und
dann gieng der Zug auf ein anderes. In jedem
Dorfe wurden die Bauern perirt, die Flinten losgeschof=
sen, dem Nachtwächter das Horn genommen, wild
darauf geblasen: kurz, ein Spektakel verführt, daß
alle Bauern in Harnisch geriethen. Wagten sie es
dann, sich uns zu widersetzen; so wurde ihnen ge=

dröht, daß, sobald sie sich weiter mokirten, wir scharf
auf sie feuren würden, ohne die Ankunft unsrer übri=
gen Kameraden abzuwarten: wir wären, wer weis
wie stark! Würden sie aber Friede machen; so wolls
ten wir abziehen und dergl. In einigen Dörfern
wurde wirklich auf diese Art Friede gemacht; aber in
Buseck, wohin wir gegen Tages Anbruch kamen,
und wo wir weit ärger tobten, als vorher irgendwo,
wollten die Bauern von kapituliren so wenig wissen,
daß sie uns, nachdem wir eine blinde Salve auf sie
gegeben hatten, dergestalt durchkeilten, daß es uns
vergieng, den Kreuzzug fortzusetzen. Freilich hätte
mich dies witzigen sollen, dergleichen Kreuzzügen nicht
wieder beizuwohnen: gefährlich waren sie immer
und sehr tief unter der Würde eines Universitäters,
aber — wie man ist! Mein Leichtsinn, mein stu=
dentischer Heroismus verleiteten mich noch dreimal
dazu!

Dreizehntes Kapitel.

Thereschen kommt wieder zum Vorschein.

In dem wilden Leben vergaß ich ganz meines The=
reschens, oder besser zu sagen, die Burschenphrene=
sie bemächtigte sich aller meiner Sinne so sehr, daß ich

an sie nicht denken konnte. Freilich fiel sie mir mehrmals
ein: allein der stärkere Gedanke, daß ich Bursch
wäre, und nun als Bursch leben müßte, verscheuch=
te sogleich das Bild des guten Kindes, und jagte
mich zum Balzer oder zum Eberhardt=Busch.

An einem Sonntage, — es war der Sonntag
Exaudi 1775, — wollte ich eben mit meinem
Freund Diefenbach nach Reiskirchen gehen, wo
er zu Hause war, drei Stündchen von Gießen.
Diefenbach und ich waren die innigsten Freunde. Er
war, ob ich gleich Fuchs, und er schon ein alter
Bursche war, doch mein Schüler im Lateinischen
und Hebräischen. Da nun einige Tage Vacanz
einfielen; so wollten wir diese bei seinem Vater, ei=
nem altem kreutzbraven Manne, zubringen. Wir
waren schon beinahe am Thor, als der Postbote
Linker *) — mir zwei Briefe überreichte: den
einen von meinem Vater, mit etwas Geld von mei=
ner Mutter; den andern, wie ich aus der Hand der
Aufschrift schloß, von meinem Onkel, dem Pfarrer
zu Oppenheim. Ich gab dem Linker seine Gaben,
und steckte die Briefe zu mir, um sie in Reiskirchen
mit voller Muße zu lesen. In Reiskirchen konnte
ich erst den Abend beim Schlafengehen Zeit dazu ge=

*) Herr Schmid meint, ich habe so ein ungetreues Ge=
dächtniß: aber sehen Sie, Herr Schmid, daß ich sogar
den Namen des Gießer Postboten noch weis

gewinnen: der ganze Tag wurde mit lauter erheiterenden Zerstreuungen hingebracht, und dann hatte die Schwester des Herrn Diefenbachs, ein liebenswürdiges Landmädchen, jezt die würdige Gattin des Herrn Rectors Römheld in Seudern, mich entzückt, so sehr entzückt, daß ich beinahe vergessen hätte, daß ich Bursche war.

Auf meinem Schlafzimmer öffnete ich meine Briefe, und las den meines Vaters zuerst: er war lateinisch mit vielen griechischen Versen aus dem Homer, Theokrit u. a. nach seiner Gewohnheit ausgeschmückt. Nachher öffnete ich den meines Onkels; aber Himmel, wie ward mir, als ich mich getäuscht fand, als ich meines Thereschens Hand erkannte! Lange Zeit konnte ich vor Zittern und Verwirrung keinen Buchstaben weiter heraus bringen: endlich sucht' ich mich zu fassen, las mit Besinnung, und wurde jezt nur noch tiefer gerührt. Therese meldete mir, daß sie sich in Manheim bei der Frau B.... ihrer Base, aufhalte, und machte mir über mein Stillschweigen Vorwürfe. Sie wisse, schrieb sie, daß wir verrathen wären, daß mein Vater alles erfahren hätte, und daß er mir nicht hätte erlauben wollen, von ihr Abschied zu nehmen: daß also dies nicht geschehen sey, wäre leicht zu verzeihen; daß ich aber von Gießen aus auch nicht einmal an sie schriebe,

wäre ihr ein Räthsel. Ob ich sie vielleicht nicht mehr
liebte? u. s. w. Wenns übrigens nicht gar zu weit
wäre, fügte sie hinzu, so würde sie mich bitten, sie in
Mannheim zu besuchen. —

Ich bedaure, daß ich diesen Brief nicht mehr
in Händen habe; sonst würde ich ihn meinen Lesern
mittheilen. Es war ein naiver Brief eines unschuldig verliebten Mädchens, den kein Romanschreiber
nachahmen kann — Ich konnte die ganze Nacht nicht
schlafen: hundertmal wollte ich aufstehen, und gerade
hin nach Mannheim laufen: tausend andere Gedanken fuhren mir durch den Kopf: mein ganzes Ich
war von meinem Mädchen eingenommen, und nicht
ein Schatten von Gedanken an Kommers und Burschenkomment blieb in meiner Seele. Ich redete
mit dem lieben Mädchen, als wäre sie gegenwärtig,
klagte ihr meine Noth, bath um Verzeihung, schwur
ihr von neuem ewige Treue, und was der Verliebten Schwindelei mehr war. Den Brief überlas
ich — wer weis wie oft! — und lernte ihn fast
auswendig.

Endlich ward es Tag, und Diefenbach kam,
mich zum Koffe abzuholen. Er bemerkte anfänglich
meine Verwirrung nicht; aber seine Schwester sah
mir gleich an, daß ich nicht der mehr war, der ich
am vergangenen Tage gewesen war. Sie fragte
mich, ob ich vielleicht nicht gut geschlafen hätte?

Niemals beſſer, war meine Antwort. — Diefenbach hatte ſich auf eine halbe Stunde entfernt, und nach ſeiner Zurückkunft bat er mich, ihn in den Garten zu begleiten. Ich thats, und nachdem wir unſere Pfeiffen geſtopft hatten, fragte Diefenbach ernſtlich: Höre Laukhard! wie ſiehſt du aus? du machſt ja ein Geſicht, wie eine verhunzte Grundbirnen-Paſtete! ſag', was iſt dir?

Ich: nichts Lieber, gar nichts: ich wüßte nicht, was mir fehlen ſollte!

Diefenbach: das muſt du einem Narren weis machen! dir iſt was begegnet, es ſey nun, was es wolle!

Ich: ſey verſichert, mir fehlt gar nichts.

Diefenbach: biſt verliebt Kerl, geſteh's nur; was hilft das leugnen! Nicht wahr, biſt verſchoſſen?

Ich: In wen denn? Ich glaube, du willſt mich zum Narren haben!

Diefenbach: (indem er Thereſens Brief hervorzieht) Sieh, Freund, du muſt deine Korreſpondenz künftig beſſer verwahren! Meine Schweſter hat den Brief da droben in der Stube gefunden, und hat ihn auch geleſen, und ich hab ihn auch geleſen. — Schau, nun leugne, daß du ein verſchammerirter Haſe biſt!

Ich: (wie vom Blitz getroffen) du wirst doch in Gießen nichts sagen?

Diefenbach: da müßte mich der Gukkuk plagen! meynst du denn, daß ich ein Drastikum bin? Sey nur getrost: von mir erfährt der Teufel selbst kein Wort, und von meiner Schwester auch nicht. —

Während dieses Gesprächs war auch Mamsel Diefenbach in den Garten gekommen, und fing nun an, mich aufzuziehen; als sie aber sah — und so was sehen die Frauenzimmer eher, als der feinste Kritiker ein mendum, — daß sie mich tief kränkte, änderte sie ihren Ton, und theilte meine Empfindung. Nichts ist labender für einen Verliebten, als ein schönes Frauenzimmer, das in seine Gefühle einstimmt. Ich schwamm in Seligkeit und gerieth über dem Lob meines Mädchens so in Enthusiasmus, daß ich vergaß, daß das Lob des einen Frauenzimmers beinahe allemal die Eitelkeit des andern beleidiget.

Mamsell Diefenbach bestärkte mich in meinem Vorhaben, nach Manheim zu reisen, um Thereschen zu besuchen. Ich blieb noch einige Tage in Reiskirchen; aber dann konnt' ichs nicht mehr aushalten vor lauter Sturm und Drang, wie Meister Klinger spricht: ich gieng nach Gießen zurück, rüstete mich, gab vor, ich wollte meine Bekannten

in Weilburg besuchen, und begab mich auf die Wan=
derschaft der Liebe.

Ich machte in einem Tage die Strecke von
Gießen nach Frankfurt, und das zu Fuße. — Nun,
meine Herrn Psychologen, will ich Ihnen was sa=
gen, das Ihnen vielleicht nicht so leicht zu erklären
seyn möchte, als die Ideen=formen. Ich war
doch voll von Theresens Bild, war ihr von ganzer
Seele wieder ergeben: rege Sehnsucht trieb mich zu
ihr hin, kein Gedanke stund in mir auf, an dem
die Idee meines Mädchens sich nicht sogleich ange=
kettet hätte; und doch besuchte ich den Abend, als ich
zu Frankfurt angekommeu war, die berüchtigte Ma=
dam Agrikola. Wie gieng das zu? —

Den folgenden Tag fuhr ich mit dem Marktschiffe
nach Mainz, am dritten setzte ich mich in eine Re=
tourchäse, war schon um eilf Uhr in Worms, und
kam des Abends noch vor dunkel in Manheim an.
Ich logirte im goldnen Stern, wo ich den Wirth
kannte, der sich nicht wenig wunderte, mich bei sich
zu sehen. Sogleich fertigte ich ein Billet in das
Haus der Madame B . . . . des Inhalts, daß je=
mand aus der Gegend der Mamsel . . . . da wäre,
und sich erkundigte, ob sie nichts an ihren Herrn
Vater zu bestellen hätte? Absichtlich gab ich mir ei=
nen falschen Namen. Der Bothe kam zurück,
brachte mir ein Kompliment von der Mamsel, mit

dem Zusatz: man würde sich freuen, wenn ich sie
des andern Tages zum Koffe besuchen wollte.

Wer war froher als ich? Ich ließ mich früh
à la mode de Manheim frisiren, bürstete meinen
Rock fein aus, und marschirte mit tausend Herz-
klopfen nach dem Hause der Madam B.... in der
Nachbarschaft der Dominikaner. Therese empfing
mich an der Hausthür, gab mir einen Wink, machte mir ein gleichgültiges Kompliment auf französisch,
und sagte sodann: je vous donnerai une lettre;
ouvrez-la, quand vous serez hors d'ici °).
Die alte Base empfieng sehr höflich, und erkundigte
sich nach dem Befinden ihres Herrn Vetters, den
sie noch vor einem Monate; ich aber seit einem halben Jahre nicht gesehen hatte. Therese gab mir
während des Koffeetrinkens den Brief, den ich ihrem
Vater überreichen sollte; ich merkte aber wohl, daß
er für mich war. Ich blieb lange da, und es wurde vielerlei gesprochen. Einmal aber hätte ich den
ganzen Spaß bald verrathen: denn ich fing an, eine
Gießer Historie aufzutischen, und von Burschenkomment zu unterhalten. Therese ward feuerroth: da
merkte ich erst, wie dumm ich gewesen war, und
lenkte ein; erzählte aber doch weiter, nur sagte ich,

°) Ich werde Ihnen einen Brief geben; öffnen Sie ihn,
wenn Sie von hier weg sind.

ein guter Freund, der vor kurzem von Gießen ge=
kommen wäre, hätte mir den Jux (Spaß) mitge=
theilt. Die Alte merkte auf die Art nichts. —
Endlich kam ein Schneider, welcher Thereschen das
Maaß zu einem Schlender nehmen wollte. Sie
ging mit ihm ins Nebenzimmer, und da hob sich
folgendes Gespräch an:

Base: Sind Sie denn auch katholisch?

Ich: O ja! — Mein Vater ist ja Oberförster.

Base: Nun, so darf ich Sie ja um etwas be=
fragen! Kennen Sie den jungen Laukhard?

Ich: (bestürzt) O ja, warum solte ich den
nicht kennen!

Base: Nun, wie ists denn mit dem?

Ich: (gefaßter) Er ist jetzt in Gießen: erst
vor einigen Tagen habe ich einen Brief von ihm er=
halten, worin er mir schreibt, daß es ihm recht
gefalle, daß er sich das Burschenleben recht zu Nuße
mache, und den Burschenkomment schon ziemlich
verstehe. Ich muß Ihnen doch einen Begriff machen
vom Burschenkomment, wie Laukhard mir ihn be=
schrieben hat. Sehen Sie, ein rechter Bursch —

Base: Lassen Sie jetzt die Bursche und ihren
Comment — wir haben über wichtigere Dinge zu
sprechen. Sie wissen doch, daß Laukhard auf
Therese ein Auge geworfen hat?

Ich: davon weis ich nichts!

Base: Nicht? die ganze dortige Gegend ist
davon voll. Sie werdens gewiß auch wissen! Doch
dem mag seyn, wie's will; meynen Sie denn im
Ernst, daß Laukhard es ehrlich meynt?

Ich: Laukhard hat mir immer ein ehrlicher
Kerl zu seyn geschienen.

Base: Ja, geschienen — aber seine Auffüh=
rung beweiset ja, daß er ein Schlingel ist, ein recht
undankbarer Guckuk, ders gute Mädel hat in der
Leute Mäuler gebracht, versprochen, er wollte katho=
lisch werden, und dann einmal Thereschen heura=
then: Und jetzt geht der Schlingel hin, und studirt
lutherisch geistlich — pfui!

Ich: Hören Sie, Sie thun vielleicht dem
Menschen unrecht. Sein Vater ist ein strenger
Mann: der hat ihn gezwungen, nach Gießen zu
gehen.

Base: Ach, was gezwungen! Glauben Sie
denn, daß der Esel nur einmal geschrieben hätte? —
Das gute Närrchen, die Therese, hat sich bald die
Augen ausgeheult, und der Flegel sitzt zu Gießen,
und denkt nicht mehr an sie. Von Komment kann
er Briefe schreiben; aber an das gute Mädel auch
nicht eine Zeile!..

Ich: Aber wenn er nun auch geschrieben hätte,
das wäre ja doch vergebens gewesen!

Ba fe: Ih, warum nicht gar! — Man hätte doch noch Mittel und Wege finden können, wenn nur der Schliffel nicht so ein Schuft gewesen wäre.

Mit dem kam Therese wieder, und unser Gespräch hatte ein Ende. Wer war froher als ich! Zwar hatte ich nun meine Ehren-Titel gehört; sah aber doch auch, daß noch Hoffnung für mich übrig war. Ich eilte darauf weg, um zu sehen, was Therese geschrieben hätte.

Ehe ich in mein Quartier kam, begegnete mir Herr Emons, jetzt Stadtschreiber in Oppenheim, und nöthigte mich, mit ihm auf ein Koffehaus zu gehen. Wir spielten eine Parthie Billard; ich entfernte mich aber auf einige Augenblicke, um den Inhalt von Thereschens Brief zu erfahren. Der war sehr kurz! Ich sollte, schrieb sie, um vier Uhr jenseits des Neckers in der Aue seyn, da würde sie mich sprechen: ich sollte nur am rothen Häuschen verweilen. Das war viel Trost für mich!

Auf dem Koffehaus wurde onze et demi gespielt: ich wollte einige Gulden wagen, die ich entbehren konnte — ich hatte von Gießen über vier Louisd'or mitgenommen — war aber glücklich, und gewann gegen dreißig Gulden. Gegen Mittag hörte das Spiel auf. Ich bin niemals ein Freund vom Spiel gewesen; aber wenn ich spielte, hatte ich meistens Glück.

Um vier Uhr — o wie bleiern langsam schleppte sich diese so sehnlich gewünschte Stunde heran! — war ich schon lange am rothen Häuschen jenseits des Neckers. Endlich erschien auch Therese, und führte mich hinter die Bäume, wo wir ungestört kosen konnten. Das Gespräch bestand aus Vorwürfen, Entschuldigungen, Nachrichten, und Betheurungen ewiger Liebe u. dergl. Leser von Erfahrung wissen, was wir reden konnten. Zuletzt offenbarte ich Thereschen das Gespräch ihrer Base. Sie war sehr froh darüber, und sagte mir, daß ich am folgenden Tage unter meinem eignen Namen in ihrer Wohnung erscheinen sollte. Die Base soll doch sehen, setzte sie hinzu, daß Laukhard kein Schuft ist: kommen Sie, wir wollen nach der Stadt gehen.

Ich begleitete mein Mädchen bis an ihre Wohnung, wo die Base zum Fenster heraus sahe, und mich bat, herein zu kommen; aber das war wider unsre Abrede. Ich entschuldigte mich, gab Geschäfte vor, und ging — weiter.

Ein Hanswurst hatte einige Tage vorher in Manheim durch seine sieben Künste die Beutel der Müßiggänger, der Domherren und des übrigen heiligen nnd unheiligen Pöbels in Contribution gesetzt, und hielt sich jetzt in Frankenthal auf, um seine Possen auch da zu benutzen. Eine große Menge Manheimer, — so erbaulich ist auch da der Ge-

schmack! — fuhren, ritten und gingen nach Frans
kenthal, und auch ich ließ mich von Herrn Emons
bereden, in einer Kalesche ihn dahin zu begleiten.
Der Hanswurst balansirte auf dem Drath, ließ Ma=
rionetten spielen u. s. f. wobei das Zuschauervolk sein
Zwerchfell mächtig voltigiren ließ. Wir speiseten den
Abend im Wirthshaus; aber wie fuhr ich zusammen,
als ich den Kupferschmid Keßler von Alzey gewahr
wurde! er logirte im nämlichen Gasthofe. Er fragte
mich nach der Ursach meines dortigen Aufenthalts:
Herr Dietsch von Frankfurt, antwortete ich, hat mich
zu dieser Reise bewogen, und Keßler fragte nicht
weiter.

Nachts um eilf Uhr war ich wieder bei meinem
Freund Sternwirth. Früh kam die Magd der
Madam . . . . und bat mich im Namen ihrer Herr=
schaft, doch gegen neun Uhr zum Frühstück zu er=
scheinen. Ich flog um die bestimmte Stunde dahin.
„Ach, sagte die Base, Sie haben mich schön ange=
„führt! aber dafür haben Sie gestern Ihren Text
„hören müssen! — Wir wollen es gegen einander
„aufheben, und gute Freunde seyn!" Mit diesen
Worten nahm sie mich bei der Hand, und setzte mich
neben sich.

Nun ward das Gespräch sehr ernsthaft, so
ernsthaft, daß Thereschen sich wegbegab. Es wur=
de, damit ichs kurz mache, der Entschluß gefaßt,

daß ich zwar für jetzt in Gießen bleiben, aber in den Herbst-Ferien meine Eltern besuchen sollte. Inzwischen würde sich schon ein Mittel zeigen, unsern großen Zweck auszuführen. Das war die ganze Abrede. — Ich blieb noch zwei Tage in Manheim, sah alle Tage mein liebes Mädchen, und reisete dann mit schwerem Herzen wieder ab. Meinen Rückweg nahm ich durch die Bergstraße, und kam nach einer Abwesenheit von ohngefähr zwölf oder dreizehn Tagen in Gießen wieder an.

Vierzehntes Kapitel.
Nichts zu voreilig, meine Herren!

Meine Kameraden ließen sich leicht bereden, daß ich in Weilburg gewesen wäre, und waren fidel *p*), daß sie mich wieder sahen.

Ich hatte einige Kollegia bei Hn. Böhm, nämlich die Logik und reine Mathematik, welche letztere er zwar nach Wolffs Auszug, aber doch mehr nach dem vortrefflichsten aller mathematischen Lehrbücher

p) froh.

des Herrn Kästners 4) sehr gründlich lehrte. Dann
besuchte ich das Grammatikale Hebräum des Herrn
Link, welches aber so traurig war, daß ich es schon
mit der sechsten Stunde aufgab. Die allgemeine
Geschichte hörte ich bei Herrn Köster, und die Dog=
matik bei Hrn. Schulz. Letzterem gab ich nun auch
den Abschied, weil ich seit meiner Conferenz mit der
Base meines Thereschens fest entschlossen war, blos
schöne Wissenschaften, Mathematik und Geschichte
zu treiben, um meinen großen Zweck desto eher zu
erreichen.

Ich war ziemlich fleißig, schwänzte r) nie, und
ließ es an guter Repetition nur selten fehlen. Herr
Köster borgte mir manches gute Buch, aus dem ich
viel lernen konnte. So las ich damals schon die
treffliche Theodicee des unsterblichen Leibniz, und ge=
rieth oft in gewaltigen Enthusiasmus, wenn ich eins
seiner Argumente gefaßt zu haben glaubte. Beiher
habe ich auch im ersten Sommer meines Aufenthalts
zu Gießen den ganzen Ovidius und den ganzen Taci=
tus gelesen. Beim Tacitus hatte ich eine französische

---

q) Seit Kästners Lehrbuch hätte billig kein anderes über
diese Wissenschaft sollen geschrieben werden. Alle an=
dere, das Karstensche selbst nicht ausgenommen, blei=
ben weit hinter ihm.

r) Schwänzen heißt, nach der Studenten=Sprache,
die Vorlesungen versäumen.

Uebersetzung zu Hülfe, die zwar sehr alt, aber zum
Verstehen des Schriftstellers sehr dienlich war. —
Auch legte ich mich aufs Italiänische, und brachte
es unter der Anleitung eines gewissen Exkapuziners
von Modena, Paters Brunelli, innerhalb drei Mo=
naten so weit, daß ich ohne Mühe ein italiänisches
Buch, auch wohl einen italiänischen Dichter lesen konn=
te. Herr Schmid hat mir damals die Komödien
des Goldoni, und den Tasso geborgt, wofür ich ihm
hiermit öffentlich danke, damit er mich nicht auch in
Absicht Seiner des Undanks beschuldige, wie er in
Absicht des Herrn Kochs gethan hat.

Es mochten wol vier Wochen seit meiner Rei=
se nach Manheim verflossen seyn, als ein Brief
von meinem Vater ankam. Das war ein Brief!
Schrecklicher, als er darin auf mich loszog, kann
ein Musketier=Kapitän nicht auf einen Soldaten los=
ziehen, der die Parade verschlafen hat.   Er hatte
von dem Alzeyer Keßler meine Donkischotts=Reise
erfahren; — und die Ursache davon konnte er sich
leicht hinzudenken.   Er wußte, daß Therese in Man=
heim war, und mußte also auch schließen, daß ich
sie da gesehen und gesprochen hatte.   Er drohte mir,
mich von Gießen wegzunehmen, und nach Koppen=
hagen auf die Universität zu schicken : da sollte es
mir wol vergehen, nach Manheim zu reisen !   Er
wollte mit aller Gewalt meine unwürdige Liebschaft

fahren: da müßte sonst der Henker drein sitzen u. f. w.
Sogleich sollte ich antworten, und den Verlauf meis
ner Reise aufrichtig und ohne Umschweife erzählen:
er wiße doch schon alles, und wenn ich nicht aufrich=
tig wäre; so würde er selbst nach Gießen kommen,
und mich nach Koppenhagen hinführen — in eigner
Person.

Diese Drohung schlug mich gewaltig nieder:
denn ich fürchtete nichts so sehr, als nach Dänemark
geschickt zu werden.   Um also diesem Uebel vorzu=
beugen, antwortete ich, daß ich zwar in Manheim
gewesen, aber blos mit einem guten Freunde dahin
gereiset sey, der im Elsaß zu Hause wäre, und zu
Gießen studiert hätte.   Ich leugnete geradezu, The=
resen gesehen zu haben: ich wüßte ja nicht einmal,
daß sie sich in Manheim aufhielte! Uebrigens räum=
te ich ein, einen erzdummen Streich gemacht zu ha=
ben; versprach aber, mich zu beßern, und bat um
Verzeihung.   Ich hatte meinen Brief lateinisch ge=
schrieben und brav mit griechischen Stellen ausstaf=
firt, welches meinem Vater denn dergestalt behagte,
daß er mir verzieh, und mich nur noch zum Gehor=
sam anwieß.

Nun war ich wieder getröstet! Aber der an=
gelobte Gehorsam blieb aus: ich wechselte von der
Zeit an beständig mit Mamsell Thereschen Briefe,
und schrieb auch von Zeit zu Zeit an den Pastor

Neuner. Dieſer gute Mann ermahnte mich, fleißig gute katholiſche Bücher zu leſen; und dem zufolge hohlte ich mir auf der Univerſitäts-Bibliothek das Manuale Controverſiarum Becani, eines gelehrten Jeſuiten. Ich habe mich hernach oft gewundert, wie ich ſchon damals im Stande war, einen alten polemiſchen Klopfechter, wie Becani Manuale iſt, mit Aufmerkſamkeit und Lernbegierde zu leſen. Die Folge zu ſeiner Zeit.

Funfzehntes Kapitel.

Die Muſenſöhne ſind oft ſehr bösartige Kinder!

Ohngefähr im Monat Auguſt dieſes Jahrs entſtanden in Gießen die Eulerkappereien, welche mir und vielen andern zu ſchaffen gemacht haben: ſie verdienen daher allerdings eine Stelle in meiner Biographie. Ich muß aber zum voraus den Urſprung dieſer Benennung erklären.

Zu Gießen am Wagengäßchen, wohnte ein gewiſſer Euler, welcher in ſeiner Jugend Theologie ſtudiert hatte, hernach aber wegen eines illegalen Beitrags zur Bevölkerung, der durch ſeines Vaters Magd zum Vorſchein gekommen war, die Hoffnung verlohr, ein geiſtliches Amt zn bekleiden. Er hatte

die Mädchenschule in Gießen angenommen, war dabei Leichenbitter, Kantor in der Zuchthauskirche,
und Klingelbeutelträger in der Stadtkirche. Dieser
Euler, oder nach dem Eckelnamen, den ihm die
Studenten gegeben hatten, Eulerkapper, war ein
äußerst lächerlicher Mensch: seine Minen, sein Anzug, sein Gang, kurz, alles war so auffallend beschaffen, daß ihn niemand ansehen konnte, ohne überlaut zu lachen. Er war eben darum der allgemeine
Gegenstand für die Neckereien der Gießer Studenten:
und diese Neckereien nannte man — Eulerkappereien. Was man alles mit ihm vorgenommen
hat, lehrt unter andern folgendes.

Neben Eulerkappern wohnte ein Student,
welcher aus seinem Kammerfenster gerade in dessen
Putzstube sehen konnte. Der Student nahm einmal
den Zeitpunkt in Acht, als das Fenster dieser Putzstube offen stand, befestigte seinen Kammertopf an
eine Stange, langte dieselbe hinüber und leerte den
Topf — es war Unrath von verschiedener Gattung
darin — in der Putzstube aus. Euler mußte das
Ding bald erfahren, mußte auf den Urheber schließen,
und nun war es ganz natürlich, daß er ihn beim
Rector verklagte.

Der Student wurde vorgefordert, er lehnte
aber die Beschuldigung von sich ab, durch Vorgeben:

Erster Theil. J

daß manche Bursche in seiner Abwesenheit auf seine
Stube zu gehen pflegten, und da könnte es immer
seyn, daß sie den Muthwillen verübt hätten. Er
für seine Person wäre von dergleichen schmutzigen
Affären weit entfernt. — Auf diese Art kam Bruder Schacht — eben der, von dem oben gesprochen
ist — ohne Strafe davon, und der Rector lachte
blos über den Einfall, einen Kammertopf in ein
fremdes Visitenzimmer auszuleeren.

Den folgenden Sonntag versammelte Herr
Schacht eine große Menge Studenten auf seine Stube. Kaum war Euler mit Frau und Tochter zur
Kirche, so wurde sein Fenster mit einer Stange ein-
gestoßen, und auf die vorhin beschriebene Art eine
Menge Ladungen in die Putzstube transportirt. Euler erfuhr schon auf dem Rückweg nach Hause, was
vorgefallen war. Er klagte; aber nun halfen dem
guten Schacht seine Ausflüche nicht: er mußte vier
Tage ins Karcer, mußte Eulern das Fenster neu
einscheiben lassen, und dreißig Kreutzer zur Reinigung
der Putzstube hergeben.

Zu Gießen war es damals Mode, daß ein in-
karcerirter Student einen andern des Nachts zur Gesellschaft bei sich haben konnte. Herr Schacht wählte
mich dazu: ich ging hin, und hier verbanden wir
uns, den Euler forthin auf alle mögliche Art zu
necken und zu beschimpfen. Ich hielt redlich Wort,

wie ich denn überhaupt bei dergleichen Versprechun-
gen niemals wortbrüchig geworden bin. Wäre ich
nur in andern Dingen auch so genau gewesen!! Ich
hielt Wort, und perirte den Eulerkapper gleich am
folgenden Abend, und warf ihm die Fenster ein.
Aber das Unglück wollte, daß ich erkannt und beim
Prorector angegeben wurde. Dieser dictirte mir
zwei Tage Karcer, und die Unkosten für die einge-
worfenen Fensterscheiben. Einige andre Freunde,
welche den Eulerkapper auch perirt hatten, kamen
gleichfalls aufs Karcer, oder wie man in Gießen spricht,
nach Cordanopolis [s]). Darüber ergrimmte die ganze
Burschenschaft, und schwur dem Eulerkapper den
Tod.

Schacht indicirte nun ein Parlament, welches sich im Rappen versammelte, und ein Urtheil
über den Eulerkapper sprechen sollte. Das Parlament kam zusammen, Schacht redete, nachdem jeder
seinen Bierkrug vor sich, und seine Pfeiffe angesteckt
hatte, die Versammlung an, und stellte ihr vor,
wie Euler, der Mädchenschulmeister, bisher Ursache
gewesen sey, daß so manche brave honorige Bursche

---

s) Der damalige Karcerknecht — eine recht gute Anstalt
ist das mit dem Gießer Karcerknecht! — hieß Conrad.
Diesen Namen veränderten die Studenten in Cordanus, und das Karcer hieß daher, und heißt noch Cordanopolis.

ins Karcer gekommen und sonst gestraft worden wären; daß also eine allgemeine Entscheidung zu fassen
sey, wie man es in Zukunft mit dem Euler halten
sollte. Er für sein Theil fände nothwendig, daß
man ihm einen angemeßnen Eckelnamen beilegte. —
Hierauf wurde debattirt und endlich beschlossen: daß
der Mädchenschulmeister Euler in Zukunft Eulerkapper heißen und jeder Bursche ihn wenigstens einmal
die Woche periren sollte. Die Perificationsformel
wurde auch durch die meisten Stimmen folgender-
maßen angegeben: „Es leben Ihre Magnifizenz,
der Herr Johann Heinrich Eulerkapper, Ritter von
Fellago, des heiligen Römischen Reichs Großkron-
eselsohrträger, Hunzfott und Schwerdtfeger, hoch
und abermal hoch und noch einmal hoch! Pereat
Eulerkapper!" — Dabei sollte, wenn sichs sonst
thun ließe, der Perifikant dem Eulerkapper auch die
Fenster einwerfen.

Das löbliche Parlament gab gleich denselben
Abend ein Beispiel der Befolgung der sancirten Gesetze. Alle Assessoren, nachdem sie sich derb benebelt
hatten, zogen vor des armen Mannes Haus und
perirten ihn in der besten Form. Der Eulerkapper,
welcher sich nicht getrauete, vor seine Thür zu treten,
mußte dem Lärmen ohngerächt zuhören: denn er
kannte niemanden, war also nicht im Stande, einen
Perifikanten bei der Obrigkeit anzugeben.

Seit dem Parlamentstage hatten die Kappe-
reien kein Ende: alle Abende wurde von mehr als
hundert Studenten, pereat Eulerkapper, gegrölt, und
eine Fensterkanonade vorgenommen. Ja, einst
perirten ihn gar zwei junge Frauenzimmer. Es
blieb aber nicht beim Periren und Fenstereinschmeißen
allein: es wurden auch Pasquille, Liedchen und
scheußliche Gemälde gemacht, und aller Orten, besonders in der Gegend des Hauses dieses geplagten
Schulmeisters, angeklebt.

Da so oft Studenten vom Kapper erkannt
wurden; so kamen auch nicht wenige aufs Karcer.
Freilich war diese Strafe niemals scharf: ein, höchstens zwei, bei öfterer Wiederholung auch drei oder
vier Tage Arrest, war die ganze Züchtigung — nebst
der Bezahlung der zerschmissenen Fensterscheiben. Der
Rector lachte allemal, wenn er jemanden wegen
Kapperei vorhatte. Vorzüglich gefielen diese Possen
dem Herrn Bechtold, welcher mich besonders, freilich im Spaß und mit großem Gelächter, des Satans
Engel hieß, der Eulerkappern mit Fäusten schlüge.
Dafür muste ich indeß doch nach Cordanopolis wandern.

Ehemals war das Karcer in Gießen so wie die
Karcer auf andern Universitäten, blos mit dem Namen derer bemalt, welche in demselben kampirt hatten; aber seit der Eulerkappereien fings auch an, an

den Wänden tapezirt zu werden. Anfangs wurde
blos der Eulerkapper gerade der Thür gegen über gemalt mit schwarzem Rock, gelber Weste, rothen
Beinkleidern u. s. w. Bald hernach wurde ein Teufel in scheußlicher Gestalt vor ihm hingestellt, der ihm
Brüderschaft zutrank. Die Malerei blieb nicht beim
Eulerkapper stehen: es wurden noch mehr Personen
mit Epigrammen abkonterfeiet, — und auf diese
Art wurden alle Wände so voll, daß innerhalb Jah-
resfrist kein Platz zu Porträts übrig blieb.

Ein gewisser Student, Namens Anaker sollte
einmal eingesteckt werden; er stellte aber gleich am
ersten Abend bei Herrn Bechtold vor, daß er sich vor
den vielen im Karcer abgemalten Teufeln fürchte,
und wurde losgelassen. Als ich vor einigen Jahren
durch Gießen reisete, waren noch die meisten dieser
Gruppen im Karcer sichtbar. Doch genug hiervon!
Man muß die Nachsicht seiner Leser nicht miss-
brauchen.

Sechszehntes Kapitel.

Illiacos intra muros peccatur et extra!

Karcer a. l.

Die Stadt Wezlar habe ich bald nach meiner Ankunft in Gießen besucht. Sie liegt kaum drei Stund

den von da, und ist ein ungleiches, rußiges, schlecht
gebautes Nest.   Die Stadt ist gemischter Religion.
Die Geistlichkeit derselben ist so bigot, daß man
wohl schwerlich in der Welt bigotteres Grob antref=
fen wird.   Nur ein Pröbchen hiervon.

Kurz vor meiner Zeit hatte sich der Sekretär
Jerusalem, der Sohn des berühmten Abts Jeru=
salem aus Haß gegen einen Gesandten und aus Liebe
zur Tochter des Amtmanns Buff, erschossen. Man
sagte damals in Gießen und Wetzlar, daß eine Belei=
digung, welche Jerusalem in dem Hause des Präsi=
denten, Grafen von Spauer, habe erdulden müßen,
bei dem sehr empfindlichen und stolzen Jüngling das
meiste zu diesem traurigen Entschluß gewirkt habe.
Genug, Jerusalem erschoß sich: und nun hatte es
Schwierigkeit mit seiner Begräbnißstätte.   Der Amt=
mann Buff, ein redlicher Mann, bath den Pfarrer
Pilger um die Erlaubniß, die Leiche des Unglück=
lichen auf den Gottesacker zu begraben: aber der
Pfaffe, der leider in dieser Sache zu befehlen hatte,
sah jeden Selbstmörder als ein Aas an, das eigent=
lich für den Schinder gehöre, und versagte die Er=
laubniß.   Kaum konnte der Graf v. Spauer, der
sich recht thätlich für Jerusalems ehrliche Beerdigung
interessirte, soviel erhalten, daß der Erblaßte auf
einer Ecke des Gottesackers durfte begraben werden.
Der Pastor Pilger hat hernach mehrere Predigten

wider den Selbſtmord gehalten, und den guten Je-
ruſalem ſo kenntlich beſchrieben, daß jederman merkte, er ſey es, der nun in der Hölle an eben dem
Orte ewig brennen müße, wo Judas der Verräther
brennt, der ſich erhenkte, mitten entzwei barſtete
und all ſein Eingeweide ausſchüttete. (Act. 1, 18)

So elend Wezlar ſonſt iſt, ſo volkreich iſt es
wegen des dortigen Reichskammergerichts. Da giebt
es außer den vielen Aſſeſſoren, Prokuratoren, Advokaten, Notarien und Skribaxen, wovon alle Gaſſen
wimmeln, und welche ſich alle gewöhnlich ſchwarz
kleiden, auch noch eine Menge von Fremden, welche dahin kommen, den Gang ihrer Proceſſe zu befördern, d. i. die Referenten auszuſpähen, denen
ihre Acten übergeben ſind, und dieſe dann mit baarem ſchweren Gelde, oder ſonſt etwas zu beſte-
chen [*]).

Bei dieſer großen Volksmenge fehlt es nicht an
allerhand Vergnügungen, an anſtändigen und unan-
ſtändigen, wie einer Luſt hat. Oft halten ſich, zum
Beiſpiel, Komödianten da auf, welche aber meiſtens

---

[*] Daß dieſes und noch vielmehr in Wezlar gäng und
gäbe ſey, lehrt die vor 20 Jahren angeſtellte Viſitation,
wobei Herr von Nettelbla, Herr von Papius, und
mehr andere Herrn von und nicht von als Schelme
ſich aus dem Staube machen muſten, um dem Galgen,
den ihnen Kaiſer Joſeph II. gedrohet hatte, zu entgehen. Moſers Staatsrecht giebt Auskunft darüber.

so elend spielen, wie weiland Signor Schmettau in
Paffendorf, oder der Signor, welcher diesen Winter, 1792, in Merseburg die besten Stücke so fein
radebrechen konnte. Mein Geschmack ist wahrlich
nicht fein; aber von den vielen Schauspielen, welchen ich in Wetzlar beiwohnte, hat mir auch nicht
eins gefallen. Einst sah ich Leßings Emilia Ga-
lotti: da agirte Odoardo wie ein besoffener Korporal,
Marinelli wie ein Hanswurst, und der Prinz natürlich wie ein Schulknecht. Klaudia sah aus, wie
eine Pastorswittwe, Emilia wie ein Hockenmädchen,
und die Gräfin Orsina endlich wie eine kuraschirte
derbe Burschen-Aufwärterin. Schreien konnten
die Kerls und die Menscher, als wenn alle halb taub
gewesen wären. So war die Komödie! dem aber
ohngeachtet klatschten die Wezlarische Herren und Damen, als spielte ein Garrik!

Das Entree kostete indessen auch nicht viel —
drei Batzen auf dem Parterr! Und für kupfer-Geld
kriegt man auch nur kupferne Seelmessen! Daher ist
das Theater immer schlecht erleuchtet, und die Musik
ganz abscheulich. Nirgends kann eine Musik elender
seyn, als sie dort im Schauspielhause und auf den
Bällen ist. Ordentliche Konzerte hört man da nicht,
wenigstens zu meiner Zeit nicht: dann und wann,
eben wie in Gießen, kommt ein Fremder, und läßt
sich hören. Sonst giebts Karrussel u. d. g. in Wez-

lar, auch einige Gärten, wo man sich so ziemlich
zerstreuen kann.

Die Gießer Studenten besuchen Wezlar sehr
oft, wie denn überhaupt die Studenten gewohnt
sind, außerhalb des Ortes, wo sie sich aufhalten,
ihre Vergnügungen aufzusuchen, gesetzt auch, sie
könnten dergleichen in ihrer Heimath weit besser an=
treffen. Daß ich nicht lange wartete, diesen Ort
zu besuchen, läßt sich schon aus dem Vorhergehenden
abnehmen, da ich überhaupt gern alles das nach=
machte, was Leute meines Zirkels und meines Glei=
chens zu thun pflegten. Allein mir gefiel das alte
Nest nicht; desto besser aber behagte mir die Tischge=
sellschaft im Adler, weil da Leute aus allerlei Pro=
vinzen speißten, und ihre Avantüren beim Glas
Wein erzählten, so unwahrscheinlich einige auch klin=
gen mochten. Ich habe hernach noch viermal, von
Gießen aus, Wezlar besucht, und mich allemal ge=
freut, wenn ich mit Deputirten von Dörfern und
Städten aus allen Theilen desjenigen deutschen
Reichs, worüber die Kammer zu Wezlar noch etwas
zu sagen hat, kannegießern konnte.

Da in Gießen keine Bordelle sind, und doch
die Bursche daselbst den Stachel der Sinnlichkeit
eben so gut fühlen, wie an jedem andern Orte; so
ziehen die meisten nach Wezlar, um das Vergnügen
zu genießen, sich mit dem Auswurf des weiblichen

Geſchlechts zu unterhalten. Freilich ſind außer der
Geldzerſplitterung, die übrigen Folgen oft ſehr traurig: denn die Wezlariſchen Nymphen ſind größtentheils franzöſiſch, und begaben ihre Liebhaber mit
einer Galanterie, die alle andere Vergnügungen ver-
giftet, ſo lange ſie dauert. Ich ſelbſt — warum
ſollt' ichs nicht geſtehen, da ich alles geſtehen will,
was mir begegnet iſt, es ſey gut oder böſe? Hat ja
doch Herr Schubart auch dergleichen von ſich ge-
ſtanden? Ich ſelbſt habe die böſen Folgen eines Umgangs mit dergleichen gefälligen Menſchern empfunden. Im zweiten Halbenjahre meines Aufenthalts
in Gießen, ritt ich einmal nach Wezlar in Beglei-
tung einiger Burſche. Des Abends gingen wir zu
einer gewiſſen Makerelle, welche da unter dem Namen der Poſtmeiſterin bekannt war, und divertirten
uns. Ich hatte nicht Luſt, mich weiter einzulaſſen,
als es unter aller Augen geſchehen konnte: ich begnügte mich daher mit der Zotologie u. dgl. Allein
da meine Kammeraden alle, einer nach dem andern,
mit den Mädchen verſchwanden, und hernach höchſt
vergnügt, wie es ſchien, zurückkamen, da beſonders
ein ganz artiges Geſchöpfchen ſich mir mehr, als
dienlich war, näherte; ſo ließ ich mich denn auch
vom Satan blenden, und gieng mit ihr in ein Apar-
tement, wohin ſchon viele große Männer, auch
theologiſche Profeſſoren, Doctoren u. d. gl. gegan-

gen waren. Einige Tage hernach empfand ich das
Geschenk, welches das Wezlarische Mensch mir gemacht hatte. Ich war gleich anfangs so glücklich,
in die Hände eines geschickten Studenten der Medicin, des jetzigen Herrn Doctor Adrian Diels
von Gladenbach, der sich seither durch einige gute
Schriften bekannt gemacht hat, zu gerathen. Dieser ließ mich eine angemessene Diät halten, und ku-
rirte mich innerhalb vier Wochen aus dem Grunde.
Wäre ich unglücklich genug gewesen, einem Gießer
Quacksalber, deren es dort viele giebt; in die Kral-
len zu fallen, vielleicht, wäre meine sonst dauerhafte
Gesundheit in ihrer Grundfeste erschüttert und zerstöhrt worden.

Ehe ich mein Kapitel von Wezlar schließe, muß
ich noch etwas von dem Ton, welcher daselbst herrscht,
sagen, und dann eine empfindsame Procession zum
Grabe des jungen Werthers erwähnen.

Nirgends in ganz Deutschland, selbst in Lauch-
städt nicht, in Eisenach nicht, und in Merseburg
nicht, ist der Ton in den vornehmen Gesellschaften
steifer, als eben in Wezlar. Ich habe dieses zwar
nicht aus unmittelbarer Erfahrung: denn der Gießer
Student hat wenig Zutritt zu den vornehmen Gesellschaften daselbst; allein jeder, den ich darüber habe
sprechen hören, — und ich habe mehrere Sachkun-
dige gehört, — haben mir das so gesagt. Der

Adeliche, und besonders die adelichen Damen, wiſ=
ſen es gar zu gut, daß ſie adlich ſind, und laſſen
es jedem, der mit ihnen umgeht, recht empfin=
den.   Beiher muß man wiſſen, daß der Adel in
Wezlar eben nicht durch die Bank ſtiftsmäßig iſt,
daß viel funkelneue darunter ſind, auch wohl ſolche,
welche gar nicht von Adel, aber unverſchämt genug
ſind, ſich für ſolche auszugeben.   Haben ſie einen
Ball; ſo wird er mit folgenden Worten angezeigt:
den und den, iſt im Hauſe des und des Herrn öf=
fentlicher Ball, woran jeder a d e l i c h e H e r r und
jedes a d e l i c h e F r a u e n z i m m e r Theil nehmen
kann. — Einige adeliche Damen nehmen es indeſ=
ſen nicht übel, wenn ein bürgerlicher, der klingende
Münze hat, und ſonſt robuſt iſt, ihnen die Kur
macht, und ſich die Mühe nimmt, dem hochwohlge=
bornen Eheherrn Hörner aufzuſetzen.   Beiſpiele ſind
verhaßt. —

Die Proceſſion nach dem Grabe des armen
Jeruſalems wurde im Frühlinge 1776 gehalten.
Ein Haufen Wezlariſcher und fremder empfindſamer
Seelen beiderlei Geſchlechts beredeten ſich, dem un=
glücklichen Opfer des Selbſtgefühls und der Liebe
eine Feierlichkeit anzuſtellen, und dem abgefahrnen
Geiſte gleichſam zu parentiren.   Sie verſammelten
ſich an einem zu dieſen Vigilien feſtgeſetzten Tage des
Abends, laſen die L e i d e n d e s j u n g e n W e r=

thers von Herrn von Göthe vor, und fangen
alle die lieblichen Arien und Gesänge, welche dieser
Fall den Dichterleins entpreßt hat. Nachdem dies
geschehen war, und man tapfer geweint und geheult
hatte, gieng der Zug nach dem Kirchhof. Jeder
Begleiter trug ein Wachslicht, jeder war schwarz gekleidet, und hatte einen schwarzen Flor vor dem Gesicht. Es war um Mitternacht. Diejenigen Leute,
welchen dieser Zug auf der Straße begegnete, hielten ihn für eine Procession des höllischen Satans,
und schlugen Kreutze. Als der Zug endlich auf den
Kirchhof ankam, schloß er einen Kreis um das
Grab des theuren Märtyrers, und sang das Liedchen
„Ausgelitten hast du, ausgerungen.“ Nach
Endigung desselben trat ein Redner auf, und hielt
eine Lobrede auf den Verblichnen, und bewies beiher,
daß der Selbstmord — versteht sich aus Liebe, —
erlaubt sey. Hierauf wurden Blümchen aufs Grab
geworfen, tiefe Seufzer herausgekünstelt, und nach
Hause gewandert mit einem Schnupfen — im Herzen.

Die Thorheit wurde nach einigen Tagen wiederholt; als aber der Magistrat es ziemlich deutlich
merken ließ, daß er im abermaligen Wiederholungs-
fall thätlich gegen den Unfug zu Werke gehen würde;
so unterblieb die Fortsetzung. Hätten lauter junge
Laffen, verschossene Hasen und andere Firlefanze, wie

auch Siegwartiſche Mädchen, rothäugige Kuſinchen
und vierzigjährige Tanten dieſes Poſſenſpiel getrieben;
ſo könnte mans hingehen laſſen: aber es waren Männer von hoher Würde, Kammeraſſeſſoren, und Damen von Stande.   Das war doch unverzeihlich!
Und alle die Thorheit hat das ſonſt in ſeiner Art mei-
ſterhafte Büchlein des Herrn von Göthe verurſacht!
So relativ wirkſam ſind Ve████lungen, wenn ein
Mann von Anſehen ſie ſo oder ſo ſtafiret!

    Das Grab des jungen Werthers wird noch
immer beſucht, bis auf den heutigen Tag.

Siebzehntes Kapitel.

Wer einmal Don Quixote gegen ſich ſelbſt iſt, wird es
auch gegen Vater und Geliebte!

Ich hatte den Sommer fidel und burſchikos zugebracht, hatte mich zweimal geſchlagen, war drei oder
viermal im Karzer geſeſſen, und hatte nach den Statuten des eben erwähnten Parlaments den Eulerkapper bis aufs Leben gekebert.   Da freute ſich nun
meine Seele, als ich gegen das Ende des Halbjahrs
meine Thaten ſo überlegte, und keine einzige fand,
warum ich mir — wie ich damals dachte — hätte

Vorwürfe machen dürfen. Das waren aber meine
tollen Streiche noch nicht alle.

Einmal war es mir gar eingefallen, einem Ball
am Ludwigstage als dem Namenstage des Landgrafen,
beizuwohnen. Ich ließ mich deswegen chapeaubas
frisiren, zog seidne Strümpfe an — und ging nach
dem Rathhause zu, wo der Ball gegeben wurde.
Unterwegs begegne mir ein gewisser Brumhard,
welcher eben dahin wollte. Wir beredeten uns, vorher zum Stangenwirth — so hieß der Wirth Balthasar bei den Studenten — zu gehen, und da einige
Stangen Doppelbier auszuleeren. Als wir ins
Bierhaus kamen — man stelle sich eine erzraucherige
Stube, voll Tabacksqualm vor, wo Studenten,
Philister und Soldaten beisammen sitzen, und Bier
trinken: und dann denke man sich uns beide, ball-
mäßig gekleidet und chapeaubas auf der Bierbank
mit einer Stange — einem großen Paßglase in der
Hand: — genug, als wir hinkamen, fanden wir so
viel Bekannte, daß wir bis zehn Uhr verweilten,
und uns derb benebelten. Dann fiel es uns ein, auf
den Ball zu gehen. Wir gingen hin; aber gleich
merkte jederman, daß uns der Kopf schwer war.
Brumhard hörte, daß man sich über ihn aufhielt,
er fing daher an zu spektakeln, bis man ihn endlich
zur Thür hinaus transportirte. Er trat hierauf
vors Rathhaus und perirte den ganzen Ball: dafür

mußte er auf einige Tage nach Corbanopolis wan=
dern.

Ich war, als dieses vorgieng, in einem Ne=
benzimmer, wo ein gewisses Frauenzimmer, welches
ich kannte, mir Thee einschenkte. Es war die De=
moiselle Langsdorf, welche mir besonders gewo=
gen war, weil ich einem dummen Jungen (Musje
Lauer hieß er), der ihr einen Eckelnamen einst gab,
derbe Ohrfeigen zugetheilt hatte. Diese Heldenthat
hatte sie erfahren, und belohnte mich dafür mit ihrer
Freundschaft "). Mamsel Langsdorf hatte wohl
gesehen, daß es mit mir nicht richtig war: sie sorgte
also dafür, daß ich im Nebenzimmer blieb, und kei=
nen Skandal machte, wie mein Kamerad. Endlich
ging ich doch in den Tanzsaal, und tanzte einige
Menuets; wie aber — das kann man schon
denken!

Kurz darauf schrieb ich meinem Vater, daß
jetzt bald Ferien wären: er möchte mir also erlauben,
ihn zu besuchen. Meine Leser errathen, ohne daß

---

*) Woraus sich die Regel ergiebt: daß man sich beim
Frauenzimmer stark in Gunst setzt, wenn man ihrent=
wegen Ohrfeigen austheilt. Die alten Ritter waren
wahrlich nicht dumm: sie wagten noch mehr; aber
auch — wie's sich versteht — gegen etwas mehr, als
eine Tasse Thee.

ich es sage, daß nicht die Begierde, meine Eltern
zu sehen, sondern ein aufwiegelnder Drang, mein
Mädchen zu sprechen, Ursache war, warum ich um
diese Erlaubniß anhielt. Thereschen war wieder von
Manheim nach Hause gereiset, und das wußte ich:
denn ich hatte wohl ein halbes Dutzend Briefe von
ihr erhalten, und lauter Briefe, so lang, als immer
einer aus Sophiens Reisen seyn mag.

Mein Vater mochte das Ding merken: wenigstens schrieb er mir: „ich sollte fein hübsch in Gießen bleiben, und die Ferien zur Repetition meiner
Kollegien anwenden: es schicke sich nicht, daß der
Student alle Augenblick von der Universität zu Hause
lief: das sähe ja aus, als wollte er seiner Mutter
Katz' noch einmal sehen.‟ — So hätte ich also bleiben müssen, und wäre auch wirklich geblieben, wenn
nicht ein Vetter von mir, Herr Böhmer, damals
Hofmeister bei einem Herrn von Breidenbach in Marburg, seine Reise durch Gießen genommen, und
mich zum Mitreisen in die Pfalz aufgefodert
hätte.

Von der Reise selbst will ich nichts erwähnen:
es ist mir nichts Merkwürdiges dabei aufgestoßen,
außer dem folgenden.

Eine halbe Stunde von Wendelsheim wird
jährlich ein berühmter Jahrmarkt unter dem Namen
Bellermarkt gehalten, und zwar im blanken

Felde, woran mehrere Ortschaften Theil nehmen. Dahin kommen Kaufleute und Krämer viele Meilen her — von Mainz, Worms, Manheim, ja sogar von Frankfurt und Strasburg. Es werden auch eine Menge Weinhütten, ohngefähr 50, errichtet, und von allen Bierfiedlern aus dem ganzen Umkreis her bemusicirt. Daher besucht die dortige Gegend von weit her den Jahrmarkt. Da findet man Gräfliche und Adeliche, Civilbediente und Prediger, Frauenzimmer von Stande, auch Hans und Gretel, Creti und Plethi, nebst einer ansehnlichen Menge Töchter der Freude, und die Anzahl dieser letztern soll sich, wie man sagt, noch jährlich vermehren.

Ich hörte in Flonheim, daß heute eben der erste Bellermarktstag wäre. Das war mir eine erwünschte Nachricht. Ich hatte von Alzey aus ein Pferd mitgenommen, und nun statt nach Wendels-heim zu reiten, ritt ich à la Bursch angezogen, mit einem derben Hieber versehen, auf den Bellermarkt. Gleich vorne an traf ich den ehrlichen Töpfer Engel aus Wendelsheim, der da sein irdenes Geschirr feil hatte.

Engel: Ei Herr Jeh! Musche Fritz, willkum! Ach um Gottes Wille, wo kumme Sie dann her?

Ich: Heute nicht weiter, als von Alzey. Hör' Er, Meister, ist mein Vater hier?

Engel: Noch nit: er werd abber doch baſ kumme. Die Mammeſe kimt och, un och die Tanteſe, (Mamma und Tante.)

Ich: Iſt ſonſt kein Bekannter hier?

Engel: (vertraulich) Muſche Friz, Ehr Menſch, (Ihre Geliebte) es ſchun da mit ehrem Babe (Papa).

Ich: Das wäre! Und wo ſind die, mein lieber Meiſter?

Engel: Da unne in Bremshütt.

Ich: Da muß ich gleich hin! à propos Lieber! ich habe eine Bitte an Ihn.

Engel: Wann eichs (ich es) thu kan, mit Fröde.

Ich: Kann er mir einige Gulden vorſtrecken, bis wir nach Hauſe kimmen?

Engel: (ſehr freudig) Ei warum nit! Eich will Ehne zehn Gulle gebe: hun Se damet genuk?

Ich: Mit der Hälfte! wenn ich nur fünf Gulden habe.

Engel: (zählt Geld) Nä, da ſeyn Zehn Gulle, Es eß ſchun gut. Se (zu) Wennelshem gebe Se mer ſe wedder.

Auf dieſe Weiſe war mein Beutel wieder in Ordnung, welcher auf der Reiſe, beſonders zu Frankfurt, ziemlich ſchwindſüchtig geworden war.

Hierauf band ich mein Pferd an den Wagen des ehrlichen Engels, und ging, mein Mädchen aufzusuchen. Ich fand sie bald; aber wie roth ward sie
über und über, als sie mich erblickte! Ihr Vater
schüttelte mir indeß traulich die Hand, und bewill-
kommte mich, als wäre ich sein Sohn gewesen.
Aber wegen der Herumstehenden konnten wir nichts
reden, was zur Sache gehörte. Vielmehr ermahnte er mich, ihn und seine Tochter zu verlassen, damit uns mein Vater, der wahrscheinlich auch
kommen würde, nicht zusammen fände, und hernach
von neuem lärmte. Ich fand diesen Grund vernünftig, empfahl mich, versprach aber, den folgenden
Morgen sie wieder zu besuchen, und ging.

Weit von Bremshütte setzte ich mich in eine
andere, worin ich einige geistliche Herren, die ich
kannte, sah, und fing an, à la Bursch zu zechen.
Kaum hatte ich einen Schoppen Wein geleert, als
mein Vater mit einer starken Gesellschaft vorbeiging.
Ich lief auf ihn zu, grüßte ihn: und der gute Mann,
so unerwartet ihm auch mein Hervortreten war, gab
doch sein Vergnügen zu erkennen, daß er mich sah.
Ich meldete ihm die Veranlassung zu dieser Reise
durch Herrn Böhmer, und er glaubte alles, oder
schien es doch zu glauben, was ich ihm sagte. Wir
waren recht vergnügt: es war da alles so philanthro-
pinisch! keiner nahm dem andern etwas übel.

Den Abend ging es nach Wendelsheim: mein Vater und seine Gesellschaft zu Fuße; ich aber ritt ganz burschikos neben her, und sprach vom Komment. Meinem Vater mißfiel dies, wie ich aus seiner verdrießlichen Mine merkte; die andern schienen aber ganz Ohr zu seyn. Endlich kamen wir an, und die Bauern und Nachbarn liefen alle zusammen, den Musche Fritz, den sie seit dem Jänner nicht gesehen hatten, zu beschauen, ob er auch recht bengelich (stark und robust) geworden wäre. Mein Vater fragte mich, woher ich das Roß hätte, und da log ich ihm vor, ich habe es zu Flonheim genommen, wo noch ein Bekannter von mir sich aufhielte: ich würde es den folgenden Morgen wieder dahin reiten: und so fragte er nicht weiter.

Ich war freilich sehr müde, und hätte gern den andern Tag geschlafen bis 8 Uhr; aber ich wollte ja Thereschen besuchen! Das weckte mich schon um fünfe. Ich stand auf, zog mich an, und frisirte mich, so gut ich konnte; sodann mußte unser Knecht das Pferd satteln, und darauf gings fort, noch lange vorher, ehe mein Vater aufstand.

Als ich zu Theresen kam, war sie eben aufgestanden, und noch ganz im Neglischee. Ich genoß da wieder selige Augenblicke! Es wurde alles in Beiseyn ihres Vaters wiederholt, was schon mehrmals war verabredet worden, besonders an Pfingsten in

Manheim. Das Pferd schickte ich durch einen Boten nach Alzey, und begab mich bald zu Fuße zurück,
um wenigstens zum Mittags-Essen zu Hause zu seyn,
und meinem Vater Argwohn zu ersparen. Der gute
Alte hat auch nicht gemerkt, daß ich ihn gleich am
ersten Tage hintergangen hatte. So leichtsinnig ist
man, so lange man noch unstätig ist!

Der Bellermarkt ging ganz in Jubel vorüber,
und ich sah mein Mädchen noch einmal daselbst.
Aber wenn ich mich nun so untersuchte; so fand ich,
daß meine sonst so feurige Liebe, viel von ihrer
Stärke verloren hatte. Die lange Abwesenheit hatte
sie wahrlich nicht geschwächt: denn noch, als ich mit
dem Töpfer Engel redete, war Theresens Bild so
in meiner Seele, daß es dieselbe ganz und gar aus-
füllte: nur als ich sie in der Weinhütte sah, nahm
das Bild an Lebhaftigkeit ab, und wurde jedesmal,
so oft ich nachher bei ihr war, schwächer. Ob die
kleinlichen Verhältnisse ihres Aufenthalts in der Hüt-
te, sie selbst bei mir verkleinert, oder ob die vielen
und rauschenden Zerstreuungen meine Empfänglichkeit
für sie vermindert hatten, weiß ich nicht: genug,
ich fühlte nach acht Tagen Aufenthalt in der Pfalz,
keinen allgewaltigen Drang mehr, mein Mädchen zu
besuchen, und war in ihrer Abwesenheit sogar aufgeräumt. Eine neue Liebschaft hatte hieran keinen
Antheil: denn ich kann schwören, daß damals kein

Mädchen außer Theresen meine Aufmerksamkeit auf
sich zog. Kurz, mein Enthusiasmus in der Liebe
hatte nachgelassen. Der Versuch also, mich über diesen Punkt auszuspähen, mislang meinem Vater: er
fragte mich nämlich, ob ich nicht Lust hätte, den
Amtmann . . . . . zu besuchen? Er sey immer ein
Freund unserer Familie gewesen: auch würde hoffentlich die Lapperei mit seiner Tochter — so nannte er
unsre Liebschaft — nun ihr Ende erreicht haben. —
Ich sagte ihm ganz unbefangen: wenn er es haben
wollte, so würde ich ihn besuchen, wenn er aber im
geringsten besorgt wäre, daß ich wieder in meine
vorigen Schwachheiten zurückfallen möchte; so sollte
es nicht geschehen. Mein Vater war damit zufrieden, und versprach mir, daß er selbst mit mir zum
Amtmann gehen wollte. Das geschah auch einige
Tage hernach; aber unsere Zusammenkunft war so
ziemlich kalt und gleichgültig. Therese selbst schien
mich nicht mehr als ihren Einzigen zu betrachten.
Vielleicht hatte sie einige Erkältung in meiner Liebe
gegen sich bemerkt: und Bemerkungen von der Art,
ziehen etwas ähnliches nach sich: vielleicht — Doch
die Zeiten ändern sich mit uns, und wir mit
ihnen.

Ich hab einmal gelesen, ich glaub' es war in
der Mariane von Marivaux, daß Liebe so
lange ihre Herrschaft ausübe, bis ein anderer Ge-

genſtand, oder bis Eckel, Alter oder grobe Belei=
digung andre Leidenſchaften rege machten, oder ſie
vertilgten. Das iſt aber nicht wahr: Liebe vergehet
wie hitzige Krankheit. Heftig iſt ihr Anfall, und
heftig ſind ihre erſten Paroxismen: dieſe laſſen nach,
und hören endlich gar auf. Dann brauchts nur ein
klein wenig Arzenei: und die ganze Krankheit iſt ge=
hoben. — Aber freilich iſt die erſte Leidenſchaft dieſer
Art von wunderbar langer Dauer, wenn man ſie
gegen andre Liebſchaften hält, die mancher hernach in
der Welt angiebt. Vielleicht theile ich derer noch
mehrere mit: einige muß ich ſchon mittheilen, denn
ohne ſie zu kennen, würden einige meiner Begeben=
heiten nicht leicht zu erklären ſeyn. Doch genug
davon.

Während meines damaligen Auffenthalts in der
Pfalz, hatte ich auch einigemal Gelegenheit, mit
einigen Herren Paſtoren und andern orthodoxen Her=
ren über Gegenſtände der Theologie zu diſputiren,
von der ich freilich damals noch blutwenig wußte.
Ich hatte aber doch gehört, daß die Gottheit des
Herrn Chriſtus anfinge, ſtark bezweifelt zu werden:
daß Bahrdt die Ewigkeit der Höllenſtrafen, die
Kraft der Taufe bei kleinen Kindern u. ſ. w. leug=
nete: daß Semler in Halle ganz neue Grundſätze
über den Kanon aufgeſtellt hätte, und was der=
gleichen Weisheiten mehr waren. Ich brachte meine

Sätze, die ich noch so vom Hören-sagen hatte, und eben darum nur halb vertheidigen konnte, aller Orten vor: man widersprach mir mächtig; ich war aber immer glücklich genug, meine Gegner in die Enge zu treiben, und freute mich allemal in der Seele, wenn so ein Herr Pastor nicht weiter fortkonnte, und seine Zuflucht zu Machtsprüchen, und Schimpfereien nehmen mußte. Herr Pfarrer Mächt-wirth von Morschheim wurde einst über Tische gleich nach der Suppe, so über mich erboßt, als ich behauptete, das Hohelied des Salomo sey nichts, als eine Sammlung von Fragmenten aus Liebeslie-dern, und sey noch obendrein schmutziges Inhalts, wenn man es nach unsern Zeiten betrachtete, — daß er keinen Bissen weiter zu sich nehmen konnte: so sehr hatte ihn der Eifer für die reine Lehre er-griffen!

Mein Vater sah mit Vergnügen, daß ich nach seinem Ausdruck, anfing zu erkennen, wo Barthel Most hohlt. Er empfahl mir zugleich das Büchel-chen des Samuel Crellius de uno Deo Patre, welches er mir mit nach Gießen gab, das ich ihm aber nach einigen Monaten zurückschicken mußte. Ich habe diesem Buche wahrlich zu verdanken, daß ich anfing, über die von der Kirche und den Theolo-gen geheiligten Fratzen ganz anders zu denken, als man so gewöhnlich denkt. Crellius hat das soge-

nannte Geheimniß der Dreieinigkeit nach meiner
Einsicht gründlich untergraben, und dessen Ungrund
sogar aus dem neuen Testamente so bündig bewiesen,
daß kein Theologe bisher auf seine achilleischen Argumente hat antworten können. Sociniani pflegte
mein Alter zu sagen, in eo reliquis Christianis
praestant, quod ibi philosophantur, ubi ceteri
credunt. Ich glaube, der Alte hatte vollkommen
recht. Er empfahl mir zwar das Buch des Crellius
nicht, daß ich blos auf sein Wort glauben und annehmen sollte, was darin stände, sondern um zu
sehen, wie nöthig theologische und philosophische und
andre Gelehrsamkeit wäre, um das System der
Kirche nur einigermaßen zu vertheidigen, wenn Gegner von Crellius Art dagegen aufträten. Hier im
ganzen Lande, und auch im Darmstädtischen, sagte
mein Vater, wird niemand so leicht den Crellius
widerlegen. Während dieses meines Auffenthalts
bei meinen Eltern, machte ich eine Acquisition, die
mir in der Folge unendliches Vergnügen gemacht hat.
Das war die Bekanntschaft und Freundschaft des
Pfälzischen Försters, Herrn Haags, dieses von
Bonzen und Talapoinen in der Pfalz genug verketzer-
ten Mannes. Ich werde fernerhin mehr von diesem
aufgeklärten Manne sagen, und da muß ich denn
freilich vom katholischen Pastor zu Wöllstein und den
Alzeier Kapucinern einiges anbringen, das diesen

Derwifchen nicht gefallen wird. Aber dergleichen Derwifche und Kalender lefen ja mein Gefchriebenes nicht!

Achtzehntes Kapitel.

Siehe da einen Ordensbruder!

Die Ferien waren fchon acht Tage zu Ende, als ich nach Gießen zurück kam. Ich ordnete meine Kollegia, und fing an, fleißig zu ftudiren. Ich fand jetzt mehr als jemals, daß Kenntniffe ein wahres Bedürfniß für meinen Kopf waren. Ich habe auch, ohne mich zu rühmen, blos aus innerm Trieb, und niemals deswegen gelernt, weil ich einmal mein Brod damit verdienen wollte. Meine Weisheit ift niemals weit her gewefen, und in keiner einzigen Wiffenfchaft hab ich mich über das fehr Mittelmäßige erhoben; doch habe ich ohne Unterlaß ftudirt, und ftudire noch recht gern; nur muß mir ein Buch in die Hände fallen, worin mehr erzählt, als räfonnirt wird. Denn gegen das Räfonnement hab ich von jeher einen gewiffen Widerwillen gehabt; und das ift auch der Grund, daß ich in der Philofophie ein jämmerlicher Stümper geblieben bin. Vielleicht war aber das auch fo übel nicht!

Ich hatte bisher bei einem gewiſſen Schneider Klein gewohnt; nun aber quartirte ich mich zum Eberhard Buſch, berühmten Bierſchenken zu Gieſſen, ein. Dies Logis war in der ganzen Stadt bekannt, und das Bier war da wenigſtens ſo gut, als man es in Gießen haben konnte. Mein Hauswirth war ein luſtiger braver Mann, bei dem ich ausgehalten habe, bis ich von Gießen abzog.

Ohngefähr zwei Jahre vor meiner Univerſitätszeit, waren die Orden auch zu Gießen eingeführt. Dieſe unſinnigen Verbindungen ſind eigentlich in Jena entſtanden. Die Moſellaner Landmannſchaft hat zuerſt dergleichen ausgebrütet. Nach und nach haben ſie ſich an mehreren Orten eingeſchlichen, ſo daß ſchon 1778. viele deutſche Univerſitäten von ihnen inficiret waren, beſonders Jena, Göttingen, Halle, Erlangen, Frankfurt, Gießen, Marburg, u. a. Einige Jenenſer hatten den Orden der ſogenanten Amiciſten *), nach Gießen gebracht. Anfänglich blieb das Ding geheim: nachdem aber die Ritter, ich wollte ſagen, die Herren Ordensbrüder inne wurden, daß man in Gießen alles thun durfte; ſo machten ſie ihre Sache publik. Sie trugen auszeich=

***

*) L'ordre de l'amitié auf franzöſiſch genannt: denn die Deviſe war: Amitié, welche durch dieſes Zeichen XX (vivat Amicitia!) angezeigt wurde.

kende Kokarden, und-litten nicht; daß die Profanen *) dergleichen nachmachten. Den andern Studenten gefiel das Ding: sie rotteten sich also zusammen, und stifteten der Orden mehrere. Und so entstand der Hessen-Orden, ja sogar der Renommisten-
Orden oder der Orden des heiligen Fensters, welcher
aber leider, wegen der großen Schifität, der schiefe
Orden und der Lause-Orden benannt wurde.

So war die Lage der Orden, als ich nach Gießen kam. Ich gerieth gleich Anfangs in Bekanntschaft mit mehrern Ordensbrüdern; aber doch konnte
ich mich nicht entschließen, ihrer Verbindung beizu-
treten. Ich war einmal versichert, daß ich bei Händeln fremder Hülfe nicht bedurfte: zum andern fing
man von Seiten der Universität an, auf die Orden
aufmerksam zu werden; und drittens mochte ich mit
einer ganzen Bande keine genaue Freundschaft auf-
richten, von welcher mich viele nach dem Gießer
Ausdruck, laxirten, d. i. mir höchst unausstehlich
waren. So blieb ich also vom Orden frei, auf eine
Zeitlang nämlich.

Indessen hatten die Pfälzer ein Kränzchen
unter sich errichtet, welches herumgieng, und uns

---

x) So nennen Ordensbrüder diejenigen, welche keine
Ordensbrüder sind. Den Profanen steht aber, wie
jeder weis, das Heilige entgegen. Wofür sich doch die
Herren halten müssen! O sancta simplicitas!!

viel Vergnügen machte. Wir hatten freilich unsere Gesetze und Statuten, die den Gesetzen der Orden ziemlich
nahe kamen: unser Zweck war auch der Zweck aller Orden, nämlich ein gewisses Ansehn auf der Akademie zu
behaupten. Aber wir waren weder eidlich, noch auf
sonst eine Art an einander geketret, und es stand einem
jedem frei, uns zu verlassen, sobald es ihm beliebte.
Uebrigens herrschte unter uns die größte Freundschaft
und Harmonie, und da wir lauter solche zu Mitglie-
dern hatten, die als honorige Bursche auf der Universität angesehen waren; so wagte es niemand, das
Pfälzer-Kränzchen zu beleidigen, oder schlecht davon
zu sprechen. So blieben die Sachen eine geraume
Zeit, bis endlich ich und noch zwei andere aus unserm Kränzchen uns in den Amicisten Orden aufnehmen ließen.

Hätte ich vor meiner Aufnahme das eigentliche
Wesen einer solchen Verbindung gekannt; ich würde
wahrlich niemals hineingetreten seyn. Das Ding
ist ein Gewebe von Kindereien, Absurditäten und
Präsumtionen, über welche ein kluger Mann bald
unwillig werden muß. Die Gesetze sind alle so elend
abgefaßt, und so kauderwälsch durch einander geworfen, daß man Mühe hat, sich aus dem Labyrinthe
derselben heraus zu winden. Ueberhaupt ist es ein
erztoller Gedanken, daß ein Haufen junger Leute
eine geheime Gesellschaft stiften wollen, deren Zweck

ist, sich ausschließlich das höchste Ansehen zu verschaffen: deren Oberhaupt ein Bursche ist, welcher eine Gewalt in seinem Orden ausübt, wie weiland der Jesuiten General in der Gesellschaft Jesu. So ungern es manche hören werden, muß ich doch die Wahrheit bekennen, und gerade heraussagen: daß akademische sogenannte Orden *y*), unsinnige Institute sind. Ich muß die Sache näher beleuchten.

Als ich hineintrat, las man mir die Gesetze vor, welche in gewisse Titel, z. B. von Schlägereien, vom Borgen und Bezahlen, vom Fluchen und Zotenreißen — abgetheilt waren. Die Sprache der Gesetze war äußerst legal, das ist, undeutsch und unverständlich. Da die Gesetze nach und nach gemacht sind; so fehlt es ihnen nicht an Widersprüchen, Wiederholungen und ganz unbrauchbaren Vorschriften. Doch das ist ja auch der Fall im Corpus juris und in mancher andern heiligen und unheiligen Sammlung von Gesetzen.

Ich erinnere mich noch an viele Gesetze des gedachten Ordens, wovon ich meinen Lesern einige der vornehmsten mittheilen will.

---

y) Orden sind bei Leuten, welche den Sprachgebrauch nicht verhunzen wollen, öffentliche Societäten, oder öffentliche Ehrenzeichen. Der Studenten-Orden aber ist eine geheime Gesellschaft, und niemand gesteht gern, daß er ein Mitglied davon ist: das ist contradictio implicita.

Der Zweck des Ordens ist, sich auf der Universität Ehre und Ansehn zu verschaffen, d. h. sich in solche Positur zu setzen, daß alle Studenten, ja selbst die Professoren und die Vorgesetzten sich vor den Herren Ordensbrüdern fürchten möchten.

Daher ist die engste Verbindung nöthig. Diese erfordert natürlicher Weise, daß kein Mitglied das andere beleidigen darf. Alle Beleidigungen, die vorfallen, müssen vom Senior geschlichtet werden. Ueberhaupt sind viele Gesetze da, welche Freundschaft, Verträglichkeit u. d. gl. gebieten. Da aber Freundschaft ein Ding ist, das sich nicht gebieten läßt; so giebt es im Orden immer so viele Disharmonien, daß gewiß stets Schlägerei seyn würde, wenn nicht andere prägnante Gründe Ruhe heischten.

Das Oberhaupt des Ordens ist der Senior, welchem die andern gehorchen müssen. Er hat ihnen zwar nur in Ordenssachen zu befehlen: da sich aber dahin allerlei ziehen läßt; so ist der Senior gleichsam der Herr der Mitglieder, und die Mitglieder sind, wenn er es verlangt, seine gehorsamen Diener. So wird man Sklave, um frei zu seyn!

Neben dem Senior ist noch ein Subsenior, der auch etwas zu sagen hat, vorzüglich in Abwesenheit des großen Moguls, ich meyne, des Seniors: dann

folgt das fünfte Rad am Wagen, — der Herr Sekretär.

Ordnung muß seyn: wer also gegen den Senior
spricht, ihn schimpft, und sich seinen Befehlen fre-
ventlich widersetzt, wird ohne alle Gnade, wenns
nämlich der Herr Senior befiehlt, aus dem Orden
herausgeschmissen. An Satisfaction darf er nicht
denken.

Die vom Senior angegebne Kontribution muß
richtig bezahlt werden. Fügt es sich, daß Ausgaben
zu einer Zeit vorfallen, wo nicht alle Glieder bei
Gelde sind; so müssen die, welche Geld haben, vor-
schießen; das Vorgeschossene muß aber promt ersetzt
werden, unter Strafe der Verbannung aus dem
Orden.

Um die Kosten zu bestreiten, muß eine Kasse
angelegt werden, welche unter der Aufsicht des Seniors steht, und worüber ordentlich Rechnung geführt werden muß.

Wenn ein Mitglied Händel bekommt; so muß
er sich schlagen? doch aus guten Gründen, schlägt
sich auch der Senior oder ein anderes Mitglied für
ihn. Ueberhaupt müssen in diesem Fall die Glieder
dafür sorgen, daß sie und nicht ihre Gegner in
Avantage sind. Lieber eine Niederträchtigkeit begangen, lieber sich à la mode der Gassenjun-

gen herumgebalgt, als den Vortheil und die Ehre
der Avantage aus den Hände gelassen.

Bei den Zusammenkünften muß der, an dem
die Reihe ist, rechtschaffen aufwichsen: Geht aber
die Zeche auf gemeinschaftliche Kosten; so zahlt jeder
seinen Antheil, ausser dem Senior, der immer frei
ist, weil er der Herr ist.

Eine Klugheitsregel hieß es: keine arme Ver-
wachsene, Muthlose u. dergl. aufzunehmen. Der
Orden hätte von diesen Menschenkindern keinen Vortheil, und nichts als Kosten, Schande und Verdruß. So soldatisch-amikabel dachten die Ami-
risten! —

Und von dieser Art waren die Regeln, oder die
Gesetze des wohllöblichen Ordens der Herren Ami-
risten. Ihre Anzahl ließe sich noch stark vermehren,
wenn ich nicht befürchten müßte, meinen Lesern zur
Last zu fallen. Einige ihrer Gesetze waren aber doch
gut, z. B. daß die Mitglieder fleißig seyn, die Kollegia nicht versäumen, nicht fluchen oder Zotenreißen
sollten, u. dergl. Allein diese Vorschriften wurden
nicht befolgt, vielmehr wurde in unsern Zusammenkünften geflucht und gezotologirt, wie auf keiner
Hauptwache. — Die meisten andern Gesetze waren
äusserst unsinnig und läppisch, z. B. die, über die
Aufnahme, über das Zeichen, wodurch ein Glied
sich dem andern entdecken konnte, über die Art, sich

zu grüßen, über das Einzeichnen in den Stammbüchern u. s. w. Herr Profeſſor Iſenflamm in Erlangen hat, wenn ich nicht irre, 1780 auf der dortigen Univerſität den Amiciſten Orden zerſtört, und
ihre Geſetze drucken laſſen.

Ich habe hernach mehrere akademiſche Orden
kennen gelernt, und alle kamen in der Hauptſache
mit einander überein: nur daß jeder ſeine beſondern
Geheimniſſe, das heißt, ſeine beſondern Zeichen und
andre Alfanzereien vorgiebt. In Halle gab es einmal einen Orden der Inviolabiliſten, und einen andern der Deſperatiſten. Wer dergleichen
Namen hört, ſollte meynen, das wären gewiſſe
Secten oder Ketzereien, wie die Interimiſten, Adia-
phoriſten, Antinomiſten u. ſ. w., wenigſtens könnte
man leicht Unitarier in Polen und Unitiſten auf Univerſitäten für eins halten.

Obgleich der Hauptzweck der Orden, vorzüglich
nach einer neuern Einrichtung bei einigen, auf eine
unzertrennliche Freundſchaft und gegenſeitige Beför-
derung hinauslaufen ſoll; ſo iſt doch das Ding zuletzt
lauter Wind oder kindiſche Speculation. Auf der
Univerſität hindert oder verdirbt einer den andern,
und hernach verabſcheuen ſie ſich oft um ſo mehr, je
mehr ſie an Reife zunehmen, und nun den Nachtheil
einſehen, der aus dieſer Spiegelfechterei für ſie entſtanden iſt. Herr Clemens in Hersfeld, wollte mich

vor fünf Jahren gar nicht mehr kennen, und doch war ich lange sein Ordensbruder gewesen, und hatte mich sogar einmal für ihn, oder doch wegen seiner, herumgebalgt.

Die übrigen Zwecke werden auch sehr selten erreicht. Ich habe selten gesehen, daß ein Ordensbruder vor andern Profanen einen Vorzug gehabt hätte: es geht ihnen, wie allen hochmüthigen Schwächlingen, die ihren Werth nicht von sich, sondern von Andern hernehmen wollen. Und dies gilt vom Innern, wie vom Aeußern. Mir sind Fälle bekannt, wo Ordensbrüder von sogenannten Profanen verachtet, derb ausgeprügelt und hernach mit Schande bestanden sind. Einmal hat sogar ein Herr Senior auf öffentlicher Straße beinahe alle Zähne verloren.

Für manchen Professor, Sprachmeister, Stiefelwichser, Schneider, Pferdeverleiher, Feldscheerer, Gastwirth und Haarkrauseler haben die Orden allerdings Vortheile. Diese guten Leute — zumal die größten Fuscher darunter, stecken sich hinter ansehne Mitglieder derselben, und nun werden alle übrigen ihre Kunden. Die Beispiele davon sind freilich verhaßt; sie finden sich aber leider mehr, als zu viel.

Es ist wohl nicht zu hoffen, daß die Orden auf Universitäten durch die Kraft der Gesetze werden vertilgt werden. Es sind immer einige angesehne und reiche junge Leute in denselben; und diese haben Anhang. Nun mag das Curatorium oder der Landesherr noch so scharfe Edicte wider sie ergehen lassen — man stellt wohl Untersuchungen an; aber die endigen sich mit Geldstrafen, und der Orden wird stärker, als zuvor. Auch hiervon hat man Beispiele die Menge.

Aber da doch der Schaden, welchen die Orden unter jungen Leuten stiften, unermeßlich ist: da diese Verbindungen die Jünglinge von Fleiß und Subordination abbringen: da sie ihnen aufwiegelnde Grundsätze von Ehr' und Schande einflößen, dadurch sie einen Staat im Staate bilden lehren, unverträglicher machen und so gleichsam ein Bellum omnium contra omnes unterhalten: da sie sich einander auf Abwege führen, in Gefahren stürzen, und schändlich uns Geld pressen, und dabei auch nicht den geringsten wahren Nutzen aufweisen können; so wäre es durchaus der Mühe werth, ein Mittel auszusinnen, wie diese Art von Verbindungen könnte gestöhrt werden. Gesetze, Verbote, Strafen, Karcer und Relegation enthalten dies Mittel nicht; noch weniger die so häufig angewandten Geldstrafen: das hat die Erfahrung gelehrt. Es giebt aber doch eins dergleichen; nur ist hier der Ort nicht, davon weiter zu reden. Vielleicht liegt auch den Akademischen Senaten wenig daran; diese sehen vielleicht aus ökonomischen Rückssichten gern, daß das Unwesen fortdaure. Wenigstens weis ich, daß Herr Isenflamm in Erlangen sich manchen von der Akademie daselbst zum Feinde gemacht hat, als er etwas unsäuberlich mit den hochlöblichen Herren Ordensbrüdern umgieng.

Aber genug von den Orden: ich habe vielleicht schon mehr davon gesagt, als mein Zweck mit sich bringt.

Neunzehntes Kapitel.

Weiber-Sinn und Mondesschein
Können nie beständig seyn!

Die Universität Marburg habe ich einigemal bessucht, und da sowol den Burschen = Komment als auch einige Gelehrte kennen gelernt. Die Universität war damals sehr schwach: sie hatte kaum 180 Studenten, deren Komment elend genug war, nämlich Burschikos zu reden. Die Studenten waren meist Landeskinder, und man hielt sie in gar strenger Zucht. Die Universität soll sich seit der Regierung des jetzigen Landgrafen merklich zu ihrem Vortheil vermehrt und verbessert haben. Dieses bestätigte mir vor kurs

zen noch Hr. Dambmann aus Darmstadt, den ich in
Halle darüber gesprochen habe. Als ich von Gießen
aus da war, machten die Marpurger Studenten
eine Figur, wie ohngefähr die Schüler auf dem Hal-
lischen Waisenhaus. Sie waren den Gießer Studenten nur darin ähnlich, daß sie derb Bier trinken und
schnappsen konnten. In Kleidern gingen sie etwas
galanter, als die Gießer; dafür wußten sie aber auch
keinen Komment. Wir kommersirten einst — versteht sich ein Schwarm Gießer — in einem Gast-
hause zu Marburg. Einige Marburger sahen uns
zu; wurden aber nicht eingeladen zum mitmachen.
Wir sangen aus dem erbaulichen Liede ça donc ça
donc folgende Verse sehr oft zur Erbauung der Herren Marburger:

> Rien, Rien :,:
> So spricht der dumme Teufel
> Der noch nicht den Comment versteht.
> Seht doch den dummen Marburger an,
> Der noch nicht kommersiren kann!
> Courage, Courage :,:
> So spricht der Gießer Bursche
> Der da recht den Comment versteht
> Seht doch den Gießer Burschen an,
> Wie er brav kommersiren kann!

Die Marburger hatten nicht das Herz, uns etwas übel zu nehmen: Vielleicht waren sie zu klug

daju. Als wir sie fragten, wie ihnen unser Kommers gefallen hätte, und sie mit einem: sehr schön
antworteten, sagte Bruder Henrici: „Ja, Ihr
„müßt auch wissen, Ihr Marburger, daß die Gießer
„den Komment erst recht verstehen. Das sind ganz
„andre Kerls, als ihr! Schwerenoth, zu uns müßt
„ihr kommen! Ein Fuchs bei uns weis mehr Kom-
„ment, als eure ganze Universität! Gott straf mich,
„das ist wahr!" — Die Herren Marburger lächel-
ten und gingen ihrer Straße. Sie waren klüger,
als wir.

In einigen Kollegien hospitirte ich, und besuchte auch selbst einige gelehrte, bei denen mich mein
Vetter Böhmer, der Hofmeister bei Herrn von Brei-
tenbach, einführte. Es waren die Herren Wyttenbach, Coing, Seip und Curtius.

Herr Curtius ist ein herrlicher Mann, so viel
ich nämlich nach der kurzen Bekanntschaft urtheilen
konnte. Er sprach sehr hübsch und gründlich über
Litteratur und Philologie, und machte auch einige
Anmerkungen über Herrn Schmid in Gießen, die mir
baß behagten.

Coing ist ein finsterer Mann, so recht von der
Miene eines Dorfschulmeisters: dabei ist er schröcklich
orthodox, und im hohen Grade impertinent. Er
hat auch allerhand geschrieben, aber niemand hat es
lesen wollen. Die Titel seiner Bücher stehen im ge-

lehrten Deutschland; die Bücher selbst findet man
stückweise bei den Gewürzkrämern.

Wyttenbach ist schon lange todt. Er war
ein Mann, auf dem Calvins Geist dreifach ruhte:
ich meyne den Geist der Intoleranz, der Rechthaberei und des theologischen Stolzes. Er war ein
strenger Verfechter des herrlichen decreti absoluti,
worüber er einige Streitschriften mit dem Abt
Schubert geführt hat. Er war schon damals ein
alter Mann, doch aber noch rüstig zu heiligen Katzbalgereien. Mit mir gab er sich auch ab, und disputirte de omnipraesentia carnis Christi. Ich sagte
ihm zwar, daß ich selbst die Allgegenwart des Leibes
Christi nicht glaubte, und bath ihn, sich nicht weiter
mit seinen Argumenten zu bemühen. Aber wie?
fuhr er auf, Sie glauben nicht omnipraesentiam,
oder wie die Herren Lutheraner reden, ubiquitatem
carnis domini? — So sind Sie auch nicht γνησίως
ein Lutheraner.

Ich: Diese Lehre gehört gar nicht zur lutherischen eigentlichen Dogmatik: das ist eine scholastische
Grille einiger Privatlehrer.

Er: Privatlehrer? Ist es nicht die Lehre der
heiligen formula concordiae, die die Herren Lutheraner dem Worte Gottes an die Seite setzen?

Ich: Das kann ich nicht sagen: ich habe die
Formula Concordiä noch nicht gelesen: aber das weiß

ich, daß die Ubiquität so wenig Lehre unsrer Kirche
ist, als das absolutum decretum eine wesentliche Lehre
der Reformirten.

Er). Ei, sieh doch: absolutum decretum!
Ih nun, wie mans nimmt! Aergert Sie das Wort
absolutum decretum; das kann man aufgeben:
aber die Sache ist doch certa sub limitatione rich=
tig, und ein wesentlicher Artikel des Glaubens.

Nun folgte eine fürchterliche Erläuterung des
Artikels von den göttlichen Rathschlüssen, wobei der
alte Doctor so sehr in die Hitze gerieth, daß er seine
Pfeife — darüber zerbrach. Dieser Zufall machte,
daß er sich wieder erholte. Hernach ging der Lärmen
von neuem los. Einigemal gedachte er des Sankt
Calvins mit großen Lobsprüchen, nannte ihn einen
frommen treuen Arbeiter im Weinberge Jesu u. s. w.
Allein ich war dem Sankt schon seit langer Zeit spinne
feind, weil ich die Hinrichtung des Servetus in Mos=
heims Geschichte schon zu Hause gelesen hatte.
Ich nahm mir daher die Freiheit dem Herrn Doctor
zu erwiedern: Calvin sey ein Mann von sehr hämi=
schen, heimtückischen, erzboshaften Character gewe=
sen, so ungefähr wie der Sankt Dominik oder sein
Ebenbild Meister Hochstraten. Da fing Wyttenbach
Feuer, vertheidigte den Calvin, und behauptete ge=
radezu, daß man gottesläfterliche Ketzer, wie Ser=
vet, der die Trinität einen dreiköpfigen Cerberus ge=

heißen hätte *), hinrichten könnte. ... Calvin hätte
recht gehabt.

Dieser Freund Wyttenbach hätte sich ganz vor=
treflich zu einem Ketzermeister oder Inquisitor ge=
schickt. Hier will ich nur so im Vorbeigehen bemer=
ken, daß man bei den Reformirten weit mehr Into=
leranz und Geist der Verfolgung antrift, als bei den
Lutheranern. Woher das kommen mag, weis ich
nicht; es ist aber in der That so. Auch fand ich bei
ihnen in der Pfalz immer mehr Rechthaberei und
geistlichen Stolz, als bei den Lutheranern. Ich
denke je spitzfündiger ein System ist, desto mehr

_____

*) Nichts ist abgeschmackter, als wenn die Verfechter
Calvins von Servetus Gotteslästerungen was daher
plappern! Servet läugnete die Trinität: sie war ihm
ein Non=Ens; wie könnte er sie also lästern? Oder
warum verbrannte man nicht auch den Luther, als
Blasphemanten, da er die Messe einen Drachenschwanz,
Teufelopfer u. s. w. nannte? Hier ist ja alles relativer
Ideenkrieg! Und wenn der liebe Gott selbst Philosoph
genug ist, die Queergrillen der Menschenkinder über
sich zu dulden: wer gibt denn uns Thoren das Recht,
statt seiner zu häschern, oder zu dominiciren? — Aber
freilich, die Herren Feuer= und Schwerd=Apostel waren
von jeher unausstehliche, selbstsüchtige Grillenfänger,
die für ihre Rechthaberei und Verfolgungssucht keinen
glänzenden Deckmantel finden konnten, als die Auf=
rechthaltung der Ehre Gottes, oder der — reinen
Lehre.

Schulfüchserei, Schlupfwinkel, Ausflüchte, Recht=
haberei, Intoleranz — desto mehr Sache der Phan=
tasie, mehr Indolenz u. s. w. Da ich gegen alle
Sekten so ziemlich gleichgültig bin: so wird man
mir auf mein Wort glauben, daß ich nicht aus
Partheisucht diese Anmerkungen herschreibe. Doch
weiter!

Das erste Jahr hatte mein Wechsel hübsch
zugereicht, und ich war um Ostern 1776 keinen
Pfennig schuldig. Ich hatte zwar lustig gelebt, doch
hatte ich meine Oekonomie so eingerichtet, daß ich
mit meinem Bestimmten auskam. Auch hatte ich
mir einige gute Bücher, unter andern die Bossuet=
Cramersche Historie, Mosheims Institutiones Hist.
Ecclef. majores, le siécle de Louis XIV. und
einige andre angeschaft. Meine Mutter gab mir das
Geld dazu her, und bezahlte mir auch den Italiä=
nischen Sprachmeister.

Auf Ostern zog ich wieder nach Hause, meine
Eltern zu besuchen, und beiher auch Thereschen zu
sehen. Freilich sehnte ich mich nach ihr nicht mehr
so sehr, als vorhin.

Mein Vater wollte jetzt durchaus, daß ich ein=
mal predigen sollte: ich lernte also eine auswendig:
denn selbst konnte ich noch keine machen, hatte auch
nicht Lust dazu, und hielt sie mit vieler Dreistig=
keit in Mörsfeld vor Bergknappen und Bauern.

Mein Vater hatte mir vor der Kirche zugehört,
ohne daß ich es wußte, und war hernach ganz ent=
zückt über meine Eloquenz, — nur meinte er, ich
müßte künftig meine Predigten hübsch selbst ausar=
beiten, und mich ja nicht, wie sonst die Herren, aufs
Reiten legen. In der Folge habe ich zwar manche
Predigt selbst gemacht; die meisten aber schrieb ich
ab, und hielt sie. Ich glaubte das nämliche Recht
zu haben, was ein Professor der Geschichte hat,
welcher sie wörtlich abschreibt, und hernach seinen
Herren Zuhörern dahin kanzelt.

Meine Therese bekam ich für diesmal nicht zu se=
hen: sie war in Manheim, und mir war die Lust ver=
gangen, mich einem Wischer von meinem Vater da=
durch auszusetzen, daß ich dahin hätte fahren mögen.
Beiher hatte ich auch ein anderes Mädchen kennen
gelernt, welches mir meinen Aufenthalt zu Hause
ziemlich angenehm machte. Verliebt in sie — bin
ich wahrlich nicht gewesen, bin auch seit Theresens
Zeiten es in keine mehr geworden, hab' gar hernach
über die verliebten Thorheiten oft weidlich gelacht!
Doch hatt' ich so mein Behagen an hübschen Gesich=
tern, aber auch blos an Gesichtern, d. i. am Kör=
perlichen: denn für die Seelen der Weiber hab' ich
von jeher blutwenig Respect gehabt. Es sind, so
nach meiner Meinung, welche ich aber niemanden
aufdringen will, die sich indeß schon von selbst in

der leidigen Erfahrung aufdringt — eitle, einge=
bildete, abergläubische, neidische Dinger, die gern
wollen brilliren, die sich blos am Schein belustigen,
in Kleinigkeiten Kabalen spielen, sich durch Nach=
äffung formen, keinen Karakter haben, Gottes= und
Pfaffengunst durch geistliche Coquetterie zu erschlei=
chen suchen, und wie's Wetter im April bald gut
und sanft, bald stürmisch und tigermäßig grausam
sind. —

Das ist so mein Glaubensbekenntniß vom lieben
Frauenzimmer, wozu ich mir die Gründe aus der
Erfahrung abstrahirt habe. Ich habe sie gesehen in
vornehmen Zirkeln, und in Buffkellern: sie waren
aber da wie dort: immer gleiche Gesinnungen, nur
bestand der Unterschied in einigen Schattirungen,
welche größer und feiner sind, und die Frauenzimmer
von Qualität von denen ohne Qualität unterschei=
den. — Ja meine liebe Dame, daß es auch hierbei
Ausnahmen gebe, weis ich; daß aber diese selten
sind, weis ich eben so gut, als daß Sie sich zu diesen
Ausnahmen rechnen werden, oder mein Buch mit
Verachtung hinwerfen. Der größte Theil von Ihnen
ist nun so!

Das Mädchen, von dem ich zuvor redete,
hieß Lorchen, und war die Tochter eines ehrlichen
Pfarrers, der in der Folge mein bester Freund ge=
worden ist. Wenn ich nicht das Unglück gehabt

hätte, welches ich weiterhin berichten werde; so
wäre ich längst Pfaffe, und Lorchen wäre meine
Frau geworden. Aber so wollte mein Misgeschick
das nicht. Und wenn ichs so recht bedenke, ärgere ich
mich auch darüber nicht. Wer weis, wie unglücklich
ich mich mit meiner Familie noch gemacht hätte!
Zum Pfaffen war ich verdorben, und würde gewiß
über kurz oder lang wegen Ketzerei seyn kaſſirt worden. Wenn ich also im Unglück bin — und ich bin
meiner Meinung und meiner Empfindung zu Folge
nicht ganz darin — so bin ich allein darin.

Ich habe bei meiner Biographie gar den Zweck
nicht, dem Leser eine mitleidige Thräne abzulocken,
und dem Publikum so was vorzuwinſeln: nein, meine Begebenheiten sollen nur den Beweis erneuern:
„daß man bei ſehr guter Anlage und
„recht gutem Herzen ein kreuzliederli-
„cher Kerl werden und ſein ganzes Glück
„ruiniren kann." Da wird nun vielleicht Mancher, der das ließt, vorſichtiger in der Welt handeln,
damit er nicht auch anrenne, wie ich angerennet
bin!

Der Paſtor Neuner beſuchte uns fleißig in
Wendelsheim, und da ich mehrmals Gelegenheit
hatte, mit ihm allein zu ſprechen; ſo ermangelte er
nicht, mir vorzuſtellen, daß es bald Zeit wäre, das
große Vorhaben des Katholiſchwerdens auszuführen.

Er erschrack aber nicht wenig, als er hörte, daß ich den Lehren, welche ich sonst für gewiß zu halten schien, jetzt geradezu widersprach), und mit Grün= den dawider disputirte. Ich hatte nämlich nach dem Manuale controverſiarum Becani auch das Buch von dem verstorbenen Gießer Kanzler Pfaffen: Réponſe aux douze lettres du R. P. Scheffma= cher gelesen, und war dadurch in den Stand gesetzt worden, den Katholischen Kirchenplunder etwas richtiger zu beurtheilen.

Ich fand damals Wohlgefallen an dergleichen Kontroversen, und disputirte gern: hernach aber, als ich in Absicht der ganzen heiligen Religion andere Gedanken bekam, verlohr ich auch die Lust, dogma= tische Kontroversbücher zu lesen: doch haben mir die Hiſtörchen dieser Katzbalgereien immer gefallen, und gefallen mir noch.

Mein Pastor Neuner richtete also nichts bei mir aus, und gab schon die Hoffnung halb auf, daß ich mich jemals bekehren würde. Freilich stellte er mir vor, daß ich nun ein haereticus formalis wäre, und wenn ich stürbe, schlechterdings, ohne allen Par= don ſchibes d. i. verloren gehen müßte.

Zwanzigstes Kapitel.

Ein Mäusekrieg in Gießen!

Auf den Neujahrstag 1776 war Freund Ouvrier
Rector der Universität geworden. Er verwaltete
sein Rectorat nach gewissen Grundsätzen, die ihn äuß-
serst verhaßt machten, und ihm manches pereat zu-
zogen. Der Kanzler Koch haßte ihn aus vielen
Ursachen, vorzüglich wegen seines Schwiegervaters,
des Geheimen Raths Miltenberg zu Darmstadt.
Herr Schmid sagt zwar in der dickbelobten Apologie:
Miltenberg sey immer ein vorzüglicher Freund
und Gönner von Kochen gewesen; das ist aber mit
Herrn Schmids Erlaubniß, nicht wahr: wenigstens
haßte Koch im Jahr 1776 den Geheimen Rath
Miltenberg von ganzem Herzen, von ganzer Seele
und von ganzem Gemüthe, und aus allen seinen
Kräften, und hielt diesen Haß für sein erstes und
größtes Gebot. Freilich sehr unevangelisch; aber
Herr Koch ist nicht sehr orthodox, was die Moral
betrift — wie das gewöhnlich der Fall bei vielen
Orthodoxen ist! — In der Dogmatik ist er allerdings rechtgläubig, geht aber nicht in die Kirche, als
am Neujahrstage, wenn der neue Rector in der
Kirche inaugurirt wird.

Von den übrigen Professoren waren nur wenige
dem guten Ouvrier geneigt, und so war er als Rector nicht in der besten Lage.

Im Frühlinge dieses Jahres kam der Bruder
des regierenden Herzogs von Würtenberg durch Gie
ßen, mit seiner Tochter, die für den Russischen Großfürsten zur Gemahlin bestimmt war. Der Herzog
logirte über Nacht im Posthause. Die Studenten
wußten das vorher, und machten Anstalt zu einer
Serenade, so gut man dergleichen in Gießen haben
kann. Die Gießer Hautboisten, die sich freilich unter Meister Wittichs Anführung, wenig über gemeine Bierfiedler erheben, wurden in Beschlag genommen; und damit alles recht feierlich herginge, wurden Pechfackeln bestellt, für jeden ein Paar. Der
Herr Rector wußte um alles, und ließ uns machen,
bis an dem Tage, für den die Serenade bestimmt
war. Da erschien plötzlich des Nachmittags um drei
Uhr ein Edict am schwarzen Bret unter dem Rubrum: Rector Universitatis Ludovicianae cum
Senatu *), worin den Studenten durchaus verboten wurde, der Prinzessin von Würten

---

*) Mir ist aus guten Gründen das cum Senatu immer
als ein Schnitzer vorgekommen. Die Römer schrieben:
Senatus Consule C Fannio et C. Messala. Doch man
muß das nicht so genau nehmen.

berg Muſik zu bringen: ſonſt möchten ſie Muſik
bringen, wem ſie wollten: man wolle ihnen ihre
Gerechtſame nicht ſchmälern.

Die Stuꞩenten laſen den Anſchlag: viele geriethen darüber in Furcht, weil Meiſter Ouvrier
dabei geſetzt hatte: ſub poena relationis in per-
petuum [b]); allein die Entrepreneurs der Serenade,
Herr Lang aus dem Naſſauiſchen und Herr Bohy
aus Mümpelgard ſetzten auf dem Billard, wo eine
Zuſammenkunft war, feſt, daß das infame Hunds-
fötter, Draſtika und Laxierpillen ſeyn ſollten [c]), die
ſich an des Röckels Befehle kehren würden: wer ein
rechtſchaffner honoriger Burſch wäre, käme auf den
Abend, das Trifolium, den Rector und die verfluchten Pedelle Möſer und Stein tief zu periren! —
Das war das concluſum, welchem ſtreng nachgelebt wurde. Ich ſelbſt hatte viel zu läppiſche Begriffe von akademiſcher Freyheit, als daß ich dieſe
Gelegenheit nicht hätte ergreifen ſollen, mich zu zeigen, und übernahm eine Adjutanten Stelle. Gegen
Abend verſammelten ſich alle Burſche auf dem Kirchenplatz, und nach acht Uhr warteten wir dem Her-

---

[b]) Meinen lateiniſchen Leſern, die nicht auf Univerſitäten
geweſen ſind, muß ich ſagen, daß das akademiſche Latein iſt. Freilich ſtehts ſo nicht im Cicero. —

[c]) Gießiſche Studenten = Terminologie.

zog mit der Serenade auf. Er schien mit dieser Ach=
tung gegen ihn ausserordentlich zufrieden zu seyn, und
dankte nebst der Prinzeſſin ſehr höflich. Auch ließ
er im Poſthauſe ſo viel Wein auftiſchen, als uns zu
trinken beliebte. Da die meiſten ohnehin ſchon bei=
nahe zu viel hatten; ſo kam es jetzt dahin, daß der
ganze Haufen ſehr bezecht wieder abzog.

Auf dem Kirchenplatz wurden die übrigen Fak=
keln und Fackelſtummel verbrannt; der akademiſchen
Freiheit ein Vivat und den Unterdrückern derſelben
ein helles Pereat geſchrieen. Sofort wurde das
ſchwarze Bret, woran das Edict geheftet war, her=
abgeriſſen, in Stücken zerſchlagen und ins Fackel=
feuer geworfen. Das war nun das völlige Signal
zum Tumulte. Die ganze Nacht ging der Spektakel
nach Panduren-Art fort, bis an den hellen Tag: der
arme Eulerkapper mußte ſchrecklich herhalten: dem
Schuſter Wannich *d*) wurde das Haus geſtürmt,
und alle Fenſter eingeſchmiſſen. Dem Rector er=
ſcholl manches wilde Pereat.

Den andern Tag früh ſetzten ſich die Hauptan=
führer Lan z und Bohy zu Pferde, und ritten nach

---

d) Das war ein ſogenannter Pietiſt oder Separatiſt in
Gießen, der immer betete; aber auch alle Jahr wenig=
ſtens ein Hurenkind fabricirte. Die Studenten züch=
tigten ihn aber auch dafür ganz ſeparat.

Butzbach, wo damals Herr Koch sich auf dem Land-
tage aufhielt. Sie stellten vor, was geschehen war.
Koch ermahnte sie zur Ruhe, und versprach ihnen
Genugthuung, und wenn auch der höllische Satan
Rector wäre. Das waren seine eignen Worte.

Obgleich die Hauptanführer nicht in Gießen
waren, so fehlte es doch nicht an solchen, welche den
Aufruhr verbreiteten und unterhielten. Kein Mensch
wollte weiter ins Kollegium, bis nach ausgemachter
Sache. Der Rector ließ in aller Eile wieder ein
schwarzes Bret verfertigen, ermahnte zum Frieden,
und hielt ein Concilium, worauf sich Lang und Bohy,
die jetzt von Butzbach zurück waren, mit aller möglichen Insolenz und Grobheit vertheidigten. Herr
Ouvrier wurde nun noch mehr aufgebracht, und da
er sich von Darmstadt aus Unterstützung versprach;
so ließ er die Relegation der beiden Anführer anschla-
gen: den Andern wurde die Carcerstrafe zuerkannt.
Aber nun gings auch vollends loß. Den folgenden
Tag sahe man an verschiedenen Orten der Stadt
Zettel angeheftet, worin von Seiten der Bursche verboten wurde, in ein Collegium zu gehen,
und wer hineinginge, bekam nicht nur die allerschöns-
sten Beinamen, sondern man wollte ihn auch mit der
Hundspeitsche begrüßen, und er sollte ein blamirter
Junge seyn und bleiben. Das schwarze Bret litte abermals Noth. Ich selbst beging zu der Zeit den dummen

Streich, mich an meinem Freunde und wahren Gön=
ner, dem Bergrath Böhm zu versündigen. Er las
von 8 bis 9 die Metaphysik, welche ich sonst selbst
hörte. Nun wollte ich doch sehen, ob welche
da wären, und fand ohngefähr vier oder fünf Zuhö=
rer, welche vielleicht vom Interdict nichts wissen
mochten. Diese preschte ich mit starken Worten her=
aus, und machte solchen Lärmen, daß der Sohn des
würdigen Mannes, Herr Assessor Böhm, dazu kam,
und mir meine Impertinenz verwies. Aber da war
für dasmal weder Gefühl noch Besinnung: ich ant=
wortete grob, und das Kollegium ward leer. Nach=
her hab ich mich freilich geschämt, und beide um Ver=
zeihung gebeten: allein der dumme Streich ärgert
mich noch bis auf die heutige Stunde.

Ouvrier hielt von neuem ein Concilium; woran
aber nur wenig Professoren Theil nahmen, und be=
stätigte die zuerkannten Strafen. Dies war Oel ins
Feuer gegossen: es empörte noch mehr.

Aber warum verfuhr denn Herr Ouvrier so?
Man muß wissen, daß er ehemals Lehrer der fürstli=
chen Kinder in Darmstadt gewesen war, und folglich
auch die erste Gemahlin des Russischen Großfürsten
unterrichtet hatte. Nun schien es ihm nicht recht zu
seyn, daß man im Darmstädtischen zu eben der Zeit,
wo man noch über den Tod jener Fürstin trauerte,
Freude über derselben Nachfolgerin feierlich beweisen

wollte. Das war so seine Empfindung, und da
glaubte er denn durchzudringen. Beiher rechnete er
auch auf den Beistand seines Schwiegervaters, und
ärgerte sich, daß sich die Bursche an den Kanzler ge-
wandt hatten, und ihm auf dem Concilium grob
begegnet waren: und so beging er eine Uebereilung,
welche ihm so viel Unlust und so wenig Ehre gebracht
hat.

Nachdem man gewiß war, daß Lang und Bohy
relegirt waren; so versammelten sich alle Studenten
auf den größern Plätzen in Gießen, und berath-
schlagten, was zu thun wäre. Kurz, es wurde
einhellig beschlossen, auszuziehen, und sich auf die
Dörfer zu begeben, bis man Genugthuung erhalten
hätte.

Der Rector bath den General von Rothberg
und den Obristen Zangen um einige Patrouillen,
welche den Skandal stillen sollten, den die Studenten durch ihr wildes Herumlaufen und Toben auf
den Straßen erregten. Aber die Herren erwieder-
ten: „die Sache ginge sie nichts an: die Studenten
„vertheidigten ihre Rechte, und darin könnte man
„sie nicht stören.“

Gegen ein Uhr ging der Zug zum Thor hinaus,
und keine zehn Studenten blieben in dir Stadt. Die
Hautboisten bließen vorn weg, und dann folgten
die Bursche. Viele hatten sich mit Kienruß große

Bärte in die Gesichter gemalt, und trugen Husaren-
pelze, und große Husarensäbel, welche sie von den
Gießischen Husaren geborgt hatten. Sie saßen zu
Pferde, und machten die Anführer, Schließer und
Adjutanten. Ich schloß den ganzen Zug, und hatte
mich so verstellt und verkienrußt, daß mich niemand
erkennen konnte.

Auf dem nächsten Dorfe wurde Halt gemacht,
gezecht, dann auf ein anderes marschirt, und dabei
alle mögliche Possen verübt, wie man leicht denken
kann.

Am andern Morgen kamen Lang und Bohy
von Butzbach, und verkündigten uns den nähern
Willen des Kanzlers. Er würde, so hieß es, uns
vollkommene Satisfaction schaffen: keinem Menschen
sollte ein Haar gekrümmt werden; nur sollten wir
ruhig nach Gießen zurückkehren, und das Lärmen
einstellen. Auf diese Versicherung bezogen wir wieder die Stadt; aber die Gährung dauerte noch über
acht Tage fort, so daß auch kein Professor Kollegien
lesen könnte. Der Kanzler machte indeß einen Bericht nach Pirmasens an den Landgrafen — nach
seiner Art — worin er das Vergehen der Studenten entschuldigte; hingegen den Rector als die einzige Ursache des Tumultes, und des Schadens und
Schimpfes für die Universität schilderte. Auf diesen
Bericht wurde der Rector sogleich abgesetzt, und sein

Amt auf den D. Bechtold übertragen. So endigte sich dieser Mäusekrieg; aber die Katastrophe zog dem verschwärzten Herrn Ouvrier ein Gallenfieber zu.

Herr Schmid will in seiner Apologie die Schuld dieser Absetzung ganz vom Kanzler Koch abwelzen, und sie blos dem damaligen Präsidenten Herrn von Moser zuschieben. Dieser war zu der Zeit zwar auch in Butzbach; allein wie sollte der Herr von Moser, der niemals in Gießen gewesen war, der den Rector nicht kannte, und von der Verfassung der Universität nichts wußte, an den endlich kein Deputirter geschickt war, der mit keinem Studenten gesprochen hatte: der ferner in der Sache nicht einmal berichten konnte, da das Ding dem Kanzler oblag, wie sollte, frage ich, dieser Mann dem Landesherrn den Vorfall berichtet, und ganz allein, wie Herr Schmid vorgiebt, so berichtet haben, daß darauf ein Mann gestürzt wäre, der ihn nie beleidiget hatte? — Wer das alles überlegt, und das vorsichtige bis zur Grillenfängerei behutsame Verfahren des Herrn von Mosers kennt, der muß das Vorgeben des Herrn Schmids ungegründet, das Meinige hingegen nicht nur wahrscheinlich, sondern beinahe ausgemacht gewiß finden.

Was aber für ein schiefes Licht aus dieser verzerrten Geschichte auf den Karakter des Herrn Kanz-

lers falle, mögen andre beurtheilen. Mich geht das
hier weiter nicht an.

Unter Bechtolds Regierung blieb der Zustand
der Gießer Universität ziemlich ruhig. Man ging
vorsichtiger zu Werke, und die akademischen Kinder
hatten, für ihr Theil, nun einmal ausgetollt! —

Ein und zwanzigstes Kapitel.

Wer zu Hause nicht klug ist, ist es in der Fremde auch
nicht.

Lange hatte ich den Wunsch genährt, die ihres
Komments wegen hochberühmte Universität zu Jena
kennen zu lernen. Diesen Wunsch befriedigte ich im
Herbst 1776. Ich machte mich auf, nachdem ich
meinen Wechsel schon in der ersten Frankfurter Meß-
woche erhalten hatte, und wanderte ganz allein zu
Fuße dahin. Meinen Weg nahm ich über Grünberg,
Alsfeld, Hersfeld, Eisenach, Gotha, Erfurt und
Weimar. Ich wählte mit Fleiß diesen Weg, um
einige Städte mit zu besehen, welche mir schon aus
Beschreibungen bekannt waren.

Auf dieser Fahrt hatte ich nun so recht Gelegenheit, die niedere Klasse der Einwohner dieser Länder
kennen zu lernen, eine Klasse, welche ich immer so

gern kennen lernte. Im Hessenkasselschen hatte ich
hierzu vorzüglich Gelegenheit. Ich merkte es gar zu
genau, daß ich in ein Land kam, wo ziemlich über-
spannte Grundsätze herrschten. Die Bauern waren
durchaus arme Leute, und eben damals hatte der
verstorbene Landgraf seine Unterthanen nach Amerika
verhandelt. Da liefen einem die halbnackten Kinder nach, baten um ein Almosen, und klagten, daß
ihre Väter nach Amerika geschickt wären, und daß
ihre armen verlaßnen Mütter und ihre alten abge-
lebten Großväter das Land bauen müßten. Das
war ein trauriger Anblick! Dergleichen empört tau-
sendmal mehr, als alle sogenannten aufrührerischen
Schriften: jenes ergreift und erschüttert das Herz;
diese beschäftigen meist blos den Kopf. Aber von
diesen will man nichts wissen, um jenes desto ungestöhrter treiben zu können — wie wenn es nicht weit
aufrührerischer wäre, aufrührerisch zu regieren, als
aufrührerisch zu schreiben, zumal, da dieses größtentheils eine Folge von jenem ist! Ist das conse-
quent? — Ist es im Ganzen klug, den Thurm-
hütern und Nachtwächtern das Lärmenmachen über
Brand und Einbruch zu verbieten? Heißt das für
das öffentliche Wohl besorgt seyn? — Einsichtige,
väterliche Regenten denken hierbei weit vernünftiger:
man überdenke die Regierung Friedrichs des
Einzigen! —

Ich gab soviel von meiner Baarschaft her, als
ich entbehren konnte. Ich sprach in allen Hessischen
Schenken ein, und hörte da nichts als Klagen und
Verwünschungen. Ich stehe dafür, wenn ein Fürst
zu Fuße und unbekannt eine Reise durch seine Länder
vornähme: es würde manches geändert werden;
aber so sitzen die guten Herren in Schlössern und in
Zirkeln, wo Noth und Armuth fremde Namen sind;
und da lernen sie die Beulen und Wunden nicht
kennen, an denen ihre armen Unterthanen krank
liegen.

Ganz anders sieht es im Gothaischen und Wei-
marschen aus und noch besser im Erfurthischen. Zu
Erfurth selbst lernte ich einige Studenten kennen,
welche aber meinem damaligen Geschmack weit weniger entsprachen als die Marburger. Ich hospitirte
auch in den Vorlesungen zweier Professoren, des
Paters Grant — nicht le Grand, wie Herr D.
Bahrdt schreibt — und des Professors Froriep,
welcher damals schon allerlei Specktackel und Händel machte. Herr Grant hat mir sehr gefallen; er
las Physik. — Der Herr Froriep behagte mir gar
nicht. Gern hätte ich auch einen katholischen Theologen hören mögen; aber da war niemand, der mich
in ein solches Auditorium hätte führen können, oder
wollen. Das Hospitiren ist überhaupt in den katholischen Theologischen Hörsälen gar nicht Mode.

Zu Jena kam ich gegen Abend an, und trat im halben Mond ab. Da ich hier gar keine Bursche antraf, ließ ich mich nach dem Abendessen auf den Fürstenkeller führen, wovon ich schon vieles gehört hatte. Ich fand da einen ganzen Haufen Stubenten, welche mir alle unbekannt waren. Ich forderte Bier, und rauchte meine Pfeiffe an. Ein Student trat zu mir, und fragte; Der Herr ist gewiß Bursch?

Ich: Natürlich!

Er: Woher? — von Halle?

Ich: Nein, von Gießen!

Er: Das ist brav: wie ists denn in Gießen? Alles noch flüchtig?

Ich: O ja, fidel!

Er: Recht so! Wollen Sie hier bleiben?

Ich: Nein, ich will mich hier nur besehen.

Er: Schön! — Hier können Sie den Komment recht lernen. Sapperment! Sie werden die Reise nicht bereuen!

Ich: Das glaub ich auch: hab' immer viel vom Jenaischen Komment gehalten!

Er: (nimmt seinen Krug) à bonne!

Ich: (gleichfalls mit dem Krug): Schmollis! Ich empfehle mich deiner Freundschaft, heiß Laukhard, und bin aus der Pfalz.

Er: Gleichfalls: heiße Kröber, und bin aus
der Pfalz *). — Also Landsleute: Pardiö! das ist
ja exellent! Komm Bruder, setz dich hieher! —
Nun hatte ich schon Einen Bruder in Jena, aber
noch ehe ich den Fürstenkeller verließ, zählte ich derer
über zwanzig. Die Bursche wetteiferten, mir nach
ihrer Art Höflichkeiten zu bezeugen.

Man muß es den Jenaischen Studenten lassen,
daß sie alle sehr freundlich gegen Fremde sind, und
die Gastfreiheit in einem hohen Grade ausüben.
Das findet in Halle und Erlangen wenig und in Göttingen gar nicht statt. Zu Mainz, Heidelberg,
Strasburg, Fulda und Würzburg ist auch nicht ein
Schatten von akademischer Gastfreiheit. Die Gießer
kommen den Jenensern darin an nächsten. Vielleicht
trägt die Wohlfeilheit des Unterhalts zu Jena und
Gießen vieles dazu bei; doch scheint mir der Haupt-
grund in den Gelagen zu liegen, welche auf den gedachten Universitäten mehr oder weniger im Gange
sind. Gelage machen herzliche Freundschaften, wenigstens auf einige Zeit; und herzliche Freundschaft
erzeugt Gastfreiheit. „Freude läßt uns unsere
„Nebenmenschen im vortheilhaften Lichte erscheinen:
„sie macht wohlwollend und zutraulich, öffnet das

*) So macht man die akademische Brüderschaft!

„Herz und besonders den jugendlichen Busen für
„Freundschaft und Liebe. Niemand, als der Fröh-
„liche, ist bereitwilliger, Fehler zu verzeihen, Freund-
„schaften zu schließen, selbst seine Geheimnisse Andern
„zu vertrauen. Daher sind Heiterkeit der Seele,
„und Gemüthsruhe, wegen der wohlwollenden Ur-
„theile und Gefühle, die sie für Andere in uns er-
„wecken, die reichhaltigsten Quellen der geselli-
„gen Tugend!" So schreibt Hr. Prof. Maaß in
seinem Versuch über die Einbildungskraft
(1792.) S. 160: ein Versuch, der, nach meiner
Einsicht, in der Hand eines jeden Psychologen, Ae-
sthetikers und Pädagogen seyn sollte.

Als die Jenaischen Studenten hörten, daß ich
im halben Mond logirte, untersagten sie mir, länger dort zu bleiben, und einer von ihnen both sich
sogleich an, mich in seiner Wohnung so lange aufzunehmen, als ich in Jena verweilen würde. Ich
nahm dies an, und wohnte jetzt in der Läuterstraße
bei einem Becker, aber so schrecklich hoch, daß mir
allemal die Beine wehe thaten, wenn ich die Treppen
steigen mußte.

Der Ton der Jenenser behagte mir sehr: er
war blos durch mehrere Rohheit von dem der Gießer
unterschieden. Der Jenenser kannte — wenigstens
damals — keine Komplimente: seine Sitten hießen
Petimäterei, und ein derber Ton gehörte zum rech-

ten Komment. Dabei war der Jenenfer nicht be=
leidigend grob, oder impertinent; vielmehr zeigte ſich
viel Trauliches und dienſtfertiges in ſeinem Betragen.
Ich habe hernach den viel feinern Ton in Göttingen,
und den ſuperfeinen Leipziger kennen gelernt: da lobe
ich mir denn doch meinen Jeniſchen. Vielleicht war
mein Geſchmack verdorben, und zu ſehr an gröbere
Speiſen gewöhnt: aber bei dem allen ſcheint es doch
der Sache angemeſſen zu ſeyn, daß der Student auf
Univerſitäten ſich, ſo viel er kann, von allem verzär=
telten und verfeinerten Weſen abhalte. Dieſes hat
ſichtbare böſe Folgen, wie es bei einer andern Gele=
genheit erhellen wird, nämlich da, wo ich das
glänzende Elend der Studenten zu Leipzig beſchrei=
ben werde.

Man hatte mir ſchon geſagt, daß Schlägereien
in Jena häufig vorfielen: und in der That fand ich,
daß es gar leicht war, in Händel zu gerathen. Sie
wurden zwar mit dem Degen ausgemacht; da aber
immer für gute Sekundanten geſorgt wurde; ſo wa=
ren die Balgereien ſelten gefährlich. Doch iſt noch
vor ohngefähr zwölf Jahren ein gewiſſer Baron von
Herſtal auf der Raſenmühle erſtochen worden f).

f) Dieſer Vorfall machte, daß der Beſuch der genannten
Mühle den Studenten verboten wurde.

Erſter Theil.   N

Seit kurzem sollen jetzt in Jena alle Duelle durch
eine recht artige Konvenienz der Studenten selbst ab-
geschaft seyn. In Kiel soll man etwas Aehnliches
vorhaben. Auch soll der Herzog von Weimar, dieses edle Muster aller Humanität an einem Fürsten,
sich auf die liberaleste Art bemühen, die Denkungs-
und Lebensart der Studenten zu Jena so zu mobi-
ficiren, daß die akademische Freiheit auf eine angemessene Art dabei bestehen könne. Heil diesem Vater
seiner Länder!

Die Professores lasen damals gerade nicht, weil
die Ferien eben angegangen waren. Doch besuchte
ich den Professor Danovius, dessen Dogmatik,
im schwerfälligsten Latein, ich schon in Gießen gelesen hatte. Der Mann war sehr zurückhaltend, und
wollte nicht recht mit der Sprache heraus, als ich
mit der Weisheit hervorplatzte, die ich aus Crellius
Buch geschöpft hatte. Er sagte mir, das Lesen der
Schriften von Socinianern sey sehr verführerisch,
und einem jungen Menschen höchlich zu misrathen.
Als ich ihn bath, mir ein Buch anzugeben, worin
des Socinismus vollkommen widerlegt, und die Lehre
von der Trinität und der Satisfaction hinlänglich
bewiesen wäre, bedaurete er, daß er mir keine Schrift
von der Art anzeigen könnte, weil man nicht so wohl
auf die Lehre selbst, als vielmehr auf den Beweis
der kirchlichen Bestimmungen gesehen hätte. Doch

empfahl er mit Reusch's Introductio in Theologiam revelatam. Ich habe zwar hernach dieses Buch auch gelesen: aber da ich schon weiter mit meinem System gekommen war, und es damals schon durch Tindals bekanntes Buch „Erweis, daß „das Christenthum so alt ist, als die Welt" berichtiget hatte; so konnte keine Erläuterung und Modifikation eines so genannten Geheimnisses bei mir weiter Statt finden.

Danovius empfahl mir vor allen Dingen das Studium der alten Sprachen und der Geschichte: sonst meinte er, könne aus allem Studiren nichts werden, auch aus dem Theologischen nichts. Dieser rechtschaffene Mann hat nachgehends, weil er sein Hauskreutz nicht länger tragen konnte, sich in der Saale ersäuft!

Meine Freunde suchten mir meinen Aufenthalt so angenehm zu machen, als sie vermochten. Die Dörfer Ammerbach, Lichtenhain, Löbstädt, Ziegenhein, wie auch die Mühlen, hab ich in ihrer Gesellschaft fleißig besucht: auch in der Oelmühle in einer Bataille mit den Gnoten derbe Kopfnüsse davon getragen. Auf der Schneidemühle und in Wenig Jena habe ich einige unsaubere Nymphen angetroffen, welche den Beutel, die Gesundheit und die Sitten der Jünglinge so schändlich verwüsten. Damals war eine gewisse Hanne in Wenig-Jena, der

ein Student die Ehe durch einen schriftlichen Aufsatz versprochen hatte. Seine Kameraden mochten
seine Reue darüber wissen, und um ihn zu beruhigen, stürmten sie nach seinem Abzuge das Haus
der Dirne, und zwangen sie, den Aufsatz heraus
zu geben. So war also das Mädel geprellt! —

Wenn ich dächte, daß es etwas fruchten würde, so erzählte ich in einem eignen Kapitel einige auf-
fallende Beispiele von Mädchen, auch sonst nach ihrer Art recht guten Mädchen, die von leichtsinnigen
Studenten auf den Universitäten durch Eheverspre-
chungen an der Nase herumgeführt, hernach vom
Pöbel beklatschet und endlich unglücklich geworden
sind. Ich habe in der langen Zeit, die ich unter
Studenten verlebt habe, eine solche Menge von dergleichen Beispielen erfahren, daß ich wohl eine ganze
Chronik damit füllen könnte. Aber was würde eine
Nachricht der Art nutzen? Mannsüchtige Mädchen
werden sich so lange anführen lassen, als es noch
neugierige Verführer und wollüstgierige Wüstlinge
geben wird: und an diesen fehlt es niemals.

Den Orden der Amicisten fand ich auch in Jena im besten Flor: er behauptete damals den Vorzug auf der ganzen Universität, und bestand vorzüglich aus Mosellanern. Die Ordensbrüder hielten
sich aber jetzt stille, weil kurz vor meiner Ankunft eine
Untersuchung wider sie ergangen war. Die Mosel-

Janer waren zu der Zeit die angesehnsten Bursche, wenigstens die fideelsten, welche das meiste Bier soffen, und am wenigsten ins Konvikt gingen. Dieses ist ein herrschaftlicher Freitisch, den aber auch solche benutzen, die den Freitisch nicht haben, und doch einen wohlfeilen Tisch suchen müssen. Es ist sonderbar, daß der Jenenser die Studenten, welche das Konvikt besuchen, nicht für voll ansieht. Der Student an allen Orten verachtet zwar keinen wegen seiner Armuth; aber so recht leidet er es doch nicht, daß ein Armer, um wohlfeil durch zu kommen, die Mittel benutzt, welche auf den Universitäten für Unbemittelte dazu da sind. So gilt einer, der in Halle das Waisenhaus, in Jena das Konvikt, in Heidelberg die Sapienz besucht, schon darum etwas weniger. Lieber verzeiht mans, daß einer Schulden mache, und die Philister prelle. Ich glaube dies rührt von dem Contrast her, den man nach einem gewissen Würdigungsgefühl der Studenten zwischen einer liberalen Jovialität und der Scheinheiligkeit oder dem sonderbaren abgeschmackten Wesen antrift, dessen sich die Benefiziaten befleißen müssen, um zu dergleichen freilich ohnehin sehr kümmerlichen Anstalten nur Zutritt zu haben. Der größte Theil dieser Dürftigen sind armer Prediger, oder Schullehrer Söhne, deren gerader, offener Sinn schon durch den Druck der Dürftigkeit zu Hause verstimmt, oft gar zur

Unempfindlichkeit gegen herabwürdigende Behandlungen, oder zu allerhand Tücken, Schleichwegen, und Niederträchtigkeiten verwöhnt, und deren Ehrgefühl eben darum größtentheils abgestumpft oder gar erstickt ist. Geht es ihnen hernach auf der Universität nicht besser: wie werden sie den Ekelnamen und der damit verknüpften, Verachtung entgehen können? — Das eine erzeugt das andere! Und doch sind diese beinahe durchgängig diejenigen, denen man die Erziehung und Bildung der künftigen Generationen in Kirchen, Schulen und anderwärts anvertraut! Aber unsere Zeiten sind finanziös, und das Wohlfeilste hält man fürs Beste! —

Außer der Moseltaner Landmannschaft spielten die Liefländer und Mecklenburger eine ansehnliche Rolle. Die Landeskinder waren wie überall, wo sehr viel Fremde sind, und das Land klein ist, am wenigsten geachtet. Die Nähe oder die Aufsicht der Eltern hält sie etwas knapp: sie können also nicht so recht mitmachen, und dadurch sinkt ihr Ansehn. Auch wirkt hier das Vorurtheil, nach welchem man von extensiver Größe auf intensive schließt — von Menge auf Werth. —

Es hat auch jemand, als ich in Jena war, für den medicinischen Doktor disputirt; aber so elend, wie ichs schon oft gesehn und gehört habe. Kochs Hannchen — denn so hieß sie — hab ich damals

zwar nicht gesehn; wohl aber viel von ihr gehört.
Sie fing um diese Zeit schon an, gemeinnützig zu
werden.

Noch etwas von Jenischer Policei! Es war
den Schenken verboten, nach zehn Uhr in der Stadt
Bier und dergleichen herzugeben. Wenn nun die
Bursche beisammen saßen, und nach zehn Uhr bleiben wollten — und das wollten sie immer, — so
ließ sich ein jeder so viel Bier geben, als er zu trinken gedachte, zwei, drei und mehr Stübchen: hernach konnte ihn doch niemand zwingen, eher wegzu-
gehen, als bis er sein Bier ausgeleert hatte! Und
so saß er dann bis nach Mitternacht. Fürs hinein-
kommen in sein Quartier durfte er nicht sorgen: die
Häuser standen meistens die ganze Nacht über auf.
Die Aufwärterinnen sind eben darum in Jena mehr
geplackt, als auf irgend einer Universität. In Göttingen sind sie es am wenigsten. — Ein Maaßstab
der Cultur im Kleinen!

Nachdem ich ohngefähr drei Wochen in Jena
zugebracht hatte, trat ich meinen Rückweg an. Zu
Weimar sprach ich den Hofrath Wieland, oder
vielmehr, ich sah ihn nur: denn kaum hatte ich und
ein Liefländer Platz genommen, als ein Fremder sich
anmelden ließ, welcher allein den Diskurs fortführte.
Ich habe seinen Namen vergessen: es war aber einer
von denen, die von sich so sehr eingenommen sind,

daß sie niemanden als sich selbst gern reden hören.
Ich war aber doch froh, daß ich nun den herrlichen
Wieland in Person kannte! — Groß und berühmt
zu seyn, ist indeß doch etwas Lästiges: jeder will davon participiren auf diese oder jene Art: und so ist
ein solcher Mann selten ganz Herr von sich und dem
Seinen, am wenigsten von dem ungestöhrten Gebrauch seiner Zeit. Jeder Eingriff in dieselbe, ohne
vollgültigen Ersatz, sollte man aber billig für eine
Sünde wider den heiligen Geist halten.

Ich ging nicht wieder über Hersfeld, sondern
über Fulda, wo auch ein Stück von Universität ist.
Ich fand einige Studenten in einer Schenke vor der
Stadt, die man die Moschee hieß: aber die Leutchen waren zu sehr mit ihrem Kegeln beschäftigt, als
daß sie mich hätten unterhalten sollen. Ich schloß,
sie müßten wenig Komment verstehen. Wohl ihnen!

Zwei und zwanzigstes Kapitel.

Opinionum commenta delet dies; Naturae confirmat.

Als ich wieder nach Gießen kam, waren die Win-
tervorlesungen schon einige Tage angegangen. Ich
wählte mir gute Kollegia, und fing an, recht emsig
zu studiren. Der Professor Köster, mein Vetter,

und der Bergrath Böhm setzten mir besonders zu,
ja recht fleißig zu seyn. Ich faßte auch wirklich den
festen Vorsatz, zwar burschikos zu leben, doch aber
meine Wissenschaften immer daneben zu treiben, um
einmal etwas leisten zu können, oder vielmehr, weil
mir die Litteratur von je her behagt hat. Hätte ich
in der gehörigen Ordnung studirt; so glaube ich, daß
ich es in einigen Kenntnissen ziemlich weit gebracht
hätte.

Ich gerieth diesen Winter in die Bekanntschaft
des Prof. Lobstein. Dieser Mann war an Hrn.
D. Bahrdts Stelle gekommen, hatte aber bei weitem
Bahrdts Geist, und hellen Kopf nicht. Lobstein
war ein Mann von einiger Gelehrsamkeit: er hatte
in Straßburg und Paris studirt, und sein Gedächtniß nicht übel angefüllt; sein Verstand war aber leider unkultivirt geblieben. Zu Straßburg hatte er
sich den orthodoxen pietistischen Ton angewöhnt, der
dort Mode war, und den wollte er nun auch in
Gießen einführen. Er warf sich also zum unbefug-
ten Sittenrichter der Studenten auf, und verdarb
dadurch seinen ganzen Credit. Wenn er seine Lehrstunden anfing, so betete er allemal eine Viertelstun-
de, und wenn er sie endigte, so empfahl er seine Zuhörer in die allgewaltige Hand des Herrn, und ließ
sie im Frieden Jesu gehen. Kam ein Student zu
ihm; so fragte er ihn, ob er auch ein Regeni-

tus vereque Converſus wäre? Dabei tobte und
ſchimpfte er auf die Theologen und Heterodoxen, ſo
wie auf die Bälle, Schlittenfahrten und den Kopfputz
der Damen. In ſeinen Predigten war er über die
maßen abgeſchmackt, und handelte lauter Fratzen ab,
z. B. die Sünde in den heil. Geiſt; die Ewigkeit
der Höllenſtrafen, den thätigen Gehorſam Jeſu, und
dergleichen. Durch ſolches Betragen mußte nun Lobſtein lächerlich werden: er ward es auch, und ſein
Hörſaal blieb leer.

Er hatte ein Collegium über den Jeſaias ange-
ſchlagen, welches ich gern hören wollte, da ich
wußte, daß der Mann im Hebräiſchen nicht übel
zu Hauſe war. Ich beſorgte alſo eine Anzahl von
16 Zuhörern: und Lobſtein ward von dem Augenblick an mein Freund und Gönner. Seine ganze
Bibliothek ſtand mir offen, und täglich hatte ich
freien Zutritt zu ihm g).

Lobſtein diſputirte ſehr oft mit mir, welches
mir aber allemal ungelegen war: denn ich wollte ihn gern zum Unterricht und nicht zur Bekehrung gebrauchen: er ſollte mich im Hebräiſchen
weiter bringen, und wenigſtens arabiſch leſen leh-

***

g) Durch nichts kann man ſich bei den Herren Profeſſoren
mehr inſinuiren, als wenn man für ſie wirbt: das
ſchmeichelt zugleich ihrem Ehrgeiz und ihrer Kaſſe.

ren *). Ich wich daher immer aus, wenn er ein
Gespräch von der Bekehrung anfing, und führte
eine Stelle an, die er erst erklären, das ist, nach
der Grammatik durchgehen muſte.

Da er keine ſchlechten hiſtoriſchen Kenntniſſe im
Gedächtniß hätte, beſonders in der Geſchichte von
Frankreich; ſo war ſein Geſpräch darüber unterhal-
tend und lehrreich. Er borgte mir aus ſeiner Bibliothek das berühmte Werk des Auguſt von Thou
(Thuanus) woraus ich wirklich manches Nützliche
gelernt habe. Um mich, wie er ſagte, wider den
neuen Unglauben zu ſichern, gab er mir des berühmten Lardners Werk über die Glaubwürdigkeit —
zu leſen. Ich las es; fand aber ſelten etwas, das
mir behagt hätte. Nun ſollte ich auch die Einwürfe
der Gegner kennen lernen, und zu dem Ende borgte er mir die deutſche Ueberſetzung von dem verrufe-
nem Erweis — des Engländers Matthias
Tindal. Gott, mit welchem Vergnügen und Anhalten las ich dies merkwürdige Buch! wie änderten
ſich nun auf einmal alle meine Gedanken über Geheimniſſe und Offenbarung. Alle Zweifel vergingen
mir plötzlich, und ſind ſeitdem auch nicht wieder in

_____

h) Der größte Theil unſrer Herren Orientaliſten weiß
vom Arabiſchen ja auch nicht mehr! In keinem Theil
der Gelehrſamkeit wird ärger aufgeſchnitten, als in der
morgenländiſchen.

meine Seele gekommen. Ich überzeugte mich gleich=
sam mit mathematischer Gewißheiß: daß Geheim=
nisse nicht einmal der Gegenstand des Glaubens seyn
können: daß sie als unbegreifliche Dinge, den Wil=
len nicht bestimmen, und folglich die Moralität
nicht befördern helfen: daß sie vielmehr eine Miß=
stimmung in dem Gebrauch unsrer Vorstellungskraft
hervorbringen, den gesunden Menschenverstand noth=
züchtigen, und den Weg zum Wahn und Aberglau=
ben bahnen: daß eben darum Jesus und die Apo=
stel dergleichen auch nicht gelehrt haben; sondern blos
natürliche Religion, hier und da geschmückt mit Bil=
dern aus der ältern orientalischen Bildersprache,
woraus hernach die finstere hierarchische christliche
Kirchenparthei solche Raritäten, wie die Geheimnisse
sind, gebildet, und zu Glaubensartikeln erhoben hat:
daß die moralische Religion, wie die Einsicht der
Menschen, eines stäten Fortschrittes und folglich der
Verbesseruug fähig sey: daß es also gar nicht nöthig,
ja pflichtwidrig sey, bei den Lehren des neuen Te=
staments und den kirchlichen Bestimmungen darüber
stehen zu bleiben: daß eben dies Buch nur localen
und temporellen Werth gehabt habe, und der Ethik
des Aristoteles, den Pflichtbüchern des Cicero, und
andern moralischen Schriften der sogenannten Heiden
nachstehen müsse. — Das war so das Resultat von
meiner Lectüre der Tindalischen Schrift. Ich habe

hernach eine Widerlegung derselben vom Abt Schu=
bert gelesen, welche er seinem Buche oder vielmehr
Werke von der Wahrheit der christlichen Religion an=
gehenkt hat; aber die begnügte mich nicht: vielmehr
wurde ich in meinem naturalistischen Denken be=
stätiget.

Da ich schon seit meiner Jugend die Hierarchie
der Pfafferei gehaßt hatte; so mußte mir ein Buch
dieser Art sehr willkommen seyn. Ich sah jezt die
heiligen Dogmen mit ganz andern Augen an, und
las nach ganz andern Grundsätzen die Kirchenhisto=
rienschreiber. Das ganze Kirchensystem erschien mir
nun als ein Gebäude, welches auf Fratzen, Aber=
glauben, Unwissenheit, Herrschsucht und Betrug sich
stützte: und einige nähere Bekanntschaft mit der
Geschichte, besonders der Kirchengeschichte, welche
ich mir in der Folge verschaffte, hat mir die Beweise
für diesen Glauben, in Menge dargeboten. — Mei=
ne Leser mögen mir mein freimüthiges Glaubensbe=
kenntniß verzeihen: ich sage nur, was ich denke,
und will keine Proselyten machen.

Prof. Lobstein wollte gern Doktor der Theo=
logie werden, und wählte mich zu seinem Responden=
ten. Ich hatte also die Ehre, daß mein Name auf
einer Disputation gedruckt stand, und daß ich selbst
mit den Herren Benner, Bechtold und Ou=

brier disputiren konnte [i]. Ich machte meine
Sache ziemlich gut, und erhielt allgemeinen Beifall.
Lobstein gab nach dieser Fehde einen kostspieligen
Schmaus, worauf die ganze Gießer Noblesse zuge=
gen war. Die Herren waren alle seelenlustig, ließen
sichs wohl schmecken, und machten dem Herrn Doktor
freundschaftliche Komplimente, und hatten doch den
Schalk im Busen, zum Theil nämlich: denn schon
hatte der damalige Prorektor Höpfner, und der
Kanzler Koch, welche sich nun, um einen Dritten
zu stürzen, versöhnt hatten, einen Bericht nach
Pirmasens gemacht, und den Professor Lobstein als
einen Mann geschildert, welcher der Universität
Schande mache, und sich zum Lehrer durchaus nicht
schicke [k]. Der Landgraf war Lobsteinen gewogen,
und ließ die Sache liegen; allein die Gießer Herren,
die den guten Mann aus vielen Gründen, und auch
besonders deswegen haßten, weil er ein Ausländer,
ein Strasburger, war, behelligten den Fürsten so

---

i) In Gießen ist es Mode, daß jedesmal, auch bei den
   Disputationen der Mediciner, nicht Studenten, son=
   dern die Fakultisten, d. i. die Professores ordinarii der
   Fakultät opponiren.   Bei den theologischen Doktors
   Promotionen mag das gut seyn; aber bei andern sollte
   billig den Studenten die Gelegenheit gelassen werden,
   sich ein Bissel im Latein zu üben: denn das thut doch
   heutzutage warlich Noth.

k) Zum Doktor der Theologie war er also dennoch gut? —

lange, bis er ihn auf Butzbach verſetzte. Lobſtein
arbeitete zwar aus allen Kräften dagegen, und ſup-
plicirte; aber es half einmal nichts: er muſte gegen
den Herbſt abziehen.

Gießen hat freilich an dieſem Manne nichts,
gar nichts verlohren: denn er hatte wirklich keinen
Beifall, und ſtiftete wenig Nutzen: aber doch hätte
der Kanzler und der Prorektor nicht ſo heimlich zu
Werke gehen, und die Lobſteiniſche Sache vielmehr
der ganzen Univerſität und dem Kuratorium überlaſſen ſollen. Lobſtein iſt vor einiger Zeit Profeſſor in
Straßburg geworden [1]. Bei aller ſeiner Pietiſte-
rei und übertriebenen Orthodoxie hatte er doch das
Glück, das ſchönſte Mädchen in Gießen, die Tochter des Profeſſors Diez, zur Frau zu bekommen.
Man wird gemeiniglich finden, daß die Pietiſten das
hübſche Frauenzimmer ſehr gern haben. Das gehört ſo zum beſchaulichen Leben! Liebte doch der
Schwärmer und Polemiker Sankt Hieronymus
auch hübſche Geſichter! —

Ich komme wieder auf mich. Seit dem Herbſt
1776 bis in den Sommer 1777 habe ich ſehr fleißig
ſtudirt, und nicht nur meine Wiſſenſchaften, beſon-

---

[1] Die jetzigen Lutheriſchen Profeſſoren in Straßburg
müſſen doch gar hübſch neben den beiden Katholiſchen,
Schneider und Dorſch, paradiren!

ders Geschichte und Geographie, letztere nach Cels
larius und Büsching, stark getrieben, sondern
auch die Lebensbeschreibungen des Plutarchs,
mehrere Schriften des Cicero und den Athes
näus durchgegangen. Auch hatte ich von den grie
chischen Dichtern, außer der Iliade, wenig gelesen;
nun aber las ich den Theokrit, den Bion, Mos
schus und einiges in der Chrestomathia Tragica.
Daß sich durch diese Lectüre meine Kenntnisse stark
mehrten, ist gewiß; daß ich aber nicht ächt schmecken
lernte, machte der Mangel an vernünftiger Anfüh
rung, die ich in Gießen gänzlich vermißte. Meine
philologischen Kenntnisse haben daher immer einem
Chaos ähnlich gesehen, wo alles wie Kraut und Rü
ben durch einander liegt: Viel Materie; aber keine
Verbindung! Vielleicht liegt auch ein Theil dieser
Schuld in der Verabsäumung einer vernünftigen ge
läuterten Philosophie: denn die Wolffische Logik und
Metaphysik, welche ich bei Herrn Böhm lernte,
mag ich doch nicht gute Philosophie nennen.

Drei und zwanzigstes Kapitel.

Neuer Krieg. Ruin der Gießer Univerſität.

In den Ferien des Jahres 1777 kam ein gewiſſer Wittenberg nach Gießen. Er war ein
Genie, — focht unverbeſſerlich auf Hieb und Stich,
und ſpielte die Geige und den Baß meiſterhaft; war
aber dabei der liederlichſte Kerl, den man ſich vorſtellen kann. Durch dieſen Menſchen, der ſich zu
den Amiciſten geſellte, entſtand allerlei Unruhe, und
manche Schlägerei. Die Amiciſten bekamen daher
eine Menge Gegner und Feinde, und die Gährung
ward allgemein. Endlich trafen einmal einige vor
der Stadt am Waſſer zuſammen, und behandelten
ſich, wie beſoffene Bauern: ſie ſchoſſen ſogar auf einander; und ein gewiſſer Lange aus dem Elſaß,
wurde durch einen Schuß ſo gefährlich verwundet,
daß man an ſeinem Leben lange zweifelte. Er muſte über fünf Monate die Stube hüten. Einer,
Namens Conradi, hieb einen andern dergeſtalt
zuſammen, daß man mehr als zwölf Wunden vorfand. Dieſer Auftritt endigte den Spektakel noch
nicht, und ſo klein die Univerſität war, fielen
doch innerhalb acht Tagen mehr als dreißig Schläger

Erſter Theil.   O

reien vor. Die Antagonisten der Orden wollten
die Ordensbrüder und die Orden herunter haben;
und diese suchten ihren Vorzug, den sie sich einmal
angemaßt hatten, zu behaupten.

Endlich, nachdem die Händel schon sehr lange
gedauert hatten, fing der Prorector an, zu inquiri-
ren. Einige wurden relegirt, z. B. Wittenberg:
andere mußten aufs Karzer; und einen gewissen
Breithaupt führte man nach Pirmasens ab, und
steckte ihn daselbst unter die Soldaten. Aber durch
diese Proceduren ward der Raufereien noch kein Ende: täglich hörte man von neuem Skandal, und
neuen Strafen.

Ich war bei der Sache nicht ruhig geblieben:
der Senior meines Ordens war weggejagt, und der
Senior von unsrer Landmannschaft war auch bestraft worden. Ich ermahnte daher, so viel ich
konnte, die guten Freunde zur Standhaftigkeit, und
legte selbst Hand an, so viel ich konnte. Der Prorektor schickte mir einmal den Pedell Möser; da er mir
aber groß zusprach, warf ich ihn zur Thür hinaus,
und maulschellirte ihn zur Treppe hinunter. Nun
brannte alles gegen mich. Ich wurde abermals citirt, erschien aber nicht: endlich beschloß man, mich
zu relegiren, oder vielmehr mir das Consilium abeun-
di zu geben.

Man hatte damals gewiß Ursache, mich fort zu schicken: das kann ich nicht leugnen. Einmal hatte ich mich geschlagen, dann Fenster eingeworfen, den Spektakel nach Vermögen vermehrt: auch war ich nicht erschienen, als man mich zum zweiten und gar zum drittenmal citirt hatte: endlich hatte ich ein skandalöses Lied auf den Rektor und Kanzler gemacht, welches die Studenten des Abends auf der Gasse absungen. Dieses alles zusammen genommen, war schon hinlänglich, mir die Relegation zuzuziehen, die mir indeß doch, als Ausländer, wenig geschadet hätte.

Ich wünschte aber in Gießen zu bleiben. Als ich nun hörte, daß man mich relegiren wollte, und daß einer meiner Freunde schon wirklich relegirt sey; gieng ich zum Rektor, und gab gute Worte. Dieser sagte mir, daß ich sehr gravirt wäre; besonders wegen eines Pasquills, welches ich aber ableugnete. Darauf gab er mir zu verstehen, daß ich eine kleine Bittschrift an ihn aufsetzen möchte: er würde dieselbe schon empfehlen. Ich that dieses, und meine Relegation wurde aufgehoben; ich aber doch auf vier Wochen ins Carzer gesetzt.

Herr Schmid. — daß ich doch mit dem Ehrenmann so oft zusammen komme! Herr Schmid gibt vor: ich wäre wegen schändlicher Lebensart relegirt worden; diese Strafe aber hätte der Kanzler

Koch in Karzerſtrafe verwandeln helfen. Das iſt
mit Hrn. Schmids kritiſcher und poetiſch ‑ muſenali‑
manachiſcher Erlaubniß, nicht wahr. Er ſetzt hin‑
zu: das wäre auf mein Bitten bei Hrn. Koch ge‑
ſchehen; da ich doch den Kanzler niemals um etwas
gebeten habe, und auch gewiß — hätte ich es jetzt
thun wollen — bei dem gegen mich äußerſt aufge‑
brachten Mann fehl gebeten hätte. — Das al‑
les iſt nicht wahr, und die noch in Gießen lebenden
Profeſſoren, Herr Jaup, Herr Köſter und Herr
Dietz müſſen mir bezeugen, daß es nicht wahr iſt.
Denn an dem Tage, woran die Vota über meine
Beſtrafung geſammelt wurden, ſtimmten beinaße alle
Profeſſoren auf Karzerſtrafe, und nur Hr. Koch
drang auf meine Relegation: er hätte mich gar zu
gern fortgejagt. Wenn alſo Hr. Schmid mir Un‑
dank gegen meinen Retter, Hern Koch, vorwirft;
ſo hat er wahrlich Unrecht: Koch hat mich niemals
leiden können. Ich hatte ſeinem Jungen Ohrfeigen
gegeben, ich hatte gegen den damaligen Erkaplan,
jezt Profeſſor in Jena, Schnaubert *), eben
nicht zum Beſten geſprochen: und Schnaubert war
ſo quaſi der Mährchen ‑ und Neuigkeitskontrolleur
des Kanzlers; daher ſich auch die Studenten gewalt

---

*) Jn andern Theil dieſer Biographie rede ich von die‑
ſem Herrn weiter.

tig vor ihm in Acht nahmen: und endlich hatte ich
dem Hrn. Koch das Latein in seinem Kompendium
des Criminalrechts korrigirt. Lauter Ursachen, welche mich bei einem stolzen egoistischen, rachgierigen
Manne höchst verhaßt machen mußten. So hätte ich
denn abermals einen Vorwurf, den Herr Schmid
mir macht, widerlegt!

Auf dem Karzer studirte ich fleißig, und Herr
Böhm versah mich mit Büchern aus seiner Bibliothek. Aber indessen ich auf dem Karzer war,
entstand ein gefährlicher Aufstand. Der Rektor
wollte nämlich die überall schädlichen Geldstrafen
einführen, welche mehr eine Strafe für die Eltern,
als für ihre studierenden Söhne sind, und die bisher
in Gießen unerhört waren. Darüber kam nun alles
in Harnisch: die feindseligen Gesellschaften und In-
nungen versöhnten sich mit einander, machten gemeinschaftliche Sache, lärmten, tobten, und zogen auf, so wie sie im vorigen Jahre ausgezogen waren.

Sie zogen wieder auf darmstädtische Dörfer,
bis sie merkten, daß man Mine machte, sie von da
nach einigen Tagen weg zu holen, und mit Gewalt
nach Gießen zurück zu schleppen. Jetzt begaben sie
sich ins Weilburgische, wo die meisten in Atzbach und
Gleiberg den ganzen Sommer über zubrachten. Die
Universität sah sehr traurig aus, und mehrere Pro-

fefforen mußten ihre Vorlesungen ausſetzen. — In
Gleiberg lagen ſie in den Scheunen und Bauernſtu=
ben auf dem Stroh, und ſahen aus, wie die Hot=
tentotten. Wie viel Unordnungen und Skandale
da vorgegangen ſind, kann man denken.

Dem Kanzler und Rektor war es bei der Sache
nicht wohl zu Muthe: ſie befürchteten, wenn der=
gleichen Poſſen vor den Landesherrn kämen — in
Darmſtadt hatten ſie ſchon alles zu ihrem Vortheil
eingelenkt — ſo möchte man ſie zur Rede ſtellen:
denn ſie waren es doch, die durch eine unzeitige
Einführung ganz neuer Strafen, die erſte Gelegen=
heit zu den Händeln gegeben hatten, und recht wohl
wußten, daß die Geldſtrafen ihre und nicht des Für=
ſten Erfindung, waren. Um indeß den übeln Fol=
gen vorzubeugen, ſuchten ſie um eine Komiſſion bei
dem Kuratorium an, und der Kurator, Herr Ge=
heime=Rath Heß, erſchien ſelbſt in Gießen, inqui=
rirte, und hob die Geldſtrafen auf. Einige ſchon
in die Kaſſen der Herren gefallne Gelder wurden
auch wieder zurück gegeben. Aber Herr Heß war
nicht im Stande, den Tumult zu ſtillen, und die
Univerſität zu beruhigen. Die meiſten Burſche blie=
ben auf den Dörfern bis zum Herbſt, wo ſie entwe=
der abgingen, oder andere Univerſitäten bezogen:
einige brachten den Winter in Gleiberg zu.

Die Frankfurter Zeitungen meldeten sehr oft Neuigkeiten vom Gießer Kriege, und die Universität gerieth darüber in einen gewaltigen Miskredit, oder vielmehr wurde der Miskredit, worin sie sich schon seit langer Zeit befunden hatte, dadurch sehr vermehrt. Unter andern las man folgenden Artikel darin *):

„Gleiberg den 4ten August. Die Uni-
„versität ist von Gießen hieher verlegt worden.
„Wir haben unsern Rector, Kanzler und Professo-
„ren. Zu den vier Fakultäten ist noch eine fünfte
„gekommen, nämlich die Zotologische, worin sich
„die Lehrer ganz besonders verdient machen. Alle
„Gemeinschaft mit Gießen ist abgeschnitten: die da-
„sigen Herren mögen den Schülern vom Pihjo Kol-
„legia lesen." — Pihjo — so heißt das Pädago-
gium in Gießen.

Hier sehen meine Leser zugleich, was Herr Schmid mit seinem Professor Zotarum — soll ei-

---

*) Nämlich der Sache nach: denn einige Worte mögen wohl anders gelautet haben. Es war sonst ein derber Artikel, welcher den Gießer Herren gar nicht gefiel. Aber die Frankfurter Zeitungen, besonders die Gelehr-
ten, waren so der Satansengel, welcher die Herren mit Fäusten schlug. Wie froh muß doch Herr Schmid seyn, daß Herr Deinet keine gelehrte Zeitung mehr heraus giebt!

gentlich Zotologiá heiſſen: heißt doch Herr Schmid
auch Profeſſor Poeſeos und nicht Poeticorum! —
haben will. In Gleiberg ließ ich mich nämlich zum
Profeſſor dieſer edlen Kunſt ernennen, und las über
ein von mir ſelbſt geſchriebenes Kompendium, dem
ich den Titel Elementa Zotologiae ſive Ae-
ſchrólogiae tam theoreticae quam practicae
gegeben hatte, und das damals häufig abgeſchrieben
wurde. So war ich alſo in Gleiberg Profeſſor der
Zotologie geworden: aber Herrn Schmids eigner
Schwager war ja mein Kollege in dieſer ſaubern Fakultät!

Die Univerſität ſuchte auch in Weilburg darum
an, daß man die Gießer Studenten von den Weil-
burgiſchen Dörfern entfernen möchte; aber das geſchah nicht: vielleicht dachte man in Weilburg: haben die Gießer Herren den Karren in den Koth ge-
ſchoben, ſo mögen ſie ſelbſt ſehen, wie ſie ihn wieder herausziehen!

Bei allem dieſem Lärmen vergaßen wir indeß
den Eulerfapper in Gießen nicht: es wurden von
Zeit zu Zeit Deputirte nach der Stadt geſchickt, die
den armen Mann periren, und Pasquille auf ihn an-
ſchlagen mußten. Um der Verfolgung zu entgehen,
veränderte er ſeine Wohnung; aber es blieb beim
alten.

Nach den Michaelis Ferien wurde es zwar wieder ruhig; allein die arme Universität hatte eine ansehnliche Anzahl Studenten verlohren, und mußte
obendrein denen , die geblieben waren, nun mehr
Freiheit verstatten , als vorhin , um sie nicht
noch auch zu verscheuchen. Aus der Bereitwilligkeit
dazu, haben wir hernach geschlossen, daß die Herren
einen derben Verweis von Pirmasens aus müßten
bekommen haben.

. Auch der Komment hatte sehr gelitten. Die
besten Schläger waren fort, und die wenigen, welche etwa noch geblieben waren, scheuten die Strafen,
welche nun freilich nicht mehr in Geld bestunden,
aber doch in Relegation und Karzer: und im Karzer
sitzt sichs im Winter nicht gut, besonders in dem zu
Gießen nicht, wo der Ofen ganz mörderisch zu rauchen pflegte.

· Zu den groben Unanständigkeiten, welche um
diese Zeit in Gießen Mode wurden, gehört die Generalstallung, und das wüste Gesicht. Jene wurde
so veranstaltet, daß zwanzig, dreissig Studenten,
nachdem sie in einem Bierhause ihren Bauch weidlich
voll Bier geschlungen hatten, sich vor ein vornehmes
Haus , worin Frauenzimmer waren, hinstellten,
und nach ordentlichem Kommando und unter einem
Gepfeife, wies bei Pferden gebräuchlich ist, ——
sich auch viehmäßig, ich meyne, ohne alle Rücksicht

auf Wohlstand — erleichterten. Das garstige,
oder wüste Gesicht war eine Larve von scheuslichem
Ansehen, welche an einem Bündel zusammengeroll=
ter Lappen auf einer hohen Stange befestiget ward.
Diese Larve nahm ein Student — ich selbst hab
eine dergleichen gehabt — trat des Abends spät
vor ein Haus, wo die Leute, wies in Gießen sehr
gewöhnlich ist, wegen der Feuchtigkeit, im zweiten
Stock logirten, und klingelte oder klopfte. Kam
nun jemand ans Fenster, um zu sehen, wer da
wäre; so hielt man ihm das wüste Gesicht vor, wor=
über dann die guten Leute zu Tode erschracken. Wir
gaudirten uns aber baß darüber. Schusterjungen
sind heutzutage delikater und gesetzter!

Ich gerieth diesen Winter in starke Schulden,
ob ich gleich nicht sehr fidel lebte. Es ging aber
ganz natürlich zu. Ich hatte in den Herbstferien
eine Reise nach Oppenheim gemacht, wo meines Va=
ters Bruder Prediger war, der mich noch einmal
vor seinem Tode zu sehen wünschte. Auf dieser Rei=
se empfing ich mein Geld zu Frankfurt am Main,
und brachte, besonders in Mainz, wo ich und Herr
Lony, der von Jena gekommen war, und nach Hau=
se reisete, den Komment einführten, eine ziemliche
Summe durch. Ich muß doch meinen Lesern diese
Komments=Schnurre mittheilen.

Vier und zwanzigstes Kapitel.

Wunschentomment in Mainz.

Wir waren gegen Abend in Mainz angekommen,
und in den Gasthof, die Pfalz, eingekehrt. Da
wir daselbst alles theu und drastisch fanden, gingen
wir zum Abendessen vors Münsterthor, auf ein an=
sehnliches Gartenhaus, welches damals einem ge=
wissen Dillmann zugehörte, und wegen seiner
schönen Tochter fleißig besucht wurde. Die Tochter
hieß in Mainz die hübsche Gretel. Hier trafen
wir Mainzer Juristen an. Juristen heißen hier ei=
gentlich, im Gegensatz der Seminaristen, oder Theo=
logen, diejenigen Studenten, welche ganz so zu sagen
von den übrigen abgesondert sind, und ihr Wesen
für sich haben. Diese Herren waren artig und ließen
sich mit uns ins Gespräch ein. Ihre Höflichkeit
machte, daß wir uns ihrer erbarmten, und beschlos=
sen, ihnen den Komment beizubringen: denn wir sa=
hen wohl, daß sie in diesem Stück arme Sünder
waren. Ich fragte daher den ersten besten: wie
siehts denn hier mit dem Komment aus?

Student: Komment? — was ist das, wenn
ich gehorsamst bitten darf?

— Ich: Je nun, Komment ist Komment: das ist so die rechte Art, das rechte Avec, wie der Bursche auf Univerſitäten leben ſoll!

Student: Ja, liebſter Freund, die iſt hier sehr verſchieden. Einige unſerer Studenten — von den Seminariſten will ich nichts ſagen: die liegen ſo nur auf der faulen Haut — ſind recht fleißige Leute, und von feinen Sitten und Lebensart —

Ich: (einfallend) Ei, wer Teufel frägt denn nach Sitten und Lebensart und Fleiß! Ich frage nach dem Komment!

Lony: Du mußt mit dem Herrn ins Detail gehen, Bruder Herz, damit er das Ding recht faſſe.

Ich: Haſt recht! Sagen Sie mir mein Beſter, wird hier oft kommerſirt?

Student: Kommerſirt? —

Nun erfolgte von meiner Seite eine weitläuftige Erklärung des Kommerſirens: darauf ſangen Lony und ich einige Kernſtrophen aus dem Liede Ecce quam bonum. Das Ding gefiel den Mainzer-Studenten, und es wurde beſchloſſen, ſogleich eine Pro-be davon zu machen. Alſo präſidirte ich; Lony prä-ſidirte kontra, und der Kommers ging vor ſich. Freilich war's ein ſehr ſchofeler Kommers, weil kei-ner von den Mainzern mitſingen konnte; jedoch wur-

dieß fie alle ſo betrunken in dem Doppel-Bier, daß
ſie kaum noch ſtehen konnten. Den andern Gäſten,
welche uns zuſahen, wie auch der hübſchen Gretel
behagte das Ding gar ſehr, und ſie wünſchten nur,
daß auch ihre Herren dergleichen Komment verſtehen
und ausüben möchten.

Nach dem Kommers gingen wir zur Stadt,
und ſchritten auf den Straßen, gleich Unſinnigen,
ein Hurrah über das andere. Wer uns nicht weit
auswich, den ſchuppten wir, daß er wie weit auf
die Seite flog. Unſre Herren Mainzer gingen nach
ihrem Logis, bis auf einen, der uns in die Pfalz
begleitete. Den andern Morgen nahm uns der
Student, ich glaube er hieß Blumers, mit auf ein
Kaffeehaus, und traktirte uns mit Aquavit: vorher
hätte er ſich von uns die beſten Burſchenlieder o) dik-

●

---

o) Zu jener Zeit waren die Burſchenlieder meiſt ſchänd-
liche Zoten, und abgeſchmackte Reime, worin oft wenig
Verſtand war. Z. B.

Die Welt mag immer brummen,
Die alten Weiber ſummen!
Brumme die Welt,
Das gilt mir gleich viel.
Hab ich kein Geld,
So hab' ich kein Spiel.
Haſt du nicht geſehn des Teufels ſein Spiel?

Die Melodien zu dieſen Raritäten waren noch abge-
ſchmackter, als der Text ſelbſt. Der Geſchmack aber

ßren laffen, und fie nachgefchrieben. Nachmittags
famen noch mehrere auf Dillmanns Garten, und es
wurde abermals kommerfirt.

Nun wollten wir auch einen Orden in Mainz
ftiften, wenigftens wollten wir dafelbft fo eine Geftalt
von Amiciftenklupp aufbringen. Auch das gelang
uns. Wir entwarfen, weil wir die ächten Gefetze
nicht bei uns hatten, eine Art von Gefetzbuch, erklärten alles, recipirten neun Studenten im Namen
der Mutterloge in Jena, lieffen einen Senior, Sub-
fenior, und Sekretär wählen, lehrten fie die Zeichen
und Merkmale, und verpflichteten die Mitglieder des
hochlöblichen Amkiften Ordens durch einen Hand-
fchlag und eine Art von Eidesformel, dem Orden
getreu zu bleiben, die Gefetze zu beobachten; und
was dergleichen Tollheiten mehr waren. So wurde
denn auch das Ordensgift nach Mainz gebracht. Ob
fich die Thorheit dafelbft erhalten und ausgebreitet
habe, kann ich nicht fagen. So viel ift gewiß, daß
noch im Jahr 1781 Amiciften in Mainz gewefen
find, ächte oder unächte, darauf kommt bei einem
akademifchen Orden gar nichts an: jeder kann dergleichen ftiften, wenn er nur Leute findet, die dumm
oder leichtfinnig genug find, feine närrifchen Grillen
gut zu heißen, und ihnen nachzuahmen.

ift auch hierin viel feiner geworden, wenn fonft guter
Gefchmack überhaupt beim Kommerfch ftatt finden kann.

Wir hielten uns über acht Tage in Mainz auf, wonach Lony in sein Vaterland, und ich zu meinem kranken Onkel nach Oppenheim, und von da über Darmstadt wieder nach Gießen zurückkehrte.

Die Universität zu Mainz hat nie viel getaugt. Man giebt zwar vor, daß mehrere Protestanten daselbst studiren; aber das ist nicht wahr. Ich habe noch im verwichnen Sommer einen Studenten in Halle gesprochen, der von Mainz kam, und mich versicherte, es seyen gar keine Protestanten da. Vor drei Jahren wollte ein Vetter von mir, Herr Vistriarius von Partenheim bei Mainz, der in Jena Medicin studirt hatte, daselbst Doctor werden: die medicinische Fakultät war es zufrieden; aber die Theologen, besonders Herr Hettersdorf und Freund Goldhagen, der Exjesuit, widersprachen: „der „Eid rede ja — gaben sie vor — von der immacu-„lata conceptione B. Virginis *p)*; und den könne „kein Protestant ablegen." So wurde denn Herr Vitriarius abgewiesen, und mußte in Gießen sich promoviren lassen. Das ist ein ganz neues Pröbschen von der sonst hochgelobten Mainzer Toleranz!

---

p) Diesen frommen Glaubensartikel hat die Mainzer Universität angenommen, zum Beweise ihrer erbaulichen Herablassung zu den Galanterie-Grillen der Franziskaner über — die liebe Maria!

Der Jesuit oder Erjesuit Goldhagen ist quaſi das Haupt der theologiſchen Fakultät. Ich hatte im Jahr 1781 Gelegenheit, dieſen Herrn nebſt einem andern ſehr korpulenten Theologen, dem Herrn Hetersdorf kennen zu lernen, als ich für den Pfarrer Thiels in Undenheim bei ihnen ſollicitirte, wie ich an ſeinem Ort berichten werde.

Goldhagen hat nicht das einnehmende Weſen, das man ſonſt bei Jeſuiten bemerkt, oder vielmehr bemerkt haben will: denn die ich geſehen habe, waren meiſt grobe ungeſchliffene Menſchen: und Goldhagen iſt nichts anders. Er verſprach mir damals zwar, für Herrn Thiels bei dem Herrn von Köth zu intercediren; wollte aber durchaus nicht zugeben, daß ich den Herrn Thiels Pfarrer nannte, noch weniger Prieſter: Prädikant müſſe er heiſſen! Und nun mußte ich eine weitläufige Demonſtration anhören, daß die unkatholiſchen — ſo glimpflich nannte er die Proteſtanten — obgleich auf dieſe Art auch jeder Jude, Muhamedaner u. ſ. w. unkatholiſch und folglich Proteſtant iſt — keine ächten Prieſter hätten, die konſekriren könnten. Er führte noch mehr Kontroverſen mit mir, halb latein und halb deutſch, nach ächter Jeſuiter-Methode, und nannte mir hundertmal die Namen des heiligen Auguſtins, Hieronymus, Athanaſius, Bernhardus und andrer Pſeudoheiligen, welche ich beſſer kannte,

und von ganzer Seele verabscheute ⁊). Er mußte
um drei Uhr eine Vorlesung halten, und er erlaubte
mir, derselben beizuwohnen. Es waren ohngefähr
acht Seminaristen gegenwärtig. Er las Scripturi=
stik; aber ich konnte leider von der heillosen Postillen=
Exegese, wobei auch nicht ein gescheuter Gedanke,
nicht ein liberales Urtheil vorkam, nichts verstehen,
noch weniger gebrauchen.

Dieser Herr Goldhagen hat Gellerts Moral
mit den Schlüssen der Trientischen Synode zu ver=
einigen gesucht, und hat eine Ausgabe des neuen
Testaments veranstaltet, wo er aus den Varianten,
die Mill und Wetstein gesammelt haben, bewei=
sen will, daß die Vulgata latina ächter sey, als der
griechische Text ʳ). O sancta simplicitas! Er ist

⁊) Voltaire sagt im Mädchen von Orleans, oder läßt
vielmehr den Pater Grisburdon sagen: die ganze Hölle
sey voller Heiligen. Die hier genannten finden sich ge=
wiß auch da. Ihr Leben war, ihrer sonstigen Heilig=
keit unbeschadet, voller Greuel.

ʳ) Wie wenn der auch so ächt wäre! Wo sollten die
Verfasser des Neuen Testaments, die größtentheils Ju=
den vom gemeinen Schlage waren, so viel ausländi=
sche Sprachkenntniß gesammelt haben, um ihre Denk=
würdigkeiten in griechischer Sprache aufzuzeich=
nen? —

aber auch baß dafür ausgeziſcht worden! Jetzt höre
ich, daß er vom Erzbiſchof oder Kurfürſten ⁵) zum
Großinquiſitor bei einer Kommiſſion gegen die Illu=
minaten ernannt ſey. Der wird abermals ſauberes
Zeug von den Illuminaten herausbringen, ohngefähr
ſolches, wie Herr von Einen in ſeinem Ketzerleri=
kon, unter dem Artikel Illuminaten aus den
einſeitigen Berichten einiger baieriſcher Bonzen auf=
getiſcht hat. Wer weis auch, was das für giftige
gottloſe Ketzer ſeyn mögen! Sie hängen ja der ge=
fährlichſten Ketzerinn an, die es für Katholiken geben
kann — der Vernunft! — Was übrigens Herr
Goldhagen für ein rüſtiger Klopffechter in Sachen
des Vicegotts zu Rom, und deſſen Anhangs ſey —
erhellet aus der Mainzer Monatsſchrift in geiſtlichen
Sachen, und aus Winkopps Bemerkungen über
dieſelbe.

Herr Hettersdorf iſt zwar, oder ſcheint
wenigſtens nicht ſo intolerant zu ſeyn, als Goldhagen:
doch merkt mans ihm ſehr an, daß er ein Schüler
der Jeſuiten iſt, und blutwenig Weltkenntniß be=
ſizt. Er iſt, ehe er Profeſſor, und Vikariatsrath
ward, Paſtor in Niederſaulheim geweſen, wo er

⁵) Dieſe Würden trennte der vorige Kurfürſt Emmerich
Joſeph ſtark, und war ſelten Erzbiſchof: der jetzige
iſt täglich beides.

fleißig Kontrovers predigte; aber noch fleißiger die
Ränke des Mainzer Vikariats studirte. Der jetzige
Kurfürst lernte ihn kennen, und glaubte, das wäre
der Mann, welcher ihm dienen könnte, das Vikariat zu demüthigen. Er machte ihn daher zum geistlichen Rath, und einen gewissen H e i m e s zum Weih-
bischof. Ob der Kurfürst wirklich durch diese Kreaturen das Ansehen des Vikariats geschwächt haben
mag? — Es ist gar schwer, so ein Vikariat herunter zu bringen: eher geht das mit allen Kollegien
in einem Königreiche an, als mit dem Vikariat des
geringsten Bisthums [*]. Die Exempel hat das Mainzer und Wormser in Ueberfluß hergegeben: sonst kenne
ich keine.

---

[*] Sehr natürlich! Denn das Vicariat behandelt seine
Diöcesan-Rechte nach dem a l l g e m e i n e n päpstlichen
Kirchenrechte, dem auch der Herr Kurfürst als Erzbischof
und Katholik unterworfen ist. Ueberdem da es nur
Einen Gott, Eine Taufe und Eine Kirche giebt: da
ferner jeder anathematisirt ist, der es sich herausnimmt,
an jenen Bestimmungen etwas zu ändern, die die liebe
Mutter Kirche, zu ihrem eignen Vortheil in ihrer
eignen Sache festzusetzen für gut gefunden hat: da
endlich das Geistliche dem Leiblichen, das Ewige dem
Zeitlichen vorzuziehen ist, so wie die Seele dem Körper;
so müßten die Handhaber der G e i s t l i c h e n Gerichts-
barkeit ihren Vortheil wenig verstehen, wenn sie der
w e l t l i c h e n nachgeben wollten. Ja vielmehr wollen
sie, als Stellvertreter Gottes, dessen doch Himmel und

Uebrigens ist Mainz gar die Stadt nicht, wo
eine Universität gedeihen könnte. Der Student,
wenn etwas liberales aus ihm werden soll, muß ei=
nen gewissen Ton angeben, und sich an dem Orte,
wo er ist, bemerkbar machen können. In Leipzig
z. B. ist es mit den Studenten nichts: da richtet er
sich nach dem Kaufmannsdiener, der reicher ist, als
er: und in Mainz bemerkt man ihn vollends ganz
und gar nicht. Diese Stadt steckt voller Kaufleute,
voller reichem Adel, und voller vornehmer Geistlich=
keit. Da herrscht Pracht und Ueppigkeit in vollem
Maaße, und der Student, der nicht mitmachen
kann, gafft und staunt so eine hochwürdige Excellenz
oder Gnaden an, und fühlt seine eigne Vernichtung
so sehr, daß er sich gar nicht einfallen läßt, selbst

Erde ist, daß die weltliche Regierung sich nach der geist=
lichen richte — der Staat nach der Kirche. In katho=
lischen Bisthümern mag das für diese hingehen: denn
die guten Leute wissen, und wollen das nun einmal
nicht anders; aber wie denn da, wenn Männer von
dieser Denkungsart einen Posten bekleiden, auf welchem
es ihnen möglich wird, nach diesen Grundsätzen Con=
clusa herauszubringen, die der Gewissensfreiheit der
Protestanten Eintrag thun, indem sie es ihnen zum
Gesetz machen, sich nach Axiomen und Postulaten der
katholischen Kirche zu richten, oder behandeln zu las=
sen? — Man denke an neuere Vorfälle! — In diesem
Falle hat es der Protestant ärger, als der Schutzjude.
Doch Intelligenti pauca, so wie Vigilantibus jura! —

etwas vorzunehmen, um sich zu erheben. Nebenher
sind die Professores, wie unter dem Zuchtmeister.
Sagt einer etwas auf dem Katheder, das vielleicht
dem oder jenem geistlichen Herrn misfällt; wie ein
Blitz, ist die Sache beim Vikariat, und der Pro=
fessor hat Spectakel. Die Geschichte des ehrlichen
Isenbiehls, der sich an einer Stelle des Jesaias
vergriff, d. i. sie anders auslegte, als sie Cornelius
a Lapide oder sonst ein kontrackter Ausleger ausge=
legt hatte, ist davon, nebst dem ehrlichen Molitor,
ein derber Beweis. Der verstorbene Kurfürst schützte
die Männer gegen die Kabalen der Pfaffen; aber
der jetzige fand für gut, den Isenbiehl den 13. Dec.
1777 einzustecken, und sein Buch zu Rom von Pius
dem Sechsten verdammen zu lassen. Das ist erst in
der That nur so genannte Aufklärung! Mit der
Mainzer Toleranz sieht es nicht besser aus.

In Niederolm, wo Herr Dorsch Amtsver=
walter ist, wurde vor zehn Jahren eine neue Kirche
für die dortigen Katholiken gebauet. Der Maurer,
der den Bau im Verding hatte, nahm protestantische
Gesellen dabei an. Das verdroß den Herrn Jacobi
und er forderte vom Maurer, daß er die ketzerischen
Gesellen fortjagen sollte. Der Meister that das nicht,
und Herr Dorsch, ein gescheuter Kopf, wollte sich
auch vom Pfaffen nicht bewegen lassen, den
Maurer zu einer solchen Abgeschmacktheit zu zwingen.

Was hatte Jacobi zu thun? — Er berichtete die Sache nach Mainz, und siehe da, es erschien der Befehl, daß der Maurer die protestantischen Gesellen vom Kirchenbau entfernen, oder selbst den Akkord aufgeben sollte. Nun wars alle! die Gesellen mußten fort. In dergleichen unbedeutenden Stückchen offenbart sich der Geist der Intoleranz und der Dummheit oft mehr, als in großen Vorfällen. Die Ursachen sind nicht schwer zu entdecken.

Fünf und zwanzigstes Kapitel.

Noch endlich gar ein Komödiant!

Ich habe so viel von Gießen geschrieben, daß ich beinahe befürchte, meine Leser ermüdet zu haben. Aber dafür soll nun auch alles kurz gefaßt werden, damit ich Raum übrig behalte, mich als Kandidaten der hochheiligen Theologie zu produciren. Eine ganze Geschichte von anderthalb Jahren soll nur wenige Blätter einnehmen.

Mein letzter Winter in Gießen ging ziemlich ruhig vorüber, das heißt, ich wurde nicht mehr citirt, schlug mich nicht, kam nicht ins Karzer, und besoff mich nur höchst selten.

Ein Marionettenspieler, Joseph Wieland, brach=
te mich, Tenner und Dern auf den Gedanken,
auch Komödien zu spielen. Aber wie, wo und durch
welche Mittel? das war die Frage. Ich besprach
alles mit dem Herr Professor Schmid. Er erboth
sich gleich, die Direction zu übernehmen, und rieth
mir, einen Aufsatz cirkuliren zu lassen, und Beiträge
von Geld bei den Honoratioren einzusammeln. Ge=
rathen, gethan! Der Tambour Hofmann und der
Karzerknecht Cordanus, mußten kontrolliren, und
in einigen Tagen hatten wir so viel Geld, als nöthig
war, ein Theater zu bauen, und Kulissen nebst andern
Bedürfnissen anzuschaffen. Zum Theater schlug Herr
Schmid das theologische Auditorium vor: denn das
große Juristische war zu Disputationen und Promo=
tionen bestimmt. Ich hielt beim Dekan darum an:
aber der alte D. Benner hielt dies für Entheili=
gung, und schlug das Gesuch ab. Also muste das
philosophische Auditorium dazu herhalten: Dieses
war seit langer Zeit der Heustall der Pedellen gewe=
sen!! Wir ließen es reinigen, und bauten ein Theater
für 80 Gulden. Kulissen, Vorhang, Lichter zur
ersten Vorstellung und dergleichen kosteten beinahe
eben so viel. So waren wir denn im Stande,
unsre Kunst zu zeigen. Ich war Rollenmeister,
Tenner Aufseher der Kasse, und Dern Theater=
meister: über uns alle war der dux gregis ipse ca-

per, Herr Schmid, velut inter ignes luna mi-
nores. Das erste Stück, welches wir gaben, war
Brandes Trau, schau, wem. Unsre Actri-
zen waren anfangs hübsche milchbärtige Studenten;
nachher aber spielten auch wirkliche Frauenzimmer
mit. So wurde noch die Zeit über, die ich in Gießen war, Lessings junger Gelehrter, der Zerstreute
aus dem komischen Theater der Franzosen, Ste-
phanis Deserteur aus Kindesliebe, der Bramarbas von Hollberg, und der Postzug u. a. aufge-
führt. Herr Schmid ließ jedesmal in der Darmstädter Zeitung ein großes Wesen von der Vortref-
lichkeit unsrer Action machen. Anfangs spielte ich
selbst mit, war z. B. der Graf von Werlingen im
Trau, schau, wem, und Magister Stifelius im
Bramarbas. Aber da ich bald merkte, daß ich zum
Theater verdorben war; so gab ich das Mitspielen
auf, behielt aber mein Amt, als Rollenmeister, bis
zu meinem Abzug aus Gießen.

Dieses Komödienspielen hat wenig gutes gestiftet. Unsre Bursche fanden einen so starken Geschmack
am Specktakel, daß alles ernsthaftere Studiren darüber vernachläßigt wurde, und jeder nur Komödien
las. Die mitspielenden Personen konnten vollends
gar nicht studiren. Nach meinem Abschied hat der
Landgraf die Komödie verbieten lassen. Man hatte
ihm vorgestellt, daß sie die ganze Universität zerrüt-

ten würde. Nichts hat aber durch das Schauspiel mehr gelitten, als der Komment, und die Orden. Denn die Verbindungen der Spielenden waren nun viel fester, als die der Orden, und über den Komment wurde gelacht. Eulerkapper hatte auch mehr Ruhe. Der Ton war Frivolität.

Bei Gelegenheit der Komödie lernte ich ein gewisses Bürgermädchen näher kennen, welches von der Zeit an mein Umgang wurde. Dieser Umgang hat mir viel Geld gekostet: ich mußte bald dieses, bald jenes für sie kaufen, und ihr bald so, bald anders ein Vergnügen machen. Dadurch gerieth ich immer tiefer in Schulden. Ich rathe jedem, der dies lieset, ja nicht auf Universitäten eine Liebschaft zu unterhalten: es kommt nichts dabei heraus, als Skandal, und wenn ja das Ding ohne Skandal abgeht; so sind Schulden allemal das Ende vom Liebe. Die meisten Nymphen, welche sich mit Studenten abgeben, wollen von ihnen ziehen, halten es eben darum mit mehrerern, und lachen hernach die geprellten Mosjees in die Faust aus. Ich wußte das Ding recht gut, und ließ mich doch prellen: denn meine Liebschaft mit Gretchen Krauskopf war nichts weniger, als solide.

An dem Hrn. Regierungsrath S c h l e t t w e i n, welcher diesen Sommer nebst dem armen Sünder, B r e i t e n st e i n, Professor in Gießen geworden

war, erhielt ich einen wahren Freund, der mir tausend Gefälligkeiten erwiesen, und mich zu einer etwas solidern und konsequentern Lebensart angehalten
hat. Seine Frau, welche eine sehr einsichtsvolle
Dame ist, erzeigte mir alle Freundschaft. Ich war
gewöhnlich in diesem Hause zu Gaste; und hätte ich
das Glück gehabt, den Umgang dieser edlen Menschen noch lange zu genießen, ich glaube, daß ich
mich bekehrt hätte, und ein gesetzter ordentlicher
Mann geworden wäre. Allein das leidige Schicksal
wollte, daß ich im Taumel meines Leichtsinns noch
schreckliche Begebenheiten erleben sollte: und so habe
ich jezt leider nichts, als schmerzhafte Erinnerungen
an etwas Gutes, das mir vielleicht zu theil geworden wäre, wenn nicht ein verkehrter Studentensinn
mich verleitet hätte, da mein künftiges Unglück vor-
zubereiten, wo meine lieben Eltern mich hinschickten,
um mein künftiges Glück für sie und mich zu gründen. — Doch geschehene Dinge lassen sich nicht ändern, sagt man im Sprichwort, und dabei will und
muß ich mich beruhigen. Du aber, Jüngling auf
dem Irrwege —

Principiis obsta: sero medicina paratur!

Und so wäre ich mit meiner Geschichte, in so fern
diese Gießen betrift, fertig. Sie ist mir unter der
Hand weitläuftiger geworden, als ich selbst willens

war, ſie zu ſchreiben. Da aber Gießen eine ganz
obſkure Univerſität iſt; ſo war vielleicht eine etwas
genauere Beſchreibung derſelben nicht überflüßig, we=
nigſtens für manchen Leſer nicht ganz unangenehm.

Sechs und zwanzigſtes Kapitel.

Abzug von Gießen. Händel in Frankfurt.

Ich hatte meinem Vater meine Schulden, welche
ſich auf 180 Gulden beliefen, ehrlich gemeldet. Der
gute Mann mußte freilich ſtutzen, da er mir immer
hinreichenden Wechſel geſchickt, und zur rechten Zeit
geſchickt hatte, daß ich jezt mit einer ſo großen Nach=
rechnung auftrat! Zu dem hatte er beſchloſſen, mich
nach Göttingen noch gehen zu laſſen: und da konnte
er ſchon ausrechnen, daß ihm mein Studiren eine
anſehnliche Summe koſten würde. Bezahlt mußte
indeß einmal ſeyn: er ſchickte mir alſo das Geld,
und obgleich ſein Brief viele Vorwürfe enthielt; ſo
hatte ich doch nicht Urſache, daß ich mich fürchtete,
vor ihm zu erſcheinen.

Nachdem das Geld in meinen Händen war,
bezahlte ich meinen Gläubigern, doch ſo, daß ich
ein anſehnliches Reiſegeld übrig behielt. Um dies
zu bewerkſtelligen, kontrahirte ich mit ihnen, blieb

dem 6, dem 8, dem 12 Gulden schuldig, und die
Leute liessen das gern geschehen, da ich sie die drei
Jahre hindurch immer ehrlich befriedigt hatte.

Es war ohngefähr acht Tage vor Ostern, als
ich von Gießen abgieng. Da ich auf die erwähnte
Art mit Gelde versehen war, so machte ich mich in
Frankfurt ausschweifend lustig: und meine Baarschaft nahm zusehends ab, so daß! nach Verlauf
von vier Tagen, die ich da zubrachte, nicht viel
über einen Louisd'or übrig war. Ich hatte vorher
vor lauter Lustbarkeit nicht Zeit, meine Kasse zu untersuchen: denn ich war — zu meiner Schande muß
ich dergleichen bekennen — wenig nüchtern geworden, und noch weniger von der Madam Agrikola weggekommen. Ich dachte: Jezt ists mit dem Studen-
tenleben alle — bist nun Philister — nach Göttingen kömmst du nicht; weil dein Vater dir befohlen
hat, geradesweges nach Hause zu kommen — mußt
nun pauken (predigen), mußt dich also, da du's noch
haben kannst, noch einmal zu guter lezt recht lustig
machen. Dieser schönen Reflexion folgte ich denn
treulich nach, und lebte in Frankfurt einige Tage
das wüsteste, roheste Leben. Gott! wenn mein guter Vater mich da gesehen hätte!

Um wieder Geld zu bekommen, wendete ich
mich an einen gewissen Hrn. Gebhard, der meine
Familie kannte, und bath ihn, mich mit 18 Gul-

den Reiſegeld auszuhelfen. Der ehrliche Mann that
es gern, und erſt vier Jahre hernach iſt er bezahlt worden, weil er nicht mahnte, und ich meinem Vater von dieſer Schuld nichts ſagen, aber
auch, wenn ich Geld hatte, von dem Meinigen
nicht bezahlen wollte.

Nun nahm ich mir im Ernſte vor, den andern
Tag Frankfurt zu verlaſſen; doch ſollte den Abend
Madam Agrikola noch einmal beſucht werden. Ich
ging zeitig hin, und erklärte, daß ich morgen abreiſ-
ſen würde. Ein gewiſſer Menſch von etwa dreiſſig
Jahren, den ich einigemal in dieſem berufenen Loche
geſehen hatte, war zugegen, und fragte mich, ob
ich über Darmſtadt oder Mainz gehen würde? Ich
antwortete ihm: daß ich über Mainz müſte, weil ich
dahin meinen Koffer von Gießen aus geſchickt hätte.
„So wären wir ja Reiſegefährten: ich gehe Morgen
auch dahin,“ ſagte er, und trank mir zu. Ich freute
mich, jemanden zu haben, mit dem ich unterwegs
auf dem Marktſchiffe vom Jubel in Frankfurt ſchwatzen könnte, und drängte mich näher an den —
Spitzbuben.

Gegen neun Uhr wollte ich fort. Mein ſaube-
rer Kumpan begleitete mich: ich hatte ſchon eine
Schnurre, und ſo wars ihm leicht, mich noch einmal in ein Wirthshaus zu verführen. Er ſagte mir,
da gäb es herrlichen Wein, und wohlfeilen, und

ganz kapitale Menscher. Das war Einladung genug
für mich: doch sagte ich ihm gleich, daß ich nicht
viel verzehren könnte: denn ich müßte mein Geld zu
Rathe halten, weil ich einige Tage in Mainz zubringen wollte. Ei was, sagte er, was wird's denn
kosten? drei oder sechs Batzen, das ist's all! seyen
Sie doch artig! —

Der Kerl führte mich in ein Weinhaus, welches, wie ich hernach erfuhr, der rothe Ochse hieß,
und das österreichische Werbhaus war. Wir kamen
in eine artige Stube, wo allerlei Leute waren, meistens österreichische Soldaten, und Musik. Mein
Begleiter ging sogleich zur Thür hinaus, um wie er
sagte, etwas nöthiges auszuführen, kam hernach zurück und trank mit mir, einen Schoppen nach dem
andern. Endlich als er merkte, daß es mir im
Kopfe warm war, fragte er, ob ich nicht tanzen
wollte? Ich schlug es ab. So wollen wir, erwiederte er, uns wenigstens dort oben an den Tisch
setzen: da ist doch Gespräch! das war ich zufrieden,
und wir veränderten unsern Platz. Ich kam neben
einem Unterofficier zu sitzen, welcher ganz artig von
gleichgültigen Dingen sprach. Er trank mir einigemal zu, und ich that Bescheid. Der Wein stieg
mir endlich so stark in den Kopf, daß ich Brüderschaft mit dem Unterofficier und meinem Begleiter,
und wer weis, mit wem noch mehr, trank, daß ich

tanzte, und bei den anwesenden Mädchen *) herum:
schäferte. Das Ding mag bis nach Mitternacht ge:
dauert haben: denn bis halb zwölf Uhr hatte ich
meine Besinnungskraft: was aber hernach mit mir
vorgegangen ist, weis ich nicht.

Den andern Morgen erwachte ich erst um 10
Uhr, und hatte schrecklichen Durst. Ich lag noch
völlig gekleidet im Bette, außer, daß man mir den
Ueberrock ausgezogen hatte. Doch war ich ordent:
lich zugedeckt, und hatte ein Tuch um den Kopf.
Meine Uhr, Stock und Huth lagen auf dem Tisch,
wie auch der Siegwart, den ich in Gießen zum
Zeitvertreib zu mir gesteckt hatte: Er war damals
die Modelektüre. Das Zimmerchen, worin ich lag,
war sehr klein, doch reinlich. Ich wußte nicht, wo
ich mich befand, ging also nach der Thür: aber wie
erschrack ich, als diese verschlossen war! Ich pochte
stark an: endlich erschien ein Unterofficier mit einem
Mädchen, welches Koffe herauftrug. „Guten Mor:
gen Herr Bruder, sagte er, wie hast du geschlafen?

---

*) Gewöhnlich werden in den Werbhäusern Mädchen ge:
halten: durch diese trägt mancher den rothen, weißen,
blauen oder grünen Rock. Mags wohl große Ehre seyn,
durch Kunstgriffe, welche jederman verabscheur, z. B.
vermittelst niederträchtiger Huren, Besoffenheit, Be:
trägerei u. f. w. junge Leute wo nicht zu verführen,
doch zu betrügen!

Ich: Gut; aber mir thut der Kopf weh, und Durst hab ich wie'n Pferd.

Er: Glaub's halter *) gern: trink du nur Koffe: es wird schon vergehen.

Ich: Ja, ja. Was kostet der Koffe? will gleich bezahlen, auch das Logis.

Er: Ist halter alles bezahlt, Herr Bruder! trink du nur.

Das Mädchen: Je nun mein Herzchen, du warst gestern Abend recht selig. Schäm dich, du hast bei mir schlafen sollen; aber da warst du besoffen wie ein Kater.

Der Unterof. Kann ja noch geschehen: will hinunter gehn!

Ich: Bleiben Sie nur, und sagen mir, wo ich bin.

Der Unterof. Im rothen Ochsen, Herr Bruder.

Ich: Gut! wie viel Uhr ists?

Der Unterof. Halb elf.

Ich: Potz tausend, dann muß ich fort.

Der Unterof. Ha, ha, daraus wird halter nichts: du bist ja Soldat, dienst dem Kaiser!

*) Ein österreichisches Provinzialwort, welches die österreichischen Herren Werber jeden Augenblick anbringen, und daher im Reiche vom Pöbel auch nur schlechthin die Halters genannt werden.

Ich: Was, Soldat?

Der Unterof. Ja, komm nur mit hinunter.

Ich mußte mit ihm hinabgehen. In der großen
Stube fanden wir eine Menge Leute; aber mein sau=
berer Begleiter war nicht darunter. Hören Sie,
meine Herren, fing mein Unterofficier an, ist der
Herr da halter nicht Soldat? — Alle bejahten dies.
Hat er halter nicht Handgeld genommen? — Auch
diese Frage wurde bejahet. Ich läugnete das alles,
aber man befahl mir, meine Börse zu untersuchen.
Ich that es und fand, außer meinem Gelde, noch
vier Kremnitzer Dukaten. Ich erschrack zu Tode,
da ich den Beweis sahe, von dem, was der Unter=
officier mir gesagt hatte. Doch faßte ich mich, und
fragte, ob kein Officier da wäre: ich müste mit ihm
sprechen. Das soll schon halter geschehen, war die
Antwort: er wird bald kommen.

Ich setzte mich in eine Ecke des Zimmers, stieß
jeden, der mit mir reden wollte, von mir, forderte ein
Glas Brandtewein, und las vor lauter Aerger in mei=
nem Siegwart. So leerte ich zwei oder drei Gläser,
und da der Spiritus vom vorigen Tage noch nicht
ganz verraucht war; so wurde mein Kopf wieder
verwirrt.

Es schlug zwölf, und noch kam kein Officier.
Ich ließ mir etwas zu essen geben, und muste vieles

Erster Theil.   Q

von den Herrlichkeiten anhören, welche bei der Armee auf mich warten sollten. Endlich riß mir die Geduld: ich forderte, daß man einen Officier holen sollte. Man lachte. Ich wollte mit Gewalt zur Thür hinaus, aber man hielt mich auch mit Gewalt zurück: und indem wir uns so balgten, trat ein Officier in die Stube, der, wie ich hernach erfuhr, Major war.

Major: Was giebts denn da? rief der ansehnliche Mann, ich glaub ihr habt Händel?

Ein Unterof. Verzeihens halter, Ihr Gnaden, da ist ein Rekrute, der will ausreißen.

Major: (zu mir) Haben Sie Sich anwerben lassen?

Ich: Nein, mein Herr!

Major: Aber die Leute da, die Unterofficiere sagens doch?

Ich: Mein Herr, ich kam gestern Abend hierher und —

Major: (einfallend) und soffen sich so voll, daß Sie noch nicht nüchtern sind. Hab' davon hören müssen! Wer sind Sie?

Ich: Ein Student von Gießen.

Major: Wie lange studiren sie schon?

Ich: Seit drei Jahren.

Major: So, so! — Aber was nehmen Sie denn Handgeld? — Haben wahrscheinlich nichts gelernt? Nicht wahr?

Ich: Sie beleidigen mich —

Major: Daß ich nämlich bei einem Menschen von Ihrem Betragen keine Kenntniffe vorausfetze! Nun, wie hieß der erste Kaifer aus dem österreichischen Stamme?

Ich: Rudolph von Habfpurg.

Major: Und der letzte?

Ich: Carl der Sechfte.

Major: Wann haben beide regiert?

Ich: Jener kam 1273 zur Regierung, und diefer starb 1740.

Major: Schön! Ich bin kein Gelehrter, sonst setzte ich das Examen fort. Es thut mir leid, daß Sie ihr Glück verscherzen. — Doch ich will sehen, was sich thun läßt. Ich möcht Ihnen gern helfen. Haben Sie Bekannte hier?

Ich: Ja, den Herrn Bucher, Stadtchirurgus, den Gastwirth Tennemann und —

Major: Schon gut: wollen sehen, was zu thun ist. Ich komme hernach wieder. Unterdeffen halten Sie sich ruhig: aber sauffen müffen Sie nicht mehr, hören Sie? —

Der rechtschaffene Mann ging fort, und die Unterofficiere waren gleich weit höflicher gegen mich, als zuvor: keiner sagte mehr Du zu mir. „Den kriegen wir halter nicht!" sagten sie unter einander.

Nach ohngefähr drei Stunden kam der Major
zurück mit noch zwei jungen Officieren. Der eine
war der Sohn eines lutherischen Predigers aus
Schwaben, und hieß Funk. Der Major trat ganz
höflich zu mir „Mein Freund sagte er, Sie geben
die vier Dukaten heraus!" — Ich that dieses mit
Freuden — „der Spektakel hier, fuhr er fort, hat
„ohngefähr zwölf Reichsthaler Unkosten gemacht: aber
„da Sie wahrscheinlich nicht so viel bei sich haben;
„so habe ich mit Herrn Bucher gesprochen, und der
„haftet dafür. Sie schicken aber innerhalb sechs
„Wochen zwölf Thaler an den ehrlichen Mann, das
„mit er sie sonst nicht aus seinem Beutel bezahlen
„müsse. Uebrigens sind Sie frei: denn unser Kai=
„ser will nicht, daß man besoffene Leute anwirbt:
„ja, wenn Sie auch jetzt Dienste nehmen wollten;
„so müßten Sie erst Ihren Rausch ausschlafen."

Ich: Herr Major, wie soll ich Ihnen meinen
Dank —

Major: Stille, mein Freund: ich thue, was
Menschenliebe erfordert, und vollbringe den Willen
meines Herrn, der edel denkt. Danken Sie Gott,
daß der Emissär Sie nicht in ein Paar andere der
hiesigen Werbhäuser geführt hat. Da wären Sie,
so wahr ich lebe, nicht wieder weggekommen. Diese
Herren scheeren sich den Henker um Menschenliebe und
Menschenrechte, wenn sie nur Leute kriegen: obs ehr=

lich oder unehrlich dabei zugehe, darum bekümmern
sie sich nicht. Aber hüten Sie sich vor ähnlichen
Händeln: Sie möchten sonst nicht so glücklich wieder
heraus kommen.

Mit diesen Worten verließ mich der edle Major,
ohne meine Danksagung abzuwarten. Ich bin seinen
Namen vergessen, und das ärgert mich in der Seele.
Sollte er aber noch leben, und diese Blätter zu sehen
bekommen; so wird er sich dieser Geschichte erinnern,
und dann versichere ich ihn, daß ich, so oft ich an
ihn denke, und das geschieht sehr oft, es nie ohne
das innigste Gefühl von Hochachtung und Dankbar=
keit thue. Möchte ich doch erfahren, daß er die
höchste Stufe der Ehre und des Glücks erstiegen
hätte: wie sollte mich das freuen! — Aber dem
braven Mann müssen die schönen Handlungen, deren
er sich bewußt ist, schon vollkommene Belohnung
seyn!

So war ich also durch einen Schurken ins Un=
glück gebracht, und durch einen rechtschaffnen Mann
wieder errettet worden. — Aber in solchem Wasser
fängt man solche Fische! Was hatte ich nöthig, mich
in solche Löcher zu begeben, wo Gesundheit, Ehre,
Geld und Freiheit aufs Spiel gesetzt wird! So oft
gewitzigt und doch nicht klug! Es geschah mir also
recht, daß ich in diese Verlegenheit geriethe: wohl
mir, und mehr, als ich verdiente, daß ein Men=

schenfreund sich meiner annahm! Wer war froher,
als ich! Tages darauf verließ ich Frankfurt, und
kam wohlbehalten nach einigen Tagen bei meinen
Eltern an.

Sieben und zwanzigstes Kapitel.

Examen. Göttingen.

Mein Vater hätte wohl viel Ursache gehabt, mich
mit einem tüchtigen Wischer zu bewillkommen, um
so mehr, da ich eine weit stärkere Summe zum Ab-
schiedswechsel gefordert hatte, als er erwartete: auß-
serdem waren ihm auch mehrere meiner Stückchen
bekannt geworden, besonders die Eulerkappereien.
Aber mein Vater erklärte gern alles aufs beste, und
so machte ers auch hier: er entschuldigte mich bei
sich selbst, und empfing mich mit freundlichem Gesicht.

Die ersten Tage gingen ruhig vorbei: dann
nahm er mich auf sein Stübchen, um, wie er sagte,
zu sehen, ob ich was wüßte, oder ob Oehl und Arbeit verloren sey? Ich bestund aber in seinem Examen so gut, daß er mehrmals ausrief: non me
poenitet pecuniae, quam in tua studia impendi.

In der einzigen Metaphysik kam ich nicht recht fort, und konnte ihm z. B. nicht beweisen, daß die Monaden eine Kraft haben, sich die Welt dunkel vorzustellen, und daß in dem Beweise dieses Satzes eine Petitio Principii stecke, und folglich zu den Schwachheiten der Leibnitzisch-Wolffischen Metaphysik gehöre. Du wirst schon noch, setzte er hinzu, die Metaphysik kennen lernen: nimm dir aber das Esse zum ersten Grund: posse esse et tamen non esse widerspricht sich, si sermo est de realitate activa, wenn man aber von der wirklichen Subsistenz redet, kann man wohl sagen, potest esse, sed non est. Ich verstand das alles nicht, fand aber späterhin, daß es sich auf die Philosophie des Spinoza bezog.

Da mein Vater mit meinen Kenntnissen sowohl zufrieden war, war ich selbst froh, und dachte an nichts, als wie ich mich einrichten wollte, um auch zu Hause meine Tage vergnügt hinzubringen. Mein Vater hatte aber nach unserm Examen sich eines andern besonnen und jetzt neuerdings beschlossen: daß ich noch auf ein Jahr die Göttingische Universität beziehen sollte, und das deswegen, damit ich mehr in den orientalischen Sprachen leisten, und überhaupt mich in Absicht meiner Sitten bessern möchte, welche in Gießen ganz verwildert waren. Göttingen stand schon damals im Rufe sehr feiner Sitten. Mein Vater entdeckte mir seinen Vorsatz, und befahl mir mich zur Abreise in wenigen Tagen anzuschicken. Man stelle sich meine Freude vor, abermals eine Universität zu besuchen, welche die, wo ich gewesen war, unendlich übertraf. Mein Gepäcke wurde in etwas ausgebessert, und mit neuer Wäsche versehen, und dann fuhr ich ab. Ich darf meine Reise wohl nicht beschreiben: sie ging über Gießen, Marburg, Kassel und Minden. Mein Vater hatte mich abermals bis Frankfurt begleitet.

Meine Leser werden es schon glauben, daß ich die Universität Göttingen mit ganz andern Augen angesehen habe, als die zu Gießen. In Göttingen lehrten damals sehr viele berühmte Männer: ein Walch, Müller, Böhmer, Klaproth, Pütter, Selchow, Baldinger, Richter, Murray, Michaelis, Heyne, Feder, Lichtenberg, Kästner, Meister, Gatterer, Schlözer, und einige andre sehr gelehrte, verdienstvolle Männer. Quanta nomina! Und wie hervorstechend groß werden nicht erst diese Namen, wenn man zwischen ihnen und den Gießer-Professoren einen Vergleich anstellt! wenn man z. B. einen Walch mit Bechtolden oder Ouvrier, einen Böhmer mit Kochen, einen Heyne mit Herrn Schmid vergleicht!

Wenn es wahr ist, daß das Ansehen und die Celebrität der Lehrer einen mächtigen Einfluß auf

den Eifer und die Fortschritte der Schüler in den Wiss
senschaften hat, so versteht es sich von sebst, daß der
Student in Göttingen nach Voraussetzung alles
Uebrigen, weit fleißiger studiren, und folglich weit
mehr lernen muß, als der in Gießen, Heidelberg,
Rinteln oder sonst einem Orte, wo die großen Mus
ster so selten sind.   Und so ist es auch in der That,
ob ich gleich herzlich gern gestehe, daß sehr viele uns
fleißige Studenten zu meiner Zeit auch in Göttingen
waren.

Ich war an den seligen D. Walch empfohlen,
welchen mein Vater in Jená genau gekannt, und
seine Freundschaft genossen hatte. Walch war ein
vortreflicher Mann, sowohl von Seiten der Kennt:
nisse und Gelehrsamkeit, als in Ansehung des Bie:
dersinns, und der Redlichkeit.   Man findet der
Männer wenige, welche verdienen, mit einem Walch
verglichen zu werden.   Ich habe viel Gutes von ihm
genossen: manchen Gefallen, manche Freundschaft
hat er mir erwiesen, und mit manchen Kenntnissen
hat er mich bereichert; dafür danke ich ihm noch
jetzt. — Man weis, daß Walchs Stärke in der
Litteratur und Geschichtskunde bestand: alles hieher
gehörige hatte er gelesen, geprüft, und zur Verbess
serung der historischen Vorstellnngen und Begriffe
nach seiner Art, sorgfältig benutzt.   Einige Theile
der Kirchengeschichte waren vor seiner Zeit noch ganz

unbearbeitet: er bearbeitete sie zuerst — freilich nur
in so fern, als man es von einem orthodoxen Manne
erwarten darf. Was hätte Walch nicht aus der
Geschichte der Ketzereien machen können, wenn er
Semlers Freimüthigkeit gehabt hätte! Eine Häre‐
siologie von einem Manne, der ganz von den Fesseln
der Kirchenreligion entladen wäre, der aber Walchs
entsetzliche Belesenheit und eiserne Geduld hätte, müßte
wahrlich mehr fruchten, als alle Dogmatiken mit
und ohne Dogmengeschichte, und als alle Bestreitun‐
gen oder Rechtfertigungen der Symbolischen Bücher
u. s. w. Eine Häresiologie von der Art würde au‐
genscheinlich einen jeden überzeugen: daß die meisten
kirchlichen Dogmen, wie sie da im Katechismus
vorliegen, zu gewissen Zeiten und in gewissen Ländern
Ketzerei, und zu andern gewissen Zeiten und in an‐
dern gewissen Ländern wieder Orthodoxie gewesen
sind. Und wer das so ansieht, und erkennt, muß ja
doch wahrhaftig das Gehirn erfroren haben, wenn
er das Gewebe von Dogmen — von Christi Per‐
son, von der Erbsünde, Gnade, Prädestination
u. s. w. — noch für Gottes Wort und Offenbarung
zur Seligkeit nöthig halten kann *). Das heißt doch

---

*) Wie dergleichen Vorstellungen nach dem Gesetz der Ein‐
bildungskraft und des Vernunftähnlichen allmälig fa‐
bricirt sind, zeigt sehr einleuchtend Herr Prof. Maaß

den lieben Gott zum Hottentottischen Tyrannen her=
abwürdigen!

Ob Walch sehr orthodox gewesen sey — dar=
an zweifle ich; ob ich gleich gewiß dafür halte, daß
er kein freier oder liberaler Theologe war. Denn
in der Kirchengeschichte trug er mehrmals ziemlich
freie Amerkungen vor, und bekannte sogar, daß in
den ärgerlichen Pelagianischen Specktakeln, Augustin
und die Orthodoxen sich mehrerer Fehler schuldig ge=
macht hätten, als selbst die Ketzer: aber in seinen
Vorlesungen über die Dogmatik hing er ganz an den
Bestimmungen der Orthodoxen.

Herr Leß war der Mann bei weitem nicht.
Ich will ihm Gelehrsamkeit nicht absprechen; aber
sein Ton, seine Thränen bei dem Vortrage der Mo=
ral haben mich nie gerührt, da ich hingegen, wenn
Walch bei der Erzählung der Grausamkeiten des
Dschinkiskan, oder des Timurs weinte, gern
mitgeweint hätte. Leß ist ein pietisches Quodlibet,
so recht nach den Umständen, und hat etwas an sich
von dem Wesen der Betschwestern in Frankreich, die
in der Jugend — nicht beten, und im Alter — die
Religion, als eine entschädigende Galanterie behan=
deln. Dafür hat man ihn aber auch tüchtig geschul=

in seinem Versuch über die Einbildungs=
kraft.

meiſtert — und das nach Verdienſt — in dem Sendſchreiben des jetzigen Thorſchreibers zu G. vormaligen Kandidaten der Theologie — betreffend des Herrn D. Leß Entwurf eines philoſophiſchen Kurſus der chriſtlichen Religion, im 10ten Stück des Braunſchweigiſchen Journ. 1791.

Müller war der beſte Mann, ein wahrer Menſchenfreund, der gern alles that, um frohe Menſchen zu machen.

Oſſa quieta precor tuta requieſcere in urna
Et ſit humus cineri non oneroſa ſuo!

Herr Meiners iſt gewaltig gelehrt: er hat faſt alles geleſen, und das Geleſene ziemlich alle behalten: und doch lernt man aus ſeinen Vorleſungen gar wenig. Da er kein philoſophiſcher Kopf iſt; ſo wirft er alles durcheinander, wie Kraut und Rüben. Aber ich will keine Karakteriſtik der Göttingiſchen Lehrer aufſtellen: dazu bin ich zu ſchwach, und die Männer ſind ohnehin zu bekannt, als daß meine Beſchreibung noch nöthig wäre. Von zwei Männern aber muß ich doch noch ein Paar Worte ſagen.

Herr Pütter iſt, wie jedermann weis, ein großer Publiciſt, und ein großer Kenner der Vaterländiſchen Geſchichte: in dieſer Rückſicht verdient er alle Hochachtung. Daß aber Herr Pütter den frommen Andächtling, und den Hyperorthodoxen macht, und dabei immer, wie ein Milzsüchtiger, andrer Leute Sitten speculirt, kann nicht gefaßen. Wie juristisch-positiv er sich den lieben Gott in Rück-sicht auf das Wohl seiner vernünftigen Geschöpfe vor-modle, zeigt sein einziger Weg zur Glückse-ligkeit, den man aber in Göttingen nicht anders, als die Himmelspost beniehmte. Wenn Herr Pütter die Reichsgeschichte vorträgt; so hält er sich bei den wichtigsten Sachen nur kurz auf; hingegen bei D. Luthern und den Symbolen bringt er mehrere Wo-chen zu. Selten versäumt er eine Kirche, geht auch regelmäßig zum Abendmal, und betet ohne Unterlaß; beiher jagt er aber sein Gesinde über das kleinste Ver-sehen fort, und läßt seinen frommen Stolz jeder-man empfinden, der zu ihm kommt: besonders soll er denen, welche Hülfe und Unterstützung bei ihm suchen, ausserordentlich streng und grob begegnen. Das ist denn so der rechte Weg zur Glückselig-keit!

Der andre Mann, den ich noch nennen will, ist der verstorbene Ritter Michaelis. Die großen Verdienste dieses Gelehrten um die morgenländische Litteratur weisen ihm billig einen Platz unter den größten Männern seines Jahrhunderts an, und sichern seinen Namen vor jener Vergessenheit, welche auf so manchen wartet, der sich jetzt für ein Licht der Welt hält. Aber sein bis an Niederträchtigkeit gränzender Geiz, sein haberechtiges Wesen, und seine Verachtung aller andern Gelehrten neben sich, werfen ein sehr gehässiges Licht auf seinen Karakter. Man hat viel Anekdoten von ihm erzählt, welche ich aber aus Achtung für seine sonstigen Verdienste gern unterdrücke, und vielmehr auf meine Geschichte zurück komme.

Ich logirte bei der Prof. Köhlerin, einer recht braven Frau. Walch hatte mir sehr gute Regeln des Verhaltens gegeben, und hinzu gesetzt, daß, da ich schon länger auf Universitäten gewesen wäre, ich gewiß gesetzt seyn müßte; er wolle mir also nicht weiter sagen, was ich als Student zu thun hätte. Der gute Mann hat sich nicht wenig geirrt! Ich war noch so frivol, als ich vor drei Jahren gewesen war.

Ein gewisser Sturm war in Göttingen, den ich in Gießen gekannt hatte: das wußte ich, und suchte ihn auf. Nun Bruder, sagte ich zu ihm, wie siehts denn hier aus mit den Komment?

Sturm: Schofel Bruder, sehr schofel! Die Kerls wissen dir den Teufel, was Komment ist: halten ihre Kommerse in Wein und Punsch, saufen ihren Schnapps aus lumpigen Matiergläsern, lassen sich alle Tage frisiren, schmieren sich mit wohlriechender Pommade und Eau de Lavende, ziehn seidne Strümpfe an, gehn fleißig ins Conzert zum Professor

Gatterer, küssen den Menschern die Pfoten; kurz Bruder Herz, der Komment ist hier schofel.

Ich: Aber doch nicht allewege?

Sturm: Nein Brüderchen! es giebt noch derbe Kerls; aber die stehn wenig in Ansehn: man hält sie für liederlich, und deswegen müssen sie für sich leben, und mit einander ihre Sachen allein treiben.

Ich: Hör' Bruder, so viel an uns ist, müssen wir den Komment wieder herstellen, oder gar eins führen à la Jena —

Sturm: Hast Recht: aber das wird schwer halten: wollen indeß sehen, quid virtus et quid sapientia possit. Du gehst den Abend doch mit zum Schnapps=konradi? Nicht? —

Wir begaben uns wirklich denselben Abend zum Schnapps=konradi, einem Bruder des Schnapps=konradi in Halle. Wir fanden einige Studenten da, welche aus kleinen Bolen Punsch und aus Finger=hutsgläschen Schnapps tranken. Ich forderte ein Glas Schnapps, und Sturm auch eins. Man brachte es uns, aber in kleinen Gläschen; ich ließ mir also einen Bindfaden geben, um das Glas anzubinden, damit wenn es, wie ich sagte, die Kehle hinein wischte, ich es herausziehen könnte. Man lachte über meinen Einfall, beklatschte ihn, und wir ließen uns ein Mößel Schnapps geben, leerten es aus und gingen so wohlbezecht nach Hause. Wir fuhren fort den Schnapps = Konradi fleißig zu besuchen; waren aber doch nicht im Stande, die Mode aus Nösseln zu Schnappsen, einzuführen, obgleich einige es nachmachten: denn man kann nichts so sehr närrisches anfangen, das nicht einige Nachahmer finden sollte.

Herr Walch erfuhr diese Wirthschaft, und gab mir deshalb einen derben Wischer. Ich unterließ hierauf das häufige Besuchen des Konradi's, des Kellers und der Dörfer, und fing an, ernstlich zu studiren.

Meine Kollegien hatte ich, so lange ich mich in Göttingen aufhielt, so eingetheilt, daß ich bei Michaelis die Psalmen, das Mosaische Recht und den Hiob hörte: bei Schlözern die Staatengeschichte, bei Walchen Kirchengeschichte und Dogmatik, bei Herrn Leß Moral, aber nicht ganz aus, bei Heyne einige Philologica, bei Kästner Mathematik u. s. w. Den Herrn Kulenkamp konnte ich in der Erklärung des Theokrits nicht ausstehen: da wußte ich mehr als er, ob ich gleich blutwenig wußte. Es ist wunderbar, daß ein Kulenkamp es sich herausnimmt, auf einer Universität zu dociren, wo ein Heyne ähnliche Vorlesungen hält! Der verstorbene Geheimerath Klotz hat ihm mehrmals die Exercitia korrigirt.

Die vortreffliche Bibliothek zu Göttingen, die wohl leicht die beste Universitätsbibliothek in Deutschland ist, habe ich zu meinem wahren Vortheil fleißig benutzt, und bin überhaupt in Göttingen anhaltender und ordentlicher im Studiren gewesen, als in Gießen: einmal waren da nicht so viel herrschende Reitze zur Renommisterei und zur Liederlichkeit, und fürs andere hatte ich Männer von Ansehn und Gewicht vor mir, fand mehr Muster und mehr Gelegenheit, etwas rechts zu lernen.

Acht und zwanzigstes Kapitel.

Jung gewöhnt; alt gethan!

Ich fand auch in Göttingen einen gewissen Italiäner, Badiggi, einen Erjesuiten, mit dem ich schon in Gießen Umgang gepflogen hatte. Dieser Badiggi war ein Mensch von viel Kopf und viel Erfahrung; aber auch ohne Religion, ohne Sitten und ohne Gesetze, kurz, ein wahres moralisches Ungeheuer. Er erzählte von sich alle mögliche Schandthaten, ohne Erröthen, und schrieb gewöhnlich in die Stammbücher den Denkspruch des Pabstes Alexanders VI.

Erster Theil.   R

Chi a dieci otto anni, e non é pazzo,

O buzzera, o fotte, o si mena il cazzo.

Latein konnte Babiggi reden wie Waſſer, und Latein, das ſich immer hören ließ, das keine Schnitzer hatte. Beiher hatte er eine große Beleſenheit in jenen freiern Schriften der Italiäner, welche das ſechzehnte Jahrhundert erleuchtet haben, z. B. in denen des Aretin, Pulci, Arioſto, Pallavicino, u. a. m. Einen größern Zotenreiſſer und Läſterer aller Religion, aller Sitten und aller Moral hab' ich nie gehört. Das waren aber in meinen Augen damals Tugenden, und verbanden mich um ſo mehr mit Babiggi, oder um beſſer zu ſagen, ſie machten, daß ich ſeinen Umgang fleißig ſuchte, ohne jedoch ſeine Perſon zu lieben oder zu ſchätzen. Dieſer Menſch genoß allerhand Unterſtützungen, ſowohl von Pro=feſſoren als von Studenten, welche letztern er mit ſeinen Schwänken beluſtigte. Er erhielt auch Geld von Auswärtigen. Endlich iſt er heimlich entwichen, nachdem er viele Leute geprellt, die Univerſitätsbi=bliothek um 100 Thaler Bücher betrogen, und mehr andre Lumpenſtreiche begangen hatte.

Ich für mein Theil gewöhnte mir in dem Um=gange mit dieſem Menſchen einen äußerſt freien und ſchlüpfrigen Ton, in Rückſicht auf die Religion und ihre Lehren an: einen Ton, der mir, wie ich bald

erzählen werde, in meinem Vaterlande sehr viel ge:
schadet, und mein ganzes theologisches Glück verdor:
ben hat. Herr Walch merkte diesen Ton, und ver:
wies mir ihn, „Hören Sie, sehen Sie, sagte er zu
mir, das ist einfältig gesprochen. Was Sie nicht
glauben, müssen Sie mit Gründen widerlegen; aber
nicht beschimpfen." — Klug war das wohl gera:
then; aber wo sollt ich so viel Klugheit hernehmen,
einem klugen Rath zu folgen? — Obgleich Walch
mich für einen Religionsspötter hielt; so entzog
er mir seine Freundschaft doch nicht: und das war
sehr tolerant!

Nun muß ich noch einen Narren beschreiben,
dessen Gleichen ich nicht weiter gefunden habe. Der
Mensch hieß Dippel oder Timbel — ich habe den
Namen nicht recht behalten: man hieß ihn gewöhn:
lich Masjeh Kilian, oder Bruder Kilian. — Er
lebte als theologischer Student, von der Gutherzig:
keit anderer Studenten. An einem gewissen Tische,
wo ohngefähr einige dreissig Studenten speiseten,
ging er herum, so daß ihn alle Tage ein anderer füt:
terte. Sein Logis hatte er umsonst beim Kauff:
mann Backhaus, ich glaube, so hieß er — hin:
ten im Hof über dem Pferdestall und unter dem
Taubenschlag. Da er sich von jederman gebrau:
chen ließ, wozu man nur wollte; so waren die
Bursche freigebig gegen ihn, wenn er etwas nö:

thig hatte. Hier einige Pröbchen zur Erschütte-
rung des Zwerchfells.

In einer Gesellschaft von Studenten war Meister Dippel auch. Einer davon sagte: „wenn ich
doch nur mit Heynen nicht übern Fuß gespannt wäre, so ließ ich mir seine Ausgabe von Horazens hebräischen Georgicis und seiner griechischen Uebersetzung des Eulenspiegels geben. Sie kommen erst auf
die Messe in den Buchläden; aber Heyne hat sie
schon an mehrere verborgt." Dippel erboth sich alsobald, er wolle zu Heynen gehen, und sich die Bücher ausbitten. Man stelle sich nun Heynen vor,
wie Dippel vor ihm stand und Horazens hebräische
Georgica und den griechischen Eulenspiegel ausbath! Es waren gerade Fremde zugegen, und
Heyne, der sich sehr ärgerte, schmiß den guten Dippel zur Thür hinaus, und schalt ihn einen dummen Esel.

Ein andermal machte ein Engländer dem Menschen weiß, man trüge jezt nach der neuesten Mode
Halsbinden von buntem Ströh, mit einer Schelle
vorn am Hals, ströherne Kokarden und eben solche
Röschen hinten auf dem Zopf. Er schenkte ihm sogleich eine solche Garnitur, deren er etliche hatte
machen lassen, um den Einfaltspinsel anzuführen:
und dieser legte den Ornat auch an, wanderte so lange damit durch die Straßen, bis die hinter ihm her

schreienden Jungen deutlich genug zu verstehen gaben,
daß er ein Geck sey.

Die Studenten nahmen ihn in allerhand erdichtete Orden auf, z. B. in den Orden der heiligen Ge-
noveva, des heil. Krispinus u. a. m. machten ihm
hernach weiß, er sey nun zum Großmeister des Ordens ernannt worden: und Dippel unterschrieb sich
so in den Stammbüchern. Aber nicht selten wurden
Komödien mit ihm gespielt, von denen die Spielenden wenig Ehre hatten. So brachte man ihn einst
in Einbeck mit einem über und über inficirten Mensch
zusammen, woher der arme Teufel ein Uebel abkrieg-
te, welches ihn über zwei Monate gequält hat, so
fleißig die Feldscheerer ihn auch besuchten. Das
Geld zu dieser Kur wurde an den Tischen und andern öffentlichen Orten gesammelt.

Mit dem Herrn Luther, Superintendent in Göttingen, habe ich und Sturm eine kleine Fehde gehabt: wir schrieben ihm nämlich seine über allen
Glauben elende Predigten nach, und hielten sie in
lustigen Gesellschaften. Sturm konnte seine Gestus so
treffend nachmachen, daß man dachte, man hätte
Luthern selbst vor sich. Der Ehrenmann erfuhr die
Neckerei, verklagte Sturm und mich, und der
Prorektor verboth uns das Halten der Lutherischen
Predigten. Da unterblieb denn auch das Nachschreiben.

Die Studenten haben zu meiner Zeit auch ei= nen Krieg mit den Schneidern geführt, der aber ausging, wie alle Studentenkriege. Es sind Lappe= reien, worüber der gescheute Mann — der man lei= der als Akademist so selten ist — die Achsel zuckt. Bei Gelegenheit dieses Krieges kamen auch verschie= dene Schriften heraus, wie vor einigen Jahren zu Halle wegen der berühmten Fensterkanonade. Es wurde auch ein schönes Lobgedicht auf die Schneider komponirt, und einige Zeit über von den Studen= ten auf den Straßen abgesungen.

In Göttingen konnte ich bei weitem die Figur nicht spielen, welche ich in Gießen gespielt hatte: dazu hatte ich nicht Geld genug. Mein Vater gab mir zwar so viel, als ich brauchte, um ordentlich zu leben, und nicht nöthig zu haben, Wasser zu trin= ken, wie er sagte: aber ich konnte doch nicht aus= reuten, ausfahren, nach Kaffel reisen, alle Tage en Wichs erscheinen, wie so viel andre, welche Geld hatten. Daher blieb ich immer im Dunkeln, und war blos meinen Freunden näher bekannt. Ich will nicht sagen, daß ich mich geärgert hätte, daß ich kei= ne Rolle spielen konnte: ich stand damals in den Ge= danken, daß Concerte, Bälle, Assamblren, Spatzier= fahrten u. d. g. gar nicht zum Wesen des Studen= ten gehörten: daß der Bursch eben nicht gerade im Briefwechsel mit Mamsell Philippine Ga

stehen müsse, und daß es nicht nöthig sey, bei der
Frau Magister W— —, oder der schönen Nichte
des Professors P. — — seine Aufwartung dann und
wann zu machen, und diese Aufwartung mit baarem
Gelde, oder mit theuren Geschenken zu erkauffen.
Und doch waren die, welche dieses konnten, die angesehnsten auf der Akademie. Da es hier nicht selten geschieht, daß Professoren die Studenten auf
ihren Stuben besuchen; so gehört es auch zum guten
Ton, dergleichen Herren dann und wann zu sich zu
bitten, und sich in große Unkosten zu stecken. Ich
halte nichts davon, wenn Professores die Studenten in ihrer Wohnung heimsuchen. Wollen sie Umgang mit ihnen haben; so sey es an einem dritten
Ort. Der Professor verliert nach und nach sein Ansehen; und der Student macht sich schwere unnütze
Kosten. Am besten ist es, wenn beide in einer gewissen Entfernung von einander bleiben.

Ich muß doch ein klein Wörtchen vom Göttinger Frauenzimmer sagen. Diese sind mit gnädiger
und großgünstiger Erlaubniß der Göttinger Damen
durch die Bank — nicht schön. Ich weis es selbst
nicht: sie haben so was widerliches im Gesicht,
welches durchaus misfällt: und ihre Farbe, oder
der Teint, wie man sagt, ist weit entfernte von jenen Lilien und Rosen, von denen unsre Herren
Reimenmacher so viel zu sagen wissen. Unter den

gemeinen Mädchen findet man auch sehr wenig
rares.

Es stehen einige Kompagnien Soldaten in Göttingen, roth mit weissen Aufschlägen, welche eben
so, wie in Gießen und Halle ihren Kommers mit
den Studenten treiben, ihnen die Stiefeln wichsen,
für sie marschandiren, kuppeln — und sich so einiges nebenher zu ihrer Löhnung zu verdienen suchen.
Ich hätte über den Umgang der Studenten mit Soldaten verschiedenes nicht undienliches zu sagen; allein
ich mag niemanden schaden, der auch eine Uniform
trägt, wie ich.

Die Dörfer um Göttingen werden nicht so oft
besucht, als die um Gießen, Jena und Halle; doch
giebt es da auch Dorfbrüder, und diese laufen gewöhnlich nach Bosten oder Döppelshausen; am
letztern Orte ist alle Freiheit, weil er Hessisch ist.

Man findet keine Bordelle in Göttingen, wenigstens fand man zu meiner Zeit keine; aber an
Nymphen, welche für einige Groschen, und an Ma-
damen und Mamsellen, welche für einige Thaler
nach advenant feil sind, fehlt es auch da nicht. Es
soll sogar einige Damen daselbst geben, die ihre Liebs-
haber bezahlen. Auf den Dörfern halten sich dann
und wann auch Lustdirnen auf; und daher lassen sich
die häufigen Galanteriekrankheiten erklären, welche
in Göttingen grassiren. Ich glaube nicht, daß die-

sts seit meiner Zeit besser geworden ist. Auf dem Keller waren die Mädchen recht fidel: man hieß sie schlechtweg die Kellermenscher.

In Jena hat der Bursch seine sogenannte Scharmante: das ist ein gemeines Mädchen, mit welcher er so lange umgeht, als er da ist, und das er dann, wenn er abzieht, einem andern überläßt. In Göttingen hingegen sucht der Student, der's zwingen kann, das heißt, der Geld hat, bei einem vornehmern Frauenzimmer anzukommen, und macht dem seinen Hof. Gemeiniglich bleibt es beim Hofmachen, und hat keine weitern Folgen, als daß dem Galan der Beutel tüchtig ausgeleert wird. Manchesmal geht das Ding freilich weiter, und es folgen lebendige Zeugen der Vertraulichkeit, die eine Ritterstochter oft eben so bezaubernd fesselt, als eine gefällige busenreiche Aufwärterin.

Man hat es als einen Vorzug der Göttinger Universität angesehen, daß daselbst der Student Gelegenheit habe, in Umgang mit Familien zu kommen. Man hat gesagt, das wäre ein Mittel, wodurch er die Roheit der Sitten ablegen, und sich verfeinern könnte. Ich weiß aber einmal nicht, ob der Familienton in Göttingen so fein sey, daß sich ein junger Mensch daran auspoliren könne: und dann steht gewöhnlich nur da die Thür auf, wo man gern auf Unkosten der Studenten sich vergnügen,

macht. In andern Häusern wird der Student so,
wie an andern Orten, ausgeschlossen. Dafür rächen
sich dann die Herren mit Pasquillen, welche man in
Göttingen alle Tage lesen kann, und worauf niemand mehr achtet, weils gewöhnliche Dinge sind.

Neun und zwanzigstes Kapitel.

Ich bin nun Kandidat.

Meinen Lesern habe ich vielleicht lange Weile gemacht, da ich ihnen so viel von Universitäten vorge-
schwätzt habe. Daß ich das selbst müsse gefühlt haben, beweisen die so ins Enge gepreßten Erzählungen
der Begebenheiten von vollen zwei Jahren. Aber
nun sollen sie auch Begebenheiten von einer andern
Art lesen, welche freilich in so fern, als wieder dumme Streiche mit vorgefallen sind, meinen Burschen-
streichen gleich kommen, und sie vielleicht noch übertreffen. Ich wünsche nur, daß wenn dem Leser der
Student nicht zuwider war, es der Kandidat auch
nicht seyn möge.

Ich kam im Frühling 1779 nach Hause. Mein
Vater stellte abermals ein Examen mit mir an, und
war zufrieden. Ich predigte mit Beifall: denn ich

predigte Moral, und nicht vom Satan oder vom
Blut Jesu Christi, das uns rein macht von allen
Sünden. Genug die Bauern und die Bürger hörten,
wo ich auftrat, etwas neues. Ich bin nie ein Redner gewesen; allein in der Pfalz braucht man nur
eine reine Aussprache zu haben, und nicht abzulesen,
um des Beifalls beim Predigen sicher zu seyn. Da
die Herren Prediger auch da, wie überall, kommode
sind, und gern für sich kanzeln lassen; so hatte ich
überflüssig Gelegenheit, mich im Kanzelvortrage zu
üben, und that es auch. Besonders predigte ich
gern für den Pfarrer S t u b e r zu Flonheim, der
mein wahrer Freund, auch in meinen Mühseligkeiten
gewesen ist. Herr Stuber gehört unter die wenigen
Kirchenlehrer in der Pfalz, die man, ohne daß es
einem übel wird, nennen kann, wenn man sie
kennt.

Ich kam bald in Bekanntschaft mit dem Amtmann S c h r ö d e r in Grehweiler, einem Manne
von seltner Ehrlichkeit, und nicht gemeinen Kenntnissen; der aber, weil er sich mit dem faselhaften
Kammerrath F a b e l und andern dieses Gelichters
nicht vertragen, das heißt, dieser Herren Schleich-
wege nicht billigen konnte, tausend Verdrüßlichkei-
ten ausstehen mußte. Herr Schröder öffnete mir
seine wohlversehene Bibliothek, und da las ich innerhalb einigen Jahren fast alle Werke des Vol-

taires, den Esprit des Loix von Montesquieu,
Rousseau's Novelle Heloise, deſſen Emile,
und andere, freilich ſehr unorthodoxe Bücher, wo
mit die Bibliothek des Amtmanns verſehen war.
Ich lernte aus Voltaire nichts, als ſpotten:
denn andere Bücher, beſonders Tindals Werk,
hatten mich ſchon in den Stand geſetzt, richtig —
nämlich wie ich die Sache anſehe — über Dogmen
und Kirchenreligion zu urtheilen. Gewiß habe ich
unendliches Vergnügen genoſſen bei der Leſung des
franzöſiſchen Dichters, der der Prieſterreligion mit
ſeinem feinern und gröbern Witz vielleicht mehr ge
ſchadet hat, als alle Bücher der Engliſchen und
Deutſchen Deiſten. Die engliſchen gehen von Grün
den aus, und ſuchen ihre Leſer durch philoſophiſche
Argumente zu überzeugen: die Deutſchen machen es
beinahe eben ſo, und habens auch mit unter mit der
Philoſophie zu thun. Zudem reduciren letztere alles
auf Geſchichte, und verurſachen dadurch, daß die Le
ſer ihre gelehrten Werke nicht anders verſtehen, als
wenn ſie ſelbſt gelehrt ſind. Der franzöſiſche Deiſt
hingegen wirft einige flüchtige Gründe leicht hin,
ſchlüpft über die Streitfrage ſelbſt weg, und ſpöt
telt hernach über das Ganze, als wenn er ſeine Be
hauptungen noch ſo gründlich demonſtrirt hätte. Ich
weis wohl, daß das nicht überzeugt; aber Tauſende,
die es leſen, halten ſich von nun an für überzeugt,

und beehren den Philosophen mit ihrem ganzen Beifall. So war es auch möglich, daß Voltaire so
viel Proselyten des Unglaubens anwarb. Er schrieb
nicht für Gelehrte: die, dachte er, mögen die
Berichtigung ihrer Denkungsart anderwärts suchen,
wenn sie klug sind. Er schrieb für Ungelehrte, für
Frauenzimmer, für Fürsten und für Kaufmannsdiener: diesen sollten die Schuppen von den Augen weg-
fallen. Und wenn das so Voltaire's Zweck war, so
hat er seine Sachen wirklich klug eingerichtet. Alles
Geschrei der Gegner, von einem abgeschmackten Nonnotte an bis auf Herrn Leß, hat dem Manne an
seinem Kredit nicht schaden können. Den Nonnotte
ließt kein Mensch mehr: Herr Leß wird nur von einigen Geistlichen gelesen; Voltaire's Schriften aber
sind in allen Händen, sind beinahe in alle Sprachen
übersetzt, und werden dann auch noch mit Vergnügen gelesen werden, wenn man lägst vergessen hat,
daß solche Gegner in der Welt gewesen sind. Doch
weiter im Text!

Ich hatte anfangs wenig Umgang. Herr
Haag, Amtskellner Job von Erbesbüdesheim,
Pfarer Stuber und einige andre machten meine
Gesellschaft aus. Ich ging auf die Jagd, vergnügte
mich mit dem Feld-und Gartenbau, und lebte so
vollkommen vergnügt. Aber bald kam ich eine gröſ-
sere Verbindung, die mich wie ein Strom fortriß,

und mir selten Zeit ließ, mich zu besinnen. Ich ge=
rieth in die Gesellschaft des Amtsverwalters Schön=
burg zu Neubamberg, seines Aktuars Metz, des
Licentiaten Machers zu Kreuznach, Amtschreibers
Boger; Oberschulz Baumann von Wöllstein,
und anderer lustigen Brüder. Diese Menschenkinder
hatten sichs zum Gesetz gemacht, das steife Wesen,
welches in den vornehmern Gesellschaften in der Pfalz
herrschte, aufzugeben und einen freiern Ton einzufüh=
ren. Sie sprachen daher, wie es ihnen in den Sinn
kam, ohne darnach zu fragen, wer sie anhörte, mach=
ten keine Komplimente, und bekümmerten sich gar
nichts darum, was Andre von ihnen urtheilten.
Freilich fielen diese Urtheile sehr ungünstig aus! Wenn
man von ihnen sprach; so hieß es nur schlechtweg:
der liederliche Amtsverwalter, der liederliche Macher
u. s. w. Mein Vater sah es eben nicht gern, daß
ich mich so sehr an diese Leute anschloß; aber da es
doch Leute waren, welche in Karakter stunden, so
ließ er es geschehen, ohne mir anfangs ernsthafte
Vorstellungen darwider zu machen.

Daß ich in dieser Societät nicht wenig werde
brillirt haben, läßt sich denken. Meine Zotologie war
in Göttingen gleichsam verrostet; ich hohlte sie aber
hier wieder hervor, und erlangte solchen Beifall
daß kein Gelag ohne den Großen, so nannte man
mich Κατ᾽ἐξοχὴν, gehalten werden konnte. Unsre

Gesellschafter dußten sich alle, und nahmen einander durchaus nichts übel. Unsre Gelage waren wenigstens so lustig und ausschweifend, wie die Studenten= gelage in Jena oder Gießen.

Ein Umstand machte mich doch ein wenig auf= merksam. Der Amtsschreiber Boger trieb Liebelei mit der Tochter des reformirten Schulmeisters zu Wonsheim, und ich, als sein fideler Kumpan, begleitete ihn oft dahin, und blieb selbst oft ganze Nächte mit ihm da, wo wir denn soffen und aller= hand Zeug vornahmen. Nicht lange hernach hieß es, das Mädchen sey schwanger, was es auch in der That war; man wisse aber nicht, wer eigentlich Urheber davon sey, Boger oder Laufhard: die Freun= de mögten es wohl selbst nicht wissen. So wurde ich also ausgetragen, und mein Ruf litte gewaltig bei dieser scandalösen Relation. Endlich bekannte sich Boger, auf des Mädchens Aussage, zum Vater des Kindes, und ich war frei; doch wurde ich noch manchmal damit geschoren, bis endlich die ganze Sache einschlief.

Boger versündigte sich bald darauf am Amts= verwalter Schönburg, und durfte nicht mehr in un= sere Cirkel kommen. Er hat hernach Baumanns Tochter geheurathet, und sich kurz nach der Hochzeit todt gesoffen. Die skandalöse Chronik in der Pfalz hat aber sein Ende noch garstiger erzählt.

In der Gesellschaft dieser Leute ward ich nun
völlig liederlich, und führte eben so ein asotisches
Leben, wie sie; doch nahm ich mich anfangs in Acht,
daß man mich nicht öffentlich einen dummen Streich
begehen sah: und so hatte ich noch immer den Ruhm,
daß ich im Röckelskollegium — diesen Namen hat:
ten die Herren der Gesellschaft selbst gegeben —
noch bei weitem der Gesitteste sey. Ueberhaupt muß
man in der Pfalz sehr merklich ausschweifen, wenn
man den Namen eines Liederlichen führen soll:
denn die Sitten waren da mein Tage so delikat eben
nicht.

Jeder von uns hatte sein Liebchen. (Meine
Leser denken hier ja nicht an Tereschen: von dieser
mach' ich ein eigen Kapitel noch, aber vielleicht nicht
in diesem Theile). Der Amtsverwalter karessirte
oder nach Pfälzer Ausdruck, machte er verliebte Nas:
löcher bei der Tochter des lutherischen Pfarrers Köster
in Wöllstein. Das Mädchen sah hübsch aus; aber
wie ich merkte, konnte sie den wüsten Menschen vor
ihren Augen nicht leiden, allein ihres Vaters wegen,
der Schönburgen wohl wollte, mußte sie ihn dul:
den, und seine Zoten anhören. Ueberhaupt wurde die
Liebe von uns recht zotologisch behandelt. Da der
Amtsverwalter katholisch war; so machte man endlich
dem Pfarrer Köster Vorwürfe, und gab ihm zu
verstehen, daß er seine Tochter in üblen Kredit brin:

gen würde, wenn er diesen Umgang ferner gestattete, besonders da Herr Schönburg als der größte Schweins ygel in der ganzen Gegend bekannt war. Er ließ sich bewegen, und schickte seine Tochter nach Darmstadt zu einer Base. Schönburg war vor Aerger außer sich, da seine Liebschaft fort war. Ich begleitete ihn nach Mainz, wo er seine Rechnung ablegen mußte, und von da aus machten wir eine donquischottische Reise nach Darmstadt.

Aber nun war die Frage, wie Schönborn die Mamsell Köster zu sprechen kriegen sollte. Ich versprach es zu bewirken, besuchte sie also, welches nicht auffallend seyn konnte, da ich mit ihr verwandt war. Hier ist unser Gespräch, das wir hielten, so bald wir im Garten allein waren.

Ich: Wissen Sie was neues, Mamsell Kusine? der närrische Amtsverwalter ist hier!

Sie: Mein Gott, Herr Vetter, was sagen Sie! was will denn der hier?

Ich: Er will Sie sprechen. Er wird noch verrückt, wenn er Sie nicht bald sehen darf.

Sie: (erschrocken) Er wird doch nicht hieher kommen! Gott! was würde die Base sagen!

Ich: Er wird gewiß zu Ihnen kommen; ich habe ihn noch abgehalten, sonst wäre er schon da. Wissen Sie was, ich will Ihnen Rath geben: Vers

sprechen Sie mir, daß Sie Heute Nachmittag um
3 Uhr im Schloßgarten seyn wollen, da soll er an
der Landgräfin Begräbniß auf Sie warten. Wollen
Sie?

Sie: Das kann ich nicht.

Ich: So kömmt wahrlich der närrische Amtsverwalter hieher. Sie kennen ihn, und haben nichts
als Schimpf und Schande davon. Ich dächte, Sie
machtens, wie ich Ihnen gesagt habe.

Das gute Kind sann hin und her, und wußte
nicht, wozu sie sich entschließen sollte: nachdem ich
ihr aber betheuert hatte, daß der Amtsverwalter
ganz gewiß selbst kommen, und Skandal machen
würde; so versprach sie endlich, um 3 Uhr in den
Schloßgarten zu kommen. Ich berichtete diesen
Trost meinem Schönburg, und der flog schon gleich
nach zwei Uhr in den Schloßgarten. Als er wieder zurück kam, war er ganz außer sich vor Freuden, soff
vor lauter Jubel drei Buteillen Burgunder ganz
allein aus, und ward so selig, daß er nicht mehr stehen konnte.

Aber, werden meine Leser fragen, blieben Sie
denn so nüchtern? — Hören Sie nur an, lieben
Leser. Ich war nicht zu Hause, als das vorging,
und hatte einen guten Freund besucht, der mich nun
eben zum Trinken nicht forcirte. Als ich nach dem

Gasthofe zurück kam, war mein Schönburg schon
im Bette.

Ich trat daher in die Gaststube, um mir da
die Zeit zu vertreiben. Es waren mehrere Darm=
städter Herren zugegen, unter andern auch Herr
Maier, ein Sohn des Pfarrers Maier von Kup=
ferzell, der so viel von Oekonomie geschrieben hat.
Der Sohn stund in Darmstadt als Sekretär bei dem
Präsidenten von Moser, und war ein eingemachter
Hasenfuß. Er trallerte in der Stube herum, und
ich fand ihn so ärgerlich, daß ich nur auf Gelegenheit
paßte, ihm eine Sottise zu sagen. Diese zeigte sich
bald. Er unterstand sich, mich in einem schnippigen
Ton zu fragen: „Sind Sie der Kompagnon des
Mosje Firlefanz, der hier logirt?

Ich: Was für'n Mosje Firlefanz, meint der
Herr?

Er: Je nun, den Menschen mit der grünen
Wildschur, der Gestern hier neben Ihnen saß.

Ich: So? Und das war ein Mosje Firle=
fanz? — Herr Sie mögen wohl selbst Firlefanz seyn,
verdammtes Fratzengesicht!

Er: (erhitzt) Reden Sie nicht so, oder —

Ich: Nun dann (aufstehend) oder? —

Er: (zurücktretend) Gott strafe mich! hätt' ich
nichts zu riskiren, Sie sollten Maulschellen haben,
daß Sie hinsänken.

Ich: (ihm hinter die Ohren schlagend) Ver-
fluchter Kerl, Du willst mir Maulschellen biethen?
Du?

Er setzte sich natürlich zur Wehr, ich aber konnte
leicht dem kleinen Männchen einen Stoß geben, daß
er weit weg fuhr, und zu Boden stürzte. Die Anwesenden legten sich alle dazwischen, und brachten uns
auseinander. Mosje Maier lief fort, und schwur,
daß mir die Sache so nicht hingehen sollte. Der
Wirth selbst, Herr Peter im Trauben, rieth mir,
mich aus dem Staube zu machen: Maier sey ein rach-
gieriger Mensch, und gelte alles bei seinem Herrn:
ich würde gewiß arretirt werden, und viel Verdruß
haben. Ich ließ mir das nicht zweimal sagen, verließ den Trauben, und begab mich noch des Abends
um neun Uhr zu meinem Freund Panzerbieter,
dem jetzigen Prorector am Gymnasium zu Darmstadt,
schrieb da einen Zettel an den Amtsverwalter, und
meldete ihm, daß ich noch Heute nach Arhelgen gehen würde, wo er mich den folgenden Tag abholen
könnte. Ich bat Herrn Panzerbieter um die Bestel-
lung des Billets, und marschirte zur Stadt hinaus:
im Thor sagte ich, daß ich auf die Kämmerei gehen
wollte.

In Arhelgen kam ich erst nach zehn Uhr an,
schlief recht gut, und hoffte den folgenden Morgen
meinen Schönburg zu sehen. Allein ich mußte in

der Schenke bei den Bauern einen ganzen langen
Tag, und zwei Nächte harren. Am dritten Tage
gegen Mittag kam Schönburg mit einem so genann=
ten ungrischen Wägelchen, dergleichen auf jenen Po=
sten sehr gewöhnlich sind, holte mich ab, erzählte
mir, daß es noch großen Lärmen meiner Händel
wegen gegeben hätte, und lobte bei dem allen meine
Entschlossenheit. — Wir kamen des andern Tages
wieder in Mainz an, wo aber weiter nichts Merk=
würdiges vorfiel.

Dreißigstes Kapitel.

Ich soll Pfarrer werden.

Die Bauern in Kriegsfeld hatten mich zum Seel=
sorger — so hießen die dortigen Herren Geistlichen
gewöhnlich, und hören den Titel auch gern — haben
wollen; weil aber die Pfarre daselbst gar sehr schlecht
ist; so wollte mein Vater nicht, daß ich sie annehmen
sollte.

Ich muß hier mit Erlaubniß meiner Leser eine
kleine Beschreibung von den lutherischen Pfarreien in
der Kurpfalz einschalten.

Vorzeiten hatten die Lutheraner in der Pfalz
gute Pfarreien; nachdem ihnen aber die Katholicken,

verbunden mit den Reformirten "), ihre Kirchengü=
ter genommen, und unter sich getheilt haben; so
müssen die armen lutherischen Geistlichen seit der Zeit
blos von dem Leben, was ihnen ihre Pfarrkinder aus
Gnade und Barmherzigkeit geben wollen. Da aber
der Kurpfälzer Bauer selbst nicht viel hat, und also
nicht viel geben kann — so sind die Predigerstellen
ungemein schlecht, und die Inhaber derselben haben
oft kaum das liebe Brod. Doch sind die Lutheraner
in der Pfalz, wie jede ecclesia pressa, streng auf
ihren Glauben, so, daß sie beinahe in jedem Dorf
eine Kirche haben, und auch einen Pastor. Was
das aber auch für Pastöre sind! Kaum kann man
sich, ich weis nicht, ob ich sagen soll, des Weinens
oder des Lachens enthalten, wenn man so einen Pfäl=

---

*) Die Reformirten haben beständig mit den Katholicken
in der Pfalz gemeinschaftliche Sache gemacht, um die
Lutheraner zu unterdrücken. Hier ist der Ort nicht,
dieses weiter auszuführen. Ich merke nur noch an,
daß der Verfasser eines sonst recht guten Buchs: „Ge=
schichte der Reformirten Kirche in der Pfalz" (Dessau
1791.) vieles zum Vortheil der Reformirten Pfälzer
ganz falsch vorgestellt hat. Der Pfälzische Lutheraner
weiß wirklich nicht, wer ihn mehr drückt, der Katholik,
oder der Reformirte? Jener hat die Macht, und hans=
delt gerade zu; dieser bedient sich statt der Gewalt hä=
mischer Ränke, und ist nicht minder gefährlich und
schädlich.

zischen lutherischen Gottesmann einhertreten sieht, mit einem alten verschabten Rock, der ehedem schwarz war, nun aber wegen des marasmus senilis, wie D. Bahrdt von seinem Hut sagt, ins rothe fällt — mit einer Perücke, die in zehn Jahren nicht in die Hände des Friseurs gekommen ist — mit Hosen, die den Hosen eines Schusters in allem gleich kommen, sogar in Absicht des Glanzes, und mit Wäsche, wie sie die Bootsknechte tragen. — Aber freilich der Mann kann sich nichts besseres anschaffen: es ist der Anzug, welcher bei seiner Ordination neu war, und ihm sein ganzes Leben hindurch dienen muß.

Das Innere dieser Herren stimmt vollkommen mit ihrem Aeußern überein, und wenn je das Sprichwort wahr ist: „man siehts einem an den Federn „an, was er für ein Vogel ist;" so ist es gewiß von den lutherischen Herren Pfarrern in der Pfalz wahr. Darunter findet man die allerkrassesten Ignoranten, welche kaum ihren Namen schreiben und lateinisch lesen können. Sie sind zwar auf Universitäten gewesen, weil sie aber schlecht unterrichtet dahin kamen; so lernten sie auch da nichts: und der gänzliche Mangel an Büchern — einige alte Schunken und Postillen, welche vom Vater auf den Sohn fort erben, ausgenommen — verbietet ihnen weiter zu studieren. Aber wenn man ihnen auch Bücher geben wollte; so würde ihre krasse Orthodoxie, welche allemal bei

Ignoranten und Dummköpfen kraſſer iſt, als bei
Gelehrten, nebſt ihrer natürlichen Trägheit ſie hin=
dern, irgend einen Gebrauch von einem guten Buche
zu machen.

Die Lebensart dieſer Leutchen iſt — abſcheu=
lich. Sauffen — das karakteriſtiſche Laſter der
Pfalz — iſt auch ihre Sache: da ſitzen ſie in den
Dorfſchenken, laſſen ſich von den Bauern tractiren,
ſaufen ſich voll, und prügeln ſich mit unter ſehr er=
baulich. So bekam der Pfarrer Weppner zu
Alsheim einſt ſo viel Prügel in der Schenke, daß er
in drei Wochen nicht predigen konnte. In einem
andern Lande würden dergleichen Skandale auf ver=
drüßliche Konſequenzen ziehen; aber in der Pfalz
nimmt mans ſo genau nicht.

Ich rede aber, welches ſich von ſelbſt verſteht,
nicht von allen und jeden, ſondern vom größten Hau=
fen. Giebt es daher noch einige, welche beſſer ſind
von Kenntniſſen und Sitten — und daß es derglei=
chen gebe, weis ich ſelbſt — ſo habe ich dieſe nicht
gemeint. Es iſt hier nur die Rede von dem, was
gemeiniglich geſchieht. Und wer könnte für ſo
ſchlechte Stellen auch wohl etwas beſſeres verlan=
gen! —

Die Reformirten und Katholiſchen Herren ſind
nicht viel beſſer, was nämlich ihre Sitten und Kennt=
niſſe betrifft, ob ſie gleich beſſer gekleidet gehen, beſ=

fern Wein trinken, und der guten Aßung wegen,
auch dickere Bäuche haben, als die lutherischen. —

Mein Vater wollte nun nicht haben, daß ich
in der Kurpfalz Pfarrer werden sollte: dazu, meinte
er, hätte ich zu viel gelernt. Ich hatte auch nicht
Lust, mich dem traurigen Joch des Pfälzischen Kon-
sistoriums und der Tirannei der Oberamtmänner zu
unterwerfen: überhaupt verlangte mich damals nicht
nach einem Amte, welches nur meine Vergnügungen
würde erschwert haben.

In unsrer Grafschaft war zwar eine nicht
schlechte Stelle aufgegangen, welche mir als einem
Landeskinde gebührt hätte: allein der Herr Konsisto-
rialrath Dietsch, ein sonst braver Mann, und der
damalige Administrator der Grafschaft Herr von
Zwirlein, waren von einem Ausländer durch Geld
präoccupirt worden, der denn auch die Pfarre erhielt.

Aber da starb im Herbst 1779 der Pfarrer
Ritterspacher in Badenheim, einem dem Gra-
fen Schönborn, Heusenstam'scher Linie, zugehörigem
Dorfe. Ritterspracher war mein Freund und Uni-
versitätsbruder gewesen, und hatte die Wittwe seines
Vorgängers geheurathet. Weil er aber auf der Aka-
demie sehr akademisch gelebt hatte; so bekam er die
Schwindsucht und muste abfahren. Während seiner
Kränklichkeit hatte ich einigemal für ihn geprebigt,

und alles Lob der Bauern davon getragen. Diese lagen mir nun, nach seinem Absterben äusserst an, mich zur Pfarre zu melden. Ich wollte anfangs nicht: weil es aber eine sehr gute Stelle war; so drang auch mein Vater darauf, daß ich mich melden sollte. Ich that es, und gab eine Bittschrift bei dem Grafen, oder vielmehr des Grafen Beamten, dem Hofrath Schott zu Mainz ein. Dieser Hofrath ist ein ruder unwissender Mensch, welcher vorher hinter der Kutsche gestanden hatte. Er sagte mir gerade heraus: „Herr, Sie müssen die Frau nehmen, sonst „kriegen Sie die Pfarre schwerlich." Ich gab ihm zu verstehen, daß es wider meine Grundsätze wäre, je ein Frauenzimmer zu heurathen, das mich an Alter übertreffe, und schon zwei Männer gehabt hätte. Der Hofrath bedaurte meine Delikatesse; versprach aber doch, die Sache beßtens zu besorgen.

Ich traute dem Menschen nicht recht, und schrieb gerade an den Grafen nach Wien, der mir zwar auch sehr artig antwortete; aber zugleich zu verstehen gab, daß die Sache nicht mehr ganz von ihm abhinge, indem er dieselbe bereits einem andern übergeben hätte; doch wollte er sehen, was sich für mich noch thun ließe. Als mein Vater diesen Brief gelesen hatte, rieth er mir, alle Hoffnung aufzugeben: weil ich durchfallen würde. Er hatte recht: denn nicht lange darauf heurathete die Frau einen

Pfälzer Pfarrer, so einer von denen, die ich so eben beschrieben habe: und der wurde Pfarrer in Badenheim. Freilich rebellirten die Bauern ein wenig darüber, aber Bauernrebellion hat selten Bestand. Der erste Mann der Pfarrin, die eine Schwester des bekannten Malers Müller von Kreuznach ist, hatte 1000 Gulden für die Stelle gegeben: weil er aber, so wie der zweite bald starb, ohne für sein vieles Geld die Pfarrei benutzt zu haben; so ließ ihr der Graf die Freiheit sich zur Schadloshaltung noch einen dritten zum Nachfolger des zweiten zu wählen. Allein auch der ist bald hernach gestorben, und da soll man die Pfarrei an Herrn Sträuber, einen Menschen, der es im Saufen mit jedem Matrosen aufnimmt, abermals für 1000 Gulden verkauft haben.

Ich könnte nicht sagen, daß diese fehlgeschlagenen Aussichten mich sehr geärgert hätten: aber desto mehr ärgerte sich mein Vater, daß man das Ding angefangen hatte. Er wünschte indeß gar sehr, mich versorgt zu sehen, um mich aus dem unbestimmten wüsten Leben heraus zu reißen, wie er sagte. Als demnach eine sehr elende Pfarre in der kaiserlichen Grafschaft Falkenstein aufging: so mußte ich mich auch da melden, aber vergeblich: ein Landeskind wurde mir vorgezogen. Indessen gab man mir bei dem Oberamte zu Winweiler zu verstehen, daß wenn

ich etwas daran wenden wollte, das Ding sich so
karren ließe, daß das Landeskind seinem Vater ab=
junqirt würde, und ich die Pfarre bekäme. Dieser
Vorschlag war so unrecht nicht: denn weil viel alte
Pfarrer in der Grafschaft waren; so hätte ich Hoff=
nung gehabt, bald weiter zu rücken: allein er stand
mit einem Schurkenstreich in Parallelle: und so
wollte mein Vater durchaus nichts weiter davon
wissen.

Diese mislungenen Versuche, mir in der Kur=
pfalz eine Pfarrstelle zu verschaffen, brachten meinen
Vater auf den Entschluß, mich zu Heidelberg exa=
miniren und in die Zahl der Pfälzischen Kandidaten,
deren es wenige giebt *), aufnehmen zu lassen. Ich
hatte freilich keine Lust in der Pfalz angestellt zu
werden; doch mußte ich meinem Vater für sein öfte=
res Nachgeben, wohl auch einmal wieder nachgeben,
und nach Heidelberg reisen, um mich da einstweilen
zu erkundigen, wie mir wohl die Thür zum pfälzi=
schen Schaafstall offen stehen möchte, oder ob ich so
sonst irgendwo hineinsteigen müßte.

─────────

*) daß hier die Rede von lutherischen Kandidaten sey,
versteht sich von selbst: denn der Name der Reformir=
ten heißt Legion, die lutherischen Pfarrstellen werden
auch meistens mit Ausländern, und zwar mit verlauffe=
nen Ausländern besetzt.

Ich hatte einen Vetter im Heidelberger Kon=
fistorium, den Rath Zehner: ich glaube der Mann
lebt noch. An diesen hatte mir mein Vater einen
Brief mitgegeben. Der Rath war, welches sonst
seine Gewohnheit nicht ist, ziemlich höflich, und be=
hielt mich zum Essen. Es würde, meinte er, mit
meinem Unterkommen in der Pfalz keine Schwierig=
keit haben, wenn ich mich einem rigorösen Examen
unterwerfen wollte und — könnte. Das Ding är=
gerte mich, und ich sagte meinem Herrn Rath, daß
er an mir nicht verzweifeln sollte: ich hätte meine
Sache ehrlich gelernt, und würde gewiß so gut be=
stehen, als Weppner, Georgi, und viel andre
Herrchen, die man doch auf dem Konsistorium zu
Heidelberg approbirt und mit herrlichen Zeugnissen
versehen hätte. Zehner lächelte, und fing an, mich
zu tentiren; doch nur so gewandsweise: er brachte
das Gespräch auf die Reformirte Gnadenwahl.
Aber da kam er mir eben recht: denn obgleich ich
mich in der Kirchen=Geschichte nicht verstiegen hat=
te, so wuste ich doch recht gut, was Augustin, die
Prädestinatianer, Gottschalk und Luther, von dieser
Lehre gesagt hatten, kannte die Händel des Amyral=
dus, der Remonstranten, Jansenisten und Jesuiten
weit besser, als Herr Zehner, und war daher im
Stande, eine Gelehrsamkeit auszukramen, worüber
der alte Rath staunte. Er ließ es daher gleich gut

seyn, leitete das Gespräch auf die Weinlese, und ents
ließ mich, mit dem Versprechen, daß er für mich
sorgen, und mir den Tag bestimmen würde, wo ich
mich zum Examen stellen sollte.   Aber es wurde
nichts daraus: denn es öffneten sich für mich anbre
Aussichten, und da dachte ich nicht mehr an die
Pfälzer Versorgungen.   Weil ich bei dieser Gelegen=
heit zuerst die antiquissima Heidelbergensis, oder
die rostige Universität zu Heidelberg habe kennen ler=
nen; so mag ein Kapitel darüber nicht am unrechten
Orte hier stehen.

Ein und dreißigstes Kapitel.

Universität zu Heidelberg.

Wenn sich eine Stadt in Deutschland zu einer Uni=
versität schickt; so ists gewiß Heidelberg.

Sie liegt in einer der schönsten Gegenden:
alles ist wohlfeil da; und da weder Hof noch Regie=
rung die Stadt verführerisch und brillant macht,
auch wenig Soldaten da sind; so könnte der Studen=
daselbst eine angemeßne Rolle für sich spielen und
ceteris paribus den Zweck seiner Ausbildung da weit
wohlfeiler und ungestöhrter erreichen, als in Mainz,
Halle oder Leipzig.

Vorzeiten hat diese Universität große berühmte
Männer unter ihre Lehrer gezählt: aber das achtzehn=
te Jahrhundert hat auch nicht einen einzigen da auf=
kommen laßen, deßen Name mehr verdiente, als
eine Stelle im gelehrten Deutschland, wo freilich die
theuren Namen eines Brumbeys, Cranz, Rönn=
bergs, Pater Merz, und hundert und neun und
neunzig andrer Strohköpfe und Distelköpfe eben so
gut genannt zu werden pflegen, als die eines Wie=
lands, Kants, Schulz, Amelangs und
Semlers. — Herr Succow lehrt aber doch
jetzt in Heidelberg, und das soll ein gelehrter Chemi=
kus seyn. Ist es indeß wahr, daß er fleißig Gold
laborire, so macht es seinen chemischen Einsichten
eben nicht viel Ehre. Niemand sagt Herr Professor
Gren in Halle, kocht Gold, als ein Erzstümper in
der Physick und Chemie.

Die Universität besteht aus katholischen und re=
formirten Lehrern; doch hat die pfälzische Ketzerin=
quisition, welche am Hofe besonders mächtig ist,
dafür gesorgt, daß die Statuten hintangesetzt, und
beinahe alle Lehrstühle mit Rechtgläubigen besetzt
sind.

So besteht die Juristenfakultät aus lauter Ka=
tholiken: die Medicinische hat nur einen Reformir=
ten D. Nebel: und in der Philosophischen dociren
nur wenige Protestanten, damals z. B. Herr Büt=

tingshausen. Die Katholicken sind zwar keine Hexen=
meister in den Wissenschaften; aber die Reformirten
sind noch zehnmal elender: lauter homines obscuri
nominis. Die Katholischen Theologen sind Exje=
suiten *), und lehren die Theologie, wie mans von
Exjesuiten erwarten kann. Sonst hält ein gewisser
Exjesuit, Signor Bissing, ein Dickwanst, dem das
Feist beinahe die Augen zudrückt, und der in gar
keiner Verbindung mit der Universität steht, dann
und wann Vorlesungen über die Kunst Beicht zu
sitzen, gerade als wenn die andern Herren diese
große Kunst nicht auch genug dociren könnten.

Die Reformirten Theologen sind, besonders
Herr Mieg, Herr Heddäus und Herr Wund.
Ersterer war sonst Inspector in Kreutznach: er hat
ganz und gar keine litterarischen Kenntnisse: versteht
weder hebräisch noch griechisch, so daß er, wenn er
ja einmal einen hebräischen Spruch anführen will,
ihn erst mit Mühe buchstabirt, und das buchstabirte
hernach mit lateinischen Lettern aufschreibt, und auf
dem Katheder abließt. Uebrigens gehört Herr Wund
zu denen, welche doch nicht kraß seyn wollen, und
daher, da sie selbst nicht Kenntnisse genug haben, um
den Ungrund des krassen Systems einzusehen, sich an

---

*) Ich rede immer in tempore praesenti, weil sich seit
1779 nichts in Heidelberg verbessert hat.

neuere Bücher machen, und ihren Katechismus ut-
cunque reformiren. Aber auch dieses ist für Heidelberg schon genug: denn da florirt der Ursinische
Katechismus neben den Schlüssen der Dortrechter
Synode so schön, wie immer in Holland. Hr. Wund
schätzt die Schriften des berühmten Steinbarts, und
was er auf dem Katheder gutes sagt, ist aus Steinbarts Glückseligkeitslehre. Er hat endlich auch einmal ein gescheides Kompendium eingeführt, nämlich
das von Mursinna, worüber aber die Herren
Kirchenräthe nicht das freundlichste Gesicht gemacht
haben, weil Herr Mursinna alles Disputiren über
das decretum absolutum für Spiegelfechterei und
theologischen Aberßinn ausgiebt. — Da man eine
deutsche Uebersetzung dieses Kompendiums hät, so
haben die Universitätsbuchhändler zu Heidelberg, die
Herren Pfähler, auch nicht Ein lateinisches Exemplar
verkaufen können. O des lieben Lateins!

Doktor Hebbäus ist ein finstrer, störriger
Orthodox, ein ächter Anhänger der Synode von
Dortrecht, der Euch die Meinung der Supralapsa-
rier vertheidiget, wie einst Meister Gomarus, und
der den Heidelberger Katechismus für inspirirt hält.
Er liest noch jetzt 1792 über das Kompendium Pic-
teti. Wie doch der Mann muß studirt haben, daß
er noch ein solch finsteres, und nach unsern Zeiten

abgeſchmacktes Lehrbuch zum Leitfaden gebrauchen
kann! Deswegen lebt er aber auch mit ſeinem Kol‐
legen, dem Hrn. Wund, in ſtäter Feindſchaft, wel‐
che ſich durch niederträchtige Klatſchereien Luft macht.
Sonſt hat er einige Sprachkenntniſſe, d. i. er kann
Jakob Altings hebräiſche Grammatik b) auswen‐
dig, kann die Bibel durch Hülfe eines Wörterbuchs
von Wort zu Wort überſetzen, und ſchreibt Latein
ohne grobe Schnitzer, welches in Heidelberg ſchon
für gar mächtige Philologie angeſehen wird. Deß‐
wegen ſpottet er bei jeder Gelegenheit auf den Pro‐
feſſor Wund, welchem er den Namen eines deut‐
ſchen Michels giebt.

Von Heddäus Toleranz vernehme man folgen‐
des Pröbchen. Einer meiner Freunde, der dama‐
lige Vikarius zu Gundersblum, Hr. Simon, hat‐
te ein Geſchäft in Heidelberg, zu deſſen Ausführung
ihm der Reformirte Inſpektor zu Oppenheim ein
Empfehlungsſchreiben an den Ehrenmann Heddäus mit‐
gab. Simon beſtellte ſeine Kommiſſion, und Hedr

b) Dieſe konfuſe, im vorigen Jahrhundert fabricirte Gram‐
matik iſt auf den Pfälzer Schulen noch gebräuchlich.
Man muß indeß den Ketzern, den Lutheranern, die
Freude nicht machen, auf einer rechtgläubigen Refor‐
mirten Schule eine lutheriſche Grammatik einzuführen.
Sie ſollten aber überhaupt das Hebräiſche abſchaffen:
denn die Herren lernen ja doch keins!

das war sehr freundlich, so freundlich, daß er ihn
zum Mittagsessen einlud. Hr. Simon nahm die
Einladung an, und kurz vor Tische ward Freund Hed-
thus erst inne, daß sein Gast ein lutherischer Vikarius
sey! Da pochte ihm sein orthodoxes Herz, er verlohr
die Sprache, und nachdem er oft gejähnt, und 200
Prisen Tabak genommen hatte, versicherte er Hrn.
Simon, daß er Geschäfte hätte, und ihn unmöglich
bewirthen könnte. Simon, ein Pfiffikus, versetzte:
daß wenn S. Hochwürden zu thun hätten, so wollte
er sich an der Gesellschaft der Jungfer Muhme be-
gnügen, welche damals der Hr. Doktor bei sich hatte. Gesagt, gethan! Heddäus muste nachgeben,
und Simon blieb. Der Doktor entfernte sich unter
dem Vorgeben, daß er, ich weiß nicht, bei wem,
den übrigen Tag zubringen müßte. Ueber Tische
verschnapte sich aber Mamsell Muhme und verrieth,
daß ihr Herr Vetter auf seiner Stube sey. Ei, fragte
der Vikarius, warum speist denn der Hr. Vetter nicht
mit uns? Je nun, erwiederte das Mühmchen, ohne
zu überlegen, was sie sagte, weil Sie eben lutherisch
sind, der Herr Vetter kann einmal die Lutheraner
nicht leiden. — Hab ich nun genug gesagt, lieber
Leser, vom Gottesmann Heddäus? — Seine Frau
Gemalin hatte vor ihrer Verheurathung einen ge-
nauen Umgang mit einem Dragoneroffizier, und
muste den Doktor wider ihren Willen heirathen. Die

ffandalöfe Kronik in der Pfalz giebt viel Nachrichten
von ihr. —

Der Prof. Buttinghaufen las hiſtoriſche Sachen: aber da er wenig wußte, und alles durch einander vortrug; ſo glichen ſeine Lektionen einem Quodlibet. Er iſt nun todt.

Der reformirte Prof. der Philoſophie, Herr
F a u t h, iſt, wie ihn ſelbſt die heidelberger Studenten
beſchreiben — man denke ſich heidelberger Studenten, als Kritiker eines Philoſophen! — ein
elender Schwätzer, der das Kompendium abkanzelt,
und hin und wieder ſeinen ſchalen Witz dazu ſetzt.
Er lieſt auch Kirchengeſchichte, zwei Stunden die
Woche. Das mag eine Kirchengeſchichte ſeyn!

Ueberhaupt iſt die ganze philoſophiſche Fakultät
zu Heidelberg eine Geſellſchaft unphiloſophiſcher hirn-
loſer Grützköpfe, die lieber Vorleſungen über Eulen-
ſpiegel, als über Philoſophie halten ſollten. Das iſt
ein harter Satz, den ich aber augenſcheinlich beweiſen werde. Man höre! Herr W i e h r l, ein katho-
liſcher Weltprieſter, und ſehr beleſner gelehrter Mann,
ward 1778 Profeſſor zu Baden. Er las über des
Göttingiſchen F e d e r s — Bücher, und das mit
Beifall. Die ſchleichenden Exjeſuiten fanden bald,
daß Hr. Wiehrl ketzeriſche Sätze vortrüge, und machten beim Biſchof zu Speier, der in Bruchſal wohnt

te, so ein abscheuliches Spektakel, als wenn Holland in Noth wäre. Was geschah? der Bischof
wollte Hn. Wiehrl zurück haben, aber der dankte dafür, vielmehr schickte er seine für ketzerisch ausgege-
benen Säße, nebst den Federischen Kompendien an
die katholische Universität zu Freiburg im Bries-
gau. Diese erklärte, daß weder die Säße des Hrn.
Wiehrls, noch die Bücher des Hrn. Feders etwas
ketzerisches enthielten. Die Bruchsaler Exjesuiten zogen hierauf die hochlöbliche philosophische Fakultät zu
Heidelberg zu Rathe, und siehe da, diese erklärte
die Bücher des Göttingers, und die Säße des Bader
Professors für ketzerisch, gefährlich, den guten Sitten, (man denke doch!) zuwiderlaufend und für
ärgerlich. Diese Censur wurde gedruckt, und die
Freiburger halbirten nun die elenden Heidelberger
nach Herzenslust, und zeigten ihnen, daß sie das A B C
der Philosophie noch nicht gelernt hätten. Endlich
kam die Sache gar nach Rom: aber die Beisißer der
Congregation des Indicis waren viel klüger, als die
Heidelberger Distelköpfe. Sie schickten nämlich dem
Hrn. Wiehrl eine Exposition zu, welcher er gern unterschrieb, weil sie weiter nichts enthielt, als eine Erläuterung seiner Säße. So mußten denn die Herren Heidelberger sich schämen, und stille seyn. Das
war so ein Pröbchen von der Heidelberger Weisheit
und Orthodoxie.

Außer den Katholischen und Reformirten Theo=
logen sollen auch die lutherischen Konsistorialräthe für
lutherische Landeskinder theologische Vorlesungen hal=
ten. So will es wenigstens der Kurfürst; allein da
die lutherischen Räthe Leute sind, denen es an Kennt=
nissen fehlt, so hat kein Mensch von Lutheranern da=
hin gehen wollen: und das Projekt ist mißlungen.
Es war auch überhaupt ein seltsamer Gedanke, die
dortigen Herren Michaelis, Zehner u. d. g. Colle=
gien halten zu lassen!

Nun noch ein Wort von den Heidelberger Stu=
denten. Diese sind lauter Landeskinder: denn sehr
selten verläuft sich ein Ausländer dahin, und selbst
diejenigen Landeskinder, welche etwas rechts lernen
wollen, gehen auf andre Schulen und Universitäten.
So besuchte Hr. Abbeg, jetzt Rektor zu Heidelberg,
die Schule in Grünstadt, und studirte hernach in
Halle, wo er unter der Leitung des vortreflichen
Wolfs sich so bildete, daß er mit Recht für den größ=
ten Philologen am Rheinstrom gehalten wird. Die
beiden Hrn. Weikom haben es eben so gemacht: aber
das sind seltene Beispiele.

Da die Pfälzer Schulen über allen Glauben
elend sind; so kommen die Herren Füchse ohne alle
Vorkenntnisse nach Heidelberg, nehmen die Lehrstun=
den an, welche ihnen der Herr Kirchenrath, an den

sie empfohlen sind, vorschlägt, und hören dann zu.
Hefte werden in Heidelberg bei den Reformirten gar
nicht geschrieben: bei den Katholiken aber wird alles
Vorgesagte von den Zuhörern schriftlich aufgezeichnet.
Wenn ein Student zehn Stunden wöchentlich zu hören hat, so denkt er wunder, welche Arbeit er habe!
Nach drei Jahren zieht er wieder ab, läßt sich examiniren, und zwar bei seinen Lehrern, die ihn dann
freilich nicht abweisen, und er wird mit der Zeit
Pastor, Schaffner, Amtmann, Doktor oder sonst
etwas.

Der Komment ist zu Heidelberg elend, auch
nur wenn man ihn nach eingeführten akademischen
Regeln mißt. Die Studenten unterscheiden sich in
Absicht ihrer Aufführung wenig von Gymnasiasten:
es fehlt ihnen allen das sonst bei Studenten gewöhnliche freie unbefangene Wesen. Doch saufen die Leutchen wie die Bürstenbinder, denn der Wein ist sehr
wohlfeil da. Schlägereien sind gar nicht Mode, obgleich den Studenten erlaubt ist, Degen zu tragen.
Aber en Revanche nehmen die Herren allerhand
Zeug vor, welches sonst Schüler aus Muthwillen
oder Langerweile zu thun pflegen: sie spielen Ball,
gehen auf Stelzen, suchen Vogelnester, spielen mit
Weinschrotern, welche sie zusammenjochen, und an
ein kleines Wägelchen spannen u. d. g. Das Pasquil-
liren ist auch ihnen gar gewöhnlich.

Die Studenten zu Heidelberg werden abge=
theilt in Seminaristen, Juristen und Sapienzkna=
ster. Seminaristen sind katholische Theologen,
meist Kinder armer Eltern; denn wer Geld hat, und
geistlich werden will, den schnappen die Kuttenpfaf=
fen (so heissen die Mönche in der Pfalz) weg, und
machen einen Heiligen aus ihm. Sie, die Semi=
naristen, werden von Erjesuiten und Piaristen unter=
richtet, lernen Jesuitische Theologie kennen, und se=
tzen das liebliche System des Jesuitismus fort, wenn
sie mit der Zeit Pfarreien erhalten. Unter dem
Namen Juristen begreift man alle würklich Jura
Studirende, sodann die Mediciner und Protestanti=
sche Theologen. Diese sind eigentlich der Kern der
Universität, und alleinige Inhaber des Kommments.
Sapienzknaster endlich heissen diejenigen armen
reformirten Theologen, welche auf der sogenann=
ten Sapienz, einem mit Einkünften, zur Erhaltung
dürftiger Studenten, errichteten Kollegium woh=
nen, und also von der Gnade des Hrn. Kirchen=
raths leben müssen. Diese Sapienzknaster sind sehr
verachtet, und dürfen sich nirgends sehen lassen,
wo Juristen hinwandern; sonst bekommen sie Mau=
senstüber. In den Kollegien wird ihnen Musik ge=
macht, und wer des Nachts bei der Sapienz vorbei
geht, der schreiet: heraus ihr lumpigen Sapienz=
knaster! pereant!

Die Anzahl der Studenten belief sich ohngefähr,
vor zwölf Jahren auf zwei hundert: nachher hat sich
diese Zahl sehr verringert und muß, wenn keine bessere
Einrichtung getroffen wird, sich noch immer mehr
verringern. Die Regierung scheint sich ganz und gar
nicht um die Verbesserung der Akademie zu bekümmern.
Das Reformirte Wesen ist dem Kirchenrath überlassen, und für die Besetzung der Katholischen Stellen
sorgt der berufene Exjesuit Frank, dieser Malleus
Haereticorum, d. i. der Antijesuiten, Illuminaten
und aller Vernunftfreunde zu München! Man hat den
jetzigen Kurfürsten von der Pfalz gerühmt, daß er
für die Aufnahme der Heidelberger Universität gesorgt habe. Wenn ich aber die Anstellung einiger Ka-
meralisten ausnehme, so kann ich nicht begreifen,
worin diese Fürsorge bestanden habe. Indessen —
was rühmt man nicht alles an Fürsten!

So viel von Heidelberg!

Zwei und dreißigstes Kapitel.

Mein Apostolat des Deismus.

Ich habe schon oben gemeldet, daß ich durch Cre-
lius Buch um meinen Glauben an Dreieinigkeit, und
durch Tindals Schrift vollends um allen Glauben
gekommen war. In der Pfalz suchte ich nun Prose-

lyten zu machen, und fand mehrere Anhänger. Anfänglich erstreckte sich mein Bekehrungseifer blos auf
meine Freunde: mit diesen sprach ich oft über heilige
Dogmen, und das Resultat war jedesmal, daß das
Dogma falsch und läppisch wäre. Da unter meinen
Freunden mehrere Katholiken waren; so hütete ich
mich, Unterscheidungslehren anzutasten: denn so
würde ich sie niemals gewonnen haben; vielmehr
griff ich die sogenannten Grundlehren des Christenthums an, und widerlegte sie mit Argumenten, welche bei meinen Leuten fangen mußten. Gewöhnlich
schlug ich den Weg ein, daß ich die ganze Historie
der Bibel suchte verdächtig zu machen, und das
gelang mir allemal, weil ich die Widersprüche der
Schriftsteller grell genug darstellte, und dann fragte,
ob man einem Buche glauben könnte, welches sich so
oft widerspräche? Bald beschrieb ich den Abraham,
Moses, David, Samuel, Elias und andre in der
Bibel als Heilige dargestellte Personen, als Erzschur-
ken, Spitzbuben und Rebellen, deren Stückchen ich
erzählte, und mit Anmerkungen erläuterte. Sofort
ging ich ans neue Testament, machte mich über die
Lehrart Jesu und der Apostel lustig, und bewies, daß
die weisen Heyden, Sokrates, Plato, Xeno-
phon, Zeno, Plutarch, Cicero und Se-
neka die Moral oder die eigentliche ewige allgemeine
Religion weit schöner und gründlicher gelehrt hätten,

als die Stifter der Kirchlichen Secten. Da ich merk=
te, daß die Historien der unendlichen christlichen
Zänkereien, Spaltungen, Verfolgungen und Pfaf=
fenspitzbübereien den meisten Eindruck auf meine
Freunde machten; so blieb ich bei diesem Kapitel im=
mer recht lange stehen, und erläuterte alles, so gut
ich konnte. Voltaire kam mir, wie man denken
kann, recht wohl zu statten. Dabei gab ich mir ein
sehr gelehrtes Air, und blickte mit Verachtung auf
die herab, welche die Kirchen=Religion vertheidigten.
Mußte ich dem einen und andern dieser Vertheidiger
die Gerechtigkeit wiederfahren lassen, daß er ein ge=
lehrter Mann und heller Kopf sey; so gab ich vor:
der Mann sey nur einseitig aufgeklärt, sey ein Heuch=
ler, rede anders, als er denke, oder dergleichen.
Ich weis es recht wohl, daß ich nicht allemal redlich
zu Werke gegangen bin: denn ich brauchte oft Argu=
mente, deren Schwäche ich selbst einsah; allein
ich hatte mit Leuten zu thun, die alles, was ich
sagte, für baare Münze annahmen, und da dachte
ich, sey eine pia fraus erlaubt. In diesem Falle
machte ich es gerade so, wie die heiligen Kirchenväter,
ja selbst wie die Apostel, welche kat anthropon bewie=
sen, und zufrieden waren, daß ihre Zuhörer glaubten,
sie mochten nun überzeugt, oder übertölpelt seyn.

Endlich erhielt ich die berühmten Fragmente,
die Lessing herausgegeben hat. Jetzt war ich voll

ends recht in meinem Elemente. Bisher hatte ich
die christliche Religion noch immer als eine gute mo=
ralische Stiftung für ihre ersten Anhänger, vorzüg=
lich aus den Juden, angesehen, und verehrte den
Urheber derselben, so wie seine ersten Nachfolger,
als brave ehrliche Männer, die höchstens' Fanatiker
und Feinde des Priester=Despotismus gewesen wa=
ren. Aber von nun an erblickte ich in dem ganzen
christlichen System nichts als Betrug und zwar Be=
trug, der sich auf die abscheulichsten Absichten grün=
dete. Ich theilte meinem Vater die Dinge mit. Er
las sie durch, und gab sie mir mit den Worten wie=
der: haec et ego dudum cogitaram: nil inveni
novi! Dabei rieth er mir, da ich nun gescheut genug
seyn müsse, alles das für mich zu behalten, und nichts
davon ins Publikum zu bringen. Aber das war
kein Rath für mich. Ich las meinen Freunden die
Fragmente, besonders das über die Auferstehung
Jesu und dessen Zweck und seiner Jünger mehrmals
vor. Letzteres Buch wurde, weil ich es wieder zu=
rück geben muste, von uns abgeschrieben, und war
von nun an unsre Bibel.

Auf diese Art hatte ich eine kleine deistische
Gesellschaft gestiftet, wovon ich der Matador
war: jeder konsulirte mich, trug mir seine Zweifel
vor, und bath sich meine Orakelsprüche aus. Ich
nenne die Namen meiner Glaubensbrüder nicht:

denn es möchte ihnen in einem Lande schaden, wo
man so inquisitorisch denkt, wie in der Pfalz. Es
waren übrigens Leute von ziemlich guter Aufführung,
unter welchen ich — zu meiner Schande muß ichs
gestehen! — wegen meiner Sauferei der liederlichste
war. Die übrigen tranken zwar auch, wie alle
Pfälzer, und wurden oft schnurrig: ich aber, vom
Gießer Komment und Commers ganz und gar verwöhnt, trieb die Sache weit stärker, als die andern.
Unsre Disputationen wurden meistens beim Wein-
glase geführt, und da disputirt sichs freilich ganz
allerliebst.

Ob wir gleich unsre Sache ziemlich geheim anfangs hielten; so waren doch verschiedene Pfaffen
auf unsre Spur gekommen, und hatten uns, besonders mich und meinen ehrlichen Haag, als Erzfrei-
geister ausgeschrieen. Um diesem üblen Gerüchte zu
entgehen, fertigte ich auf Anrathen meines Vaters eine
kleine Schrift aus, und ließ sie im Manuskript zirkuliren. Das Ding war lateinisch und hieß: Disser-
tatiuncula de veritate Religionis Christ. argu-
mentum morale. Es enthielt die gewöhnlichen
moralischen Beweise für die Wahrheit der christlichen
Religion, und that ziemlich gute Wirkung. In
meinen Zirkeln widerlegte ich, nach Art so manches andern gezwungenen Schriftstellers, mein eignes
Schriftchen, und machte es lächerlich.

Mein redlicher Freund, der Inspector Birau zu Alzey, den ich sehr oft und auf mehrere Tage besuchte, ermahnte mich fleißig, mein freies Reden über die Religion einzustellen. „Sauft, lieber „Freund,“ sagte er oft zu mir, „macht Hurkinder, „schlagt und rauft Euch, kurz, treibt alle Excesse: das „wird Euch nicht so viel schaden, als Eure Freigei= „sterei.“ — Er hatte Recht: denn Saufen, Hu= ren u. d. gl. sind peccatilia, Herrn Simons Sün= den, wie D. Luther sagte, die der Küster vergiebt; aber über die Dreifaltigkeit zweifelhaft reden, ver= dient alle Anathemen. Ich ließ diese Ermahnungen im Ganzen vorbei gehen, und ward nur dann und wann behutsamer, warf mich auch zuweilen zum Apologeten des Christenthums in Gesellschaften auf, aber man merkte gar gut, daß es mir nicht Ernst war.

Da ich in der Rheingrafschaft Kandidat war, so kam das Ding von einer Ketzerei vor das hoch= würdige Ohr des Stebweilerischen Consistoriums, welches mir dann ein Monitorium zuschickte, und mich ad diem — ich weiß nicht mehr welchen — vor sich beschied. Ich erschien. Herr Rath Dietsch ließ mich doch niedersetzen, räusperte sich dann, und fing in einem gravitätischen Ton also an: „Mein lie= „ber Herr Kandidat, Sie sind in Verdacht gera= „then, als ob Sie an verschiedenen Orten, namentl.

„lich zu Flonheim im Bock, zu Bubesheim beim
„Herrn Schulz, zu Wonsheim gleichfalls im Bock,
„und neulich auf dem Bellermarkt in der Weinhütte
„verschiedene freigeistische Reden geführt, und das
„durch nicht geringes Aergerniß gegeben haben."

Ich: Verzeihen Ew. Hochwürden: davon weiß
ich gar nichts!

Dietsch: Und doch hat mans nicht nur ges
sagt, sondern uns sogar geschrieben. Wollen Sie
Briefe sehen? — Hier lesen Sie!

Er reichte mir einen Brief, dessen Unterschrift
mit einem Papier beklebt war. Ich fand darin die
fürchterlichsten Beschuldigungen, und Anklagen. Es
hieß, daß ich zu Flonheim im Bock in großer Gesellschaft
über die Gottheit Christi disputirt und behauptet
habe, sie sey eine Erfindung der Pfaffen aus dem
vierten Jahrhundert: die ältern Väter hätten ganz
anders davon gelehrt, und überhaupt nicht gewußt,
was sie damit machen sollten. Ferner gab mir der
Verfasser Schuld, über Taufe und Abendmal gespottet und diesen heiligen Gnadenmitteln alle Kraft ab-
gesprochen zu haben. Das alles, und noch mehr
hätte ich mit starken Gründen unterstützt, und daher
sey zu befürchten, durch mich möchten in den Irrthum
geführt werden, wenns möglich wäre, auch die Aus-
erwählten. Daher bat der Schreiber das Consistorium, dem Unwesen zu steuern: er habe das Seine

gethan, wasche seine Hände in Unschuld u. s. w. Ich
schloß aus der Handschrift, daß der Pfarrer Flied=
ner zu Bornheim der Schreiber des Briefs wäre.

Nachdem ich den Brief gelesen hatte, sagte
ich, daß das nur halb wahr, und vom Schreiber
boshafter Weise falsch vorgestellt sey. Aber Herr
Dietsch erwiederte „das ist nicht das einzige,
was Sie gravirt. Sie können doch nicht läugnen,
daß Sie über die Religion gespottet haben zu Wons=
heim im Bock, zu —

Ich: Lassen Sie mich Ihnen die Wahrheit
sagen. Ich habe mehrmals, das ist wahr, über ei=
nige Dogmen geredet, aber nur so pro und contra.
Ich wollte nur zeigen, daß ich auch was gelesen
hätte.

Dietsch: Ey, ey, wenn man nur pro und
contra redet, so disputirt man nicht im Wirthshaus.
Und zu dem sah man es Ihnen recht wohl an, daß
sie im vollem Ernst die Parthei der Freigeister er=
griffen. Sie sprachen da von nichts als von dum=
men Pfaffen, von unwissenden Geistlichen, und
so fort.

Ich: Das ist wahr: ich habe wenig Theolo=
gen kennen gelernt, welche gescheute Männer gewe=
sen wären.

Dietsch: (erbost) Und doch haben Sie de=
ren Bücher nicht gelesen: ich wette, Hrn. Seilers

Apologie der chriſtlichen Religion iſt Ihnen nicht in die Hände gekommen.

Ich: O doch. Ich kenne das Buch; aber es behagt mir nicht: es iſt ein dummer Wiſch, und weiter nichts! Alles iſt aus Lardner ausgeſchmiert. Sie wiſſen das doch ſelbſt, Herr Rath?

Dietſch: (betroffen) Wohl wahr! (ſanfter) Sie ſind alſo kein Freigeiſt?

Ich: Behüte Gott! Aber, wie Sie ſelbſt wiſſen: man kann heut zu Tage nicht alles mehr glauben, was in der formula concordiae ſteht. Zum Beiſpiel die Genugthuung Chriſti. —

Dietſch: Genugthuung Chriſti? — das iſt ja dogma ſtantis et cadentis eccleſiae!

Ich: Erlauben Sie. Man muß das Ding recht verſtehen: in gewiſſem Sinn hat Chriſtus für uns nicht genug gethan, nämlich in dem Sinn nicht, wie es der Erzbiſchof Anſelm von Canterbury nahm. Aber im moraliſchen Sinn iſt es wahr. Haben Sie die neue Apologie des Sokrates von Eberhard geleſen?

Dietſch: Nein! das Buch kenne ich nur aus den Danziger Berichten, als ein erzgottloſes Buch, das alle Religion ruiniren ſoll.

Ich: Dann will ich die Ehre haben, Ihnen damit aufzuwarten. Sie ſind ein Mann von Ein-

ſichten, und Gelehrſamkeit. Sie müſſen alſo ſchon
finden, daß der Verfaſſer, einer der größten Philoſophen unſrer Zeit, die Sache in das ſchönſte Licht
geſezt, und eine Menge von Wahrheiten aufgeſtellt
hat, deren Beherzigung viel gutes ſtiften kann. ..

Nun hatte ich den Herrn Rath an der Ambi-
tion angegriffen: er wurde ſehr ſanft, und war zufrieden, daß ich ihn verſicherte, ich ſey kein Freigeiſt,
und ihm verſprach, nie wieder in Wirthshäuſern von
der Religion zu ſprechen. Ich war froh, daß ich ſo
weg kam; auch mein Vater freute ſich über den Ausgang der Sache: denn er befürchtete ſchon, man
möchte mir das Predigen verbieten.

Sonntags drauf muſte ich in Flonheim für den
Pfarrer Stuber auftreten. Da nahm ich Gelegenheit die Gottheit Chriſti zu beweiſen, das heiſt, ich
ſchrieb alle Beweiſe aus S ch u b e r t s Kompendium
ab, brachte ſie in Form einer Predigt, und warnte
am Ende meine Zuhörer vor dem im finſtern ſchleichenden Gift der Freigeiſter. So wollten es die
Umſtände! —

Nach der Kirche ſtellte mich der Kantor, Herr
H e r r m a n n c) mein guter Freund, zur Rede: wie

---

c) Dieſer Herrmann iſt ein recht guter Muſiker, oder vielmehr der einzige Kantor in der ganzen Gegend, welcher
Muſik verſteht. Er hat einige Klavierſonaten drucken
laſſen, welche den Beifall der Kenner erhalten haben.

ich eine Lehre vertheidigen könnte, über die ich schon
so oft in seinem Beiseyn gespottet hätte? Ich erzählte ihm aber den Vorfall mit dem Konsistorium, und bat ihn: er möchte den Inhalt meiner Predigt so bekannt machen als er könnte. Hr.
Herrmann bat sich mein Konzept aus, schrieb es
sein ab, und ließ es zirkuliren. Dieses Benehmen brachte meine Rechtgläubigkeit wieder zu einem gewissen Kredit, der aber leider nicht sehr lange währen wollte.

Denn Hr. Hahn, Pfarrer zu Kirchheim Po-
landen, verhunzte denselben bei dem Administrator
der Rheingrafschaft, dem Herrn von Zwirnlein.
Hahn ist ein Mensch ohne Kopf, das Hirn voll dü-
sterer Orthodoxie, welche er aus D. Seilers herrlichen Schriften geschöpft hat. Dabei liest er einige
Zeitschriften, welche man dort haben kann: und ob
dieser Leserei hält er sich für gelehrt. Uebrigens ist
er stolz, rachsüchtig und hämisch im höchsten Grade,
so wie er kriechend und bis zur Niederträchtigkeit de-
müthig bei Vornehmen ist. Mit diesem feinen Karakter hat er sich in die Gunst der Herren gesezt,
womit der kleine Nassau-Weilburgische Hof versehen ist. Bei den Hrn. von Botsheim, Zwirnlein,
Geispizheim, Normann u. a. ist er immer zu Gaste,
weil er gern neue Mähren erzählt, und gut Tarok
spielt.

Diesen Mann Gottes fand ich einmal beim
Hrn. Balleyrath Alefeld zu Oberflörsheim. Bei
Tische fing er an, über gelehrte Dinge zu reden; ich
mischte mich ins Gespräch und bald saß mein Herr
Hahn auf dem Mist. Ich konnte ihm sogar weiß
machen, daß Cromwell (es wurde von England
gesprochen) mit Peter dem Großen und Ferdinand
dem Katholischen in vertrautem Briefwechsel gestanden, und Paraguay, welches zwischen Persien und
China liegt, an die Jesuiten für sechs Millionen
Pfund Sterling verkauft habe. Nachher kam das
Gespräch auf D. Bahrdt. Hahn verdammte ihn,
als einen Erzketzer, ob er ihm gleich sonst seinen Hof
gemacht hatte. Er stuzte nicht wenig, als ich ganz
kalt behauptete, Bahrdt habe gar kein Verdienst um
die Aufklärung: denn nicht mehr sagen, als er gesagt hätte, sey gar nichts gesagt: die englischen und
französischen Deisten seyn andre Kerls u. s. w. Als
nun Herr Hahn mit seiner Seilerischen Weisheit an-
gestochen kam, kappte ich ihn ab, und ließ ihn mar-
schiren. Der Hofmeister des Balleyraths, Herr
Otto, den wir in Gießen, auch wegen seiner armen
Sünderschaft, den Schur nannten, begleitete mich
eine Strecke, als ich fortging — ich ging nach
Worms — und da erklärte ich ihm, daß Hahn ein
gewaltiger Ignorant seyn müße, da er die groben
Anachronismen und geographischen Schnitzer, die ab-

ſichtlich von mir gemacht wären, nicht gemerkt hätte. Hier machte ich mich über den Herrn Hahn nicht wenig luſtig. Ich dachte, Otto würde ſchweigen, aber der war niederträchtig genug, gleich darauf dem theuren Herrn Paſtor meine Geſpräche brühheis zu hinterbringen.

Nun hatte ich einem giftigen Pfaffen auf die Füße getreten, und der muſte ſich nun rächen. Er that es auch. Da er bei dem Hrn. v. Zwirnlein, welcher Adminiſtrator Subdelegatus der Rheingrafſchaft war, manchmal Tarok ſpielte, und der gnädigen Frau Stadtmährlein zutragen durfte; ſo bediente er ſich dieſer Gelegenheit, mich dem Adminiſtrator als einen höchſt ärgerlichen und gefährlichen Menſchen von den ſchlechteſten Sitten vorzuſtellen. Alles, was er von mir wuſte, brachte er an, und dichtete und log noch auf gut pfaffiſch brav dazu! Der orthodoxe Adminiſtrator, erſchrak über die Beſchreibung des Pfaffen, und befahl bei ſeiner Anweſenheit in Grehweiler dem Rath Dietſch, mich vorzunehmen, und die Sache zu unterſuchen. Der Herr Rath berichtete ihn, daß dieſes ſchon geſchehen ſey: daß ich ein leichtſinniger Menſch und kein Freigeiſt wäre u. ſ. w. Da beſänftigte ſich der Herr von Zwirnlein, und trug dem Rath nichts weiter auf, als mich zu ermahnen, vom Saufen zu laſſen, die Wirthshäuſer ſparſamer zu beſuchen, und mich aller

Reden über Religion und Gottesdienst zu enthalten. Dabei blieb es für dasmal.

Wenn ich einen Roman schreiben wollte, so könnte ich alle meine Unglücksfälle ganz kommode, wie Herr Bahrdt, den Pfaffen in die Schuhe schütten, und mich schneeweis brennen. Allein, ob mich gleich giftige orthodoxe Ochsen von Pfaffen genug gedruckt und gestoßen haben; so muß ich doch bekennen daß die Hauptschuld meiner Unfälle auf mich kommt. Wäre ich behutsamer gewesen, und hätte ich das Weinglas weniger geliebt, — alle Pfaffen, alle Hahns, Wagner, Fliedner, Schukmann, und dergleichen Gesindel würden mir nichts geschadet haben. Aber so. — Doch ich muß nur weiter erzählen, nachdem ich mit Fleiß in diesem Kapitel mehrere Dinge zusammen gestellt habe, welche in mehrere Jahre, nämlich in die 1780 und 1781 gehören. Alles that ich, um nicht jeden Augenblick von meiner Ketzerei sprechen zu müssen.

Zwei und Dreissigstes Kapitel.
Aussichten ins Darmstädtische.

Mein Vater war ein geborner Darmstädter und hatte in diesem Lande viel Freunde und Verwandten,

er ſollte auch einmal eine Stelle in dieſem Fürſten=
thum bekleiden: allein ſein Wendelsheim war ihm
lieber. Nun aber dachte er daran, ob er mich vielleicht
an eine Stelle bringen könnte, etwa an eine Schul=
ſtelle, deren es in dem Darmſtädtiſchen manche
giebt. Er ſchrieb daher an ſeinen Freund den Hof=
prediger K r e m e r. Dieſer antwortete, er dürfe
ſich deshalb gerade an den Landgrafen wenden: der
wäre ein guter Herr, und wenn er bei dem Re=
gierungs=Rath S t a u c h Eingang finden könnte; ſo
wären die Sachen ſo gut, wie fertig. Stauch war
ſeines Handwerks ein Schneider von Kyrn an der
Nohe, und ein Vetter meines Freundes, des ehr=
lichen Pfarrers S t u b e r zu Flonheim. Da er gut
ſchreiben konnte, auch franzöſiſch auf der Wander=
ſchaft gelernt hatte, ſo ward er erſt Schreiber bei
dem Rath K a p p e s [d]) zu Pirmaſens. Nach Rath
Kappes Kaſſirung kam er in Landgräfliche Dienſte,
benußte die äußerſt ſchwachen Seiten des Landgrafen
zu ſeinem Vortheil, und ward Regierungsrath, pro
titulo nämlich, denn im Grunde regierte er das
ganze Land. Ich bat Herr Stubern um eine Em=

---

d) Dieſer Kappes war ein Erzſilou, von welchem die
guten Darmſtädter noch lange ein Liedchen ſingen wer=
den: der Landgraf hat ihn 1776 als einen Schelmen
weggejagt.

pfehlung an diesen Herrn Stauch; und der war auch
sogleich bereit mir, das beste Zeugniß zu geben,
und mich seinem Vetter de optima nota zu empfehlen. Sein Brief würkte; Herr Stauch versprach,
sich für mich zu verwenden, nur möchte er mich erst
sehen, nnd seinem Herren vorstellen. Ich reisete
also nach Pirmasens, wo der Landgraf Ludwig IX.
seine Residenz hatte. Pirmasens liegt in der Grafschaft Lichtenberg ohnweit der französischen Gränze.
Es ist ein kleiner Ort, den der Landgraf voll Soldaten gesteckt hat. Man muß wissen, daß dieser Fürst
eben so in Soldaten verliebt war, wie der Herzog
von Zweibrücken in seine Jagdhunde und Katzen.
Nach Darmstadt kam der Landgraf niemals, und die
Regierungsgeschäfte waren gänzlich in den Händen
seiner Bedienten und seiner Kreaturen. Er hatte
immer Mätressen, freilich gegen das Ende seines
Lebens blos zum Spiel und Zeitvertreib. Die, welche
er damals hatte, war ein gemeines Mädchen von
Rheims, die lange in Paris als fille de joie gelebt
hatte. Der Fürst hatte die Gnade gehabt, ihr den
Titel einer Comtesse von Lemberg zu geben.

In Pirmasens logirte ich bei meinem Vetter,
dem reichen Gerber Böhmer, welcher bei Herrn
Stauch gut stand, und mich auch da einführte.
Herr Stauch parlirte französisch mit mir, und war
ausserordentlich höflich. Es war ihm, meinte er,

une satisfaction infinie, einen braven Mann,
einen homme de merite zu pouſſiren. Das freute
mich, und ich inſinuirte mich beſonders dadurch.. bei
Herrn Stauch, daß ich ihm erzählte, wie, ſeitdem er
am Ruder wäre, die Klagen nicht mehr ſo gehört
würden, als vorher; das müſte durchaus von den
guten Anſchlägen herkommen, die er ſeinem Herrn
dem Landgrafen gäbe. Und in dieſem Stück hatte
ich auch nicht gelogen; denn obgleich Stauch nicht
ſtudiert hatte, und ein gelernter Schneider war; ſo
machte er doch weit klügere Anſtalten im Lande, als
viele ſeiner ſtudierten Vorfahren, welche Schurken
geweſen waren, und die Noth der mitlern und un-
tern Volksklaſſen vielleicht nicht ſo gut gekannt hatten,
als er.

Herr Stauch ſtellte mich auf der Parade dem
Landgrafen vor, welcher ſehr freundlich und herab-
laſſend nach ſeiner ſtäten Gewohnheit, mit mir redete,
und mir ganz treuherzig auf die Achſel klopfte. Er
befahl mir, eine Schrift bei ihm einzugeben, und ihm
meine Wünſche bekannt zu machen; hernach wollte
er ſchon ſehen, was man thun könnte, das hieß
denn, er wollte es Herrn Stauch überlaſſen, wie
ich könnte placirt werden. Die herablaſſende Güte
des ehrlichen Fürſten rührte mich, und ich bedauerte
ganz aufrichtig, daß ein Regent von ſo gutem
Karacter und Herzen ſo wenig Regent war.

Ich besuchte, auf Herrn Stauchs Rath, auch den Feldprobst Venator, einen erzorthodoxen düstern Kopf, der mir alsobald auf den Zahn fühlte, und mich aus einem dogmatischen Kapitel examinirte. Ich hielt Farbe und behauptete das absürdeste Zeug mit allen Gründen, die ich aus dem Kompendium behalten hatte. Das behagte dem guten Herrn, welcher über die einreissende Ketzerei heftig klagte, und mich ermahnte, die Bücher des David Hollaz fleissig zu lesen: Hollaz habe das System recht aufs reine gebracht u. s. w. Uebrigens konnte Venator bei dem Landgrafen viel ausrichten, und wer daher etwas zu suchen hatte, durfte es mit ihm nicht verderben. Er war des Landgrafen geistlicher Konsulent, und mußte seine geistlichen Grillen aufs reine bringen. Der Landgraf hatte dergleichen mehrere. Z. B. wenn er des Nachts nicht schlafen konnte; so dachte er an dies und jenes, und wenn ihm etwas einfiel, worin er sich nicht zu finden wußte; so ließ er jemanden holen, der ihm ein kompetenter Richter zu seyn schien, und sollte es auch Mitternacht seyn. In geistlichen Sachen war Herr Venator sein geheimer Rath und sein Orakel.

Zum Beispiel mag folgendes dienen, das mir Herr Venator selbst erzählt hat. Dem Landgrafen fiel einst die wichtige Frage ein: ob der hohe Priester im alten Testament mit bedecktem oder unbedeck-

tem Haupte ins Allerheiligste eingegangen sey? Dar=
über konnte er sich nun nicht finden, und Venator
muste herbei des Nachts zwischen zwölf und eins, um
ihm diese wichtige Frage auseinander zu setzen. Bei
einer solchen nächtlichen Consultation ergriff auch ein=
mal Venator die Gelegenheit, den D. Bahrdt, der
von 1771 bis 1775 in Gießen Professor war, dem
Landgrafen als einen Socinianer verdächtig zu machen,
und so — orthodox zu stürzen. —

Mir schien Venator gewogen zu seyn: warum?
weis ich selbst nicht: der Auditeur Reinhard gab
mir von weitem zu verstehen, daß der Herr Feld=
probst eine Absicht mit mir im Sinne hätte. Es
kann seyn, daß das wahr war: aber da aus der
ganzen Sache nichts geworden ist: so hab ich niemals
erfahren können, was das für eine Absicht gewesen
sey.

Meine Supplike an den Landgrafen wurde von
Herrn Stauch so gut unterstützt, daß ich 14 Tage
nach meiner Zurückkunft, ein Dekret erhielt, darin
mir Versorgung versprochen wurde, wenn ich mich
in Darmstadt examiniren ließe, und bestünde. Ich
schrieb deswegen an den Hofprediger Kremer und
an den Superintendenten Olf. Beide antworteten
mir, und bestimmten mir einen Tag, wo sie ein=
Kandidaten=Examen halten würden. Ich erschien,
und wurde in der besten Form examinirt. Es waren

auſſer mir noch ſechs Kandidaten, deren einige ich
noch von Gießen aus kannte: und da ſtärkte ſich mein
Muth gewaltig, weil mir die große Unwiſſenheit die=
ſer Herren recht gut bekannt war. Der Superin=
tendhielt eine lange aufgeſchriebene lateiniſche Rede,
worin er den Spruch des Apoſtels erklärte: „Wer
„ein Biſchofsamt begehrt, begehrt ein köſtliches
„Werk.“ Nachher gings an die liebe Dogmatik,
und zwar an den Artikel vom Abendmal, wo die
ganze Orthodoxie ausgekramt wurde. Ich antwor=
tete fertig, und hatte die Ehre, die hieher gehörigen
Stellen aus dem 10ten und 11ten Kapitel des erſten
Briefes an die Korinther auszulegen. Es wurden
noch mehr Artikel, und beſonders der von der heil.
Schrift mit uns durchgegangen, wobei man die liebe
Inſpiration ſehr vertheidigte. Ich würde meine
Leſer beleidigen, wenn ich ihnen das Darmſtädtiſche
Examen weitläuftiger beſchreiben wollte: es war erz=
orthodox, ſo orthodox, daß Albertus Grauerus oder
Paſtor Götz ihre Freude hätten haben müſſen, wenn
ſie dabei geweſen wären. — Alle Kandidaten wur=
den approbirt, obgleich einige keine drei Worte her=
vorbringen konnten. Von den Examinatoren fehlte
nur einer, nämlich der Hofprediger S t a r k, welcher
eben damals, oder doch nicht lange vorher nach
Darmſtadt berufen war, und zwar auf Betrieb des
Erbprinzen: denn ſonſt würde Herr S t a r k, deſſen

Orthodoxie schon damals sehr verdächtig roch, gewiß in dieser rechtgläubig Stadt nicht angekommen seyn. Allein da der Erbprinz darauf drang, weil er eben, wie Herr Stark, ein Freimaurer ist, so hatten die Herrn Räthe das Herz nicht, zu widersprechen, und der neue Hofprediger wurde eingeführt.

Herr S t a r k hat mir gar nicht gefallen: ich wollte ihn sprechen, mußte aber viermal wiederkommen, ehe Seine Hochwürden mich vorliessen. Endlich kam ich vor, und erblickte eine Physionomie, die mich gleich zurückscheuchte: ich fand auch nicht einen Zug im ganzen Gesicht, der etwas gutes versprochen hätte. Die Unterhaltung war äufferst kalt, und von Seiten des Herrn Stark sehr nachläffig. Ich lenkte mit Fleiß das Gespräch auf den Hephästio; aber Herr Stark wollte mir nicht Rede stehen: er sagte blos, daß man ihn in Königsberg widerrechtlich gedrückt und verfolgt hätte; doch gehorche er der Vorsehung, und hoffe auf bessere Zeiten. — Ich bat ihn, da ich einige deistische Schriften gelesen hätte, mir eine gute Widerlegung des deistischen Systems vorzuschlagen; — und Herr Stark, der große Litterator, empfahl mir — Nonnotte's Erreurs de Ms. de Voltaire. Ich staunte, dieses Buch, als eine gute Widerlegung der Deisten von einem Manne nennen zu hören, den ich für sehr aufgeklärt hielt, und gab ihm zu verstehen, daß Non-

notte, deſſen Buch ich auch ſchon in Händen gehabt
hätte, der Mann gar nicht ſey, den ich wünſchte.
Je nun, verſetzte Herr Stark gähnend, wenn Ih:
nen der keine Genüge leiſtet; ſo leſen Sie Leſſen:
der iſt auch gut. Ich dächte aber, Sie hätten auf
Univerſitäten in den Lektionen über Dogmatik genug
wider die Freigeiſter gehört: damit könnten Sie zu:
frieden ſeyn. — Ich glaube nicht, daß der Mann
im Ernſt ſo ſprach: vielleicht hatte er ſeine Rückſich:
ten: vielleicht wollte er meiner los ſeyn. — Ich
ging auch bald weg, und ärgerte mich über das un:
freundliche Weſen des Ehrenmannes; hernach habe
ich mehrere geſprochen, welche eben ſo von Herrn
Stark waren empfangen worden. Seine Predigt
habe ich auch beſucht; aber eben nichts ſonderbares
gehört: das Koncept und die Aktion waren beide ſehr
mittelmäßig. In Darmſtadt führte er ein Leben,
wie ein Einſiedler, ging mit keiner Seele um, und
wurde von Niemanden beſucht: man hielt ihn für
ſtolz und leutſcheu. Und ſo iſt er noch, wie man mir
geſagt hat. Der Kryptojeſuitismus hat dem armen
Mann viel Verdruß, und ſeine dabei bewieſene Hef:
tigkeit viel Schande gemacht, eben ſo wie dem Buch:
händler Fleiſcher zu Frankfurt am Main — großen
Schaden. Das geht mich aber weiter nicht an.

Auf dieſe Art gehörte ich nun in die Zahl der
Darmſtädter Kandidaten, und erhielt ein vortreffli:

ches Teſtimonium vom Conſiſtorio, worin die Wör!
ter praeclare und optime mehrmals angebracht
waren. Indeß auch die Hoffnung, die ich nun
ſchöpfen konnte, bald verſorgt zu werden, ging durch
Kabale verloren, wie man bald hören wird.

Drei und dreiſſigſtes Kapitel.

Meine Vikariate.

Der Pfarrer Thiels in Udenheim, drei Stunden
von Mainz, war nicht recht kapitelfeſt. Er war
eben kein vollſtändiger Narr; aber doch ein Haſenfuß,
bei dem es ſtark rappelte. Das Dorf gehörte dem
Baron von Köth zu Mainz, der ſich wenig um
den lutheriſchen Pfarrer bekümmerte, und anfangs
die Bauern fortjagte, wenn ſie mit einer Klage
wider ihn einkamen. Endlich wurde der Spekta,
kel zu arg.

Der Pfarrer lief manchmal im Dorfe herum,
prügelte die Jugend, und fluchte wie ein Landsknecht.
Seine Schweſter, welche ihm die Wirthſchaft be,
ſorgte, jagte er von ſich, und drohte ihr, ſie zu er,
ſtechen, wenn ſie ihm wieder vor Augen kommen
würde. Auch gab er dem Köthiſchen Amtmann He,

bel, der ihn einmal zurechte wies, derbe Ohrfeigen.
In die Kirche ging er gar nicht mehr, und ein abge-
setzter Schulmeister Namens Knoch von Obersaulheim, welcher ehedem ein Bischen Theologie studirt
hatte, versah seine Dienste. Da konntens dann die
Bauern nicht mehr ausstehen, und kamen alle Augenblicke mit Schriften und Klagen bei ihrem Edelman-
ne ein. Herr von Köth sah sich also genöthiget
dem Pfarrer einen Vikarius beizufügen und Herr
von Wallbrun zu Partenheim schlug mich dazu
vor. Mein Vater, welcher denken mochte, daß
das so ein Posten für mich werden könnte, gab gern
seine Einwilligung, und ich wurde ordentlich instal-
lirt. Die Bauern waren auch wirklich sehr mit mir
zufrieden, und machten mir gleich anfangs ein ange-
nehmes Geschenk mit zwei Ohm Udenheimer Wein.
Aber eben dieser Wein hätte mich ohne meine Schuld
beinahe in den ersten acht Tagen um Ansehn und
Kredit gebracht. Denn der Oberschulz Brug von
Niedersaulheim, ein Erzspaßvogel, sonst aber ein
gescheuter Kopf, schmiedete ein Gedicht auf den
Udenheimer Wein, welches er das goldne A B C
titulirte. In diesem Karmen, das aus lauter Knit-
telversen bestand, wurde der Udenheimer Wein ganz
erbärmlich mitgenommen, und als die elendeste Brü-
he in der dasigen Gegend vorgestellt. Ich will einige
Strophen davon hersetzen:

Ya, Ya, schreits Eselein;
Doch gebt ihm Udenheimer Wein
Es wird vor aller Angst und Pein,
Nicht ferner mehr sein Ya schrein.

Pabst Pius thu doch in den Bann,
Wer diese Brüh verdauen kann:
Denn es geschieht, bei meiner Treu,
Durch Teufels Hülf und Hexerei.

Dies Zeug wurde abgeschrieben, und kam so
auch zu den Udenheimer Bauern, deren einige es für
meine Arbeit ausgaben. Die Bauern ergrimmten
nun sehr, und schwuren, daß ein Mensch, der so
schlecht von ihrem Wein ᵉ) schreiben könnte, ihr Vikarius nicht seyn dürfte. Der Kirchen-Vorsteher,
Jaun, dachte aber ehrlich gegen mich, und behauptete, man müsse die Sache erst untersuchen. Er
kam auch wirklich zu mir, und konstituirte mich.
Hören Sä ämal, sagte er zu mir, do hun sä ge-
saat, Sä hättä ä grausam Ding gemacht uf unsere
Wei. Eß das ach wohr?

_____

e) Der vornehmste Nahrungszweig der Bauern in jener
Gegend besteht im Anbau des Weins, welcher sehr
wohlfeil, aber auch, wie auf dem ganzen Saulgau, den
man vom Rheingau wohl unterscheiden muß, sehr ge-
ring und schwach ist. Zu meiner Zeit kostete das Rhei-
nische Maaß Wein — zwei Bouteillen — sechs Kreuzer,
oder 18 Pfennige

Ich: Da weis ich kein Wort von! Was ist
denn das für ein Ding?

Jaun: Do seyn dä Versch uf unsere Wei. Eß
eß was grausames, wie der Wei erunner gemacht eß.
Wonn das die Leute hörä, sä kofe uns ach kän Troppä
mäh ab.

Ich las die Knittelverse, und konnte mich
des Lachens nicht enthalten. Dann versicherte ich
den Vorsteher, daß ich das Gedicht nicht gemacht
hätte und es jetzt das erstemal sähe: ich dächte aber
den Urheber herauszubringen: denn ich müßte mich
sehr irren, oder der Oberschulz Brüg wäre Verfasser. Jaun gab mir Recht, und ich schrieb noch
denselben Tag an Brüg, und erhielt zur Antwort,
daß er die Verse schon vor langer gemacht hätte, und
recht froh wäre, daß es die Udenheimer Grobians
wüßten, und sich baß ärgerten. So kam ich bei
meinen Bauern wieder in Kredit, und der Jaun,
ein Bruder des Kirchenvorstehers, bat mich im Namen der ganzen Gemeinde um Nachsicht mit ihrer
Uebereilung.

Mit dem Pfarrer Thiels ward ich ziemlich gut
fertig: ich gab ihm in allem Recht und disputirte
mit ihm brav aus den Zeitungen. Wir lebten sehr
friedlich zusammen, und wenn er manchmal mit mir
zanken wollte; so ging ich fort, und ließ ihn sitzen.
Er kam gar nicht aus seiner Stube; ich aber lief flei-

ßig in der Gegend herum, und machte mich so luftig,
als ich konnte. Zu meinem Vater kam ich selten;
aber den Amtsverwalter Schönburg besuchte ich
oft, und fand mich auch oft in meinem Deisten-
Klubb ein.

Im Sommer 1781 entstand eine andere Kabale, welche mich vom Vikariat, und den Pfarrer
Thiels von seinem Dienst brachte. Der Hergang
der Sache war folgender:

Der Pfarrer Wagner zu Wertstadt, in jener
Gegend der Jesuit genannt ƒ), hatte vier Söhne,
welche alle vier Erzignoranten und schiefe Prisen waren. So wenig scharf die Consistorien dort herum
sind, wurden doch die jungen Wagner allemal abgewiesen. Der Vater sah sich also genöthigt, ihnen
eine Pfründe zu kaufen, und sie auf die Art unter-
zubringen. Der jüngste davon, Namens Ernst Wagner, welchem man den Beinamen Magister Weits-
maul gegeben hatte, stand damals in Wendersheim,

ƒ) In keinem Lande sind die Ekelnamen häufiger als eben
in der Pfalz. Die Geistlichen haben deren beinahe alle
einen. So heißt der eine Curtius Rufus, der andere
der Hanebächene; dieser Langhals, jener Gänsehals
u. s. w. Ich erinnere mich nicht, daß jemals wegen solcher Benennungen ein Injurienproceß geführt
wäre.

einem dem Mainzischen Grafen von Elz gehörigen Dörfchen, als Pfarrer. Hier hatte er eine schlechte Besoldung, und suchte Gelegenheit zu einer bessern. Er hörte, daß der Pfarrer Thiels nicht recht bei Gelde sey, und glaubte, durch seine Bekannte in Mainz dessen Stelle erhalten zu können. Diese Bekannte waren der Vikariats-Rath Hettersdorf, der Karthäuserpater Heinrich [g]) das Orakel des Herrn von Köth, der Amtmann Hebel und ein Erzschuft, Namens Brandenburger. Alle diese Leute waren bei dem Herrn von Köth sehr angesehen: den Hettersdorf und P. Heinrichen hielt er gar für Heilige! Hebel war sein Beamter, dem er alle seine Geschäfte überließ. Denn der Herr Kammerherr waren schwachen Geistes, und Brandenburger sorgte so für seine menus plaisirs: er ist nämlich als ein großer Hurenspediteur in Mainz bekannt, ich meyne den Brandenburger, und versieht Hochwürdige Gnaden, Excellenzen und Kaufmannsdiener mit leichter Waare, wenn er nur Geld bekömmt. Das mag denn nun seyn; daß aber Leute von Karakter diesen

---

g) Das scheint ein Widerspruch zu seyn, da die strenge Regel der Kartheusermönche bekannt ist. Aber diese Herren bekümmern sich in ihren Zellen auch noch ums Sekulum, und wissen gut genug, was darin vorgeht. Pater Heinrich war einer von denen, die sich ums memento mori blutwenig bekümmern.

Schuft in ernsthaften Geschäften gebrauchen konn=
ten, war mir zu begreifen unmöglich, besonders da
der nichtswürdige Kerl nicht schweigen konnte, und
alles, was er wußte, ausplapperte und es noch mit
seinen Lügen ansehnlich vermehrte.

Die gedachten vier Herren in Mainz, welche
man freilich mit Geld gewinnen mußte, arbeiteten
nun gemeinschaftlich an dem Sturz des Pfarrers
Thiels, um dem Ernst Wagner Platz zu machen.
Man wollte aber bei meiner Anwesenheit in Uden=
heim nichts vornehmen, weil ich, als Freund des
Pfarrers, mich gewiß den Machinationen der nieder=
trächtigen Kabale widersetzt hätte. Allein zum Un=
glück für Thiels verreißte ich auf einige Tage zu mei=
nem Vater. Gleich den folgenden Tag kam Herr
von Köth, Hettersdorf und Hebel nach Udenheim,
und brachten es theils durch Drohungen, theils durch
gute Worte dahin, daß Thiels gegen 800 Gulden
seine Pfarrei resignirte, und dies eigenhändig unter=
schrieb. Als ich zurück kam, erfuhr ich den dummen
Streich, den Thiels gemacht hatte, und ärgerte
mich nicht wenig. Selbst Thiels bereute seine Toll=
heit, und heulte wie ein armer Knabe, der seinen
Kreuzer verloren hat. Ich lief den andern Tag nach
Mainz, und sagte dem Herrn von Köth, und sei=
nem Amtmann gerade heraus, daß die Resignation

des Pfarrers ungültig sey, weil er nicht recht bei
Sinnen wäre. Herr von Köth erschrak über meine
Vorstellung; der Amtmann aber sagte mir gerade
heraus, daß ich die Rechte nicht verstünde, und da=
her zur Sache nichts sagen könnte. Den Vikariats=
rath Hettersdorf besuchte ich auch; aber das ist ein
kalter Jesuitenschüler, der mich ohne Trost für den
Pfarrer gehen ließ. Nun fragte ich den Assessor
Schad, meinen Freund, den ich bei Schönburgen
hatte kennen lernen, und der ein vollkommner
Rechtsgelehrter war, was in dieser Sache Rechtens
wäre? Dieser versicherte mich, daß die Resignation
des Pfarrers unstatthaft sey, daß man aber doch ei=
nen geschickten Juristen annehmen müßte, der die
Sache erst bei Hn. von Köth betriebe, und wenn
das nichts helfen würde, zu Wezlar anhängig machte.
Dieser Rath gefiel mir, und als ich ihn dem Pfarrer
entdeckte, überließ er mir die ganze Sache, und
bath mich, einen geschickten Advokaten für ihn anzu=
nehmen. Dergleichen Männer sind nun in der Pfalz
sehr selten, ob es gleich an Rabulisten nicht fehlt:
doch fand ich einen in der Person des Leiningischen
Amtmanns Hn. Süssermiehl zu Bechtheim,
eines Juristen, der in der Pfalz wenige seines glei=
chen hat. Ich stellte diesem braven Mann das Un=
recht vor, welches man dem guten Thiels anthun
wollte, und er nahm sich seiner auf eine so thätige

Weise an, daß das Ding bald eine andere Wendung
nahm.

Mein Vater, welcher inzwischen ein Dekret
für mich zum Gymnaſium in Darmſtadt von Pirmaſens erhalten hatte, wovon ich im nächſten Abſchnitt
reden werde, trug mir auf, mein Vikariat in Udenheim
aufzugeben, welches ich auch that, obgleich die Bauern ſehr unzufrieden damit waren. Doch fuhr ich
fort, den Pfarrer Thiels zu unterſtützen, und alles,
was ich vermochte, wider den unwiſſenden intrigan-
ten Wagner in Aktivität zu ſetzen. Weil ich aber
nicht in den Schranken der Klugheit und Behutſam-
keit blieb; ſo hetzte ich mir eine ~~eine~~ Menge Feinde
auf den Hals, und zog mir eine Art von Injurien-
prozeß zu. Die Sache war dieſe.

Wagner hatte ſich mit der Tochter des Poſt-
halters S p e ch t von Dürkheim an der Hardt, der
auch zugleich Gaſtwirth und Pfennigskrämer war,
verſprochen. Ich und der Oberſchulz Brüg nahmen
daher Gelegenheit, zwei Epiſteln in Verſen zu fabriciren, und ſie ſo einzurichten, als wenn die eine von
Wagnern an ſeine Braut, die andre aber von der
Braut an Wagner geſchrieben wäre. Ich muß
doch meinen Leſern eine davon, die ich nach auswendig weis, mittheilen, nämlich die der Jungfer Braut
an ihren Geliebten.

An den Herrn Magister Weitmaul.

Herr Gott behüte! welche Freud
Schöpf ich aus Ihrem Karmen heut!
Sie wollen, daß ich lieben soll:
Ach, ich war längstens Männertoll!
　　　　　　　　Kyrieleis!

Ich hab' manch liebe lange Nacht,
Mit Mannsgedanken zugebracht,
Mit Hand und Füßen stäts gejuckt:
Denn grausamlich hat's mich gejuckt.
　　　　　　　　Kyrieleis!

— — — — — —
— — — — — —

Mein goldnes Herr Magisterlein,
Ich will Ihr Schäfchen werden fein;
Sie sollen seyn mein Tröster werth,
Den mir der Himmel hat bescheert.
　　　　　　　　Kyrieleis!

Ich will mich heben aus dem Staub,
Und tragen eine hohe Haub,
Und ziehen einen Reifrock an,
Da nun Herr Weitmaul wird mein Mann.
　　　　　　　　Kyrieleis!

Nur machen Sie sich bald herbei,
Denn in drei Wochen ist es Mai
Da lassen Sie die Hochzeit seyn,
Und nehmen mich ins Bettelein.
　　　　　　　　Kyrieleis!

Gewiß, daß mich der Teufel hol',
Wenn ich noch länger warten soll,
Und nicht bald Ihnen werd getraut,
So fahr ich wahrlich aus der Haut.
Kyrieleis!

Es geht mir grad, wie meiner Katz,
Drum sputen Sie sich, lieber Schatz,
Und machen mich fein bald zur Frau,
Sonst werden mir die Haare grau.
Kyrieleis!

Diese Knittelverse machten sehr viel Aufsehen, und waren in kurzer Zeit in der ganzen Gegend weit und breit bekannt. Die Jungen sangen sie auf der Gasse. Daß ich Antheil daran hätte, muthmaßte man, und auf diese Muthmaßung gab Wagner eine Klagschrift zu Grehweiler wider mich ein; aber der Rath Dietsch war zufrieden, daß ich erklärte, ich sey nicht Verfasser, und so hatte der Proceß ein Ende. Ich habe es aber doch nachher bedauret, daß ich diese Schnurre hatte machen helfen: denn ich vermehrte nur meine Feinde; und selbst Leute, die mir sonst gut waren, lachten zwar über die Possen, aber verachteten doch den Urheber derselben. Es ist unglaublich, auf welchen Grad man seinen Kredit durch Pasquillen verlieren, und sich gehäßig machen kann! Das bischen boshaften Witz muß man wahrlich theuer bezahlen!

Ohnerachtet aber aller Bemühungen des Amtmanns Süssemiehl, und andrer Freunde, wollte
doch das Misgeschick, daß Thiels seine Pfarre verlohr. Denn die Magd des Thiels ward schwanger.
Sie war, wie ich selbst bezeugen kann, eine erzlieder-
liche Kreatur, und ich habe Bauernkerls genug bei
ihr gesehen. Zu dem hing sie an einem Kerl von
Niedersaulheim, den sie auch anfangs als den Urheber ihrer Entjunferung angab, bis — der vorhin
genannte Brandenburger sie durch Geld beredete,
auf den Pfarrer Thiels zu bekennen. Das that der
Schuft auf Anstiften des Pfarrers von Bendersheim,
wie er selbst mehmals bekannt hat. So machens
aber schlechte Menschen, wenn sie zum Zweck gelangen
wollen! Alsdann gelten ihnen alle Mittel gleich: sie
bedienen sich der schurkischten Ränke, und werden
dabei nicht einmal roth.

Nun konnte Herr Süssemiehl den armen Thiels
nicht ferner durchhelfen, besonders da dieser selbst
vor Angst und Narrheit, die erkaufte Aussage der
Magd bestätigte. Der redliche Süssemiehl war von
der abscheulichen Kabale des Brandenburgers nicht
unterrichtet: Er zog sich also zurück, und ließ es geschehen, daß dem beängstigten Thiels jährlich 200
Gulden von den Pfarr-Einkünften lebenslänglich zu-
gesichert wurden. Wagner wurde demnach instal-

tirt, Thiels zog ab, und seine Sachen verauktionirte man unter allerlei Betrügereien.

Als ich vor fünf Jahren in der Pfalz war, hörte ich, daß Wagner immer Zank und Spektakel mit der Gemeinde hätte und überhaupt der Gegenstand der allgemeinen Verachtung wäre. Das ist auch schon recht: er hat es durch seine schuftigen Rabalen wohl verdient, und der Name Magister Weitmaul wird ihm bleiben, so lang er lebt.

Thiels ist immer närrischer geworden, und hielt sich meistens in den Kneipen auf, wo er von gewissen Insecten so voll ward, daß er zu keinem ehrbaren Menschen mehr kommen durfte. Die 200 Gulden werden ihm, wie ich gehört habe, nicht mehr ausgezahlt: denn der Herr von Köth ist ohne Erben gestorben, und Udenheim ist Pfälzisch geworden. Da hat Wagner Wege gefunden, sich von dieser Last loszumachen. Freilich wirds beim Hn. Geheimerath Koch zu Alzey Geld genug gekostet haben: denn ohne Geld richtet man in der Pfalz nichts aus; aber mit Geld bringt jeder durch, er mag nun gerechte Sache haben, oder einen schuftigen Handel ausmachen wollen. Da heißt es:

— — venalia nobis
Templa, sacerdotes, altaria, sacra,
deusque.

Vier und Dreißigstes Kapitel.

Ich soll Konrektor werden.

Herr Stauch hatte gut für mich gesorgt, und als Herr Klein, bisheriger Konrektor in Darmstadt verseßt wurde, würfte er mir ein Defret vom Landsgrafen zu dieser Stelle aus. Mein Vater war über meine so nahe scheinende Versorgung fast ausser sich vor Freude, und um so mehr, da ich nicht Prediger, sondern Schulmann werden sollte. In diesem Stande, sagte er, brauchst du nichts contra conscientiam zu lehren, wie leider! der Volkslehrer oft thun muß, um die Schwachen nicht zu zertreten, und das nicht einzureissen, was sich vermöge des Alterthums und der langen Gewohnheit entweder gar nicht, oder doch wenigstens ohne viel Mühe und Einsicht nicht wieder aufbauen läßt. — Ich selbst fand bei einer solchen Stelle mein ganzes Behagen: denn zum Verfündigen des göttlichen Worts verspürte ich wenig Neigung. Anfangs arbeitete ich zwar meine heiligen Reden selbst und sorgfältig aus, so daß ich oft drei bis vier Tage darauf verwandte; hernach ward ich flüger. Ich folgte dem Beispiele der meisten meiner geistlichen Reisegefährten: Ich bestieg den sanftmüthigen Eselsrücken, und ritt, statt

zu Fuße zu gehen, die Postillen meiner Vorgänger
und Vorreiter, ganz bequem und erbaulich. Unter
andern Brücken dieses Bequemern Apostolisirens,
haben mir die Dispisitionen des Doktor Münters
viel Dienste geleistet. Im Grunde, dachte ich, sey
es einerlei, ob ich oder ein anderer den Leuten die
christliche Glaubens= und Sittenlehre predige; und
mir war es um so mehr einerlei, da ich von dem,
was ich vortrug, wenig oder gar nichts glaubte.
Ich behandelte das Predigtamt, wie ein Handwerk,
bei dem man sich aller kleinen Vortheile und Kunst=
griffe bedienen dürfte. So dachte und handelte ich;
und so denken und handeln, wie mich dünkt, jetzt
die mehresten!

Ich begab mich nach Darmstadt, und glaubte,
da ich die Hand des Landgrafen hatte, daß meine
Anstellung keine weitere Schwierigkeit haben könnte.
Allein wie kann der Mensch sich trügen! — Der
Superintendent Olf und der Rektor Wenk hatten
ein anderes Subjekt im Sinne, welches ein gewisser
Kandidat Zimmermann war. Dieser hatte sich,
außer andern schönen Künsten, auch im Versificiren
geübt und durch gereimte und ungereimte Gratula=
tionen bei den vornehmern Darmstädtern in große
Gunst gesetzt. Der Superintendent verlangte daher,
daß ich mich erst pro re scholastica, wie er sich
ausdrückte, examiniren lassen müßte. — Ich un=

verzog mich der Prüfung, welche Olf und Wenk mit
uns beiden anstellten, willig, und bewunderte dabei
nichts mehr, als die große Pedanterie und Scharla-
tanerie der beiden Examinatoren.

Der Superintendent diktirte unter andern ein
Exercitium, ohngefähr folgendes Inhalts: „Lieber
„Bruder! meine Strümpfe sind zerrissen; bitte des-
„halb die liebe Mutter, daß sie mir neue schickt.
„Auch habe ich neulich meine Kappe verlohren, und
„muß eine andere haben. Meine Hosen wollen
„auch nicht mehr halten u. s. w." — Ich lachte
über dies läppische Exercitium überlaut; allein dies
Mokkiren nahm Herr Olf so übel auf, daß er mir
einen recht derben Verweis gab. — Ich mußte ihn
hinnehmen: warum ließ ich mir einfallen, über
einen Geistesprüfer zu lachen! — Meine Version
wurde zwar nicht gelobt, aber auch nicht getadelt;
allein Zimmermann hatte mehrere grammatikalische
Schnitzer in seinem Thema gemacht, und dies war
Wasser auf meine Mühle. Ich freute mich schon
innerlich über die Sache, als Wenk sie bemerkte
und urgirte; aber wie es die Dummköpfe zu machen
pflegen, Zimmermann gab sie für Schreibfehler
aus h).

***

h) So ohngefähr, wie Herr Prof. P. in der litteratur
Zeitung 1791 die lieblichen Schnitzer: ostendidit.

Unter diesen Umständen glaubte ich, gut bestän=
den und tüchtig befunden zu seyn, die Stelle zu er=
halten; aber mein Freund, der Hofprediger Kre=
mer, äusserte doch große Bedenklichkeit, und rieth
mir, auf meiner Huth zu seyn, da man Kabalen
wider mich schmieden würde. In der Meinung, daß
doch der Fürst sein Wort halten müsse, schien mir
diese Muthmaßung unwahrscheinlich, und ließ mich
daher weder durch ihn, noch durch andere irre ma=
chen. Allein Kremers Vermuthungen waren nicht
ohne Grund gewesen: dies lehrte der Ausgang der
Sache. — Rektor Wenk, ein eben so geschickter
Schulmann als gründlicher Historiker, welches letz=
tere, wie mich dünkt, er in seiner Hessischen Ge=
schichte hinlänglich bewiesen hat, war sehr freundlich
gegen mich, gab mir indeß doch zu verstehen, daß
er es lieber sähe, wenn Zimmermann die Stelle er=
hielte. Damals gefiel mir dies Benehmen nicht;
allein überlege ichs jetzt nun kaltblütig, und bedenke
ich, daß der verstorbene Landgraf meist Ausländer

---

quarundarum, provinciam offertam, tota orbis lit-
teraria, und andere mehrere als Schreibfehler ange=
sehen wissen will: Denn Druckfehler können dies eben
so wenig seyn, als das rationem obmutescendam esse
in einem sonst guten Compendium der Dogmatik S. 3.
lin. 9. Oder der ganze Mann ist ein Druckfehler, und
dann läßt sichs entschuldigen!

und wenig Inländer beförderte; so kann ichs weder
ihm noch dem Superintendenten verdenken, daß sie
die Stelle lieber mit einem Landskinde als mit mir
besetzen wollten. Nur hätte keiner von beiden sich
niederträchtiger Kabalen bedienen sollen, um den
Zimmermann zu befördern und mich hintan zu setzen.
Dergleichen ist schlecht; und doch thaten sie es.

Ich hatte im Darmstädtschen einige Feinde. Dahin gehört Mosje Jawand, damals Büchsenspan-
ner beim Erbprinzen, welchem ich einmal auf die
Füße getreten hatte. Dieser Mosje Jawand, der,
wie die Leute seines Geschlechts, viel bei Hofe galt,
und der Zimmermanns Gönner war, brachte es bei
seinem Prinzen dahin, daß dieser nach Pirmasens
schrieb, und Zimmermannen zu der Stelle empfahl,
die mir zugedacht war. Das war eins aus dem
Kapitel der Vorsehung und Regierung Gottes in der
Menschenwelt! Ferner hatte ich Wagenern von
Udenheim beleidigt, und dadurch seine Feindschaft
mir zugezogen. Wagener war, wie alle kleinen
Seelen, auf niedrige Rache bedacht. Man höre,
wie ers anfing! —

Der jetzige Amtmann von Niedersaulheim
wollte damals eben die Schwester des Wageners
heirathen. Jener war ehemals Hofmeister des jungen Herrn von Wallbrunn in Darmstadt gewesen,
hatte mich in Gießen kennen gelernt, und trieb sich

nachher unſtät und unverſorgt herum, bis Herr von
Wallbrunn ſeinen bisherigen Amtmann Wolf in
Niederſaulheim, einen Mann ohne Vermögen, einen
Vater mit ſechs Kindern, einen braven gelehrten
Mann, einen nahen Anverwandten des Herrn Prof.
Schlözers in Göttingen, blos deshalb abſetzte, um
den Hofmeiſter — ſein Name iſt mir nicht ganz mehr
erinnerlich; allein den wenigen Spuren meiner Ge-
dächtnißkraft zu folge, heißt er Walther — ins
Brodt bringen zu können.

So war denn dieſer unwiſſende Menſch, welchen der Oberſchulz Brug nicht ſelten gekezzert hat,
in die Pfalz gekommen; Wagener hatte ihn wider
mich aufgebracht und die Procedur ging folgender-
maßen. Der neue Amtmann ſteckte ſich hinter ſeinem
Herrn, und dieſer, vom Apellationsrathe Höpfner, ehemaligen Profeſſor in Gießen, und einem
Kandidaten, Namens Baumann, der mich noch
von Gieſſen aus haßte, unterſtützt, verfertigte eine
ſehr ſchlimme Schilderung von meinem Charakter,
und ſchickte ſelbige nach Pirmaſens an den Feldprobſt
Venator. — Bisher hatte ſich Herr Stauch
meiner angenommen; allein da dieſer durch Venator
Nachricht davon erhielt, und der Landgraf ihn merken ließ, daß er gern den Zimmermann befördert

Erſter Theil.　　　Y

sähe; so nahm er sich meiner nicht weiter an. —
Ich benahm mich hierbei so ziemlich leidlich. Die
Nachricht, daß Zimmermann an die per decretum
Serenissimi mir zuerkannte Stelle gekommen sey, er=
trug ich ohne viele Kränkung; allein die vom Hof=
prediger, Herrn Kremer, jetzigen Oberpfarrer zu
Rheinheim, ✝ nach der Höpfner und der Baron von
Wallbrunn vermöge ihrer elenden Relationen an mei=
nem Durchfall Schuld gewesen waren, ärgerte mich
ganz grimmig. Ich sah indeß den Zusammenhang
der ganzen Kabale sehr gut ein, und fand in meinem
unbesonnenen Betragen gegen den Pfarrer Wagener,
sonst Magister Weitmaul genannt, mancherlei
Ursache dazu; allein, statt klüger zu werden, suchte
ich mich durch neue auf ihn verfertigte Schmähschrif=
ten zu rächen, die theils den vatinianischen Haß der
ganzen Wagenetischen Familie vermehrte, theils bei
ihrem Anhange mir neuen zuzog. — Ich verfer=
tigte nämlich eine genealogische Tabelle der Wage=
ners, welche ich von dem Famulus des berüchtigten
Schwarzkünstlers, Doktor Fausts, der auch Wa=
gener geheißen haben soll, abstammen ließ. Dies
Ding wurde fleißig gelesen, und wurde sogar mit
Beifall beklatscht und belacht. So angenehm ich
aber andern dadurch geworden war, so vielen Ver=
druß und so viele Vorwürfe zog ich mir deshalb bei
meinem Vater und meinen Anverwandten zu.

Ich schäme mich fast, hier zu gestehen, daß ich ein sehr unedles Mittel anwandte, mich an den Wortgenern zu rächen: aber ich muß aufrichtig seyn. — Der älteste Bruder des Pfarrers von Udenheim mit seinem Schimpfnamen, in jener Gegend der Hosenknopf genannt, hatte sich die Pfarre zu Mommenheim, einem katholischen Edelleuten zugehörigen Dorfe, für baar Geld gekauft. Die Bauern, welche die krasse Ignoranz des Menschen aus den Nachrichten anderer, denen sie in diesem Stücke gern glaubten, schon kannten, und nun noch seine niedrigen Sitten und seine säuische Lebensart mit Augen sahen, fingen einen Prozeß wider ihn an, und forderten von ihren Edelleuten, daß das über allen Glauben elende Subjekt sollte removirt werden. Der Prozeß kam nach Wezlar; allein das Kammergericht ging, wie die Justiz nach alter Gewohnheit immer zu gehen pflegt, den langsam kriechenden Schneckengang, und so vergingen mehrere Jahre, bis endlich die Bauern des Prozessirens überdrüssig wurden, und die Sache liegen ließen. Dies ärgerte mich. Ich feuerte also die Bauern von neuem an, schanzte ihnen einen recht beissigen Advokaten zu, und brachte es durch meine Veranstaltung endlich dahin, daß die Mommenheimer Gemeinde Deputirte nach Wezlar schickte, welche so lange dableiben mußten, bis der Prozeß zu Wageners Nachtheil entschieden ward. — Ich ge-

ſtehe gern, daß dieſe meine Handlungsart unedel und
niedrig, und vielleicht Folge von dem Ausſpruche
Juvenals war:

At vindicta bonum, vita jucundius ipſa,
und daß ich die Vorwürfe, die mir mein Vater, der
alle Kabalen haßte und verabſcheuete, deshalb machte,
wohl verdient hatte; indeß dem Wägener, der der
allgemeine Gegenſtand der Verachtung und des Spot=
tes aller klugen Leute in daſiger Gegend war, geſchah
hierdurch keinesweges Unrecht. Es war unedel von
mir in ſofern, da mich die Sache nichts anging, und
Rachſucht, geſetzt ſie beabſichtet auch keine Schurke=
rei, größtentheils unter der Würde des Menſchen iſt.

Mancher ſkandalöſen Auftritte beſchuldigte man
mich auſſerdem, woran ich aber auf Ehre nicht Schuld
war. So iſt z. B. der Udenheimer Pfarrer, kurz
vor meiner Abreiſe nach Halle, zwiſchen Werrſtadt
und ſeinem Dorfe von einem Bauernkerl, — ſo
hat es ihm wenigſtens geſchienen, — jämmerlich
ausgeprügelt worden, und man ſchob das Ding
auf mich, als hätte dergleichen nur auf meinen
Betrieb und auf meine Veranſtaltung geſchehen
können. Das war nun falſch geſchloſſen! Ich
habe keinen Antheil daran gehabt, ſonſt würde ichs,
da mir ein Geſtändniß ſolcher Art jetzt nicht ſchaden
könnte, frei geſtehen. Das Ding läßt ſich erklären,
ohne mich zum Schlüſſel zu nehmen. Wagener hatte

viele Feinde, die ihm aufpaßten, folglich war eine
Prügelſuppe gar kein ungewöhnliches und ausländiſches Gericht für ihn, zumal in der Pfalz, wo dergleichen Auftritte nichts Neues ſind. Dies macht
aber der Wein, der hier geſoffen und nicht getrunken wird.

Man kann ſich leicht vorſtellen, daß mein Vater auf die Nachricht, daß ich wegen meines in Gießen und ſonſt geführten Lebens Repulſe erhalten und
die Konrektorſtelle in Darmſtadt nicht erlangt hätte,
recht ernſtlich böſe auf mich geworden ſey. Er hielt
mir eine recht derbe Strafpredigt deshalb, und ermahnte mich bei allem, was ihm theuer und heilig
war, anders zu leben, und geſetzt zu werden. Ich
verſprach alles, und mein Vater tröſtete mich, daß
dann noch alles gut werden würde. Ich ſchöpfte
hierzu um ſo mehr Muth, da der Pfarrer S t u b e r
an Herrn Stauch ſchrieb, und meinem Lebenswandel
eine lange Apologie hielt. Er gab die Berichte der
Darmſtädter Herren für lauter Läſterungen aus, und
bat, daß Stauch ſich ferner meiner annehmen möchte.
Dies geſchah auch, und ich bekam abermals ein De,
kret vom Landgrafen, daß ich nächſtens ſollte befördert werden. Ich habe aber von dieſem letztern
Dekret niemals Gebrauch gemacht; und wenn ichs
auch hätte thun wollen, ſo würde ich doch deshalb
nie reüſſirt haben, weil Meiſter Olf, der Super,

intenbent zu Darmstadt, bei der Besetzung des Kon-
rektorats mein erklärter Feind geworden war. Ich
hatte nämlich in dem Hause des Fasanenmeisters
Jawand zu Dornberg diesen Herrn Olf als den
abscheulichsten Dummkopf beschrieben, und eine gedruckte Predigt von ihm gemustert und mit allerlei
spöttischen Anmerkungen versehen. Dieser leichtsin-
nige Streich war dem theuren Mann bei Gelegenheit
der Konrektorei hinterbracht worden, und er hatte
in heiligem Grimm geschworen, daß er sein Haupt
nicht gesund tragen wolle, wenn ich in seinem Lande
Speise und Trank bekäme für die Weidung geistlicher Schaafe und Lämmer.

Fünf und dreißigstes Kapitel.

Ein Schuft wird mein Patron.

Nachdem ich in Darmstadt durchgefallen war, durch-
irrte ich aus Langerweile und Unlust gegen das Da-
heimsitzen die ganze umliegende Gegend unstät und
flüchtig, fast wie Kain. Meine vielen Bekannten
in dem Kreise erleichterten mir mein Leben, und oft
verflossen drei bis vier Wochen, ehe ich wieder der
Wohnung meines Vaters zueilte. Dieser war zwar
mit meinem Umherlaufen wenig zufrieden, weil er
es aber der Mißmuth zuschrieb, die ich, seiner Mei-

nung nach), über mein Mißgeschick empfand, so ließ
ers unter der väterlichen Einschränkung, keine Exceſſe
zu machen, gut ſeyn. Freilich in den Häuſern des
Inſpektors Birau zu Alzey, meines Stubers,
Freſenius und anderer gingen auch keine Exceſſe
vor; aber wenn ich beim Chirurgus L., im Bock
zu Flonheim oder ſonſt in einer Kneipe kampirte; ſo
wurde nicht nur ſehr ſcharf geſoffen, ſondern auch
anderer Unfug getrieben. — Ich verlohr durch dieſes
rohe und unbeſtimmte Leben nach und nach alle Achtung für meinen Kandidatenſtand, und da galt es
mir gleich viel, mit wem ich umging, wovon ich
redete, und wie ich mich betrug. Ich ſaß oft ganze
Nächte in den Bauernkneipen, und raiſonnirte mit
den beſoffenen Kerls über allerlei. Die Leute hörten
mich immer gern ſchwatzen, und da ich in jener Gegend für einen Gelehrten paſſirte, ſo ſchätzten ſichs
faſt alle für eine Ehre, wenn ich bei ihnen ſaß und
mit ihnen zechte. Dieſes Betragen ſchwächte meinen
Kredit bei dem geiſtlichen Stande noch mehr, und
ich ſank ſo ſehr in meiner beſondern Achtung, daß
meine Freunde, beſonders mein ehrlicher Haag und
mein guter Job, mich oft und angelegentlich baten
und ermahnten, anders und beſſer zu werden, wenigſtens den Beſuch der Wirthshäuſer einzuſtellen.
Allein es half nichts: ich äſtimirte mich ſelbſt nicht
mehr, wie ſollte ich alſo für meine Reputation ſor-

gen! — Dies war für mich nicht möglich, meine
Lebensart war andere Natur, und ich ließ mich bis
zu den gemeinsten Geschöpfen herab.

Der Wirth im Bock zu Wonsheim hatte eine
Magd, mit welcher ich bei der Gelegenheit in Bekanntschaft gerathen war, weil ich, wenn ich zu
Schönburg nach Neubamberg gehen wollte, Wonsheim passiren mußte. Diese Bekanntschaft stieg bis
zur Vertraulichkeit, und ward der Gegenstand der
müßigen Schwätzerzungen, welche, ausser vielem
andern närrischen Zeuge, auch das von mir aus-
sprengten, daß das Mädchen von mir schwanger
sey. Ich bekümmerte mich um das Gerücht der
skandalösen Chronik nicht; denn es war falsch.

Schon seit einigen Jahren war ich auch mit
einem gewissen Baron von F. aus M. bekannt. Dieser Edelmann war zwar katholisch der Profession
nach, aber seiner Praxis zu folge, war er ein Freigeist;
zwar mehr aus Leichtsinn und Spottsucht, wie viele
dergleichen Helden, denn auch der Unglaube hat seine
blinden Anbeter, als aus Grundsätzen. Dieser F.
war ein eingemachter Wollüstling, der ganze Tage
bei Wein und in Gesellschaft feiler Menscher, nach
denen er ohne alle Delikatesse jagte, zubrachte. Zo-
tenreissen und fluchen waren seine schönen Künste:
und seine einzige Wissenschaft, da er von allen übrigen Kenntnissen entblößt war, bestand darin, daß er

Tag und Nacht auf den Strich ging, Mädchen,
wie Lerchen, fing, und diesen die Taille verdarb.
Sonst war er ein ganz guter Mensch, d. h. ganz so,
wie wollüstige und kreuzliederliche Leute zu seyn pflegen: sie theilen mit was sie haben, und freuen sich,
wenn sie für ihr Geld einen Zirkel gleichgesinnter
Menschen errichten können, die eben so ausschweifen
und tolliren als sie. Ich hatte diesen Herrn von F.
zwar bei dem Amtsverwalter Schönburg kennen lernen; allein unsere wechselseitige Hauptfreundschaft
war während meines Vikariats in Udenheim zu Niederolm, im Hause des Wirthes Noll auf folgende
Weise gestiftet worden.

Der Pastor Jacobi in Niederolm, einem
zwei Stunden von Mainz gelegenen Dorfe, hatte
eine Base oder Nichte bei sich, welche zwar nicht
schön war, übrigens doch Reize genug hatte, junge Leute lüstern zu machen. Herr Dorsch mein
Freund, Amtsverwalter daselbst, verschafte mir zuerst
Bekanntschaft in dem Hause dieses Pastors, den ich
denn nachher von selbst, da überdem Udenheim nur
eine Stunde weit davon liegt, öfters besuchte. Einst,
da ich dahin geritten war, und nach abgelegter Visite
meinen Gaul aus Noles Wirthshause, wo ich logirte,
wieder abholen wollte, rief mich der Baron F. an,
und nöthigte mich, auf sein Zimmer zu kommen.
Ich thats, und es wurden zuerst einige Gläser Wein

verſenkt. Hernach fragte er ſogleich, wen ich be=
ſucht hätte, und auf meine Antwort, daß ich beim
Hrn. Paſtor geweſen wäre, kam er auſſer ſich und
rief: „ei! Schwerenoth! da haben Sie ja auch das
hübſche Fraßchen geſehen? — Schwerenoth! wenn
ich doch auch da könnte bekannt werden! — —“

Ich: Das können Sie leicht. Gehen Sie
nur hin: der Paſtor iſt ein höflicher freundlicher
Mann.

Er: Herr ſchaffen Sie mir Bekanntſchaft und —
ich verſchreibe Ihnen Leib und Seele, wie man ſie
dem Teufel verſchreibt. —

Ich: Die Verſchreibung iſt unnöthig. Wiſſen
Sie was? auf den Sonntag kommt Mamſel Jacobi
mit der Tochter des Chirurgus nach Udenheim zu
mir — kommen Sie auch und — Ihre Bekannt=
ſchaft iſt gemacht.

Er: Topp! Freund! Ihr ſeyd mein Mann! —
(greift nach dem Glaſe) Auf gute Freundſchaft, du
und du! —

Ich: Blox! — Da hab ich wieder einen
neuen Dußbruder. —

Er: Kerl! hol mich der Teufel — biſt mein
Mann! — Nur halt Wort, und ſey geſcheut! —
Auf den Sonntag puncto ein Uhr bin ich bei
dir! — —

Nach dieser Abrede ritt ich nach Udenheim, und
mein Herr Baron F.... nach Mainz. Sonntags Vor=
mittags kamen die Mamsellen, und um ein Uhr war
Bruder F.... da.   Er spielte den Unschenirten so
hübsch, daß das Frauenzimmer seine innige Freude über
ihn empfinden mußte.   Ich merkte bald, daß Mamsell
Jacobi eben nicht böse ward, wenn der Ritter ihr
nahe kam, und Handgriffe wagte.   Es wurde ge=
lacht und geschäkert, bis gegen sechs Uhr hin, wo
die Mädchen aufbrechen wollten.   Der Baron hatte,
wahrscheinlich absichtlich, eine Kalesche bei sich, und
war also im Stande, sowohl seinen eigenen, als den
Wünschen der beiden Schönen ein Genüge zu lei=
sten. — Ich war darüber nicht eifersüchtig und
neidisch — Dies ist mein Zug nicht — vielmehr
freuete ich mich, daß ich einem jungen Menschen zum
Anfange einer Liebschaft geholfen hatte.   Einige Zeit
hernach bekannte mir F...., daß seine Liebschaft gut
von statten ginge: und daß dies keine Lüge war, be=
wies das allgemeine Gerücht, welches in der dortigen
Gegend von dem ärgerlichen Umgange der Nichte
seiner Hochwürden, des Herrn Pastors Jacobi, mit
dem Baron von F.... zirkulirte.   Aber das taugte
nicht und war intolerant, daß die Leute dasiger Ge=
gend zuviel und gerade das Schlimmste supponirten.
So gehts indeß in der Welt! — Hübsch und artig
zeigte sich der Baron auch nicht.   Er machte es, wie

die meisten seines Gleichen; er ließ das bürgerliche
Ding, was er karessirt hatte, sitzen, heurathete
eine aus adlichem Blut entsprossene, und Mamsel
Jacobi mußte, um nur mit Ehren unter die Hau=
be zu kommen, den oben genannten Gastwirth
Moll heurathen. Dies war nun kein Cavalier
Streich! —

Meine Acquisition war indeß doch gut; denn
Herr von F.... hat mir, so lange ich mit ihm um=
gegangen bin, viel Freundschaft erwiesen. Ich würde
seinen Namen ausschreiben; da ich aber noch meh=
rere Streiche und Schwänke mittheilen will, die wir
gemeinschaftlich mit einander ausführten; so mag
der erste Buchstabe hinreichen. In jenen Gegen=
den, wie ich glaube, versteht man doch, wen ich
meine.

Nachdem ich in Darmstadt nicht hatte reüssiren
können, und ich mich nachher, wie schon gesagt, in
der Gegend unstät umhertrieb, traf ich einst meinen
treuen Baron F... beym Licenciaten M:..... in
Kreuznach, der ein sehr fideler Bruder war. „Ei!
„du infamer Schlingel, schrie er mir entgegen, als
„ich ins Zimmer trat, wo kommst du her? Hab
„ja dich, wer weis wie lange, nicht gesehen! —
„Wollt, der Teufel holte dich!" — Das war nun so
ein Compliment; aber in unsern Zirkeln waren sie
nicht besser gebräuchlich. Ich erzählte ihm mein in

Darmstadt gehabtes Malheur, die Kabalen daselbst und deren wahrscheinliche Ursachen. Er fühlte stark das Häßliche darin, verfluchte die Kabbalisten bis in den tiefsten Abgrund, und versicherte mich, daß, wenn er einen solchen politischen und moralischen Mörder ertappen würde, er ihn zusammenschießen und, wie das angeschossene Wild, krepiren lassen wolle. Dis klingt zwar hart, aber der Baron hatte auch Gefühl und rechtes Gefühl für das Schickliche und Menschliche. — Nun, fuhr er fort, mußt du mit nach Mainz: ich hoffe, für dich alten Schweden etwas thun zu können. — Ich mußte auch wirklich mit nach Mainz. Hier lebten wir mehrere Tage fidel und gedachten des uns getroffenen Unglücks nicht. Der Baron machte mir Vergnügen allerlei Art, wozu auch dieser Auftritt gehört. Er sagte unter andern, er wolle einen Kerl kommen lassen, mit dem man den Teufel im freien Felde fangen könnte. Einen solchen Menschen mocht ich gern einmal sehen, und siehe da, dieser Teufelsjäger war der schon oben beschriebene Mosje — Brandenburger. Hier ist unser Gespräch.

Baron F.: Höre du Höllenbrand, du ordentlicher und ausserordentlicher Ambassadeur des Satans, willst du mir zu Diensten seyn?

Brandenburger: Von Herzen gern, gnädiger Herr, mit meinem Blute —

Baron F.: Hat den Henker von deinem Blut! Glaub, haft so nur Wagentheer in den Adern. — Zwei Dinge sollst du mir ausrichten. Einmal beforgst du einige ordentliche Menscher auf den Abend in Dillmanns Garten.

Brandenburger: Blor! gnädiger Herr, da hab ich Waare! — Mein Seel Waare, wie Sie noch nicht gesehen haben! — Herrliche Mädel! — Blor! wenn Sie sie sehen, die Augen stehen Ihnen auf, wie einem abgestochenen Kalbskopfe.

Baron F.: Gut! aber Kerl, wenn die Canaillen nicht koscher find, so brech ich dir deinen verfluchten Hals, und schicke dich einige Tage früher zum Teufel, Verstehst du mich? — Fürs andere will ich dich fragen, ob du keine lutherische Pfarre vakant weißt, da für den (auf mich zeigend.).

Brandenburger: O Herr Baron, dazu soll Rath werden. Blor, wenn der Herr Geld anwenden kann und will, so wirds nicht fehlen. Morgen sag ich Ihnen davon mehr. (ab)

Wir marschirten gegen Abend nach Dillmanns Garten, und der Bube hatte Wort gehalten: es waren wirklich einige Mädchen da, dem Gesicht und der Taille nach ganz niedliche Nymphen, welche, so bald wir ankamen, sich zu uns setzten, und uns die Zeit so vertrieben, wie man es nur von dergleichen

Geschöpfen erwarten kann. Wir blieben die ganze
Nacht in diesem Garten, und Herr von F.... wel=
cher die Zeche allein gut machen wollte, mußte den
Morgen gegen 18 Gulden bezahlen, die Gratiale
abgerechnet, welche die Mädchen ausserdem nebenher
bekommen hatten. Wie viel kostet doch Wollust und
Ausschweifung nicht! —

Brandenburger besuchte uns den andern Tag
und berichtete, daß der Graf Schönborn, Wie=
senheitscher Linie, der seine Güter in Franken, ober=
halb Aschaffenburg hat, eine lutherische Pfarre zu
vergeben hätte; daß aber der Prediger noch lebe,
jedoch den Tod schon auf der Zunge habe, und bald
abfahren müsse u. s. w. Die Pfarre habe der Graf
dem Domvikar Stark übergeben, und diesem er=
laubt, ein Subjekt zu wählen, und sich von diesem
die Gebühren bezahlen zu lassen. Mein F.... fand
die Sache etwas unglaublich und drohte, dem Bran=
denburger Nasen und Ohren abzuhauen, und ihn
noch obendrein zu kastriren, wenn er uns hinterginge;
aber Brandenburger blieb dabei, es sey wahr.

Wir zogen Erkundigung ein, und Herr Stark
versicherte, daß Brandenburger wahr geredet habe,
daß er es auch wohl zufrieden sey, wenn ich die
Pfarrel mit 200 Dukaten bezahlte und erhielte, da
sie jährlich 600 Gulden eintrüge u. s. w. Ich äus=
serte meine Verwunderung gegen Baron F....,

daß ein angesehner Geistliche, wie Herr Stark, gegen einen Hurenspediteur, wie Herr Brandenburger, vertraut seyn könnte. Ja, war Herrn von F.... Antwort, da verstehst du den Henker davon! — Die Pfaffen müssen dergleichen Gesindel auf ihrer Seite haben: denn woher bekämen sie sonst ihre Menscher?

Ich schrieb nun an meinen Vater den Vorfall; doch ließ ich den schuftigen Brandenburger aus dem Bericht. Er antwortete mir wieder, daß er es herzlich gern sähe, wenn ich könnte befördert werden, damit ich einmal aus dem liederlichen und wüsten Leben herausgerissen, und in eine bestimmte Rennbahn versetzt würde. Ich sollte die Sache mit Herrn Stark gewiß machen, aber auch mit dem Grafen in Mainz reden, damit das Ding am Ende nicht auch wieder schief ginge: er würde dann, im Fall die Pfarrei mir wirklich conferirt seyn würde, das Geld schon bezahlen. Nun wurde ein Aufsatz gemacht, Stark und ich unterschrieben ihn und Baron F.... signirte ihn qua testis. F.... schlug mir nun vor, eine Tour nach Franken zu machen, wohin er mich begleiten wollte, um die Pfarrei zu besehen, und nähere Nachrichten davon einzuziehen. Mir behagte der Vorschlag, und — die Reise ging vor sich.

———

Sechs und dreissigstes Kapitel.

Reise nach Franken à la Don Quixote.

Wir reisten bis nach Aschaffenburg auf dem Main zu Wasser, und nahmen von da aus Pferde. Wir kamen innerhalb drei Tagen in dem Orte an, wo ich nach Brandenburgers Anstalten für die Zukunft den Bauern das Evangelium predigen sollte. Das Dorf hieß, wenn ich nicht sehr irre, Uthoffen, und war eben keins von den angesehnsten, ob es gleich auch nicht zu den schlechtesten gehörte. Wir stiegen im Wirthshause ab, und ließen uns auftischen, was das Zeug hielt, oder vielmehr, was des Wirths Küche und Keller vermochten. Früh Morgens fragte der Baron den Wirth nach dem Befinden des Pfarrers, ob er noch hübsch gesund sey u. s. w., und die Antwort war, daß er zwar gesund, aber schon äusserst alt wäre, und er es wol nicht lange mehr machen könnte. Diese Nachricht war mir eben nicht sehr unangenehm. So geh er hin, sagte F... zum Wirthe, und sage er dem Herrn Pastor: der Baron (ich weiß nicht mehr, was F... sich für einen Namen gab) und sein Schloßprediger Herr (auch

mein cognomen iſt mir entfallen) wären hier, und
wünſchten ihn zu ſprechen. Dictum factum. Der
Wirth kam zurück und ſagte, der geiſtliche Herr
würde es ſich für eine hohe Ehre ſchätzen, wenn ſo
vornehme Herren bei ihm einſprechen wollten. Wir
fanden an dem Pfarrer einen Greis, der zwar kein
gelehrter aber doch ein ſehr ehrlicher, aufrichtiger
und freundſchaftlicher Mann war. Er ſuchte uns
nach ſeiner Art ſo gut als möglich zu bewirthen, mit
warmen Bier und — Schnaps: denn Wein iſt in
daſiger Gegend ſelten, obgleich er weit wohlfeiler als
in Sachſen iſt. Wir zogen den letztern vor.

Der ehrliche Alte, welcher uns beide für Proteſtanten hielt, kam auf das Kapitel der Katholiken;
und da war des Klagens kein Ende. Er erzählte
mit dem gröſten Feuer, wie die Proteſtanten von
dieſen in Franken auf alle Weiſe geneckt und gedrückt
würden, und wie beſonders der Fürſtbiſchof zu Bamberg viel Intoleranz ausübe. Ich gab mein Befrem-
den darüber zu erkennen, da ich das Gegentheil gehört
hatte, und der Pfarrer erzählte mehrere Beiſpiele
von Neckereien und Unterdrückungen, daß ich meine
vortheilhaften Begriffe von der Religionsduldung
dieſes Fürſten fahren ließ. Ich fand, was ich immer erlebte, auch hier beſtätigt. Die römiſchkatho-
liſche Religion bleibt immer dieſelbe, d. h. immer
intolerant, nur daß ſie an dieſem oder jenem Orte

sich mehr oder weniger schämt, Menschen des Glaubens wegen öffentlich zu necken und zu drücken.

Wir entdeckten in Uthoffen die Absichten unsrer Reise nicht, und reisten nach zwei Tagen wieder mit Bauerpferden ab. F.... ein kreuzbraver Junge, der gern seinen Freunden Vergnügen machte, und bei dem ich so gut stand, that mir hierauf den Vorschlag, eine Tour nach Bamberg und Würzburg mit zu machen, unter der Versicherung, mich sollte die Reise auch nicht einen Kreuzer kosten. Vielleicht wußte ers, daß meine Börse kaum zur Rückreise von Uthoffen nach Mainz hinreichen würde. Ich ließ mir den Vorschlag unter der Einschränkung, daß ich ihm an Ort und Stelle das ausgelegte Geld wieder ersetzen dürfte, gefallen. Das wollen wir schon sehen, sagte er, und so gings nach Würzburg, Bamberg, Anspach, Erlangen, Nürnberg, und den andern Städten, welche in der dortigen Gegend herum liegen. Ich schrieb hier weder Reisekunden noch Topographien, folglich darf man hier nichts weiter erwarten, als was mich betrifft. In Bamberg blieben wir nicht lange; ich hatte also keine Gelegenheit dies Ding, was misbräuchlich Universität genannt wird, näher kennen zu lernen. So viel weiß ich, daß hier nur der katholische Priester ausstudiren kann, ob gleich auch dieser dies eben so gut in jedem Kapuzinerkloster beim Pater Lektor thun könnte.

Würzburg ist ohne Zweifel die beste katholische Universität in Deutschland. Sie hat besonders einige recht gute Männer in der Geschichte, den Rechten, der Arzeneikunde, und sogar in der Philologie aufzuweisen. Die Studenten, welche hier auch Juristen heißen, und deren Anzahl damals an 400 war, die sogenannten Seminaristen abgerechnet, sind meistens artige, gutgesittete junge Männer, und ganz anders, als jene in Heidelberg, Straßburg und Mainz. Weil ich ganz nach Burschen Art gekleidet war, und einen grünlichen Flausch trug, welchen ich noch in Halle verschenkt habe, nebst gestreifter Weste, gelben ledernen Beinkleidern, großen großen Stiefeln, nebst einem derben Hieber an der Seite; so ward es mir leicht, mich für einen Jenaischen Studenten auszugeben. Auch mein Reisegefährte, oder vielmehr mein Reisepatron that dies, und es hatte die gute Wirkung, daß sich die Herren Würzburger um die Wette beeiferten, uns recht viel Vergnügen zu machen. Aber bald hätten wir doch Händel bekommen. Die Burschen erfuhren, daß F.... kein Jenaischer Student seyn könne: daß er vor mehrern Jahren selbst in Würzburg studirt habe, und mit mehrern Domherren und Adlichen daselbst, deren Namen hier, wie an allen geistlichen Stiftern, Legion ist, verwandt sey: sie setzten uns also deshalb zu Rede. Ich vertheidigte meinen Kameraden, brach

in hitzige Worte aus, und bald bald wäre es zu
Schlägereien gekommen, wenn nicht der Student
eben so hitzig, als gutmüthig und verträglich wäre.
Wir versöhnten uns bald, und ich wurde wegen meiner männlichen Entschloſſenheit als Bruder Studio
von Jena anerkannt. Ich bemerkte viel gute Züge
an dieſen Leuten. So hab ich unter den Würzburger Studenten nur wenige gefunden, die ſich daran
ſtießen, daß ich lutheriſch war, obgleich einige deshalb, weil ich nicht den rechten Glauben hatte, kalt
gegen mich thaten. Doch dieſe Kälte erſetzte der
daſige vortreffliche Steinwein, der, wie mich dünkt,
wegen ſeiner Güte eben ſo weit und breit berühmt zu
ſeyn verdient, als der Hochheimer, Nierſteiner oder
Riedesheimer. Einigemal hat mich dieſer köſtliche
Rebenſaft um all mein Beſinnen gebracht. Ehe ich
weiter gehe, noch eine Statiſtiſch politiſche Bemerkung. Das Würzburgiſche iſt ungleich beſſer be-
völkert und kultivirt, als das Bayreuthiſche. Die
Bauern klagen dort nicht ſo ſehr über Abgaben, als
hier. Der Grund iſt leicht. Unter einem katholiſchen Biſchof darf man freilich nicht alles ſagen,
was man über Religion denkt, wie unter einem
lutheriſchen Markgrafen; allein der katholiſche Biſchof braucht auch nicht ſo viel Ausgaben als der lutheriſche Markgraf; folglich braucht auch jener nicht
ſo viel Abgaben aufzulegen, als dieſer. Die To-

kerung allein macht die Unterthanen noch nicht
glücklich. /

Als wir beinahe eine Woche in Würzburg zugebracht hatten, ohne daß es uns viel gekostet hatte,
zogen wir weiter, durchstrichen einige Städte als:
Bayreuth, Schweinfurth und andere, und gingen
nach Erlangen. Ich traf hier einige meiner Landesleute
an, unter denen vorzüglich Herr Kiefer von Saarbrücken mit viel Vergnügen gemacht hat. Die
Universität ist zwar klein; aber die Lebensart und
der Ton der Studenten vortreflich und zweckmäßig.
Ich traf viele wilde Christen und recht ausgelernte
Schläger unter ihnen an — indeß die meisten begehr-
ten den lieben Frieden und hielten sich ruhig. —
Nicht lange vorher hatte Herr Isenflamm den
Amicisten-Orden zerstöhrt, aber nicht ausgerot-
tet. Denn da die Burschen erfuhren, daß ich auch
zu dieser löblichen Gesellschaft gehörte; so brachten
sie mich in eine feierliche geheime Gesellschaft, wol
von zwölf Ordensbrüdern, trieben ihre Possen, und
hielten auf die Observanz ihrer Gesetze so streng, als
wäre ihr Klupp mit einem Kaiserlichen Privilegium
fundirt gewesen. Was gings mich an! ich logirte,
wie überhaupt, so auch hier, auf diese Art bei Ordensbrüdern, und ließ meinen Baron, wenn er
den Studententummel verließ, in den Gasthof
gehen.

In Erlangen lernte ich auch einige Profefforen kennen, nämlich die Herren Seiler, Rosenmüller, Harles, Hufnagel, und Meufel. Nur einiges von ihnen.

D. Seiler ist ein kraffer und dabei ganz abscheulich intoleranter Orthodor. In feinen Schriften fchimpft er zwar nicht; allein defto ärger macht ers in feinem Kollegio. Er fchändet die Semlere, Tellers, Steinbarte, und fogar die Leffe, was das heilige Zeug hält. Sonft fcheint mir Herr Seiler kein großer Gelehrter; und daß ers überhaupt nicht ist, das haben ihm auch andere, vorzüglich Bahrdt in feiner Apologie der Vernunft recht derbe gefagt. — Freund Harles ist ein Grammatiker; und da denkt er denn fo in feinem Sinn, wie viele feiner Brüder, nun fey er ein Philologe! Ich hörte ihn über den Theophraft lefen; das war mir aber eine Lefcrei, wobei mir angft und bange ward. Die Herren Studiofi fchrieben indeß diefe philologifche Weisheit von Wort zu Wort nach. Das wären mir auch Wichte! —

Hufnagel war damals noch Profeffor extra-ordinarius, und las Exegetica. Wenn ich je einen Mann habe kennen lernen, der mit blutwenig Gelehrfamkeit fich breit machen, und den Meifter aller Meifter fpielen konnte; fo war es gewiß Herr Profeffor Hufnagel in Erlangen. Ich wurde durch einen Studenten mit ihm selbst bekannt, und fand einen jungen raschen Mann an ihm von unbeschreiblichem Dünkel, der über die größten Männer so raisonnirte, als wenn sie kaum seine Schüler seyn könnten. So redete er mit Verachtung von Leß, Müller und Walch, — fand an Döderlein, Semler, Ernesti, und vielen andern Matadoren der deutschen Litteratur viel auszusetzen, — allegirte fleißig seinen Hiob und seine übrigen kleinen Schriftchen, und machte durch Fällung seiner Urtheile, daß ich anfing, stark an seiner Gelehrsamkeit zu zweifeln. Meine Vermuthungen bestätigten auch mehrere Andere durch Erfahrung. — Ich hörte damals in Erlangen, daß Doktor Seiler Herrn Hufnagel gern seine Tochter habe anhängen wollen; dieser habe aber die Ehre ausgeschlagen, und daher komme es, daß Seiler den Hufnagel hasse, und dieser an jenem durch bittern Spott und Raisonnirerei in allen Gesellschaften sich zu rächen suche. Doktor Seiler hatte wenig Freunde; und dies nicht sowohl wegen seiner Orthodoxie, als vielmehr wegen mancher Fraubaserreien, wozu er die Hände geboten hatte.

Aber an Herrn Meusel hab ich einen rechten Mann getroffen. Dies ist ein Mann, dessen heller Kopf, gesunde und freimüthige Urtheile, dessen ausgebreitete Gelehrsamkeit und edles Herz jeder, der sich ihm nähert, bewundern muß. Ich bin drei bis viermal bei ihm gewesen, und jedesmal mit einer Art von Bezauberung von ihm gegangen. Er war ehedem Professor in Erfurt und zwar zu der Zeit, als D. Bahrdt diese Universität zierte; allein er hütete sich recht sehr, in das von den Herren, Bahrdt, Riedel, Bollmann, und einigen andern errichtete collegium zotologicum einzutreten. ---

Nürnberg sah ich bei dieser Gelegenheit auch, und freuete mich über die allgemeine Industrie, welche in dieser Stadt herrscht.

Ohngefähr sechs Wochen nach unster Abfahrt von Mainz, trafen wir endlich nach vielen Umschweifen und lustigen Streichen daselbst wieder ein. Doch ehe ich weiter erzähle, muß ich noch ein Anekdötchen nachholen. In einem Dorfe ohnweit Aschaffenburg mußten wir übernachten, theils weil wir uns unter Weges zu lange in den Dörfkneipen aufgehalten hatten, theils weil uns unser Bote versicherte, daß wir für den Tag Aschaffenburg nicht erreichen könnten. Es war an einem Sonntage, und die Bauern, männlichen und weiblichen Geschlechts, machten sich beim dürren Holze fürbaß lustig. Ein Mädel unter den Bäurinnen zog des Herrn von F.... Aufmerksamkeit auf sich. — er nahm es und schäkerte mit ihm bis in die Mitternacht. Er schien von demselben gleichsam angeschossen zu seyn: denn den folgenden Morgen hatte er Pferde und Boten wieder zurück geschickt,

ohne mir ein Wort davon zu sagen. Ich trieb;
allein er erklärte mir, daß er diesen Tag schlechter;
dings noch dableiben mußte. Warum er mußte, sah
ich bald ein. Bärbel, so hieß das Mädchen, er;
schien kurz nachher, und blieb den ganzen Tag bei
uns. Ich mochte predigen, bitten, und schelten wie
ich wollte; — F.... war nicht zum Abmarsch zu
bewegen, und erst den Mitwochen konnt ichs dahin
bringen, daß er mit mir abreisete. Ich bin einiges
mal Zeuge ganz vertrauter Auftritte gewesen; ich
habe zwar nichts erfahren, aber wundern sollt es
mich doch, wenn diese Verträulichkeit keine weitern
Folgen gehabt hätte. Nun das wird Bärbel am be;
sten wissen!

Als wir wieder in Mainz angelangt waren,
statteten wir dem Herrn Grafen von Schönborn
und dem Vikarius Stark Bericht von unsrer Reise
ab, und erhielten von beiden die tröstliche Antwort:
daß, wenn der alte Praedikant ¹) abfahren würde,
keiner als ich die Pfarre, versteht sich, gegen Erlegung

---

¹) So nennen die Katholiken die protestantischen Geistli;
chen, indem sie diese für keine Priester gelten lassen.
Ihrer Meinung nach, soll es ein Unname seyn; allein
dies ist er eben so wenig, als die Benennungen von
Protestanten und Dißidenten, die immer an große Be;
gebenheiten erinnern, und denen, die sie führen, keine
Schande, sondern Ehre machen.

von 200 Dukaten, oder 1000 Rheinischen Gulden, erhalten sollte. — Brandenburger besuchte mich gleich den Tag nach meiner Ankunft in Mainz, und erzählte mir mit Entzücken, daß er, wie er sich aus: drückte, ein gewaltiges Mensch für mich aufgetrieben hätte, dessen Vermögen an barem Gelde sich an 6000 Gulden beliefe. Es war eine Müllerstochter im In: gethcilner Grund. Brandenburger wollte haben, daß ich, um die Sache bald in Richtigkeit zu brin: gen, sogleich mit ihm herausgehen sollte; aber ich hatte keine Lust dazu, weil er als mein Freiwerber und Unterhändler ein zu jämmerlicher Schuft war. Besprochen hatte er den Müller wirklich meinetwe: gen, auch fürchterlich von mir aufgeschnitten: dieß hörte ich nachher von andern. Das Band der Ehe muß mir damals aber eben so wenig als jetzt bestimmt gewesen seyn; sonst wäre aus der Sache wohl etwas geworden. Doch ich muß nun weiter gehen.

So stand die Sache mit der Pfarrei in Fran: ken, die ich hätte erlangen und bei der ich ein be: stimmtes und ruhiges Leben hätte führen können, wenn nicht eigener Leichtsinn, Verabsäumung güns stiger Gelegenheiten, und endlich Kabalen Anderer mich immer weiter und weiter, wie die Folge meiner Geschichte zeigen wird, von meinem irdischen Ziele entfernt hätten.

Sieben und dreißigstes Kapitel.

Ein neues Vikariat

Mein Vater war mit meiner donkischottischen Reise
nach Franken sehr übel zufrieden, und er hatte Recht.
Er kannte mich, und mußte sich schon zum voraus
vorstellen, daß ich auf meiner Wallfahrt viele und
mannigfaltige Suiten gespielt habe. Um aber so viel
als möglich seinen Unwillen von mir abzuleiten, beschrieb ich ihm die zurückgelegte Reise nach meiner
Art, d. h. ich ließ aus, was er nicht wissen sollte,
und sagte blos das, was ich, ohne Wischer zu bekommen, getrost erzählen konnte. Daß ich in Erlangen gewesen war, verschwieg ich; und mein Vater
hätte es vielleicht nie erfahren, wenn es ihm nicht
vom Herrn von Meiern gemeldet wäre, der es
vom D. Seiler, seinem ehemaligen Hofmeister, gehört
hätte. Mein Vater filzte mich deshalb sehr derbe
aus, besonders da Herr Seiler, nach seiner theologischen Humanität, gar schief von mir geurtheilt,
und mich als einen heillosen Menschen beschrieben
hatte, an dem auch nicht Ein Haar gut wäre.
Wahrscheinlich that dies der theologische Ehrenmann,
um sich an mir zu rächen. Als eine eingemachte Frau
Base, die gern Stadtmährchen hört und giebt, hatte

er vermuthlich auch meine freimüthigen Raisonne=
ments über ; sich und seine Gelehrsamkeit erfahren,
aber selbige sehr ungütig aufgenommen. Herr von
Meiern haßte mich, das wußte ich; er suchte mir
also bei meinem Vater einzuhauen. Der Groll kam
daher. Ich entdeckte meiner Freundin, dem Fräulein
Henriette von Hunoltstein zu Niederwiesen,
die wahren Umstände dieses Mannes. Er wollte
dies tugenthafte und schöne Fräulein heurathen, mehr
aus Gier zu ihren 30000 Thalern, als aus Liebe zu
ihrer Person. Denn im Punkte der Liebe war er
ein Stoiker: er nahms, wie ers vorfand, nach Art
vieler seines Gleichen. Er war von Zwingenberg im
Darmstädtischen, hatte auch wirklich als R. Rath in
Darmstadt gestanden, und war wegen verbranter
Akten schon vom Präsident Moser fortgeschickt wor=
den. Dem Fräulein Jettchen und deren Bruder
hatte er nun viel weis gemacht von seinem Vermögen,
und so fürchterlich bramarbasirt, daß man hätte glau=
ben sollen, wer weis wie viel Tausende er besitze! —
Ich demüthigte diesen Großsprecher, der nachher ka=
tholisch wurde, und vor zehn Jahren zu Lemberg im
Kaiserlichen sich aufhielt.

Mein Vater begehrte, daß ich dem Baron
F.... sein für mich ausgelegtes Geld — das sich
immer auf 60 Gulden belaufen konnte — ersetzen
sollte; allein der Baron schlug diese Erstattung groß=

müthig aus. Ich bin sein Schuldner, und werde
es auch wahrscheinlich bleiben bis an den jüngsten
Tag.

Während meiner Abwesenheit aus der Pfalz
hatte der alte Pfarrer Köster zu Obersaulheim, ei=
nem Rheingräflichen Dorfe, um einen Substituten
oder Vikarius angehalten, und das Consistorium zu
Grehweiler hatte mich zu dieser Stelle ausersehen,
und mein Vater drang darauf, daß ich sie annehmen
sollte. Sie war auch wirklich des Annehmens werth.
Ich hatte da freie Station, d. h. meinen Koffer,
der aber in jenen Gegenden nicht so frequent geschlürft
wird, als in Sachsen und Preussen, meinen Toback
und Wein, mein Reitpferd zum Vergnügen, mo=
natlich sechs Gulden Geld, und endlich alle bei der
Pfarrei einlaufenden Accidenzien. Dafür hielt ich
nur Sonntags vormittags eine Predigt, und Nach=
mittags entweder Kinderlehre oder eine sogenannte
Betstunde. Kurz, diese Stelle war nicht unrecht.
Ich sistirte mich daher bei dem Consistorium. Rath
Dietsch hielt mir eine derbe, jedoch freundschaft=
liche Strafpredigt, welche meine Ketzerei, meinen
schlechten Umgang, meine Trunkenheit, und endlich
mein liederliches Leben mit Frauenzimmern von der
niedrigsten Klasse betraf. --- Ich wollte mich ver=
theidigen; allein Herr Dietsch empfahl mir, statt der
Apologie meines Lebens, behutsames und kluges Be=

tragen, und sagte, ich möchte mich nur nach Obersaulheim begeben und mein Amt daselbst so verrichten,
wie ich es zu verantworten, mir getrauete.

In diesem Vikariate hab ich viel Vergnügen
genossen. Der Pfarrer Köster, ein alter Mann
von beinahe achtzig Jahren, und dessen Frau, die
nicht viel jünger war, machten mir nebst ihrem Sohn,
der Apotheker in demselben Dorfe war, mein Leben
angenehm und vergnügt. Dieser junge Mann hatte
zwar keine Medicin studirt, d. h. war nicht auf Universitäten gewesen, hatte da für schweres Geld keine
Collegia gehört, hatte sich endlich auch keine mit
Griechisch verbrämte, und mit hundert und neun
und neunzig Citaten versehene, Dissertation von einem expediten allzeit fertigen Dissertationsfabrikanten
für bares Geld zusammenschmieren lassen, (dergleichen Dinge einem solchen um so leichter werden, wenn
er die absurdesten Sätze hinsudeln, und die lateinische
Sprache mit neuen barbarischen Wörtern und Phra-
sen bereichern kann z. E. praetervidere übersehen)
hatte auch keine stumme Person auf dem Katheder
agirt, war auch endlich nicht auctoritate impera-
toria et regia zum Doktor geschaffen worden ——
das alles hatte Herr Köster nicht gethan. Aber en
revanche besaß er eine tiefe Kenntniß der Physio-
logie, der Therapie, Pathologie und Semiotik, hatte
ein hell sehendes Auge, that die glücklichsten Kuren,

und war in der ganzen Gegend weit angesehener, als jene mit Privilegien und Diplomen der Universität versehene Pfuscher. Dieser, junge Mann ward mein innigster Freund, so wie sein Bruder, der Pfarrer zu Niedersaulheim. Wäre ich nicht schon zu sehr verdorben gewesen, oder hätte ich nur Muth genug gehabt, mich von meinen lustigen Verbindungen loszureißen; ich glaube, diese Leute hätten mich noch auf bessere Wege bringen können.

Obersaulheim ist nur eine halbe Stunde von Udenheim entfernt, wo ich Vikarius gewesen war. Die Udenheimer Bauern hatten noch viel Liebe zu mir, wenigstens liebten sie mich weit mehr, als ihren Pastor, den sie nur schlechtweg den Magister Weir maul und den Zundermann titulirten. Daher kam es, daß die Udenheimer fleißig nach meinen Predigten liefen, und Wageners Kirche leer stehen ließen. Darüber ärgerte sich nun Mosje Wagener ganz abscheulich, und eiferte in allen seinen heiligen Reden über gewisse Leute, die zwar Gottes Wort lehren wollten; aber von dem, was sie sagten, auch kein Wort glaubten; und überdem noch ein liederliches Leben führten u. s. w. — — Der Schulmeister Tautfeß von Udenheim, gab mir von diesen erbaulichen Reden Nachricht, und ich — war so unklug, daß ich gegen den Menschen, den ich hätte verachten sollen, eben solche Waffen ergriff, und phi

'lippische Reden hielt. Ich suchte alles auf, was ich
von dem Herrn Magister Weitmaul wußte, und
setzte moralische Karaktere zusammen, welche so kennt:
lich waren, daß selbst die Bauern, wenn sie aus der
Kirche gingen, zu einander sagten: „Heut hott der
Vikaries dan Magischter Weitmaul wedder ámol
„racht herunner kefummelt; es kefchieht ám aber
„schone racht!"

In die Länge thats doch kein gut mit diesen
Controverspredigten. Ich bekam ein Monitorium
von Herrn Dietsch, mich aller Anzüglichkeiten auf
der Kanzel zu enthalten, weil, wenn die Sache zur
Klage käme, ich nicht mehr predigen dürfte. — Jetzt
wurde ich erst klug, oder vielmehr, jetzt fürchtete ich
mich, und ließ das Ding seyn.

Meine Bauern zu Obersaulheim waren mir sehr
gewogen; denn ich war gegen sie freundlich, und
that auf das Ansehen eines Gelehrten, in welchem
Rufe, ohne mich zu rühmen, ich bei ihnen stand,
Verzicht. Bauern dulden an ihrem Pastor gern alle
Fehler, wenn er nur, wie sie sagen, was gelernt hat.
Sie entschlossen sich, mich dahin zu bringen, die
Tochter des Pfarrer Kösters zu heurathen, und
mir auf diese Art die Hofnung der Nachfolge zu
sichern. Der Schulz, und noch einige andere Bau:
ern, baten mich daher in einer dazu angestellten Zu:

sammenkunft, ihnen einen Weg zu zeigen, wie dies Ding am besten zu bewerkstelligen wäre.

Ich schlug vor, daß sie meinetwegen eine Bittschrift beim Konsistorium zu Grehweiler eingeben möchten. — Freilich hatte mein Herz gegen die Verbindung mit der Mamsell Köster gar sehr viel einzuwenden. Einmal war das Mädchen, wenigstens sechszehn Jahr älter als ich, und dann hatte sie auch nicht die geringste Spur von Schönheit. Sonst schien es ein gutes und stilles Geschöpf zu seyn; aber mir wollte sie nicht gefallen, ohnerachtet ich doch auch gar nicht der Kerl war, der viel Wahl vor sich hatte. Dies mein Zurückziehen von dem Mädchen, konnte ich mir ganz gut erklären.

Bei dem Vorschlage, sie zu nehmen, stellten sich mir die Bilder meiner vorigen Bekannt- und Liebschaften wieder dar, und sobald sich mir Thereschen k) wieder vor die Augen mahlte, so empörte sich alles in meiner Vorderbrust.

Ich hatte schon mehrmals eine beinahe festgegründete Hoffnung verloren, war als ein Libertiner

---

k) Vielleicht haben schon manche meiner Leser gefragt, warum ich denn so ganz und gar von diesem herrlichen Geschöpfe schweige? Aber warten Sie nur meine Herren, im andern Theile dieser Historie soll Thereschen schon wieder auftreten, und ihre Rolle ausspielen. Sachen, so zusammen gehören, zerstück ich nicht gern.

bekannt, und hatte blutwenig Freunde von Einfluß.
Da dachte ich dann, es sey beſſer, in einen ſauren
Apfel zu beiſſen, als gar Hungers zu ſterben — und ſo
faßte ich den heldenmüthigen Entſchluß, durch den
Canal der Mamſel Katharine in den Schafſtall der
Heerde Chriſti einzugehen, und mein Kreuz, als
Jünger und Apoſtel Jeſu, geduldig auf mich zu neh‑
men und zu tragen.

Ich notificirte meinem Vater dieſen Vorſchlag
und meinen Entſchluß; aber der hatte eben ſoviel da‑
wider zu erinnern, als ich im Anfange der Sache.
Er meinte, das ſei eine unglückliche Heurath, welche
auf ein Lamy, verdollmetſcht Lamentiren, hinaus‑
laufen würde. Ein junger Mann müſſe ſeine ältere
Frau verachten und extra ſteigen: das könne gar
nicht anders ſeyn. Bei dieſer Gelegenheit erklärte
er mir allerlei Geheimniſſe des Eheſtandes. Doch
wollt er mir nicht zuwider ſeyn, fügte er zuletzt hin‑
zu: Er ſähe wohl, daß, wenn ich länger ohne feſte
Station bliebe, mein ganzes Weſen noch völlig ver‑
dorben werden würde, wenn ja noch etwas Gutes
in mir ſtecken ſollte.

Wie mein Vater, eben ſo dachten auch die
Brüder der Mamſel, ohne es gerade mir unter die
Augen zu ſagen; allein die Mamſel ſelbſt, dachte
weit anders, als wir alle. Sie fand, daß ſie für
mich, und ich für ſie von Gott gemacht wären: daß

ein junger Mensch von drei und zwanzig, und ein
zahnloses Frauenzimmer von vierzig Jahren, ein
allerliebstes Pärchen machen würden: und bei dieser Voraussetzung fing sie an, nachdem der Herr
Schulz seinen Sermon, die Sache betreffend, bei ihr
abgelegt hatte, die Verliebte und Zärtliche zu spielen. — Was man so im gemeinen Leben sagt, hab
auch ich, oft und Besonders an dieser Katharine
wahr gefunden. Das Frauenzimmer läßt sich, wegen seiner natürlichen Eitelkeit, die über alles geht,
gern, von jedermann, er sei geliebt oder gehaßt,
hübsch oder garstig, jung oder alt, von Qualität
oder ohne Qualität, flattiren und karessiren. Auch
Katharine war so. Ihr Schönthun kam aber sehr
närrisch heraus, und quälte mich ganz abscheulich.
Und ich glaube, für jeden braven deutschen Kerl ist
nichts unerträglicher und ekelhafter, als Schmeiche-
leien, Küsse, und zärtliches Necken eines verliebten
und empfindsamen Weibesbildes, für welches man
nichts empfindet.

Das Aergste bei der ganzen Sache war dies.
Wenn ich nicht alle absurden Zärtlichkeiten und alle
häufigen und vollmäuligen Küsse sogleich mit allem
Ernst erwiederte; so ward die Mamsel böse, und
klagte recht ernstlich über meinen Kaltsinn. Ich
war also allemal, so oft ich um und neben ihr seyn
mußte, auf der Folterbank, und lief, um mir doch

einigermaßen meinen Unmuth und Langeweile zu
vertreiben, faſt täglich ſpatzieren, durchſtrich die da⸗
ſiſge Gegend, und ſtiftete endlich wieder eine Art
von Liebesverſtändniß mit der Tochter eines Refor⸗
mirten Pfarrers. Dies Liebesbündniß hab ich, ſelbſt
noch von Halle aus fortgeſetzt und bei meiner Nachhaus⸗
reiſe vor fünf Jahren ſogar wieder erneuert.

So wenig Wahrſcheinlichkeit auch daſeyn mochte,
daß die Sache zu Stande kommen würde, ſo betrach⸗
tete ſich doch Mamſell Katharinchen ſchon als meine
wirkliche Braut, und verlangte daher, eiferſüchtig
wie alle alte Jungfern, von allen meinen Tritten
und Schritten genaue Rede und Antwort, ſpürte
ihnen nach, und ſiehe, ſie witterte meine Gänge zu
dem Reformirten Pfarrer. Sie hörte, daß da hüb⸗
ſche Mädchen wären: daß ich mit Karolinchen fidel
umginge u. ſ. w., und nun hatt’ ich meine liebe
Noth. Ich mochte ſagen, was ich wollte, mochte
ſchwören, ſo hoch ich wollte, und meine arme Seele
auch neun und neunzig mal in den Abgrund der Hölle
verfluchen, es half alles nichts: ſie kiff und ſchmollte,
daß es eine Art hatte. Und wollt’ ich ſie ja gut
machen; ſo mußt’ ich ſie auf den Schooß nehmen, ſie
necken, drücken und küſſen, und alle Thorheiten
treiben, die der allerverliebteſte Junge mit ſeinem
Mädchen nur treiben kann.

Die Bauern ließen indeß eine Bittschrift verfertigen, und reichten selbige beim Konsistorium zu Grehsweiler ein. Der Rath Dietsch war mir nicht abgeneigt, und wär es blos auf ihn angekommen, so hätt' ich die Pfarre erhalten; allein auch hieraus sollte nichts werden, wie die nähere Beschreibung meiner damaligen Lage zeigen wird.

Acht und dreissigstes Kapitel.

O weh mir armen Korydon!

Ich schäme mich beinah, meinen Lesern die Geschichte dieses Kapitels mitzutheilen. Ich weis es, daß ich ihnen Achtung schuldig bin, und war deshalb lange unschlüssig, ob ich ihnen dieselbe erzählen dürfte oder nicht. Jedoch, da ich alles angeben will, was Grund zu meinen Verirrungen gab, oder was in meinen Verirrungen gegründet war; so kann ich doch wirklich diese Passage nicht auslassen. Es kommt mir freilich etwas hart an, frei herauszugestehen; allein ich muß einmal hereinbeissen in den sauren Apfel, da dies überdem, wie ich glaube, eben so gut, wie mancher Spruch in der Bibel, manchem zur Lehr' und Warnung geschrieben seyn kann.

Daß ich den Baron F.... in Mainz mehrmals während meines Auffenthalts daselbst besucht habe, daß ich ihn auch oft im erwähnten Pastorhause zu Niederolm antraf, und ich allemal, wenn ich in seiner Gesellschaft war, in Freude und Wonne schwamm, kann jeder sich schon von selbst denken, wer das Harmonische und Gleiche unser beider Denkungsart in den vorigen Kapiteln bemerkt hat.

Einst besuchte ich ihn, und er bat mich, da ich gewöhnlich diese Vergnügenstour hin und her in einem Tage machte, die Nacht bei ihm zu bleiben: denn er wolle mich auf den Abend an einen Ort bringen, wo es recht flott und fidel herginge. Ich erkundigte mich nach diesem Orte, und erfuhr, daß daselbst einige Nymphen sich aufhielten, welche nicht böse würden, wenn junge Mannspersonen sie besuchten. Zu Deutsch war also dieser fidele Ort weiter nichts, als ein Bordel, welches nur das Schild und das Privilegium nicht aushangen durfte: denn so viel öffentliche Huren es auch sonst in Mainz giebt, welche des Abends alle Straßen durchkreuzen, so ist doch da kein öffentliches Haus, wo man unterm Schutz der Obrigkeit huren könnte. — Ich stellte meinem Freunde vor, daß dergleichen mir als Theologen nachtheilig werden könnte, zumal wenn ich verrathen, oder erkannt würde. „Narr, erwiederte der Baron, bist nicht klug! — wer kennt dich

„denn — machst die Haare auf — nimmst einen
„Mantel um, und der höllische böse Feind entdeckt
„dich nicht! Komm nur und sey gescheut! —" Ich
ging auch wirklich mit: denn wozu konnte man mich
nicht bringen, bei sothanen Umständen! — Wahrhaftig, zu einer solchen Zeit konnte man leicht aus
und mit mir machen, was man Lust hatte.

Wir begaben uns nach der Gaugasse, und
gingen ohnweit der Kaserne in ein Haus, in dessen
oberm Stockwerke drei recht scharmante Nymphen
sich aufhielten. Anfangs ging alles recht keusch und
züchtig zu: wir ließen Kaffe machen, Gebackenes
und Wein holen, und die Mädchen participirten wie
wir. — Dies Schmausen dauerte bis zwölf Uhr,
und wir hatten bis jetzt noch weiter nichts gethan,
als geschäkert, Handgriffe gewagt, und Zoten und
zweideutige Reden mancherlei Art reichlich in ihren
Schooß ausgeschüttet. — Die Mädchen verstanden
die Liebeskünste besser. Die eine entfernte sich, und
zwei blieben bei uns, von denen die eine nicht lange
darauf so zu uns redete: „Meine Herren! wir müs-
„sen schlafen gehen, es ist schon spät! (hier rieb sie
„sich die Stirn und die Augenlieder) entweder leisten
„Sie uns Gesellschaft, oder entfernen Sie sich, es
„schlägt den Augenblick zwölf! —" „Ei was, hob
„die andere an, so hübsche Herren nach Hause gehen
„lassen: die Herren bleiben bei uns, nicht wahr?"

Wir waren beide von Wein und wollüstigen Bildern erhitzt, sahen den Tisch gedeckt, und, weil wir deshalb gekommen waren, unsere Wünsche erfüllt: was sollten wir also auf das Nicht wahr des Mädchens antworten? Nichts weiter, als daß wir blieben: nicht wahr? — Und so war es auch wirklich.

Ehe wir uns mit unsern Mädchen auf die Seite machten, hielten wir Abrede, nach zwei Stunden diesen Ort zu verlassen, weil ich fürchtete, wenn ich länger oder bis an den Tag an diesem Orte des Vergnügens weilte, ein Bekannter mich sehen und die ganze Geschichte ausposaunen möchte. F... gab mir hierin Recht, und setzte hinzu: „Ich scheere mich „zwar den Teufel drum, ob man mich sieht, oder „nicht; aber du mußt dich schon wegen der Leute ein „Bissel scheniren, wenn du zu'n Menschern gehst. „Du bist'n Pfaff, und die Pfaffen dürfen diese „Sache nicht so kommode haben, als die Welt= „kinder."

Es war auch wirklich noch nicht Tag, als wir unsere Nymphen verließen; der Baron zwar ungern, denn er kehrte oft in der Thür um, und sprach noch mit dem Mädchen leise. Wir marschir= ten sogleich nach dem Kranich, einem vornehmen Wirthshause; pochten den Hausknecht daselbst her= aus, und schliefen auf diese Motion bis zehn Uhr.

Nachmittags wollt' ich gleich fort, aber F....
war dawider. Ich reite, sagte er, mit nach Nie=
derolm: gegen sechs oder sieben Uhr müssen wir da
seyn — fressen mit dem Pfaffen — holen zu Nacht
die Balbierschüssel¹) herüber — schäfern bis elf Uhr,
schlafen hernach beim Fellsack (so hieß der Wirth
Noll) und Morgen reisest du nach Obersaulheim,
und ich mache Retour nach Mainz. —

Wie gesagt, so gethan. Ich blieb bis nach
vier Uhr in Mainz, dann wurde mein Brauner ge=
sattelt, welcher immer, wenn ich in Mainz war, die
Ehre hatte, in dem Stalle eines Domherrn, der mit
dem Hn. F.... sehr nahe verwandt war, (nämlich
des Herrn Dompropstes von F.) zu stehen, und da
auf Unkosten der heiligen Kirche gefüttert zu wer=
den.

Am Schosseehause, eine Stunde von Mainz,
stieg F.... ab: ich mußte nolens volens folgen,
und erschrack nicht wenig, als ich unsere beiden Mäd=
chen da wieder antraf. N'est ce pas, mon cher,

---

¹) Die Frauenzimmer in jener Gegend haben so gut ihre
Schimpfnamen als die Mannspersonen. Die Tochter des
Chirurgus in Niederolm hieß Balbierschüssel.
Vor einigen Jahren fing ein lustiger Zeisig auch in
Halle an, den Frauenzimmer schimpfliche Beinamen zu
geben; allein das Ding fand keinen Beifall, wahr=
scheinlich weils gar ein dummes Ding war.

ſprach F...., que je prens bien des ſoins pour
vos plaiſirs? I'ai fait en ſorte, que ces filles
ſont venues içi, pour vous amuſer encore.
Ich erwiederte ihm, um von den Anweſenden nicht
verſtanden zu werden, franzöſiſch, daß dieſer Auf=
tritt mir gewaltig ſchaden könnte, und bat ihn bei
allen Teufeln, bei denen er ſich einzig und allein erbit=
ten ließ, mich fortreiten zu laſſen: ſonſt würde ich in
des Henkers Küche kommen. Nach vielem Bitten
ließ er mich endlich fort, und ſo kam ich noch gegen
neun Uhr in meiner Station an. Er blieb zurück
bei den Mädchen, und reiſte erſt den folgenden Tag
wieder nach Mainz.

Einige Tage vergingen, und ich hatte die Main=
zer Auftritte faſt ſchon wieder vergeſſen, als ich zu
meinem Schrecken auf einmal die abſcheulichſten
Folgen meiner Ausſchweifung an meinem Körper in
ſehr ſichtbaren Zeichen gewahr wurde. Ich hatte zwar
noch nie dergleichen Unglück recht erlebt; allein nach
den gemachten Erfahrungen an meinen Bekannten,
konnt' ich mich in Abſicht der Natur meiner Krank=
heit nicht irren. Nun fiel mir aller Muth, und ein
wüthender Schmerz vergällte mir Wachen und Schlaf,
kurz, ich war in der ſchrecklichſten Lage.

Was war zu thun? — einen Arzt mußt' ich
haben, aber welchen? — Meinem guten Köſter
durft' ich mich nicht anvertrauen, nicht, als wenn

er mich nicht hätte kuriren können: er war überhaupt geschickt, und verstand die Heilung venerischer Krankheiten, die in dortiger Gegend gar keine seltene Erscheinungen sind, aus dem Fundament, sondern weil ich mit seiner Schwester in einem solchen Verhältnisse stand, nach welchem die Entdeckung äusserst delikat ward. — Ich ging also zu dem Feldscheer Kissel nach Schornsheim, einem Manne, der wenigstens den Ruf der Verschwiegenheit hatte, und entdeckte ihm mein Malhör. Er sah das Ding für eine Kleinigkeit an, gab mir Arzenei und versprach mir, in wenig Wochen meine Gesundheit wieder herzustellen. Allein Meister Kissel war ein Ignorant in seiner Kunst, dessen Gleichen Legion heißt: er verstand das Uebel nicht, und machte es durch seine reizenden Mittel so schlimm, daß ich die höllischsten Schmerzen empfand, und endlich gar im Bette bleiben mußte. Köster mochte wol merken, wo es mir fehlte; da ich aber nichts gestand, sondern blos über Magendrücken klagte, so ließ ers gut seyn, und gab mir Arzenei fürs Magendrücken. —

In dieser Noth schrieb ich nach Mainz, und bat den Baron, mich zu besuchen, aber in einem Wagen, weil ich mit ihm hereinfahren wollte und müßte. Er kam, und nachdem ich ihm meine Umstände entdeckt hatte, schüttelte er den Kopf gewal-

tig, doch sprach er mir Trost ein: Doktor Strack
würde mich schon kuriren.

Sobald ich nach Mainz kam, besuchte ich sogleich diesen vortrefflichen Arzt. „Herr! fing er an,
„nachdem er das Uebel untersucht hatte, was ha-
„ben Sie für einen Doktor gebraucht?" —

Ich: Den Barbier Kiffel von Schornsheim.

Strack: Das ist ein Schurke — ein wahrer
Spitzbube ist das! — denn jeder Doktor ist ein
Hallunke und Spitzbube, der Krankheiten übernimmt,
die er nicht versteht! — die Canaille hätte Sie hin-
liefern können! — Doch es ist noch Zeit — dieß da
muß geheilt und jenes wieder hergestellt werden! —
Heute, Morgen und Uebermorgen bleiben Sie
hier — dann wird der Schmerz weg seyn, und Sie
können wieder gehen. Ich will Ihnen Arznei ver-
schreiben, bei deren rechtem Gebrauch nebst strenger
Diät Sie bald wieder hergestellt seyn sollen.

Die Worte des rechtschaffenen Mannes gingen
in Erfüllung: innerhalb drei Wochen war ich vollkommen gesund; hätte ich aber den Ignoranten, den
Meister Kiffel fortgebraucht, ich glaube, ich läge schon
längst in Obersaulheim auf dem Kirchhofe begraben. — — Herr Strak lebt noch, und sollte ihm
diese Schrift zu Gesichte kommen; so versichere ich
ihn hier öffentlich, daß ich nie des ihm schuldigen
Danks vergessen werde. Möchten doch recht viele

seines Gleichen seyn, besonders dort übern Rhein, wo alles saalbadert, und alles kurirt! —

Einige Zeit hernach bekannt' ich Köstern die ganze Sache, und erzählte ihm die Art, wie Strack mit mir verfahren wäre. Er lobte diese Procedur, und versicherte, daß sie die einzig vernünftige sey, dergleichen Uebel zu heben, und daß die, welche hier das Messer gebrauchten, nur auf den Namen der Afterärzte und Kuhdoktoren Anspruch machen könnten.

Quod nocet, docet optime. Seit jener Zeit bin ich in Absicht des nähern Umgangs mit feilen Mädchen sehr behutsam geworden, und die Lust, mich auf eine so grobe Art zu vergnügen, ist mir vergangen, so bald ich das augenblickliche Angenehme mit dem vielen möglichen und wirklichen Unangenehmen genau berechnete. Schade nur, daß bei den meisten jungen Leuten, wie bei mir, Ciceros Ausspruch eintrifft: Eventus Stultorum Magister.

Ich höre hier einige, ja sehr viele fragen, ob ich Sünder mich denn nicht gefürchtet und geschämt habe, mit einer solchen Krankheit behaftet, noch das Wort Gottes zu verkündigen? — Freilich schämte ich mich; indeß meine Reflexionen über andere meines Gleichen, welche mit der schwarzesten, boshaftesten Seele, mit räuberischen Händen, und mit giftiger Zunge auch hintreten und Tugend predigen, machten mich glauben, daß ich, wo nicht

beſſer, doch wenigſtens, meiner körperlichen Krankheit
ungeachtet, eben ſo gut wäre als ſie, die noch dazu
für Heilige galten, und — mein Gewiſſen ſchwieg.
Ob mein Schluß ganz richtig war, weiß ich in der
That ſelbſt nicht; genug aber, er beruhigte mich
und legte meinem Gewiſſen Stillſchweigen auf.

Neun und dreiſſigſtes Kapitel.

Ich falle wieder durch. Nachwehen.

Das Konſiſtorium zu Grehweiler konnte auf die
Bittſchrift der Bauern nichts reſolviren, ſondern
mußte die Sache dem Adminiſtrator, Herrn von
Zwirnlein überlaſſen, meinem Feinde. Ich hatte
dieſen Mann, meines Wiſſens, nicht beleidigt; allein
ich ſtand wegen der Verläumdungen des Paſtor
Hahns zu Kirchheim, wie ich ſchon oben erzählt
habe, bei ihm in einem ſehr übeln Kredit. Hiernach
ließ ſich ſchon vermuthen, daß mein unmittelbares
Geſuch nicht durchgehen würde: indeß, da die Bauern ſupplicirten, ſo gab ich nicht alle Hofnung auf.

Die Antwort der Commiſſion erfolgte bald und
erklärte: daß die Pfarre Oberſaulheim ſchon längſt
an den Prediger Wagner vom Miniſter verſprochen
ſey, und ich keine Hofnung dazu bekommen könnte.

Wagner, auch ein Sohn des Jesuiten zu Werrstadt, hatte nämlich Herrn von Zwirnlein einige Dutzend Füchse zugeschickt, und also die Expektanz auf Obersaulheim dafür erhalten, wofür man damals fast alle Bedienungen erhielt — für Geld.

Also auch diese meine Hofnung war verschwunden, und mit ihr meine Anhänglichkeit an Mamsel Katharinchen, der ich bisher blos als möglichem Kanale zur Pfarre geschmeichelt hatte. Sie machte mir anfangs zärtliche, hernach gröbere Vorwürfe, und endlich sprach sie zu meiner Freude gar nicht mehr mit mir.

Mein Vater war höchst unzufrieden mit meiner Lage, noch viel unzufriedener als ich selbst. Wenn du, sagte er oft zu mir, noch lange ohne Versorgung bleibst, so gehst du an Leib und Seele verloren. — Ich tröstete ihn mit meiner Hofnung, eine Pfarre in Franken zu erhalten; aber diese beruhigte ihn nicht. Das Ding, meinte er, verzögere sich — mit unter machte ich auch wohl einen dummen Streich, und dann wäre alles verloren. Ich sollte mich in Heidelberg zu einer Stelle melden, und gäb' es gleich nicht viel dabei zu speisen, so stürbe doch auch keiner Hungers.

Ich schrieb also nach Heidelberg, und erinnerte Herrn Zehnern an das mir schon vor mehrerer Zeit gethane Versprechen, mit der Bitte, mir eine

Zeit zu bestimmen, wo ich etwa mich zum Examen stellen solte. Allein Herr Zehner schrieb wieder zurück:
für mich wäre in der Kurpfalz nichts zu machen —
ich hätte an der Hundelschen Schrift Theil gehabt — man wüßte sogar, welche Nachrichten in
derselben von mir herkämen — das Konsistorium
dürfe durchaus beim Kurfürsten nicht anstoßen, und
bedauerte endlich am Ende seines Briefes, daß er mir
nicht dienen könnte. — — — Also war mein
Glücksstern auch in der Kurpfalz, wo jeder Schuft
Pfarrer werden kann, untergegangen! — Wenn
ich sage jeder Schuft, so soll das nicht so viel
heißen, als wenn alle lutherischen Prediger in der
Kurpfalz Schufte wären, sondern daß laut der Erfahrung ausserordentlich viel Schufte da Pfarrer geworden sind und noch werden. Nur ein Paar
Beispiele.

Ein gewisser Homann, der in seiner Jugend etwas studiert, hernach aber sich durchs Korb-
machen ernährt hatte, erhielt die Pfarre zu Kriegsfeld, wo er so viel dumme und grobe Streiche
machte — er ganste sogar m) — daß ihn das Kon-

---

m) Homann stahl einst dem Grafen von Grehweiler eine
  goldene Tabatiere. Der Graf wurde den Verlust gewahr, und sagte ganz kalt zu Homann: „Herr Pfarrer,

ſiſtorium abſetzen mußte. Er lief hernach als Bettler im Lande herum. Nach dieſem erhielt dieſe Stelle ein gewiſſer Erneſti, ein getaufter Jude aus dem Waldeckiſchen, der, nachdem er in Halle Theologie ſtudiert, und dem Schuſter Sauer daſelbſt ſein Schuldbuch vergrößert hatte, (er ſteht noch in ſeiner Kreide) poſt varios caſus in die Pfalz gekommen war. Dieſer Menſch legte ſich aufs Saufen, lief den Menſchern in die Kuhſtälle nach, und wurde ebenfalls von den Bauern beim Konſiſtorium verklagt. Allein Mosje Erneſti ſpielte das praevenire und wandte den Magen um, das heißt nach der Pfälzer Sprache, er wurde Katholiſch. — Nachdem er nun den rech= ten Glauben hatte, halfen ihm die Alziger Kapuziner zu einer einträglichen Gerichtsſchreiberſtelle, wo er ſeine Bubenſtücke als Rechtgläubiger ungeſcheut und ungeahndet fortſetzt. — Ich könnte die Liſte der Schufte, welche in der Pfalz Pfarren bekommen haben, noch anſehnlich vermehren, wenn hier der Ort dazu wäre, die dortigen Herren überm Rhein die Revue paſſiren zu laſſen. Vielleicht zeigt ſich bald

---

„erlauben Sie mir eine Priſe aus meiner Doſe.“ Dieſer entſchuldigte ſich, der Graf griff ihm aber gerade nach dem Hoſenlatze und entdeckte die Tabatiere. Nun rief er geſchwind dem Bedienten zu, welcher die Doſe herausholen, und den Pfarrer vors Schloß führen mußte.

eine andere und beſſere Gelegenheit, und dann ſoll
ihnen das Ihrige ſchon werden.

Mein natürlicher Leichtſinn kam mir bei allen
dieſen widrigen Vorfällen ſehr gut zu ſtatten. Ich
zerſtreuete mich, und vergaß in frohen Geſellſchaften,
bei Trinkgelagen und im Zirkel guter Freunde all
mein Ungemach. Meinem Symbolum: nunquam
traurig, ſemper luſtig, hab ich treulich nachgelebt. —
Ich hatte ſeit einiger Zeit den Amtsverwalter S ch ö n-
b u r g, den Licenciat M a ch e r, und andere fidele
Brüder weniger als gewöhnlich beſucht, und war
deshalb oft von ihnen zur Rede geſetzt worden. Jetzt
fing ich wieder an, ganze Tage, ja mehrere Tage
nach einander bei ihnen zuzubringen, und die Grillen
durch Zotologie und ein gut Glas Wein zu ver-
ſcheuchen.

Mein redlicher H a a g war zwar keiner von
meinen ausſchweifenden Freunden, aber deſto ſolider
war ſeine Freundſchaft. Er ließ es an gutem Rath
und an Ermahnungen nicht fehlen, und wenn ich
ihm gefolgt wäre, ſo würde vielleicht noch alles recht
gut gegangen ſeyn. Ich war erſt drei und zwanzig
Jahr, und konnte meine Verſorgung wohl abwarten,
allein der Rath dieſes braven Freundes gefiel mir
nicht. Denn wollte ich ihm folgen, ſo durfte ich
nicht mehr ſaufen, mußte den Umgang mit Schönburg und deſſen Freunden meiden, durfte nicht mehr

in allen Weinhäusern und Kneipen herumliegen, mit
den Baurendirnen und andern nicht unanständig
scherzen, und endlich nicht mehr so frei über Religion
spotten. Und doch machten diese Dinge mein höch-
stes Gut aus, sie mir nehmen wollen, hieß mich
vernichten.

Was insbesondere meine Religionsgespräche betrifft, so waren sie ächt beistisch, d. h. ich suchte mit
Gründen darzuthun, daß die im neuen Testament
enthaltene Lehre nichts sey, wenigstens nichts anders
seyn könne als natürliche Religion, daß folglich die
Wunder, Geheimnisse und dergleichen, erdichtete
Fabeln wären. Nachdem ich die Fragmente studiert
hatte, fand ich in der christlichen Historie nichts als
boshaften Betrug, und räsonnirte nun aus einem
andern Tone. Ich hielt es jetzt überhaupt nicht
mehr der Mühe werth, die christliche Religion mit
Gründen zu widerlegen, betrachtete sie blos als einen
würdigen Gegenstand des Spottes, und brachte diesen Spott bei jeder Gelegenheit an, ohne auf Zeit,
Ort und Person zu sehen, mit denen ich zu thun
hatte.

Auf diese Art verlohr ich sogar bei denen den
Kredit, welche mich bis jetzt, meiner verdorbenen
Sitten und meines Deismus ungeachtet, noch geliebt
und vertheidigt hatten. Die Kandidaten in jener
Gegend, die sonst gern mit mir umgingen, weil sie

etwas von mir zu profitiren glaubten, flohen mich
nun wie die Pest, um nicht in den Ruf der Freigeis
ster- und Religionsspötterei zu gerathen. Selbst
mein trefflicher Haag mußte meinetwegen leiden. Er
ist, wie ich schon gesagt habe, katholisch, und steht
als Pfarrkind unter dem Pastor von Wöllstein, einem Erzgrützkopfe und impertinenten Kanzelschwä-
ßer *). Dieser Pfaffe, dem ich auch bekannt geworden war, foramirte meinen Haag, wegen des
Umgangs mit mir, und gebot ihm denselben aufzugeben, oder er würde ihm die Absolution versagen,
und die Sache höheres Orts anzeigen. Eben so
macht' es auch der Oberforstmeister M a r t i n zu
Kriegsfeld. Haag aber antwortete, daß er sich um
meine Grundsätze nicht bekümmere und blieb mein
Freund nach wie vor. Ich muß aufrichtig gestehen,
einen ehrlichern Freund, der es besser mit mir gemeint hätte als Haag, hab ich in der Pfalz nicht ge-

---

*) Hier ein Pröbchen seiner Beredsamkeit: Meine Freun-
de! nehmt ein Beispiegal (Beispiel) an dem frommen
Samaritan, und vergebemüthigt euch unter die Demuth.
Der fromme Samaritan war mit ein polirten Stifals
len, mit silbernen Sporenen, mit schönen Stifallen-
manschetten angethan, und gezieret: da vergedehmü-
thigte er sich aber, als er u. s. w. Man denke sich
hierzu, noch die fürchterlichsten Gestus, und die fürch-
terlichste Stimme, und — man hat das Bild dieses
Herrn Pastors.

funden. Ich hatte zwar noch mehrere Freunde auſſer
ihm, allein das Sprüchwort: viel Hunde ſind des
Haſen Tod, traf auch bei mir ein. Die Zahl meiner Feinde war weit größer, man drückte mich, und
ich mußte hören, daß man ſich in Geſellſchaften von
mir und meiner ſkandalöſen Chronik unterhielt. —
Statt ſtillzuſchweigen, und die Läſterungen der Frau
baſen in der Pfalz, eines elenden Oberſchulz An-
dreä zu Wöllſtein, der kaum ſeinen Namen ſchreiben kann, eines Pfarrers Fliedner, Mach-
wirth, Wagner, und andere ſchiefe Menſchen-
kinder zu verachten, gerieth ich in Zorn, und ſuchte
mich, gerade auf die ſchlechteſte Art, mündlich durch
hämiſche Raiſonnements, und ſchriftlich durch Pasquillen und Knittelverſe ärgerlichen Inhalts an ihnen
zu rächen.

Ich ſchrieb unter andern Briefe aus Uto-
pien (Schlaraffenland), worin ich die Leute gewaltig heruntermachte. Sie fanden Beifall, und wurden unzählichemal abgeſchrieben. Ich wünſchte,
meinen Leſern etwas daraus mittheilen zu können;
denn ſo äuſſerſt plump auch meine Schildcrungen der
Pfälzer Herren und Damen ſeyn mochten, ſo waren
ſie doch getreu, treffend und grob deutlich, daß man
ſogleich die gemeinten Perſonen, der fingirten Namen
ungeachtet, erkannte.

... Keiner ließ sich auf diese Art des Streits mit mir ein, außer ein gewisser Mosje Varena, Schreiber zu Obernheim. Dieser Mensch fabricirte ein über allem Begriff elendes Ding in Versen auf mich, was seiner würdig, ganz ohne Kopf, Magen und Schwanz war. Jedoch replicirte ich darauf durch ein Ding, betitelt: Valentin Pillenbrechslers Medicinae Doctoris Nachricht von einer venerischen Kur.

Mit dem Stock hab ich mich nur einmal revanschirt. Der Amtsaktuar Haas zu Sprendlingen hatte meinen Umgang mit der Tochter des dasigen reformirten Predigers bemerkt, und war deshalb eifersüchtig geworden, oder er hatte es vielleicht übel genommen, daß ich ihm einigemal ins Angesicht gesagt: bei ihm träfe nomen et omen zusammen. — Er fing also an, meine Histörchen im Pfarrhause vorzutragen, und mich da aufs ärgste zu blamiren. Mamsel Karoline, so hieß die Tochter des Pfarrers, sagte mir alles treulich wieder, und ich schwur, den Kerl durchzugerben, wo ich ihn auch treffen würde. Nicht lange hernach traf ich ihn im Wirthshause zu Badenheim an. A propos, sagt' ich zu ihm, Mosje Windsack, was untersteht er sich denn, von mir zu raisonniren? Was hat er im Pfarrhause zu Sprendlingen von mir gesagt? O kein Wort, erwiederte er. Wie! kein Wort? — Du bist ein Schlingel, Kerl,

ein elender Lästerer! — bald möcht' ich dich aus-
schmieren, daß du den Priester begehren solltest! —
Hier stand er auf, ich griff ihn aber beim Kollet,
schleuderte ihn an die Erde, und gerbte ihm das
Fell rein aus. Der Wirth, der Haasen ohnehin
nicht hold seyn mochte, ließ mich geruhig fortprügeln;
endlich aber brachte er uns aus einander. Haas
schwur mir die empfindlichste Rache, von der ich aber
bis jetzt nicht das Geringste gefühlt habe.

Auch diese Geschichte wurde in der Gegend bekannt, und machte — neues Aufsehen.

Vierzigstes Kapitel.
Dem Faße geht der Boden aus.

Mein Vater, benachrichtigt von meiner Aufführung,
kränkte sich sehr, daß alle seine Ermahnungen nicht
fruchteten, und prophezeihte mir im voraus den gänz-
lichen Ruin meines Glücks. Er bat mich mit Thränen, eine andere Lebensart anzufangen, hübsch auf
meinem Vikariata zu bleiben, fleißig zu studiren, und
so die bösen Gerüchte nach und nach verrauchen zu
lassen; allein er predigte tauben Ohren. Theils
hatte ich Selbst keine Achtung mehr vor mir, theils

hatten mir eine falsche Eigenliebe und ein unkluger
Dünkel den Kopf so verruckt, daß ich blos mir folgte,
keinen, weder Vater noch Freund, hörte, und gegen
alles, was man von mir sagte und dachte, verachtend
und unempfindlich wurde.

So gleichgültig ich indeß gegen die Censuren
meiner Feinde war, so lieb war es mir doch, wenn
ich auch an ihnen Fehler entdecken konnte. Ich mußz-
te, Zwirnlein wollte mir nicht wohl, und drückte
mich durch den Pfaffen Hahn von Kirchheim. Dis
war mir schon Sporn genug, die Conduite und die
Proceduren desselben, womit er die Rheingrafschaft
administrirte, auszuspioniren. Ich erkundigte mich
bei den Bauern nach ihren Klagen, und fand so viel
krumme Wege und Gänge der Zwirnleinschen Justiz,
daß selbst Ich darüber erschrak.

Die kaiserlichen Commissionen werden, der In-
tention des Kaisers und der Reichsgerichte nach, deshalb gesetzt, damit ein Land nach bessern Grundsätzen
regiert werde; allein dieser Zweck wird selten erreicht,
und am wenigsten durch Herrn von Zwirnlein. Es
ist ein Glück für ihn, daß die Preussische Censur mir
die einzeln data gestrichen hat, sonst läse er hier Dinge, ob deren Bekanntschaft er bei den bedenklichen
Krisen unsrer Zeiten stutzen müßte. Ausser vielen
andern Ungerechtigkeiten der schrecklichsten Bedrü-
ckung und der Simonie nur dies. —

Die Gemahlin des auf die Festung gebrachten Rheingrafen, und seine damals noch unverheurathete Tochter Luise, wie auch des Grafen Schwester, mußsten allen Drang und alle Insolenzien von diesem stolzen Administrator leiden, der besonders die letztere seine schwere Hand dadurch fühlen ließ, daß er derselben oft ihr Geld vorenthielt, unter dem Vorwande: es sey nichts in der Kasse. Die gute Charlotte mußte daher oft darben, und von ihren groben Gläubigern sich schrecklich quälen lassen.

Ich war sehr eifrig, alles dies zu verbreiten und meine Glossen darüber zu machen, welche allemal zum Nachtheil des Herrn Administrators ausfielen. Ich griff auch seinen intimsten Freund, den Kammerrath Fabel zu Grehweiler an. Dieser Mensch, gelehrt bis an den Hosenknopf und stolz wie Goliath, hatte einen gewissen Schneidermeister Eckel gedrückt, und ihm Unrecht gethan. Dieser Mann war mein Gevatter; ich machte ihm also eine Schrift an die Commission, worin ich des Kammeraths Intriguen schilderte, wies sich gebührte, und dessen Ungerechtigkeiten rügte. Fabel erfuhr den Verfasser, und ward mir — spinnefeind.

Nun erhielt ich um Martini 1781 ein Schreiben von der Kommission des Inhalts: „daß Seine „Durchlauchten, der Herr Fürst von Nassau-Weil„burg, mit höchstem Unwillen vernommen habe,

„wie der Kandidat Laukhardt noch immer das Vika,
„riat in Obersaulheim verwalte, welches ohne großes
„Aergerniß und Skandal der christlichen Gemeinde
„nicht mit angesehen werden könnte. Der Kandidat
„sey als ein Mensch bekannt, der ganz und gar keine
„Religion habe — der über die heiligsten Geheim=
„nisse der christlichen Lehre öffentlich spotte — über=
„dies ausschweifend lebe — dem Trunk sich ergebe —
„Pasquillen auf andere schmiede, und sogar die Kan=
„zel zum Tummelplatz seiner skandalösen Auftritte
„mache: deshalb trügen Seine Durchlauchten dem
„Konsistorio auf, den bisherigen Vikarius Laukhardt
„zu removiren, und ein anderes unbescholtenes Sub=
„jekt an die Stelle zu setzen."

Herr von Zwirnlein hatte mir diesen Befehl des
Fürsten, den er aber selbst geschmiedet und diesem
Herrn zur Unterschrift vorgelegt hatte, abschriftlich
zugeschickt, und mir es freigestellt, ob ich entweder
freywillig, oder gezwungen durch das Konsistorium
meinen Posten verlassen wollte. Ich wählte natür=
lich das Erste, schrieb dem Administrator, daß er
einen Vikarius schicken könnte, welchen er wollte —
ich ginge gern weg; denn die Freiheit über alles
reden zu können, was mir mißfiele, und ein Zustand,
worin ich mich vor keinen Kabalisten und Dumm=
köpfen zu fürchten brauchte, sey mir theurer als das
Predigervikariat zu Obersaulheim. Dann hielt ich

zu güter Letzt noch eine Predigt über den Vorzug des
Sünders vor dem Gerechten, die ich selbst ausge-
arbeitet, und äußerst anzüglich zugerichtet hatte.

Auf diese Art war nun auch mein Glücksstern
in unserer Grafschaft untergegangen. Sobald diese
Nacht des Mißgeschicks mein Vater wahrnahm,
schrieb er mir einen Brief und bat mich, Seiner
für jetzt zu schonen, und ihm nicht eher wieder vors
Angesicht zu kommen, als bis ers erlauben würde.
Ich könnte indeß nach Straßburg zu unserm Vetter
d'Autel reisen, weshalb er mir auch Geld mit-
schicke. — Dieser Brief kränkte mich wahrlich in
allem Ernste mehr als alle Neckereyen der Commiss-
sion, und alle übeln Nachreden meiner Feinde; allein
machte er mich auch vorsichtiger, klüger und glücklicher? — Nein! mein Schicksal verschlimmerte sich
von dieser Zeit an immer mehr und mehr, und fast
immer durch meine eigene Schuld, wie die Fortsetzung zeigen wird.

Ende des ersten Theils.

Gedruckt bei Fr. Wilh. Michaelis.